I0585590

UN SAUVETEUR POUR HEATHER

SAUVETAGE À EAGLE POINT
TOME 6

SUSAN STOKER

DU MÊME AUTEUR

Un refuge pour Gillian

Un refuge pour Kinley

Un refuge pour Aspen

Un refuge pour Jayme

Un refuge pour Riley

Un refuge pour Devyn

Un refuge pour Ember

Un refuge pour Sierra

Hawaï : Soldats d'élite

Un paradis pour Élodie

Un paradis pour Lexie

Un paradis pour Kenna

Un paradis pour Monica

Un paradis pour Carly

Un paradis pour Ashlyn

Un paradis pour Jodelle

Mercenaires Rebelles

Un Défenseur pour Allye

Un Défenseur pour Chloé

Un Défenseur pour Morgan

Un Défenseur pour Harlow

Un Défenseur pour Everly

Un Défenseur pour Zara

Un Défenseur pour Raven

Ace Sécurité

Au Secours de Grace

Au Secours d'Alexis

Au Secours de Bailey

Au Secours de Felicity

Au Secours de Sarah

Forces Très Spéciales Series

Un Protecteur Pour Caroline

Un Protecteur Pour Alabama

Un Protecteur Pour Fiona

Un Mari Pour Caroline

Un Protecteur Pour Summer

Un Protecteur Pour Cheyenne

Un Protecteur Pour Jessyka

Un Protecteur Pour Julie

Un Protecteur Pour Melody

Un Protecteur pour l'avenir

Un Protecteur Pour Les Enfants de Alabama

Un Protecteur Pour Kiera

Un Protecteur Pour Dakota

Forces Très Spéciales : L'Héritage

Un Sanctuaire pour Caite

Un Sanctuaire pour Brenae

Un Sanctuaire pour Sidney

Un Sanctuaire pour Piper

Un Sanctuaire pour Zoey

Un Sanctuaire pour Avery

Un Sanctuaire pour Kalee

Un Sanctuaire pour Jane

Delta Force Heroes Series

Un héros pour Rayne

Un héros pour Emily

Un héros pour Harley

Un mari pour Emily

Un héros pour Kassie

Un héros pour Bryn

Un héros pour Casey

Un héros pour Wendy

Un héros pour Mary

Un héros pour Macie

Un héros pour Sadie

Un héros pour Annie

Autre

Un moment suspendu : Recueil de nouvelles

AUDIO

Un paradis pour Élodie

CHAPITRE UN

— Alors, t'as trouvé quelque chose ? demanda Ethan à Talon tandis qu'ils quittaient le Broyeur, le café local.

Ils rentraient tout juste d'une mission de recherche et de sauvetage qui avait duré toute la nuit.

— Non. Mais je me rapproche.

Ethan l'étudia et Tal fit semblant de ne pas voir le regard inquiet que lui lançait son ami.

— Est-ce que tu as déjà envisagé qu'elle n'ait pas *envie* d'être sauvée ?

Tal soupira. Il prit une gorgée de son café noir brûlant, puis regarda celui qui faisait partie de ses meilleurs amis. Ethan lui avait littéralement sauvé la vie. À l'époque, il avait été sur le point de se saouler jusqu'à ce que mort s'ensuive lorsqu'Ethan l'avait appelé et lui avait demandé s'il avait envie de déménager aux États-Unis pour rejoindre une équipe de recherche et de sauvetage qu'il était en train de mettre en place.

Au début, Tal n'était *pas* intéressé. Mais plus il réfléchissait à l'offre, plus elle lui plaisait. Il avait quitté l'unité des forces spéciales maritimes de la Royal Navy, la version britannique des Navy SEALs, après une mission qui s'était très mal passée et il avait eu du mal à trouver sa place. Alors s'envoler à l'autre bout du monde lui avait paru être une bonne alternative au désespoir.

Tal aimait Ethan comme un frère, non seulement parce qu'il lui avait redonné un but, mais aussi parce qu'il n'avait pas insisté. Il lui avait laissé le temps dont il avait besoin pour guérir.

Mais presque six ans après être arrivé à Fallport en Virginie et avoir rejoint la nouvelle équipe de recherche et de sauvetage d'Eagle Point, Ethan semblait en avoir assez de lui laisser de l'espace.

Tal supposait que si Ethan était si curieux, c'était probablement parce qu'il était très heureux avec sa femme, Lilly. Sa femme *enceinte*. Et Tal se doutait bien que Lilly aussi se faisait du souci pour lui et avait probablement demandé à Ethan de s'assurer qu'il aille bien.

Tous ses amis savaient qu'il était à la recherche de cette mystérieuse femme dans les bois, celle qui avait sauvé Finley et Brock lorsqu'ils avaient été enlevés dans la forêt par deux trafiquants de drogue déterminés à soutirer des informations à Finley. La femme était apparue comme si elle était sortie de nulle part, jetant de la terre au visage du type qui tenait un couteau sous la gorge de Finley et permettant à Brock d'agir, les mettant à l'abri de la menace.

Dès que Tal avait entendu parler de cette fille – pieds nus, vêtue d'une robe brune en lambeaux, avec des cheveux roux qui descendaient jusqu'à la taille – il avait été intrigué. Il était déterminé à la retrouver. Pour la remercier. Et voir si elle avait besoin d'aide.

Et, *évidemment* qu'elle avait besoin d'aide. On était à la fin du mois de décembre dans les Appalaches et cette femme courait sans chaussures. Mais malgré son expérience, tant dans l'armée qu'au sein de l'équipe de recherche et de sauvetage, il n'avait pas encore trouvé la moindre trace de l'endroit où elle vivait.

Il y avait quelque chose en lui qui le poussait à continuer

ses recherches et sa quête devenait une obsession. Il ne supportait pas l'idée qu'elle soit seule et vulnérable dans la forêt. Son besoin de la retrouver l'empêchait de dormir. Il dormait deux à trois heures par nuit tout au plus dans un sommeil agité... avant que les cauchemars ne commencent. Ceux dont il pensait s'être débarrassé il y a plusieurs années.

Il devait la retrouver, pour sa propre santé mentale et pour la sécurité de cette femme mystérieuse.

— Tal ? dit Ethan en fronçant les sourcils. Parle-moi.

Secouant mentalement la tête et se forçant à prêter attention à leur conversation, Tal se tourna vers Ethan.

— Je te l'ai dit, je me rapproche, dit-il à son ami.

— Ah oui ? Comment tu le sais ? demanda Ethan.

— J'ai triché, répondit-il sans le moindre remords.

Ethan haussa les sourcils.

Les lèvres de Tal s'étirèrent tandis qu'il prenait une autre gorgée de son café.

— J'ai placé des caméras de surveillance, avoua-t-il. Depuis qu'elle a pris le premier sac que je lui ai laissé, je l'ai suivie à la trace. Je l'ai localisée au nord-ouest. J'imagine qu'elle est quelque part entre les sentiers d'Eagle Point et d'Eagle Rock.

Ethan siffla.

— Ce n'est pas une zone facile à explorer.

— Non. Mais ce n'est pas non plus très loin de l'endroit où vivait cette secte, peut-être deux ou trois kilomètres. Je pense que c'est une zone qu'elle connaît bien. Surtout si cette fille est *bien* Heather Brown et qu'elle a vécu avec ces connards depuis qu'ils l'ont kidnappée il y a vingt ans.

Tal sentit sa pression artérielle augmenter rien qu'en pensant à cette petite fille de huit ans, enlevée en pleine rue près de chez elle, ici, à Fallport, pour être ensuite élevée dans une secte appelée La Communauté, forcée de vivre selon leurs règles.

D'après ce que Simon Hill, le chef de la police, lui avait appris, les membres de La Communauté s'étaient tenus à

SUSAN STOKER

l'écart, n'avaient causé aucun problème et vivaient comme des hippies. Ils avaient été contrôlés lorsque la petite Heather avait été kidnappée, mais les autorités n'avaient retrouvé aucune trace d'elle au sein du groupe. Finalement, au fil des années et avec le départ de ses parents qui avaient quitté la région, la petite fille kidnappée avait fini par être oubliée. La plupart des gens pensaient qu'elle avait été assassinée quelques heures après avoir été enlevée.

Mais Tal ne pouvait pas s'empêcher de repenser à la description de la fille que Brock et Finley avaient vue dans la forêt. Évidemment, de nombreuses femmes avaient les cheveux roux. Ça ne voulait pas dire qu'elle était *forcément* la fameuse Heather Brown qui avait disparu, mais au fond, Tal ne pouvait pas s'empêcher de penser que c'était le cas. Elle avait sans doute miraculeusement survécu à son enlèvement et toutes les autres choses qu'elle avait dû endurer ces vingt dernières années.

— C'est quoi ton plan si tu la *retrouves* ? demanda Ethan. Tu crois vraiment qu'elle va accepter de revenir à Fallport avec toi après avoir vécu je ne sais combien de temps seule dans les bois ?

Tal secoua la tête.

— Non, je ne pense pas. Elle ne me fera pas confiance. Et pourquoi le ferait-elle d'ailleurs ?

— Du coup ? Quel est ton plan ? répéta Ethan.

— Je n'en ai pas, avoua-t-il.

Ethan le regarda avec incrédulité.

— Tu as toujours eu un plan, dit-il.

Son ami n'avait pas tort. Tal avait effectivement *toujours* un plan. Il ne supportait pas de ne pas avoir de plan A, B, C. Mais la femme qu'il recherchait était une énigme.

Elle ne faisait rien de ce à quoi il s'attendait. Il l'avait pistée à l'aide des caméras de surveillance, mais lorsqu'il pensait qu'elle allait se diriger vers l'ouest, elle allait à l'est. Quand il supposait qu'elle allait camper à côté d'un des nombreux ruis-

4

— *Pourquoi* tu es là ?

Tal se mit soudain en mouvement. Il se pencha légèrement en avant en s'asseyant, la clouant sur place avec son regard.

— Parce que tu étais pieds nus.

Sunset fronça les sourcils.

— Quoi ?

— Brock m'a dit que tu étais pieds nus quand tu as traversé cette clairière. J'étais *obligé* de partir à ta recherche après avoir entendu ça.

Sunset était toujours perdue.

— Je ne comprends pas.

Ce fut au tour de Talon de froncer les sourcils.

— Qu'est-ce que tu ne comprends pas ?

— Pourquoi c'est si important ?

— Sunset, on est en plein mois de décembre. Il fait froid. Je ne pouvais pas *rien* faire, bien au chaud chez moi tout en sachant que tu étais dehors, peu vêtue. Sans compter que, je te suis redevable. Comme tous mes amis. S'il était arrivé quelque chose à Finley, Brock ne s'en serait jamais remis. Il l'aime plus que tout au monde.

Sunset eut l'impression d'avoir l'esprit embrouillé. Elle ne comprenait pas pourquoi Talon s'en souciait. Arrow ne s'était jamais inquiété de savoir si elle avait froid. Ou chaud. Tout ce qui l'intéressait, c'était d'avoir ses repas à l'heure et de coucher avec elle quand il le voulait. Aucun des hommes de La Communauté ne se souciait du confort des femmes. Et surtout, aucun d'eux n'aimait sa femme. Elles étaient là pour les servir. Point.

Son estomac se noua. Elle n'aimait pas ne pas comprendre et elle avait l'impression que beaucoup de choses lui échappaient.

— Les chaussettes te plaisent ? demanda Talon en désignant ses pieds d'un signe de tête.

Sunset baissa les yeux vers ses pieds recouverts de laine. Elle agita les orteils, puis regarda à nouveau Talon.

seaux de montagne, elle s'éloignait du cours d'eau. Ce qui était malin. Même si la proximité avec l'eau était pratique, il n'était jamais bon de camper trop près à cause de la menace que représentaient les animaux sauvages.

Cette femme frustrait et intriguait Tal. Elle connaissait très bien la nature, elle était agile et s'il n'avait pas caché ces caméras le long des sentiers qu'il avait anticipé qu'elle emprunterait, il n'aurait pas été si sûr de la trouver comme il pensait pouvoir le faire aujourd'hui.

— Qu'est-ce que je peux faire ? demanda Ethan.

Tal prit une grande inspiration. Il n'aurait pas pu avoir meilleur ami qu'Ethan Watson.

— Rien. C'est bon.

— Sérieux, Tal. De quoi t'as besoin ? Tu sais bien qu'on est tous prêts à t'aider. Nous aussi on veut la retrouver. Surtout Brock.

Il le savait.

— Tu sais aussi bien que moi que si elle se sent un tant soit peu menacée, elle disparaîtra, peut-être pour de bon. Elle ne me fait pas confiance, même si elle a accepté deux autres sacs de provisions. Elle est comme un chat sauvage. Elle est prête à prendre les provisions que je lui donne pour se faciliter la vie, mais elle est vraiment très loin de faire confiance à quiconque, je n'exagère même pas. Si elle se retrouve confrontée à des hommes qu'elle ne connaît pas, elle s'enfuira.

— Quand est-ce que tu y retournes ? demanda Ethan.

Tal fut soulagé que son ami n'essaie pas de le convaincre d'emmener quelqu'un avec lui.

— Ce soir, après le travail. Harvey a été cool avec les congés que j'ai pris ces derniers temps, mais je ne voudrais pas abuser.

Tal travaillait à mi-temps chez le barbier du centre. Ce n'était pas vraiment le job de ses rêves, mais cela lui permettait de s'occuper entre les recherches. Et l'argent n'était pas un problème.

Tal avait économisé plus qu'il n'en fallait pour vivre durant sa carrière précédente, d'autant plus qu'il n'avait pas besoin de grand-chose. Il avait un appartement non loin de la place centrale, une télévision, un canapé, un lit... et c'était à peu près tout ce dont il avait besoin. Il mangeait plus souvent dehors qu'il ne cuisinait et passait son temps libre avec ses amis... même si, depuis environ un an ils se voyaient beaucoup moins puisqu'Ethan, Zeke, Rocky, Drew et Brock s'étaient tous mariés ou avaient emménagé avec leurs petites amies.

— Bon, on est tous là si tu as besoin de quoi que ce soit. *Vraiment*, dit Ethan.

Son soutien comptait beaucoup pour Tal.

— Je ne sais pas quand je reviens, dit-il. Je suis très proche de la trouver, je le sais et cette grosse tempête de neige est annoncée pour la fin de la semaine prochaine. Je ne peux pas...

Il prit une grande inspiration avant de continuer.

— Je veux la retrouver avant qu'elle ne frappe et ça veut dire que je risque d'être absent pendant un certain temps, conclut-il.

— Le mariage de Rocky est dans six jours, lui rappela Ethan.

Tal soupira.

— Je sais. J'ai envie d'être là, mais...

Il se tut.

— Mais elle est plus importante, termina Ethan.

— Non, c'est pas ça, protesta Tal.

— Je comprends, dit Ethan en secouant légèrement la tête. Si je savais que Lilly était quelque part là-bas et qu'au moins trente centimètres de neige étaient annoncés, je ne laisserais rien m'empêcher de la retrouver et de la mettre en sécurité.

— Sauf que moi je ne connais pas cette femme, dit Tal.

Ethan haussa les épaules.

— Peut-être pas, mais il y a quelque chose chez elle qui a attiré ton attention. Peut-être qu'en la retrouvant tu pourras enfin exorciser ces démons qui te tiennent entre leurs griffes.

Tal pinça les lèvres. Il était vrai que les événements de son passé expliquaient en grande partie pourquoi il était si obsédé par le fait de retrouver cette femme rousse. Mais... ce n'était pas que ça. Il ne pouvait pas vraiment l'expliquer, alors il n'essaya même pas.

— J'ai une requête à te faire avant que tu ne t'en ailles, dit Ethan.

Tal le regarda, attendant qu'il continue.

— Je veux que tu m'appelles au moins une fois par jour.

Tal eut un rictus.

— T'as cru que j'avais dix ans ou quoi ?

— Non, t'es un grand garçon, mais tu es aussi mon ami et je me fais du souci pour toi. Tu pars t'enfoncer dans les bois, tout seul, pour chercher une femme qui n'a probablement pas envie d'être retrouvée, et quoi que tu puisses en penser, elle pourrait se retourner contre toi. Si tu me donnes des nouvelles tous les jours, je m'assurerai que les autres ne partent pas à ta recherche, parce que tu sais aussi bien que moi qu'ils ne seront pas contents d'apprendre que tu es parti tout seul alors qu'une tempête est en approche.

Ethan n'avait pas tort. En pensant à ce que diraient ses coéquipiers de l'équipe de recherche et de sauvetage en apprenant dans quelle zone il était parti chercher, Tal acquiesça. Brock, en particulier, n'allait pas être content.

— Et même si tu es au milieu de nulle part, je veux que tu sois présent au mariage de mon frère, même si c'est seulement par téléphone. Bristol risque de pleurer le jour de son mariage – et pas de joie – si elle pense que tu t'es perdu dans la nature pendant la cérémonie. Sans compter que les autres filles vont aussi péter les plombs. Donc... appelle-moi au moins une fois par jour et si tu ne peux pas revenir à temps, je veux que tu sois au téléphone quand Rocky et Bristol se diront : « oui ». Marché conclu ?

— Marché conclu, répondit Tal sans aucune hésitation. Et pour ce que ça vaut... sache que je vais faire tout mon possible pour revenir à temps pour le mariage.

— Je sais. Je veux que tu sois là et je sais que Rocky aussi. Je dirais presque qu'il reportera sûrement si tu n'es pas là, mais... rien n'empêchera mon frère de faire de Bristol sa femme.

— Elle l'est *déjà*, dit Tal.

— C'est bien vrai. OK, rien ne l'empêchera de faire d'elle sa femme, *légalement*. Pas même un ami obsédé.

— Ils prennent des risques avec cette tempête de neige, dit Tal, ignorant sa remarque sur le fait qu'il était « obsédé ».

Ethan acquiesça.

— Je suis d'accord. Je leur ai suggéré de décaler d'un jour, mais il ne veut pas stresser Bristol plus qu'elle ne l'est déjà. Ils sont prêts à prendre le risque. Ils se fichent d'être les seuls présents. Mais j'ai déjà soudoyé l'un des gars qui déneigent les routes par ici, et il m'a dit qu'il amènerait lui-même l'officiant jusqu'à Rocky si besoin.

Tal sourit. Il ne doutait pas de ce que lui racontait Ethan.

Ce dernier posa une main sur son épaule.

— Fais attention là-bas. Tu as assez de provisions ?

— Oui.

Il avait déjà chargé son plus gros sac à dos. Il y avait de la place pour une petite tente, son réchaud au butane, de la nourriture lyophilisée pour deux semaines et des filtres pour sa bouteille d'eau.

Mais son sac était principalement rempli de provisions pour la fille. Une paire de bottes qu'il espérait à sa taille – il avait dû estimer sa pointure en se basant sur une empreinte de pas qu'il avait retrouvée dans la terre, près de l'endroit où il avait laissé le dernier sac de provisions pour elle – un autre de ses anciens sweat-shirts, un legging et des chaussettes, un pantalon cargo – une fois de plus il avait dû estimer la taille – une vieille édition du premier tome de *Narnia*, *Le Lion La Sorcière blanche et l'Armoire magique* qu'il avait trouvé à la librairie d'occasion, un jeu de cartes, plusieurs tablettes de chocolat, une crème hydratante qui sentait le citron et le sucre, un couteau de poche flambant neuf, des couverts, un bol, une assiette et une tasse incassables, une casserole, un autre silex, une brosse et un peigne, une bouteille de shampoing et d'après-shampoing, et des élastiques pour les cheveux.

— Si jamais tu as besoin d'aide, tu as juste à m'appeler, lui rappela Ethan.

Tal acquiesça à nouveau.

— Je te rappelle aussi que tant que tu gardes ton téléphone sur toi, je pourrai te localiser.

— Je sais bien, dit Tal.

— Tu n'as pas de remarques à faire ? demanda Ethan.

— Aucune. Écoute, je sais que ce que je fais est complètement fou, surtout avec cette tempête qui arrive. Mais je suis si proche, Ethan. Je sais que je le suis. Je n'ai aucune idée de ce qu'il va se passer quand je la trouverai. Elle me dira peut-être d'aller me faire voir, ou qu'elle n'a pas besoin ni ne veut de mon aide. Qu'elle n'est pas cette fameuse Heather et qu'elle est très heureuse de vivre comme ça. Mais j'ai *besoin* de savoir. Si sa situation ne lui convient pas, je peux l'aider.

— Ce qui serait fou, c'est que tu ne te plies *pas* en quatre pour l'aider, rétorqua Ethan. Mais sache que tu n'es pas seul. Même si tu vas là-bas tout seul, tu ne l'es jamais vraiment. Compris ?

Cela lui faisait du bien de savoir qu'Ethan et les autres veillaient sur lui. C'était d'ailleurs l'un des aspects les plus agréables de l'armée. Il savait que peu importe la gravité de la situation, il pouvait toujours compter sur ses compagnons d'armes. Il fit un signe de tête à Ethan.

— OK. Bon, allez, vas-y. Va te mettre au travail. J'attendrai jusqu'à ce que tu sois parti pour annoncer à Rocky que tu ne seras peut-être pas là pour la cérémonie.

Tal grimaça.

— Merde, il ne va pas être content.

— Ça c'est clair, dit Ethan. Et Bristol sera triste aussi. Mais je pense que toute l'équipe te pardonnera quand tu ramèneras cette femme mystérieuse à Fallport, comme ça Lilly pourra lui consacrer tout son temps et l'intégrer au groupe.

Tal se mit à rire.

— C'est un *peu* une mère poule, n'est-ce pas ?

— Et je ne voudrais pas qu'il en soit autrement.

— Tu es un homme chanceux.

— Je sais, dit Ethan avec un sourire. Appelle-moi tous les jours, Tal. Je suis sérieux. Sinon, je viendrai te chercher... et je ne serai pas content.

— Ça marche. Tu as un horaire particulier en tête ? demanda Tal.

— De préférence pas quand je fais l'amour à ma femme, plaisanta-t-il.

— Merde. Donc pas le matin ni le soir, et pas au milieu de la nuit. Ah oui et pas à l'heure du déjeuner non plus, parce que vous risquez de vous envoyer rapidement en l'air.

Ethan sourit.

— Quand tu mettras *ta* femme enceinte et qu'elle aura les hormones en folie qui l'exciteront comme pas possible, tu comprendras.

Tal leva les yeux au ciel, mais au fond, il ressentit une certaine jalousie. Il était heureux qu'Ethan ait trouvé quelqu'un d'aussi incroyable que Lilly. Mais l'avenir solitaire qu'il voyait se profiler devant lui, lui faisait désirer des choses qu'il n'aurait probablement jamais.

Il était trop... vieille école. De nos jours, les femmes étaient très indépendantes. Elles n'avaient pas spécialement envie que l'on prenne soin d'elle. Et Tal n'avait qu'une envie, c'était de trouver une femme qui le laisserait faire. Il voulait subvenir aux besoins de quelqu'un. Il n'aimait pas l'idée que sa femme paye pour la moitié d'un crédit immobilier, qu'elle utilise son propre argent pour faire les courses, acheter sa voiture ou voyager toute seule.

La plupart des femmes considèreraient son attitude comme autoritaire et étouffante, mais il n'avait pas envie de contrôler les moindres faits et gestes de quelqu'un. Il voulait simplement répondre aux besoins de sa femme et s'assurer qu'elle était en sécurité.

Il était vraiment né à la mauvaise époque. Les quelques femmes qu'il avait fréquentées au cours de la dernière décennie lui avaient clairement fait comprendre que ce qu'il attendait d'une relation n'était pas réaliste.

Se forçant à revenir à l'instant présent, Tal lui tendit la main. Ethan la serra.

— J'apprécie que vous preniez le relais pour toutes les recherches et les sauvetages que je pourrais manquer. Je vous revaudrai tout ça.

— N'importe quoi, dit Ethan. Je suis sûr que j'en raterai pas mal aussi quand mon fils ou ma fille naîtra. Personne ne comptabilise les heures travaillées. Ce n'est pas comme ça qu'on fonctionne et tu le sais.

— Oui, je sais, dit Tal en relâchant sa main. Mais ça ne veut pas dire que je tiens un décompte dans ma tête. Et si tu me dis que *toi* non, je ne te croirai pas.

Ethan s'esclaffa.

— On est tous tellement pareils, c'est effrayant. Bonne chance, Tal. J'ai un bon pressentiment pour ta recherche.

— J'espère que tu as raison.

Tal hocha la tête en direction de son ami puis emprunta le trottoir jusque chez le barbier. Il n'avait vraiment pas envie de travailler, mais il avait pris beaucoup de congés récemment et comptait en prendre davantage. Heureusement, Harvey était un patron cool. Il passait plus de temps à bavarder avec ses clients qu'à s'inquiéter de la vitesse à laquelle il coupait les cheveux ou du nombre de personnes qui entraient et sortaient de son établissement. Cette atmosphère détendue était exactement ce dont Tal avait besoin. Il avait travaillé assez longtemps dans un milieu très stressant et s'était juré, à sa sortie de l'armée, de ne plus jamais se soumettre à une telle pression.

Couper les cheveux n'était pas le travail le plus stimulant qui soit, mais étonnamment, Tal aimait bien ça.

Écouter les récits du quotidien des hommes, et parfois des femmes, qui s'asseyaient sur son fauteuil était un changement rafraîchissant par rapport aux discussions politiques et militaires dans lesquelles il avait été constamment plongé avant de déménager en Virginie.

Son programme de la journée était chargé, mais Tal pensait déjà à ce soir. Lorsqu'il partirait, jusqu'où il pourrait aller avant de devoir s'arrêter et ce qu'il ferait s'il *retrouvait* la femme qu'il cherchait.

Au moment où il entra dans le salon de coiffure, la cloche au-dessus de sa tête sonna. Tal ne put s'empêcher de se demander ce qu'elle faisait, là, tout de suite. Avait-elle froid ? Faim ? Peur ? Sentait-elle qu'une tempête arrivait ? Était-elle préparée ?

Il n'avait que des questions sans réponses. Mais bientôt, avec un peu de chance, tout cela changerait.

CHAPITRE DEUX

Sunset Meadowblossom sourit en observant le plafond de la grotte où elle était allongée. L'air dehors était frais, mais ici, avec son petit feu allumé, ses chaussettes de laine aux pieds, les jambes recouvertes d'un legging doux comme du beurre et le sweat-shirt trop grand qu'elle n'enlevait jamais, elle était bien au chaud.

La première fois qu'elle avait enlevé la robe marron qu'elle portait depuis toujours, elle avait été incroyablement nerveuse. Mais ça avait été tellement libérateur ! Les femmes de La Communauté n'avaient pas le droit de porter autre chose que des robes. Jamais de pantalons ni de chemises. Seulement cette robe en laine brune informe et irritante qu'Arrow avait jugée appropriée.

Évidemment, le chef de La Communauté et les autres hommes avaient le droit de porter ce qu'ils voulaient. Y compris des vestes chaudes en hiver et des pantalons qui leur empêchaient de se geler les jambes. Ils avaient également tous des bottes chaudes et des gants.

Une fois, elle avait entendu l'une des autres épouses demander pourquoi elle ne pouvait pas porter de pantalons. On lui avait alors expliqué que ce n'était pas nécessaire puisque sa place était à l'intérieur, à cuisiner et à s'occuper des hommes.

Cet argument aurait été compréhensible si Sunset n'avait pas été obligée d'aller chasser dans la forêt. Elle avait été l'une des meilleures chasseuses de La Communauté, et sans elle, il y aurait eu beaucoup plus de nuits avec des ventres vides. Mais même si elle avait été chargée de chasser de la viande, elle n'avait toujours pas le droit de porter des pantalons.

Cela lui avait toujours semblé injuste, bien qu'Arrow l'ait souvent réprimandée en lui disant qu'elle était simplement ingrate et qu'elle devait apprendre à rester à sa place. Mais justement, Sunset n'avait aucune idée de ce qu'était sa *place*. Elle avait été l'épouse d'Arrow, avec quatre autres femmes, et même s'il était le chef de leur groupe, elle était toujours autant méprisée.

La seule personne qui avait cherché à attirer son attention était celle dont elle ne voulait pas. Cypress, le fils d'Arrow n'avait jamais caché le fait qu'il la désirait. Mais comme elle était la femme du chef, elle était intouchable. Elle avait passé ses journées à faire de son mieux pour rester inaperçue, en faisant ce qu'on attendait d'elle sans faire de vague durant cette vie difficile qu'était la sienne.

Elle se souvenait encore des conséquences inconfortables et douloureuses qu'impliquait le fait de parler à tort et à travers. De dire ce qu'elle pensait ou d'essayer de changer les conditions de son existence. On lui avait montré à maintes reprises que le fait de s'exprimer, d'essayer d'aller à l'encontre des règles de La Communauté ne pouvait que se solder par un séjour dans la tente de punition, attachée et isolée, seule pendant des jours, voire des semaines. À chaque fois qu'Arrow venait enfin la chercher, elle était à nouveau docile, voulant désespérément reprendre ses tâches habituelles pour La Communauté.

Cette soumission durait généralement plusieurs mois avant que la certitude que ce n'était pas ainsi que la vie était censée se dérouler ne s'impose une fois de plus. Et elle se mettait à nouveau dans le pétrin. Ce schéma s'était répété depuis ses premiers souvenirs, jusqu'à ce qu'elle s'échappe.

Et quand le moment était venu, Arrow avait également insisté pour qu'elle s'acquitte de ses devoirs d'épouse, tout comme il l'exigeait de ses autres femmes, mais Sunset n'avait jamais apprécié ces moments-là. Elle redoutait qu'il exige sa présence dans sa tente. Les dernières années avant qu'il ne meure, elle avait été soulagée de constater que son pénis ne durcissait plus. Au lieu de ça, il la caressait sous sa robe, ce qui lui faisait mal car il était trop brutal lorsqu'il la touchait. Sunset avait appris à faire semblant que ce soit agréable, pour qu'il cesse au bout de quelques minutes.

Lorsqu'il était mort, elle avait perdu la protection dont elle bénéficiait en étant son épouse. Elle et les autres femmes avaient été offertes à d'autres hommes de La Communauté, et Cypress n'avait pas perdu de temps pour la revendiquer comme sienne.

Être sa sixième femme avait été un enfer. Il était cruel, violent, et se fichait de la blesser lorsqu'il la prenait. En fait, il se réjouissait de ses cris de douleur et se délectait des bleus qu'il laissait sur son corps.

Elle avait pris l'habitude de se rebeller de plus en plus afin d'être punie par l'isolement dans la tente des punitions. Au moins là-bas, Cypress ne pouvait pas la toucher. Il ne pouvait pas lui faire de mal. Mais elle finissait toujours par être libérée pour reprendre ses tâches, notamment parce que La Communauté avait besoin de plus de viande fraîche. Et elle se retrouvait à nouveau dans la tente de Cypress, subissant son horrible brutalité.

Lorsque les hommes avaient décidé de déplacer La Communauté en Floride, là où il ne faisait pas froid, Sunset avait été saisie d'effroi. Elle ne pouvait pas partir. Elle n'aurait pas pu expliquer ce sentiment si ce n'était qu'elle savait que cet endroit était sa *maison* et qu'elle ne pourrait pas supporter d'en être séparée. Elle avait gardé ses craintes pour elle... et puis, de toute façon, aucun des hommes ne l'aurait écoutée.

Au milieu de la nuit, la veille de leur départ, Sunset s'était faufilée dans la forêt pour se cacher non loin.

Cypress avait été furieux. Il avait hurlé pendant des heures, criant son prénom tout en marchant en trombe dans les bois autour du campement. Il lui avait ordonné de revenir. Il l'avait menacée. Mais elle était restée cachée.

Elle avait attendu jusqu'à ce qu'elle voie de ses propres yeux que toutes les femmes avaient été entassées à l'arrière d'un gros camion, sans fenêtre ni sièges, la porte fermée et verrouillée derrière elle.

Elle continua d'observer les hommes qui grimpaient tous à bord de camionnettes confortables et s'en allaient. Mais elle ne sortit pas de sa cachette pour autant. Elle avait peur que ce soit un piège. Que Cypress allait bondir de derrière une tente et l'attraper, la forçant à partir très loin avec eux.

Elle avait vécu seule dans les bois pendant au moins une semaine avant d'oser retourner au campement abandonné. Cypress avait laissé toutes les tentes, leur promettant qu'ils auraient de meilleurs logements là où ils se rendaient. Personne ne l'avait remis en question même si Sunset n'avait pas pu s'empêcher de se demander comment ils pourraient s'installer dans un nouvel endroit sans y emmener leurs maisons. Elle n'était toujours pas convaincue que Cypress ne serait pas là pour l'attraper à son retour et lorsqu'elle s'était faufilée dans le camp, elle avait observé les tentes pendant deux jours d'affilée avant d'avoir le courage de s'aventurer dans la seule maison qu'elle ait jamais connue.

La plupart des affaires de La Communauté avaient été emportées, mais ils avaient aussi laissé quelques objets utiles derrière eux. Sunset avait trouvé un couteau et quelques casseroles égarées. Les paillasses sur lesquelles dormaient les femmes étaient toujours là, mais elle n'avait pas été surprise de constater que les lits utilisés par les hommes avaient disparu.

Elle avait trouvé du riz qui n'avait pas été grignoté par les souris, et même une robe jetée dans l'une des tentes.

En y repensant, elle s'était rendu compte que toutes les affaires des hommes avaient été emballées et emportées avec le groupe. Seules quelques affaires appartenant aux femmes avaient été laissées sur place. Parce qu'elles n'étaient pas aussi importantes qu'eux.

Les premiers mois qu'elle avait passés seule avaient été à la fois effrayants et exaltants. Personne n'était là pour lui dire quoi faire. Elle pouvait manger tous les meilleurs morceaux des animaux qu'elle chassait et n'avait pas à les garder pour les hommes. Elle pouvait dormir plus tard si elle en avait envie et n'était pas obligée de se lever à l'aube pour commencer le ménage et préparer le petit déjeuner. Elle buvait autant d'eau qu'elle voulait et mangeait autant qu'elle le souhaitait. Elle était même retournée à La Communauté un matin et avait pris l'une des plus petites tentes, qu'elle avait ramenée dans les bois et s'était fabriqué le lit le plus confortable sur lequel elle ait jamais dormi.

Et surtout, elle n'avait plus à supporter le contact de Cypress.

Au fil des ans, de nombreuses femmes de La Communauté lui avaient dit à quel point elle avait de la chance d'être l'une des épouses du chef. Et lorsque Cypress l'avait revendiquée comme sienne, elles lui avaient dit, une fois de plus, qu'elle devait être reconnaissante. Mais Sunset ne l'avait pas été.

Pas du tout.

Désormais, elle s'était enfin libérée de lui. De son ancienne vie. Elle se créait une nouvelle existence dans les bois, toute seule.

Puis, étrangement, au fil des mois, elle avait progressivement commencé à se sentir comme lorsqu'elle était retenue prisonnière dans la tente des punitions.

Terriblement seule. Isolée.

Elle avait envie de voir des gens. De leur parler. Même si

elle n'avait jamais vraiment eu le droit de parler aux autres femmes de La Communauté ; les hommes n'appréciaient pas qu'elles deviennent trop proches. Pourtant, le fait d'être entourée d'autres personnes l'avait en quelque sorte réconfortée. Et avant la mort d'Arrow, il y avait de rares moments où il était moins cruel avec elle, voire même gentil.

Sans devoir tout le temps nettoyer et faire à manger, Sunset finissait par s'ennuyer. Il n'y avait pas grand-chose à faire dans la petite grotte où elle avait élu domicile. Elle avait commencé à s'aventurer de plus en plus loin, suivant discrètement les gens qu'elle apercevait dans la forêt. Au début, cela avait été terrifiant. La première fois qu'elle avait entendu les gens parler, elle s'était enfuie, retournant vers sa grotte en courant et n'en était ressortie que quelques jours plus tard.

Mais sa curiosité avait fini par prendre le dessus et elle s'était aventurée à nouveau.

Elle était désormais experte en matière de dissimulation pour espionner les gens qui parcouraient les sentiers de sa forêt. Elle n'avait jamais ressenti le besoin de parler à qui que ce soit ou d'interagir avec eux de quelque manière que ce soit... jusqu'au jour où elle avait vu un homme tenir une femme contre lui, un couteau sous la gorge.

Elle avait écouté sans bruit et l'avait entendu dire qu'il allait la toucher de la même façon que Cypress l'avait fait avec elle, lorsqu'il la faisait venir dans sa tente.

Quelque chose l'avait envahie à ce moment-là, une colère si noire qu'elle avait agi sans réfléchir, déboulant dans la clairière et jetant de la terre au visage de l'homme.

Ça lui avait fait du *bien*. Elle avait aidé à sauver cette femme.

Sunset avait également été prête à bondir pour l'aider à échapper à *l'autre* homme, le plus costaud, mais en les suivant, elle avait réalisé que l'homme en question ne lui faisait pas de mal.

Il la protégeait.

Ça l'avait perturbée. Ce n'était pas comme ça que les hommes étaient censés se comporter.

Elle ne comprenait pas pourquoi il ne reprochait pas à la femme ce qu'il s'était passé. Ou qu'il n'exigeait pas qu'elle leur fasse un feu et aille leur trouver à manger lorsqu'ils avaient été obligés de passer la nuit dans la forêt. Au lieu de ça, il l'avait prise dans ses bras et l'avait serrée contre lui toute la nuit, la gardant au chaud. Se plaçant entre elle et l'ouverture du rocher sous lequel ils avaient dormi.

Pour la première fois de sa vie, Sunset avait vu un homme traiter une femme avec... douceur.

Pendant des années, lorsque les souvenirs de sa « vie d'avant » menaçaient de jaillir dans son esprit, Sunset les avait repoussés sans ménagement. Arrow et d'autres hommes de La Communauté lui avaient dit que si elle parlait de sa vie d'avant à qui que ce soit, elle serait sévèrement punie. Enfant, elle avait été *punie*. Tellement qu'elle avait redoublé d'efforts pour s'assurer que de telles représailles ne se reproduisent plus jamais... y compris en ne pensant plus jamais à sa vie d'avant.

Mais après avoir vu cet homme avec cette femme, de vagues souvenirs avaient commencé à lui revenir. Des flashbacks qui ne faisaient aucun sens. Des images d'elle heureuse et au chaud. D'un arbre aux lumières scintillantes. D'un homme et d'une femme qui se criaient dessus, mais qui s'arrêtaient lorsqu'elle entrait dans la pièce. Des enfants assis en rangs, écoutant une femme qui leur parlait à l'avant de la pièce et qui écrivait sur un mur vert.

Les souvenirs étaient toujours accompagnés d'un mal de tête lancinant, et même aujourd'hui, c'était encore le cas.

Allongée sur son lit et observant le plafond de sa grotte, Sunset se posait tout un tas de questions. Mais elle n'avait aucun moyen d'y répondre.

Sauf peut-être en parlant à l'une des personnes qu'elle avait vues dans la forêt.

Elle savait que l'un d'entre eux en particulier, Talon – le

même homme qui lui avait laissé les vêtements et autres objets – la cherchait. Il lui avait laissé un mot, lui expliquant comment il s'appelait et qu'il lui laissait des cadeaux car il s'inquiétait pour elle.

Elle avait peur de ce qui pourrait se passer si jamais il trouvait sa grotte... mais elle était aussi très curieuse. Il lui avait offert de si beaux cadeaux. Elle ne savait pas ce qu'il voudrait en retour... d'où sa nervosité et sa peur. Il voudrait probablement la toucher comme l'avait fait Cypress. C'était son droit en tant qu'homme. Mais elle n'en avait pas envie.

Peut-être pourrait-elle simplement lui rendre les vêtements pour qu'il ne lui demande rien en retour.

Mais elle ne voulait pas les lui redonner. Elle *adorait* porter un pantalon. Le vêtement la faisait se sentir en sécurité. Comme ça, les hommes ne pouvaient pas juste glisser la main sous sa robe et la toucher comme ils le faisaient au sein de La Communauté. Et ses orteils ne la picotaient pas à cause du froid la nuit avec ses chaussettes aux pieds. Ce n'était pas étonnant que les hommes aiment tant porter des vêtements. Elle ne s'était jamais sentie autant en sécurité et au chaud qu'en ce moment même.

Levant la tête, Sunset tira le tissu du sweat-shirt jusqu'à ses narines et inspira. L'odeur de propreté et de fraîcheur que le tissu dégageait lorsqu'elle l'avait reçu pour la première fois avait presque disparu. Mais elle se souvenait encore très bien à quel point le pull sentait bon la première fois qu'elle l'avait enfilé. Cela lui rappelait le printemps, lorsque les femmes étaient chargées d'étendre les draps des hommes. Elles utilisaient le savon que Cypress et Arrow ramenaient de la ville pour les nettoyer dans le ruisseau, puis elles les suspendaient. C'était la seule tâche que Sunset accomplissait toujours sans éprouver le moindre ressentiment. Elle aimait cette odeur de propreté.

Ça ne la dérangeait même pas lorsque Cypress la forçait à accomplir son devoir après la journée de nettoyage. Elle se mettait volontiers à quatre pattes quand il la prenait par-derrière, parce qu'elle pouvait enfouir son nez dans le tissu propre sous elle et s'imaginer qu'elle était n'importe où ailleurs que dans sa tente.

Tournant la tête, Sunset observa les autres choses que l'homme, Talon, lui avait données. Le chocolat avait disparu depuis longtemps, mais elle avait gardé l'emballage. Elle pouvait encore y sentir les restes de la friandise, ce qui était presque aussi bon que lorsqu'elle l'avait mangé. Elle avait aussi gardé les déchets de la nourriture au goût bizarre. D'une part, parce qu'elle n'avait nulle part où se débarrasser de ces déchets sans risquer que l'un des randonneurs de la forêt ne se rende compte que quelqu'un était passé par là, et d'autre part parce qu'il les lui avait donnés.

Il y avait un objet en plastique rose qui lui avait tranché le doigt quand elle l'avait touché. Il y avait une lame au bout, mais Sunset n'avait pas réussi à la retirer sans casser le plastique. Et elle ne voulait pas casser ce que Talon lui avait donné.

Il lui avait aussi donné un bonnet de laine, qu'elle portait lorsqu'elle quittait sa grotte, et une couverture, brillante et argentée d'un côté, qui avait été pliée en un tout petit carré. Lorsqu'elle l'avait dépliée, celle-ci avait fait beaucoup trop de bruit à son goût. Elle n'arrivait pas à la replier correctement, alors elle restait sur le côté de la grotte pour l'instant.

Il lui avait également offert une corde, utile pour fabriquer des pièges, et des lanières en plastique dont elle avait fini par trouver l'usage. Une extrémité s'insérait dans l'autre et, une fois serrée, ne pouvait plus être défaite. Elles lui avaient permis d'attacher plus facilement des bâtons pour ses pièges.

Le sac le plus récent était accompagné d'un autre message. Cela faisait tellement longtemps que Sunset n'avait pas pu lire quoi que ce soit – les femmes de La Communauté n'avaient pas le droit de lire ou d'écrire – elle avait du mal à comprendre ce que Talon avait écrit, mais elle avait saisi le sens général de son message.

. . .

Je t'ai apporté d'autres choses qui pourraient t'être utiles. Si tu as besoin de quelque chose de spécifique, n'hésite pas à me le dire. Je veux juste t'aider. Tu veux bien me dire ton prénom ? Tu peux me faire confiance. Je te jure que je ne te ferai pas de mal. Tu veux bien rester me dire bonjour la prochaine fois ? J'adorerais parler avec toi.

~Talon

La confiance. Sunset ne pensait pas pouvoir faire confiance à quiconque. Elle ne savait pas pourquoi précisément, seulement que quelque chose de sombre était tapi dans son esprit. Quelque chose en rapport avec sa vie d'avant. Et puis, ce n'était pas comme si Cypress ou Arrow lui avait donné une raison de faire confiance aux hommes. Mais il y avait quelque chose chez Talon qui lui donnait terriblement envie d'être quelqu'un d'autre. Quelqu'un qui pourrait s'avancer vers lui et se présenter. Quelqu'un qu'il pourrait apprendre à aimer. Quelqu'un qu'il ne frapperait pas. Ou à qui il ne ferait pas de mal. Il pourrait la remercier pour le repas qu'elle aurait préparé au lieu de grogner et de se plaindre que c'était trop cuit ou pas assez cuit ou trop froid.

Soupirant profondément, Sunset se redressa. Il était inutile de souhaiter toutes ces choses puisqu'elles n'arriveraient jamais. Elle était seule et c'était ce qu'elle voulait.

Elle n'avait pas quitté La Communauté pour rien et elle ne s'était jamais sentie aussi libre qu'actuellement. Oui elle avait de la saleté sous les ongles, elle sentait mauvais et elle était seule, et alors ? Elle préférait largement sa nouvelle vie à celle qu'elle vivait lorsqu'elle était l'une des épouses de Cypress.

C'est avec cette idée en tête que Sunset retrouva l'air frais du dehors pour faire ses besoins. Elle devait ensuite aller chercher de l'eau au ruisseau situé à huit cents mètres de là, vérifier ses pièges et manger quelque chose. Plus tard, elle s'aventurerait peut-être dehors pour s'amuser à espionner d'autres randonneurs.

Elle n'irait pas voir si Talon était venu déposer un nouveau sac de cadeaux. Non, elle devait être plus maligne que ça et elle l'avait déjà rendu bien trop curieux à son sujet. La dernière chose dont elle avait envie c'était qu'il la piste et trouve sa petite grotte.

Les conséquences n'auraient *rien* de positif.

CHAPITRE TROIS

L'aube se levait à peine et Tal commençait à se dire que cette recherche se terminerait de la même façon que toutes les autres. Il rentrerait à Fallport sans avoir la moindre idée de là où se trouvait cette mystérieuse femme, pas plus que lorsqu'il avait commencé.

La nuit dernière, la quatrième qu'il passait dans la forêt, il avait arrêté de marcher juste avant le coucher du soleil pour établir son campement. Il s'était endormi et s'était réveillé seulement une heure plus tard, transpirant à grosses gouttes après avoir rêvé d'une femme rousse sans visage flottant loin de lui dans une rivière, les bras tendus, implorant à l'aide. Dans son rêve, Tal avait couru le long de la rive, cherchant désespérément à la rejoindre, mais elle restait hors de sa portée. Peu importe ce qu'il faisait, la vitesse à laquelle il courait, la longueur des branches qu'il tendait vers elle, cela ne suffisait pas. Il s'était réveillé juste avant que la femme ne tombe vers une chute d'eau de plus de trente mètres.

Après ça, il avait décidé de remballer son petit campement et de continuer à marcher. Il avait avancé lentement dans le noir, mais il valait mieux marcher dans le froid du soir que d'essayer de se rendormir et de faire d'autres cauchemars.

Dans la pénombre, juste avant l'aube, alors qu'il s'apprêtait à s'arrêter pour prendre son petit déjeuner et qu'il se demandait sérieusement ce qu'il était en train de faire, il pénétra une toute petite clairière – et observa la petite grotte qui se trouvait devant lui.

Il aperçut un très léger filet de fumée s'élevant dans l'air vif du matin. L'odeur du bois brûlé parvint jusqu'à ses narines et il s'accroupit immédiatement.

C'était forcément elle ! Ça ne pouvait être personne d'autre. Cela faisait trois jours qu'il n'avait vu ni entendu d'autres randonneurs. Il était si loin, si loin de tout sentier établi, qu'il était presque impossible que quelqu'un d'autre soit ici. D'ailleurs, il semblait que ce petit campement soit bien exploité. Tal perçut deux sentiers distincts s'éloigner de la grotte et l'herbe devant était piétinée, assez pour que l'on aperçoive la terre.

Son cœur battait à tout rompre dans sa poitrine et il sentit l'adrénaline couler dans ses veines. Tandis qu'il s'accroupissait entre les arbres, Tal essayait frénétiquement de trouver la marche à suivre. Même s'il avait très envie de retrouver cette femme, il ne s'y était pas vraiment attendu.

C'est pour ça qu'il n'avait aucun plan. Devait-il s'approcher pour dire bonjour ?

Non, ça n'allait pas le faire. Il allait forcément la faire flipper.

Devait-il rebrousser chemin et s'avancer ensuite vers sa grotte en faisant beaucoup de bruit pour l'informer ? Pour la prévenir qu'il n'était pas loin ?

Non. Il était certain qu'elle allait s'enfuir s'il faisait ça.

La frustration monta en lui. Tal n'avait jamais autant voulu rencontrer quelqu'un de sa vie, mais il savait sans l'ombre d'un doute que tout ce qu'il ferait l'effraierait. Et c'était la dernière chose qu'il souhaitait.

Il resta accroupi pour ce qui lui sembla être une éternité, mais qui ne dura probablement que cinq minutes, avant d'avancer prudemment jusqu'à ce qu'il puisse jeter un coup d'œil à l'intérieur de la grotte. Ses coéquipiers et lui n'étaient jamais allés aussi loin. Il ne savait même pas que cette grotte existait. Ils avaient fait de leur mieux pour prendre note de tous les endroits où les gens pouvaient se réfugier, mais cette grotte ne figurait pas sur leur liste.

Pourtant, c'était un endroit idéal. Elle se trouvait près d'un ruisseau, mais pas trop près. Ils étaient probablement à huit cents mètres de la source d'eau la plus proche. La grotte était en surplomb, ce qui permettait de protéger l'intérieur des intempéries. Elle était entourée d'arbres denses, offrant assez d'ombre en été et servant de coupe-vent en hiver contre la neige.

En somme, c'était un endroit idéal pour se réfugier.

La grotte était plus grande que ce à quoi il s'attendait et ses recoins étaient complètement sombres sans la lumière du jour. Tal ne distinguait personne... mais il savait qu'elle était là. Il le sentait. Sinon, pourquoi y aurait-il un petit feu en train de couver à l'intérieur ?

Il sentit les poils de ses bras se hérisser et l'adrénaline couler dans ses veines. Il se leva, recula d'une dizaine de mètres jusqu'à l'extrémité de la clairière, puis déposa lentement et silencieusement son sac sur le sol de la forêt. En restant aussi silencieux que possible, il s'appuya contre un arbre. Il avait une vue dégagée sur l'entrée de la grotte... tout comme la femme aurait une vue sur *lui* lorsqu'elle se réveillerait.

Il était certain qu'elle n'était pas encore consciente de sa présence, car sinon, elle aurait forcément agi, il n'en doutait pas une seconde.

Tal se baissa et s'assit, les yeux rivés vers la caverne. Il s'appuya contre son sac à dos, faisant de son mieux pour paraître inoffensif et détendu. Évidemment avec son mètre quatre-vingt-dix, ses muscles et une barbe plus hirsute qu'il ne le souhaitait après avoir passé tant de jours dans les bois – sans parler du fait qu'il était tout de noir vêtu et qu'il avait accumulé cinq jours de saleté – il savait que l'image qu'il renvoyait n'était pas vraiment « inoffensive ». Mais pour le moment, il ne pouvait rien y faire.

Il n'avait toujours aucune idée de ce qu'il allait dire pour essayer de convaincre la femme qui l'obsédait depuis un mois qu'il n'était pas une menace pour elle, mais il espérait trouver quelque chose avant qu'elle ne se réveille.

* * *

Sunset se réveilla lentement. Elle avait veillé tard la nuit dernière pour vérifier ses pièges et faire un festin impromptu après son retour à l'abri. Elle avait fait cuire les deux écureuils qu'elle avait attrapés et s'était régalée en mangeant chaque morceau de viande et en léchant le jus sur ses doigts par la suite. La différence entre sa vie actuelle et celle qu'elle menait dans La Communauté était comme le jour et la nuit. Personne n'était là pour lui dire de se taire, de s'allonger et d'écarter les jambes ou de recoudre une tente ou des vêtements.

Un sourire se dessina sur ses lèvres tandis qu'elle s'étirait. Pour la première fois de sa vie, elle était pleinement satisfaite.

Sunset se redressa et avança en rampant, jetant un coup d'œil à l'extérieur de sa grotte pour évaluer l'heure qu'il était. Encore une chose qu'elle appréciait : ne pas devoir se lever à l'aube pour préparer le petit déjeuner des hommes de La Communauté lorsqu'ils sortaient enfin de leurs lits.

D'après la lumière qui pénétrait sa grotte, elle pouvait en déduire que c'était le milieu de l'après-midi.

Mais dès qu'elle eut enregistré cette information, Sunset se figea.

Un homme était assis juste en face de l'entrée de sa grotte. Il était adossé à un arbre et la regardait fixement.

Son premier réflexe était de bondir et de s'enfuir, mais elle était certaine qu'il la rattraperait. Il était *immense*. Elle distinguait ses muscles qu'il contractait en la regardant. Il lui rappelait les hommes de La Communauté, mais sa barbe était plus courte. Elle vit qu'il avait les yeux bleus car il la regarda fixement, sans cligner des paupières.

Sunset se lécha les lèvres et fit de son mieux pour contrôler ses tremblements.

Qui était-il ? Que voulait-il ? Faisait-il partie de La Communauté ? Cypress l'avait-il envoyé ici pour la retrouver et la forcer à venir en Floride ? Hors de question. Elle ne partirait *pas*.

Elle n'osa pas bouger d'un pouce et elle avait l'impression que l'homme et elle étaient dans une sorte d'impasse. La peur ne la quittait pas... mais doucement, une autre émotion se fit sentir.

La colère.

Ce n'était pas juste ! Elle se débrouillait très bien toute seule. Elle n'avait pas envie qu'un homme débarque pour lui dire quoi faire et l'obliger à obéir à ses ordres.

Sunset repensa au couteau que Talon lui avait laissé. Si elle était assez rapide, elle pourrait l'attraper avant qu'il ne l'atteigne. Elle s'en était servie hier soir pour dépecer les écureuils et elle pensait l'avoir laissé près du feu. Mais elle ne voulait pas quitter l'homme des yeux.

— Je ne vais pas te faire de mal, dit soudain celui-ci. Tu peux me faire confiance.

Sa voix était basse et rauque, et ne ressemblait en rien à ce qu'elle avait pu entendre auparavant. Il avait une sorte d'accent, et il fallut un moment à son cerveau pour assimiler ses paroles.

— Je m'appelle Talon. La plupart de mes amis m'appellent Tal. C'est moi qui t'ai laissé les sacs de provisions.

Sunset écarquilla les yeux. C'était *lui* Talon ? Dans sa panique, elle ne l'avait pas reconnu. Tout en l'étudiant, elle réalisa que, malgré un peu plus de pilosité faciale, il s'agissait bien du même homme qu'elle avait vu et suivi dans les bois. Bizarrement, il paraissait différent en étant assis.

Pendant qu'il lui parlait, il était resté immobile. Il était resté adossé à un grand sac dans son dos. Ses jambes étaient tendues devant lui et croisées au niveau des chevilles. Il avait les bras repliés sur la poitrine et lorsqu'elle le regarda à nouveau, elle vit qu'il souriait.

Sunset ne savait absolument pas quoi dire ou faire. Elle était légèrement soulagée d'apprendre qu'il s'agissait de son mystérieux bienfaiteur, mais comme elle ne connaissait pas ses intentions et ne savait pas comment il avait fait pour la retrouver ni pourquoi il l'avait pistée, elle restait extrêmement méfiante. Elle n'avait pas envie de quitter sa grotte ni toutes ses affaires, mais si elle en avait l'occasion, elle s'enfuirait, laissant tout derrière elle. Elle était déjà partie de zéro. Elle pouvait recommencer.

Tal continua de parler. Et plus il le faisait, plus elle s'habituait à son accent.

— C'est l'endroit idéal pour vivre. Je suis impressionné. C'est bien caché, mais proche de l'eau et du sentier de biches que j'ai suivi un bon moment avant d'arriver jusqu'ici. Cette grotte est assez profonde pour te protéger du mauvais temps et te permet d'y faire un feu, mais pas trop grande pour que des animaux aient envie de te rejoindre non plus.

Ses compliments lui firent du bien. À quand remontait la dernière fois que quelqu'un l'avait complimentée ? Honnêtement, elle ne s'en rappelait plus. Au sein de La Communauté, les hommes ne faisaient que se plaindre que les femmes étaient lentes, ou désordonnées, ou qu'elles leur répondaient trop, ou tout un tas d'autres choses.

— J'espère que les objets que je t'ai laissés t'ont été utiles. Je ne savais pas vraiment de quoi tu aurais besoin. Même si on ne dirait pas que tu aies besoin de *quoi que ce soit*. Tu t'es très bien débrouillée pour survivre ici sans l'aide de personne.

Il n'avait pas tort. Plus il parlait, plus les muscles de Sunset se détendaient, jusqu'à ce qu'elle finisse par s'asseoir lentement par terre, ses genoux repliés devant elle, pour les serrer contre elle – et bondir rapidement si nécessaire. Elle était toujours méfiante et il faisait peut-être exprès de lui faire baisser sa garde avant de l'attaquer, mais pour le moment, il semblait plus que satisfait de rester là où il était.

— Tu veux bien me dire comment tu t'appelles ?

Sunset pinça les lèvres en le regardant.

— OK, c'est trop tôt. C'est pas grave. Brock et Finley sont très reconnaissants que tu les aies aidés. Brock ne pouvait rien faire tant que le couteau était sous la gorge de Finley. Il ne voulait pas faire le moindre geste qui aurait pu la blesser. Puis tu es arrivée et tu as jeté la terre au visage du ravisseur. Tu lui as donné l'occasion d'éloigner Finley du couteau pour qu'ils s'enfuient.

Brock et Finley. Sunset aimait bien leurs prénoms. Ses lèvres s'étirèrent. Elle savait que la femme et l'homme avaient pu s'échapper puisqu'elle les avait suivis pour s'assurer que la fille était réellement en sécurité.

— J'ai comme l'impression que rien ne t'échappe dans cette forêt, non ? demanda Talon.

Sunset secoua doucement la tête.

Talon lui fit un grand sourire. Sunset fut surprise de constater qu'il avait une fossette sur la joue gauche. Elle pouvait la voir à travers sa barbe. Elle ne semblait pas à sa place.

— C'est bien ce que je me disais. Encore une fois, ils t'en sont très reconnaissants.

— Qu'est-ce qui est arrivé aux autres hommes ? demanda Sunset.

Sa voix était à peine plus forte qu'un murmure, mais Tal l'entendit. Son sourire s'élargit, comme s'il était heureux qu'elle ait parlé à voix haute.

— Ils ont enterré le sac à dos de Brock en quittant les bois et mes amis l'ont retrouvé. C'étaient des trafiquants de drogue et comme ils n'ont pas pu obtenir les informations qu'ils voulaient de la part de Finley, car leur patronne le leur avait demandé, ils ont quitté Fallport. L'un d'eux a fait une overdose et est mort. L'autre a été attrapé et mis en prison.

Sunset acquiesça. Elle ne savait pas exactement ce qu'était un trafiquant de drogue, mais elle supposait que ce n'était pas une bonne chose. Pour la première fois depuis des années, elle se rendit compte du peu de choses qu'elle connaissait sur le monde. Elle pouvait survivre seule dans les bois, connaissait la meilleure façon d'attraper et de dépecer un animal, pouvait fabriquer ses propres vêtements et avait même aidé l'une des femmes de La Communauté à accoucher, mais elle ne connaissait rien du monde en dehors de cette forêt.

Pendant un instant, elle eut presque honte. Elle était une grande fille et pourtant, elle se sentait incroyablement bête à côté de cet homme.

Elle avait supplié Arrow de la laisser apprendre à lire et écrire, mais il avait refusé. Elle avait jeté un coup d'œil à ses livres lorsqu'elle était certaine qu'il ne pourrait pas la surprendre, mais beaucoup de mots étaient très longs et elle ne comprenait pas leur signification. Il y a plusieurs années, elle s'était entraînée à écrire avec un bâton dans la terre, mais elle avait fini par abandonner, car cela ne semblait pas servir à grand-chose.

Elle avait appris tout ce qu'elle pouvait sur d'autres sujets. Elle prêtait attention aux hommes quand ils pensaient qu'elle était occupée à coudre ou à cuisiner. Elle s'était imprégnée d'autant d'informations que possible, mais ce n'était manifestement pas suffisant.

— Sunset, dit-elle soudain doucement.

— Pardon ? demanda Talon.

— Sunset, répéta-t-elle. Mon prénom.

— Tu t'appelles Sunset ?

Elle acquiesça.

— C'est magnifique. Ça te va à ravir.

Encore un autre compliment. Talon mentait probablement. Elle n'avait rien d'un rayon de soleil. Arrow lui avait souvent dit qu'elle avait de la chance qu'il l'ait choisie pour être sa femme, car elle avait un physique inhabituel. Ses cheveux roux étaient le signe du diable et peu d'hommes auraient voulu être avec elle. Il s'était moqué de ses petits seins et ne lui demandait jamais de se déshabiller lorsqu'elle le rejoignait dans sa tente pour la nuit. Il la regardait rarement lorsqu'il était allongé sur elle.

Talon lui disait seulement des choses gentilles parce qu'il voulait qu'elle baisse sa garde.

— Tu ne me crois pas, dit-il.

Ce n'était pas une question.

— Je ne mens pas. Tes yeux sont d'un bleu vert inhabituel. Presque turquoise. Je te jure qu'ils sont de la même couleur que les plus belles eaux que j'ai vues dans les Caraïbes. Tu as des cils pour lesquels les femmes payent une fortune en ville. Et l'intelligence que je lis dans ces yeux magnifiques, c'est la cerise sur le gâteau.

Elle était désormais *sûre* qu'il mentait. Elle aurait pu se laisser séduire par ses compliments s'il n'avait pas ajouté ce dernier détail. Elle n'était pas intelligente. Pas le moins du monde. Encore une fois, Arrow et son fils avaient tout fait pour qu'elle sache à quel point elle était stupide.

— Va-t'en, dit-elle d'une voix dure.

Talon cligna des yeux de surprise, mais elle vit les muscles de sa mâchoire se contracter. À vrai dire, tous les muscles de son corps étaient tendus. Elle se préparait à ce qu'il se jette sur elle et la frappe. Elle savait qu'il ne valait mieux pas parler comme ça aux hommes, mais les mots avaient jailli avant qu'elle n'ait le temps de réfléchir. Arrow l'avait frappée un nombre incalculable de fois pour son impulsivité, essayant de la faire changer... en vain.

Mais Talon ne bougea pas. Il resta affalé contre son sac.

— Je ne suis pas là pour te faire du mal, dit-il doucement.

— Oui.

— Tant mieux. Je t'ai apporté une paire de bottes. J'espère qu'elles t'iront, j'ai dû estimer ta pointure, mais je l'ai fait en me basant sur une empreinte que j'ai trouvée et dont j'étais presque sûr qu'elle t'appartenait.

Elle le regarda avec de grands yeux écarquillés. Des bottes ? Il lui avait apporté des *bottes* ? Seuls les hommes avaient le droit de porter des bottes. Était-ce encore un piège ?

— Je déteste ce regard, marmonna doucement Talon.

Mais il se rassit contre l'arbre, comme s'il n'avait nulle part où aller et rien à faire.

Sunset remarqua pour la première fois que le ciel s'était couvert depuis qu'elle s'était réveillée et que désormais, une pluie fine tombait. Mais Talon ne chercha pas à se mettre à l'abri de la pluie, il resta assis là où il était. Elle était complètement perplexe. Tous les hommes de La Communauté auraient déjà pénétré sa grotte de force, la poussant dehors. Ils lui auraient ordonné d'aller ramasser du bois pour réchauffer l'espace et auraient insisté pour qu'elle aille chercher le petit déjeuner et se seraient probablement installés sur le lit qu'elle avait fabriqué pour faire une sieste.

Mais Talon ne faisait rien de tout ça. Il restait assis sous la pluie, trempé, faisant comme s'il ne s'en apercevait pas.

— Il pleut, lâcha-t-elle.

— Ouais, dit-il sans bouger.

— T'es mouillé.

— Oui, acquiesça-t-il.

— Tu ne veux pas te mettre à l'abri de la pluie ?

— Non, ça va.

Frustrée, Sunset lui dit :

— Pourquoi tu n'entres pas dans la grotte ?

— Parce que je n'y ai pas été invité. Parce que c'est *ta* grotte. Parce que tu ne me fais pas confiance. Parce que je ne veux pas faire quelque chose qui puisse t'effrayer encore plus. À toi de choisir.

Sunset était déconcertée. Talon ne se comportait pas comme tous les hommes qu'elle avait connus. Elle ne savait pas ce qui n'allait pas bien chez lui. Elle ne pouvait pas nier qu'elle appréciait qu'il lui laisse de l'espace, mais elle ne comprenait pas *pourquoi* il le faisait.

— Je ne suis pas là pour te faire du mal, répéta Talon. Je suis venu t'aider. Apprendre à te connaître. Te laisser apprendre à me connaître. Je veux ta confiance, mais je suis prêt à la gagner lentement. Une grosse tempête de neige se prépare, et j'aimerais te ramener à Fallport avant qu'elle ne frappe... mais j'ai l'impression que tu ne seras pas d'accord. Alors, on va s'abriter et faire face à la tempête ensemble. Je sais que les actes valent plus que les paroles, mais tu *peux* me faire confiance, Sunset. Je ne te toucherai pas sans ton consente-ment. Je ne mangerai pas ta nourriture, je n'entrerai pas dans ta maison, je ne ferai rien sans ton accord. Tu as assez souffert comme ça et il est hors de question que je te traumatise encore plus.

Étonnamment, Sunset eut *envie* de lui faire confiance. Mais elle avait vu plus d'un homme gagner la confiance d'une femme, pour ensuite montrer son vrai visage.

— Je ne fais confiance à personne, lui dit-elle.

— Je sais, dit Tal avec tristesse. J'apprécie que tu ne te sois pas enfuie quand tu m'as vu.

— Tu m'as surprise, avoua-t-elle.

— Je le sais aussi.

— J'ai besoin de faire pipi, lâcha-t-elle avant de le regretter immédiatement.

Mais Talon sourit simplement, sa fossette refaisant son apparition. Elle disparut aussi vite qu'elle était apparue.

— S'il te plaît, ne t'enfuis pas, lui dit-il. Sunset, je te jure que je ne te ferai jamais de mal.

Elle avait *effectivement* pensé à s'enfuir. Mais elle savait qu'il ne mentait pas sur l'arrivée de la tempête. Elle l'avait senti dans l'air. Au fil des ans, elle avait appris à lire les signes. Il avait fait plus froid récemment et le vent avait tourné la nuit précédente. Les animaux se réfugiaient sous la terre et se préparaient manifestement à ce que Mère Nature leur réservait. Si elle s'enfuyait maintenant, elle serait à la merci de la tempête sans sa grotte. Même si elle avait peur de Talon, elle n'avait pas envie de mourir.

Elle finit par acquiescer.

— Merci, dit-il. Tu as besoin d'eau ?

Sunset fronça les sourcils.

— Oui, mais j'en prendrai sur le chemin du retour.

Talon secoua la tête.

— J'y vais. C'est ton seul seau ?

Elle observa le seau posé près de l'entrée de la grotte. Il faisait partie des objets qu'elle avait pris à La Communauté lorsqu'elle était retournée fouiller le camp une fois que tout le monde était parti. Elle acquiesça.

— Si tu le lances vers moi, je m'occuperai de le remplir pendant que tu fais ce que tu as à faire. Quand la neige commencera à tomber, si on est encore ici, on pourra en faire fondre pour avoir de l'eau.

Sunset ne savait pas quoi penser de cet homme. Il lui proposait de faire l'une des corvées habituellement réservées aux femmes ? Ça n'avait aucun sens. Mais elle n'hésita pas à se lever et à lui lancer le seau. Elle ne voulait pas qu'il s'approche trop près d'elle. Il était bien plus costaud qu'elle. Il pouvait facilement la dominer. Et elle ne voulait même pas envisager de se retrouver bloquée par la neige avec lui.

Talon se leva doucement et Sunset déglutit avec force. Il était vraiment immense. Il ne lui avait pas paru si grand lorsqu'elle l'avait aperçu sur les sentiers… mais désormais, elle était bien plus proche de lui qu'elle ne l'avait été auparavant. Oui. Elle ne s'était pas trompée sur sa capacité à la dominer.

Elle jeta le seau dans sa direction.

Il le ramassa et recula d'un pas.

— Si tu comptes *t'enfuir*, prends mon sac, dit-il d'un ton

solennel. Il contient les bottes et d'autres choses que je t'ai apportées. Il y a aussi une tente et des provisions.

Sunset avait mal à la tête. Il lui demandait de ne pas s'enfuir et maintenant il lui disait que si elle le faisait, elle pouvait prendre son sac à dos ? Il était si déconcertant, et elle détestait avoir l'impression de passer à côté de quelque chose.

— Je ne veux pas que tu t'en ailles, continua-t-il. Mais si tu ne peux pas t'en empêcher, si tu as trop peur de moi, je veux que tu puisses survivre à la tempête qui arrive. Je ne mens pas à ce sujet. Les prévisions annoncent au moins trente centimètres de neige. Peut-être plus. Pour toi, l'endroit le plus sûr, c'est cette grotte… mais ce n'est pas vrai. L'endroit le plus sûr, c'est Fallport. Mais je pense que ce n'est pas envisageable. Donc le deuxième meilleur abri, c'est ici. Tu peux me faire confiance, Sunset. Je ne vais pas te faire de mal. Je reviens avec l'eau.

Et sur ce, il tourna les talons et avança en direction du ruisseau.

Sunset s'assit sur ses talons et regarda pendant un long moment l'endroit où il avait disparu dans la forêt. Il n'arrêtait pas de dire qu'il ne lui ferait pas de mal, qu'elle pouvait lui faire confiance. Il l'avait dit plusieurs fois. Elle avait appris que les paroles des hommes ne correspondaient pas toujours à leurs actes. Mais jusqu'à présent, il n'avait été rien d'autre que gentil.

Sunset se leva lentement et s'observa. Elle portait le sweat-shirt qu'il lui avait donné, le legging, les chaussettes. Le couteau qu'il lui avait laissé auparavant était bien près du feu. Il n'avait pas essayé de l'attraper ce matin. Il n'avait rien fait d'autre que de s'asseoir sous la pluie et de lui parler.

Il l'avait complètement perturbée, mais il ne lui avait pas fait de mal.

L'instinct de Talon ne se trompait pas. Au fond, une petite voix lui hurlait de fuir. De s'éloigner de lui. De prendre son sac à dos et de disparaître dans cette forêt qu'elle connaissait si bien.

Mais l'autre partie d'elle, celle qui avait désespérément

besoin d'une connexion humaine, celle qui se réjouissait d'être considérée comme jolie et intelligente, voulait rester. Lui faire confiance.

Elle était tiraillée. Si tiraillée.

Sortant sous la pluie fine, Sunset se rendit dans la forêt.

CHAPITRE QUATRE

C'était un risque de partir, mais Talon savait qu'il ne pouvait pas garder un œil sur Sunset chaque seconde de la journée. Tout en lui lui criait de revenir sur ses pas. De s'assurer qu'elle ne s'enfuie pas. Mais elle était une adulte et il n'était pas son ravisseur.

Cependant, elle lui brisait le cœur. Il était évident qu'elle était désorientée. Qu'elle avait été traitée comme de la merde par les gens avec lesquels elle avait vécu. Il n'était pas encore certain que Sunset soit vraiment Heather Brown, la petite fille de huit ans qui avait été kidnappée il y a vingt ans. Il y avait peu de chances que ce soit le cas… mais si c'était vrai ?

Tandis qu'il marchait jusqu'au ruisseau, Talon s'efforçait de tendre l'oreille pour entendre autre chose que la pluie qui tombait sur les feuilles autour de lui et ses propres pas. Mais si elle partait, il ne l'entendrait pas. Elle était aussi agile et silencieuse que n'importe quelle créature de la forêt. Elle était dans son élément ici, et si elle partait en son absence, Talon avait le sentiment qu'il ne la retrouverait jamais. La seule raison pour laquelle il l'avait trouvée cette fois-ci, c'était parce que les caméras de surveillance qu'il avait installées lui avaient donné une direction à suivre, et que Sunset avait baissé sa garde et ne pensait pas que quelqu'un la cherchait.

Maintenant qu'il l'avait trouvée, elle ne ferait plus les mêmes erreurs. Elle ne reviendrait plus jamais récupérer un sac de provisions. Et le temps qu'il revienne dans la forêt, elle serait partie depuis longtemps.

Talon ne supportait pas de lire cette méfiance dans ses yeux. Il aurait beau lui répéter sans cesse qu'il ne lui ferait pas de mal, qu'il voulait seulement son bien, les actes avaient plus de poids que les paroles. Il allait devoir lui prouver qu'il n'avait rien à voir avec ces minables qui avaient profité d'elle par le passé.

Il n'avait jamais vraiment eu d'opinion sur la communauté qui vivait en dehors de Fallport. Il avait entendu dire qu'ils étaient inoffensifs. Qu'ils restaient entre eux. Apparemment, l'ancien chef de la police avait parlé au leader du groupe à plusieurs reprises, et on lui avait assuré que tout le monde vivait là de son plein gré. Il n'avait rien vu qui l'ait amené à soupçonner que quelqu'un était maltraité.

Mais visiblement, il s'était fait berner.

Sunset et probablement toutes les autres femmes du groupe avaient été traitées comme des esclaves. Les signes étaient clairs. Il avait bien vu sa surprise lorsqu'il lui avait proposé d'aller chercher de l'eau. Le choc qu'elle avait ressenti en voyant qu'il ne faisait pas irruption dans sa grotte.

Il avait vu bien trop de femmes comme elle par le passé. Celles qui étaient oppressées et battues et qui n'avaient aucune idée de ce à quoi devait ressembler une vie normale.

Bien sûr, il y avait des femmes qui ne voyaient pas d'incon-vénient à prendre en charge toutes les tâches ménagères. Mais c'était leur *choix*, et Sunset ne semblait pas avoir pu donner son avis.

Il avait vu une étincelle dans ses yeux. Du mécontentement ? De la colère ? De la frustration ? Il ne pouvait pas le dire, mais quoi qu'il en soit, il était content. Elle n'aurait pas pu survivre seule dans les bois sans cette force et cette détermination.

Il mit plus de temps qu'à l'aller pour faire le chemin en sens inverse, car Talon ne voulait pas renverser l'eau du seau qu'il transportait. Il retint son souffle en s'approchant de la cachette de Sunset. Il s'attendait vraiment à ce que son sac ait disparu et que la zone soit déserte – c'est pourquoi il laissa échapper un soupir de soulagement lorsqu'il contourna un arbre et vit Sunset en train de s'occuper du petit feu dans la grotte.

Elle n'était pas partie.

Un sentiment de respect l'envahit. C'était une sacrée dure à cuire, même si elle ne se voyait pas comme ça. Son estime de soi était inexistante et Talon se promit de faire tout son possible pour lui prouver sa valeur.

— Où est-ce que tu veux que je mette ça ? demanda-t-il doucement, ne voulant pas l'oppresser en s'approchant tout près.

— Tu peux le mettre là, dit-elle en désignant le sol à ses pieds.

Tal plaça doucement le seau par terre. Puis, il lui tourna le dos et se dirigea vers son sac à dos. Il n'aurait pas été surpris qu'elle ait fouillé à l'intérieur, mais rien ne semblait avoir été dérangé lorsqu'il l'ouvrit.

Il sortit sa petite tente pour une personne et l'installa rapidement près de l'arbre contre lequel il s'était assis lorsqu'elle s'était réveillée.

Sunset l'observa faire sans rien dire. Une fois le double toit installé, Talon s'assit à l'entrée et fouilla dans son sac. Il dut se pencher en avant, car la tente était assez petite, mais il ignora la douleur dans son dos qui protestait contre cette position. Il sortit les affaires qu'il avait apportées pour Sunset et les plaça à côté de lui, puis poussa son sac à dos vers le fond de la tente. Il n'y avait pas beaucoup de place, mais Tal avait l'habitude de dormir dans des espaces étroits.

Lorsqu'il leva les yeux, Sunset avait récupéré le seau d'eau et le regardait fixement. Il remarqua que le couteau qu'il lui avait donné auparavant dans un sac de provisions avait été placé à portée de main. Il approuva son geste. Il ne lui donnerait aucune raison d'utiliser cette lame sur lui, mais il était content de voir qu'elle était prudente.

— Je t'ai apporté d'autres choses. Je t'ai déjà parlé des bottes, dit Tal. Mais j'ai aussi un autre sweat-shirt, un legging et des chaussettes, un pantalon cargo qui j'espère t'ira... même si, maintenant que je te vois, je pense qu'il sera trop grand. J'ai une corde que tu pourras utiliser comme ceinture si besoin. Je ne savais pas si tu aimais lire ou non, mais je t'ai apporté un livre, un jeu de cartes, du chocolat, un autre couteau, des ustensiles pour manger, des couverts, un silex... Oh et d'autres trucs pour tes cheveux.

Tal regarda tout ce qu'il avait apporté et grimaça intérieurement. Merde, il était allé beaucoup trop loin. Il n'en avait pas eu l'intention, mais une fois qu'il avait commencé à réfléchir à ce qu'elle pourrait vouloir ou ce dont elle pourrait avoir besoin, il n'avait pas pu s'arrêter. Son sac à dos s'était allégé maintenant qu'il avait sorti toutes ces affaires pour elle.

Lorsqu'il regarda Sunset, elle était encore en train de l'observer. Il n'arrivait pas à comprendre son regard.

— C'est trop. Je suis désolé, dit-il en haussant les épaules. Je me suis emporté.

— Tout ça, c'est pour moi ? demanda-t-elle.

— Oui.

Au lieu de paraître contente ou excitée, elle parut encore plus méfiante et résignée.

— Qu'est-ce qu'il faut que je fasse pour le mériter ? demanda-t-elle d'un ton raide.

Pendant un instant, Talon resta choqué. Puis, il eut envie de jurer. De frapper un arbre. *Quelque chose.* Mais il se força à rester immobile et à ne pas bouger d'un poil.

— Rien. Rien du tout.

Il réalisa que les sévices qu'avait endurés cette femme étaient bien pires que ce qu'il avait imaginé. C'était plus que la maltraitance physique et sexuelle ; elle avait aussi subi de graves abus émotionnels et psychologiques.

Évidemment. Surtout si celle qu'il avait en face de lui était bien Heather Brown. Il était impossible qu'une enfant de huit ans ne s'intègre à cette secte détraquée qu'était La Communauté sans être exploitée, manipulée, menacée et maltraitée. On ne pouvait pas savoir ce que vingt ans de ce genre de torture et de contrôle pouvaient faire à une personne.

Sachant qu'il était renfrogné, sans pouvoir s'en empêcher, Talon se leva à nouveau. Il rassembla tous les objets qu'il lui avait rapportés et les transporta jusqu'à la grotte. Il les plaça sous le rebord, faisant de son mieux pour garder ses distances avec Sunset. Mais il n'aurait pas dû s'en inquiéter, car dès qu'il se mit à marcher vers elle, elle recula, s'éloignant de lui autant que possible tout en restant dans la clairière.

Talon retourna à sa tente et s'assit à nouveau. Il mit son sac de côté et s'allongea, observant le toit de sa tente. Il entendit la pluie fine contre le nylon et habituellement, ce son le réconfortait, mais pas cette fois.

— Quiconque offre un cadeau en échange de quelque chose est une merde, dit-il d'une voix rauque et contrôlée. Je t'ai apporté ces choses parce que je me suis dit qu'elles te plairaient. C'est tout. Je n'attends rien de toi. Pas même un merci. Je continuerai de le dire autant de fois que tu auras besoin de l'entendre. Je ne te ferai pas de mal et tu peux me faire confiance.

Tal prit une grande inspiration et continua :

— J'étais soldat avant d'emménager aux États-Unis. Je vivais en Angleterre. J'ai fait beaucoup de choses dont je ne suis pas fier au nom de mon gouvernement. Certaines des missions que j'ai effectuées étaient pour le bien de tous et d'autres semblaient n'avoir aucun intérêt. Mais celle qui a été la goutte d'eau qui a fait déborder le vase, c'est lorsque nous avons été envoyés à la poursuite d'un présumé terroriste. Il était le cerveau derrière les pires attaques perpétrées contre mon pays. Des attaques lâches. Des bombes chimiques dans le métro et dans des boîtes de nuit, ce genre de choses. Nous avons trouvé sa cachette, mais il n'y était pas. Il avait eu vent de notre arrivée. Mais nous avons *trouvé* une pièce remplie de femmes et d'enfants.

Tal s'arrêta. Il n'arrivait pas à croire qu'il racontait cette histoire à Sunset. Il n'avait jamais raconté à personne ce qu'il s'était passé ce jour-là. Et il ne savait même pas *pourquoi* il le faisait. Ce n'était pas comme si ça allait l'aider à lui faire confiance. Mais il ne pouvait pas s'arrêter maintenant qu'il avait commencé.

— Ils étaient terrorisés. Personne ne parlait anglais donc on ne pouvait pas communiquer avec eux. Ils avaient peur de nous. Ils étaient si maigres... les enfants souffraient de malnutrition. Sans que je n'aie besoin de dire quoi que ce soit à mon équipe, nous avons tous vidé nos sacs pour les moindres restes de nourriture que nous pourrions avoir en notre possession. Nous avons essayé de leur en donner, mais personne n'a voulu en prendre. Jusqu'à présent, je n'avais pas encore réalisé qu'il y avait également quelques hommes dans cette pièce. Ils étaient tous derrière les femmes, se servant probablement d'elles comme bouclier. Et même si ces femmes et ces enfants mouraient de faim, ils ont tous regardé ces hommes pour leur demander la permission de prendre la nourriture. Il a suffi que le plus vieux secoue la tête pour qu'ils baissent tous les yeux vers le sol. Mon équipe et moi nous voulions tuer ces hommes, mais nous n'avions pas reçu l'autorisation d'éliminer quelqu'un d'autre que notre cible. Et ils ne faisaient rien d'ouvertement menaçant envers nous ou les femmes. Ils ne tenaient aucune arme, ils étaient juste assis là. Les tuer aurait provoqué un incident international et aurait certainement marqué ces femmes et ces enfants à vie. J'avais envie de les aider. De faire *quelque chose*. Mais à part signaler à nos commandants ce que nous avions trouvé et leur demander d'agir pour aider ces femmes et ces enfants, laisser nos rations était la seule chose que nous pouvions faire à ce moment-là.

Tal s'arrêta à nouveau de parler. Il ne savait même plus où il voulait en venir. Il était coincé dans le passé, revoyant ces enfants et ces femmes, le désespoir dans leurs yeux et Tal qui ne pouvait rien faire pour les aider.

— Qu'est-ce qu'il s'est passé ? demanda Sunset, désormais accroupie à quelques mètres de sa tente.

Tal sursauta. Il avait oublié là où il se trouvait l'espace d'un instant. Une fois de plus, il s'était perdu dans les horreurs du passé.

— Ils sont morts, dit-il. Ils sont tous morts. Le terroriste est revenu une fois que mon équipe eut rassemblé tous ses hommes, laissant les femmes et les enfants. D'après les rumeurs, il n'était pas content que nous ayons essayé d'outre-passer son commandement en leur laissant de la nourriture. Il ne les a pas tués. Il les a simplement laissés là… et ils sont tous morts de faim. Et le plus fou dans tout ça, c'est qu'il ne les a même pas enfermés dans cette pièce. Ils auraient pu partir à tout moment. Mais comme il leur avait dit de ne pas bouger, ils l'ont fait. Ils avaient manifestement une peur bleue de ce qui risquait de leur arriver s'ils désobéissaient. L'un de nos commandants a fini par prévenir une association locale, mais ils ne sont pas arrivés à temps pour les sauver. Mon équipe et moi avons été autorisés à retourner sur place pour participer aux opérations de secours… mais il était trop tard, termina-t-il.

— Je suis désolée, dit-elle doucement.

— Moi aussi. Ils ne méritaient pas ça. Je ne sais pas ce que j'aurais pu faire différemment, mais après ça… j'en ai eu assez. Je ne pouvais plus faire mon travail. Tout ce à quoi je pensais, c'était ce que j'aurais pu faire de plus. J'aurais dû faire plus d'efforts pour aider ces femmes et ces enfants. Je savais à quel point ce chef terroriste était horrible. J'aurais dû savoir que ces femmes avaient besoin d'aide... de protection. Mais je n'ai rien fait.

— Je ne sais pas trop ce qu'est un terroriste, dit Sunset au bout d'un moment. Mais j'imagine que c'est un homme très méchant. Et je ne pense pas que tu aurais pu faire quelque chose d'autre, dit-elle avant de rester silencieuse un moment. Je n'ai encore jamais eu le droit de porter un pantalon.

Ce changement de sujet brusque lui fit lever la tête.

— Quoi ?

— Tu m'as donné ces leggings. Je n'ai jamais porté de pantalon. Seuls les hommes avaient le droit. Au début, j'ai eu peur de le mettre. Même si j'étais seule ici, je pensais que Cypress le saurait. Mais au bout d'un moment, je me suis rendu compte que c'était stupide. Il n'était plus là et j'étais toute seule. Je ne connais pas ces femmes, mais je comprends leurs peurs.

Tal se déplaça pour s'asseoir à nouveau.

— Si tu mets le pantalon cargo par-dessus le legging, je parie que tu auras encore plus chaud, dit-il doucement.

— Merci pour tout ce que tu as apporté, lui dit-elle.

— De rien. Je ne vais pas te faire de mal. Tu peux me faire confiance, Sunset.

Ses lèvres tressautèrent.

— Tu l'as déjà dit.

— Je sais. Et je *continuerai* de le faire jusqu'à ce que tu me croies.

— Tu me rends nerveuse, avoua-t-elle.

Il acquiesça. Elle ne lui apprenait rien qu'il ne sache déjà.

— Je ne suis pas comme les hommes que tu as connus dans le passé.

— J'ai remarqué, dit-elle avant de retourner dans la grotte, à l'abri de la pluie fine.

Étonnamment, c'était très facile de parler avec elle. C'était la dernière chose à laquelle Tal s'attendait. Il avait pensé devoir tenir *toute* la conversation. Elle n'était pas très bavarde, mais elle n'était pas muette non plus.

La pluie finit par s'arrêter, mais Tal ne bougea pas de sa place. Bien qu'il soit encore très tôt dans la matinée, il fut soudain épuisé. Il fit de son mieux pour rester éveillé, mais les longues journées et nuits passées à chercher Sunset le rattrapèrent, et il s'assoupit rapidement.

Il ne pensait pas être endormi depuis longtemps, lorsqu'il entendit qu'on l'appelait d'un ton urgent. Se redressant sur ses coudes, il jeta un coup d'œil vers la grotte. Sunset se tenait juste sous le rebord et semblait alarmée.

— Quoi ? Qu'est-ce qui ne va pas ? demanda Tal en se redressant et attrapant le couteau qu'il gardait toujours dans l'étui autour de son mollet.

— Tu étais en train de crier, lui expliqua Sunset. Je t'ai appelé plusieurs fois pour essayer de te réveiller, mais ça n'a pas semblé t'aider. J'ai fini par crier et là tu t'es réveillé.

Tal passa une main sur son visage et soupira.

— Désolé. Je ne dors pas très bien.

— Ça va ?

— Oui, ça va, la rassura-t-il, même si c'était tout le contraire.

Il se souvenait vaguement de son rêve. C'était le même que la nuit précédente, sauf que cette fois-ci, la femme qui se faisait emporter par la rivière était clairement Sunset.

— Merci de m'avoir réveillé.

Il la regarda attentivement pour la première fois et sourit.

— Il te va ? demanda-t-il en voyant qu'elle avait enfilé le pantalon cargo.

Elle hocha la tête.

— Tu avais raison. J'ai plus chaud avec le pantalon et le legging.

Une vague de plaisir le traversa.

— Tant mieux, dit-il avant de regarder sa montre. Tu as faim ? L'heure du déjeuner est largement dépassée.

— J'ai bien dîné hier soir, mais je peux aller t'attraper un écureuil si tu veux.

Tal secoua la tête.

— Non. Tu n'es pas obligée de me nourrir. Je suis tout à fait capable de chasser moi-même pour me nourrir. Mais j'ai déjà ce qu'il faut, lui dit-il en attrapant un paquet de nourriture lyophilisée et en le brandissant. Tu veux essayer ? C'est un peu différent de ce que je t'avais laissé jusqu'à présent.

Il perçut son hésitation et s'en voulut de l'avoir brusquée trop vite.

— Non, je ne crois pas.

Tal haussa les épaules comme s'il n'en avait rien à faire, mais au fond, ça le tuait de manger devant elle. Il utilisa un peu d'eau de sa gourde pour préparer le repas instantané et mangea sans même faire attention au goût.

Sunset était retournée dans la grotte, assise près du petit feu à quelques mètres de l'entrée, et Tal vit qu'elle avait déplacé la pile de choses qu'il avait apportées pour elle à l'intérieur.

Alors qu'il essayait de trouver un sujet de conversation, son téléphone satellite sonna.

Il avait complètement oublié d'appeler Ethan et cela faisait clairement plus de vingt-quatre heures depuis son dernier appel. Il sortit le téléphone et regarda Sunset. Elle avait à nouveau cet air effrayé qu'il détestait tant.

— C'est mon ami, Ethan. J'étais censé lui donner des nouvelles tous les jours pour qu'il sache que je vais bien et j'ai oublié de l'appeler ce matin tellement j'étais soulagé de t'avoir trouvée. Je vais lui répondre et le mettre en haut-parleur pour que tu puisses entendre notre conversation. Je ne veux pas que tu croies que je te cache quoi que ce soit. Tu peux me faire confiance Sunset et je ne te ferai pas de mal.

Ces derniers mots étaient devenus son mantra.

En les entendant, Sunset détendit légèrement ses épaules. Elle acquiesça.

Tal cliqua sur le téléphone et appuya sur le bouton pour le mettre en haut-parleur. Il le tendit pour que Sunset puisse entendre la conversation. Il n'avait rien à cacher à cette femme et tout ce qu'il ferait à partir de maintenant aurait pour but de gagner sa confiance.

— Je suis désolé, j'ai oublié, dit Tal dès qu'il décrocha.

— Putain, Talon, je me suis imaginé que tu gisais inconscient dans les bois en train de mourir quand je n'ai pas reçu ton appel. J'ai vérifié la balise et tu n'as pas bougé depuis quelques heures.

— Je suis désolé, Ethan. Je vais bien. Je l'ai trouvée. Et tu es sur haut-parleur pour qu'elle puisse t'entendre, l'avertit Tal.

— C'est vrai ? Mais c'est génial ! Est-ce qu'elle va bien ? Vous allez bien, madame ? De quoi avez-vous besoin ?

— Elle va bien. Elle s'appelle Sunset et elle s'est installée dans une grotte géniale, dit Tal à son ami. Quelles sont les prévisions pour la tempête ?

— Mauvaise nouvelle, mon pote. Elle a pris de l'avance. Elle est censée frapper à tout moment. Vous allez pouvoir rentrer ?

Tal croisa le regard de Sunset. Ses yeux faisaient des allers-retours entre lui et le téléphone. Il se demanda si elle avait déjà vu un téléphone auparavant. Il en doutait.

— Négatif. On va l'affronter ici.

— Merde. OK. Tu veux que l'un d'entre nous vienne ?

— Non, dit rapidement Tal. Ça va.

Il n'avait aucune envie que Sunset se retrouve à craindre deux hommes.

— Vous avez assez de nourriture pour tenir ?

— On va se débrouiller, le rassura Tal.

— C'est bien elle ? demanda Ethan.

— Je ne suis pas sûr. Mais tu peux dire à Brock que je l'ai remerciée pour lui, dit Tal qui voulait rapidement changer de sujet.

Il ne voulait pas encore parler d'Heather Brown. Il n'était pas certain que Sunset soit prête à discuter de son passé.

— Ça marche. Sunset ? Tu m'entends ? demanda Ethan.

Tal regarda cette femme qui était parfaitement à l'aise dans sa grotte forestière, et il s'en rendait désormais compte. Elle écarquilla les yeux, mais ne répondit pas verbalement, elle hocha simplement la tête vers Talon.

— Elle t'entend, oui, dit-il doucement.

— Tal est un mec bien. Tu peux lui faire confiance à cent pour cent. Je connais ce type depuis un moment et même s'il parle bizarrement avec son accent britannique, je pourrais lui confier ma vie les yeux fermés. Et celle de ma femme aussi.

Tal apprécia les mots de son ami, mais c'était tout ce qu'ils étaient... des mots. Sunset allait devoir apprendre par elle-même qu'il était bien digne de confiance.

— Est-ce que tout est prêt pour le mariage de Rocky et Bristol demain ? Est-ce que la tempête va venir tout gâcher ? demanda Tal.

— Ce n'est pas un peu de neige qui va empêcher Rocky de se marier. Il a déjà dit qu'il s'en fichait qu'ils soient les seuls présents.

— C'est quand même un peu compliqué de se marier sans officiant, plaisanta Tal.

— En fait, il est déjà là. Il passe la nuit chez eux, juste pour être sûr. Et on sera également présents le reste de l'équipe et moi, même si on doit marcher jusqu'à chez eux.

— Est-ce qu'il est contrarié que je ne sois pas là ? demanda Tal.

— Il n'est pas content, mais il comprend que tu as des choses plus importantes à faire en ce moment.

Tal regarda Sunset. Elle l'étudiait attentivement.

— Il n'a pas tort. Bon, je t'appelle demain. À 13 heures, c'est ça ?

— C'est ça. Il vaut même mieux que ce soit à midi et demi.

J'ai comme l'impression que Rocky sera très impatient de passer la bague au doigt de Bristol.

— Ça marche. Merci pour tout, Ethan.

— C'est normal. Je suis content que tu l'aies trouvée. Eh, Sunset ? Je sais que tu ne me connais pas, mais je suis vraiment soulagé que tu ailles bien. Prends bien soin de Tal, d'accord ?

Tal s'esclaffa.

— Tais-toi, espèce de petit filou.

Ethan se mit à rire à son tour.

— On se parle demain.

— À plus.

Tal raccrocha, puis regarda à nouveau Sunset.

— À quoi tu penses ? lui demanda-t-il.

— À tellement de choses, dit-elle.

Tal ne put s'empêcher de sourire.

— J'imagine. Tu veux m'en parler ?

— Non.

Il était très curieux de savoir ce qui se passait dans sa tête, mais il la respectait suffisamment pour ne pas insister.

— D'accord.

— Je crois que je vais faire une sieste, dit Sunset.

Tal fut surpris mais hocha quand même la tête.

— Ça marche. Je reste juste là. Tu peux me faire confiance...

— Et tu ne me feras pas de mal, termina Sunset.

Satisfait, Tal acquiesça.

— Exactement.

Il la regarda s'installer sur son lit au fond de la grotte et fermer les yeux. Il avait l'impression qu'elle n'était pas tant fatiguée que ça, mais qu'elle avait surtout besoin d'espace pour réfléchir et il n'y voyait pas d'inconvénient. Il était simplement choqué qu'elle soit prête à se mettre dans une position de vulnérabilité alors qu'il était si près d'elle.

Tal avait lui-même besoin de temps pour réfléchir. Cette femme était bien plus que ce à quoi il s'attendait. Pour être honnête, il n'avait pas su à *quoi* s'attendre. Elle était manifeste-ment effrayée et méfiante, mais elle était également la personne la plus résiliente qu'il ait jamais rencontrée.

Sunset n'était pas une victime. Même si, visiblement, elle avait vécu un enfer.

CHAPITRE CINQ

Sunset observa Talon sous ses cils baissés. Elle était devenue douée pour faire semblant de dormir. Les écoutes clandestines lui avaient permis d'obtenir de nombreuses informations au fil des ans. Elle ne voulait pas non plus dormir au cas où Tal déciderait de faire quelque chose. Elle supposait qu'elle le testait... pour voir s'il essaierait de la blesser en la croyant endormie.

Elle n'arrêtait pas de penser à la conversation avec son ami. Elle ne comprenait pas comment il avait pu parler à cet homme qui était manifestement loin d'ici, mais il l'avait fait.

Plus elle restait allongée ici, plus elle se posait des questions. Il y a un an, elle aurait étouffé toutes les pensées qui lui traversaient l'esprit. Aucun des hommes n'aurait répondu à ses interrogations, et elle aurait été battue pour avoir osé les poser. Mais même si elle ne connaissait Tal que depuis peu, elle était persuadée qu'il ne verrait pas d'inconvénient à ce qu'elle lui pose des questions sur toutes les choses qui lui passaient par la tête.

La Communauté possédait très peu d'appareils électroniques. Elle se rappelait vaguement certains souvenirs de son ancienne vie, mais cela faisait très longtemps qu'elle n'y avait pas repensé. Elle avait été trop occupée à essayer de survivre.

Mais aujourd'hui, elle ne pouvait pas s'empêcher de se demander comment fonctionnait le téléphone de Tal. Le souvenir d'un téléphone fixé au mur avec un cordon extra-long lui revint à l'esprit, mais elle n'avait pas vu de cordon sur l'appareil utilisé par Tal.

Elle le regarda à travers ses yeux plissés tandis qu'il ramassait du bois et l'empilait proprement près de l'entrée de la grotte. Chaque fois qu'il s'approchait d'elle, elle se crispait. Mais il ne franchissait jamais cette ligne imaginaire entre la forêt et sa grotte.

C'était étrange, et quelque peu déconcertant, de le regarder faire le travail qui avait été le sien pendant si longtemps. Elle ne se souvenait pas qu'un homme de La Communauté ait un jour fait quelque chose qu'il considérait comme un travail de femme. C'est-à-dire tout ce qui avait trait au nettoyage ou à l'alimentation... y compris la coupe et la collecte du bois pour les feux qui servaient à faire cuire la nourriture.

Sunset n'avait pas de hache et il avait été difficile de trouver assez de bois pour garder sa petite grotte au chaud, mais elle y était parvenue. La facilité avec laquelle Tal portait et empilait les plus grosses bûches était impressionnante.

La cinquième fois qu'il revint les bras chargés de bois, elle ne put rester silencieuse.

— Comment tu as fait pour parler à ton ami ? Je croyais que les téléphones devaient être branchés au mur pour fonctionner.

Lorsqu'il la regarda calmement et ne sembla pas surpris qu'elle soit réveillée, elle comprit qu'il savait qu'elle l'observait depuis le début.

— C'est ce qu'on appelle un téléphone satellite. Je ne sais pas exactement comment ça fonctionne, mais en gros, il envoie un signal à un satellite dans l'espace, qui transmet ensuite le signal vers la Terre.

Sunset fronça les sourcils et se redressa.

— Tu as déjà vu un téléphone portable ? demanda Tal.

— Euh… je ne sais pas ce que c'est donc je n'en sais rien, avoua-t-elle.

Elle ne supportait pas d'être ignorante, de paraître stupide.

Mais Tal ne parut pas surpris. Il s'assit sur le sol à quelques mètres de sa grotte et posa le bras sur son genou replié. Il paraissait très à l'aise dans la forêt. D'une façon qu'elle avait rarement vue, même après tout le temps qu'elle avait passé dans le coin.

— Un portable c'est un autre type de petit téléphone qui n'a pas besoin de fil. Il utilise les signaux émis par de grandes tours métalliques. Plus il y a de tours, plus le signal est fort. Ici, dans la forêt, il n'y a pas de tours, donc les téléphones portables ne fonctionnent pas. Trop de randonneurs entrent dans la forêt en pensant qu'ils sont en sécurité parce qu'ils ont un portable et une fois qu'ils ont besoin d'aide ils se rendent compte qu'il ne fonctionne pas. Mon équipe de sauvetage part souvent à leur recherche.

— C'est pour ça que tu utilises un téléphone qui se sert des satellites plutôt que des tours, dit Sunset.

Tal sourit. Sa fossette était plus marquée lorsqu'il avait un grand sourire.

— Exactement.

— Et ça, c'était ton ami ? L'un des hommes de ton équipe de recherche ? demanda-t-elle.

— Oui. Ethan. Il est marié à Lilly. Elle était venue en ville pour tourner une émission sur Bigfoot. Tu as vu l'équipe de tournage ? Ils étaient là il y a plusieurs mois et arpentaient les bois.

Les lèvres de Sunset tressautèrent.

— Tu les as vus.

Elle acquiesça.

— S'il te plaît, dis-moi que tu les as un peu embêtés.

— Au début, je ne comprenais rien. Ils criaient et frappaient des bâtons contre des arbres. C'était très bizarre. Un soir, je n'ai pas pu m'empêcher de frapper un arbre à mon tour après eux. Ils étaient super excités.

— J'imagine, dit Tal en s'esclaffant. Et d'ailleurs, c'était vraiment le clou du spectacle, je ne te dis pas combien de fois ils ont repassé cette séquence sonore. Enfin bref, Lilly a rencontré Ethan pendant qu'elle était ici. Elle était caméraman pour l'émission. Il s'avère que l'un des caméramans a tué l'une des stars de l'émission, et qu'il a essayé de tuer Lilly aussi. Mais elle va bien maintenant.

Sunset le regarda avec horreur.

— Je ne le savais pas. J'avais peur qu'ils me voient, alors je suis revenue ici. Je ne me suis pas approchée de ces sentiers pendant des semaines.

— Tu as bien fait. Si ce connard t'avait vue, il n'aurait probablement pas hésité à se débarrasser de toi aussi, dit doucement Tal.

Puis, il prit une grande inspiration.

— Quoi qu'il en soit, Lilly et Ethan se sont mariés en octobre, pendant Halloween. Ils sont très heureux et elle est enceinte de lui. Ethan est un peu le leader de notre équipe de recherche et de sauvetage et j'ai beaucoup de respect pour lui.

— Qui se marie demain ? demanda Sunset.

— Ah oui, alors... en fait, nous sommes sept dans l'équipe. Ethan, Zeke, Rocky, Drew, Brock, Raiden et moi. Zeke et Elsie sont déjà mariés, tout comme Brock et Finley... les deux que tu as sauvés de ces salauds dans les bois. Drew et Caryn attendent avant de se marier, mais ils sont clairement partis pour durer. Raiden et moi sommes les seuls célibataires du groupe, mais il se passe clairement quelque chose entre Raid et Khloe, même s'ils tournent un peu autour du pot. Elle travaille avec lui à la bibliothèque. Ce qui nous laisse donc Rocky. Il est le frère d'Ethan et demain, c'est son mariage. Lui et sa fiancée Bristol ont acheté une très belle maison avec une grosse grange sur la propriété. Ils l'ont aménagée pour qu'elle puisse servir d'atelier – elle crée des vitraux – et c'est là que la cérémonie est censée se dérouler demain. Avec la tempête qui s'annonce, je suppose que beaucoup de gens ne viendront pas, mais mes coéquipiers et leurs femmes ne manqueraient ça pour rien au monde.

Sunset avait la tête qui tournait avec tous ces prénoms qu'il venait de mentionner et il y avait également beaucoup d'autres choses qu'elle ne comprenait pas, mais comme elle ne voulait pas se sentir bête à nouveau, elle acquiesça simplement comme si tout cela était logique.

— Bristol ne voulait pas de demoiselles ni de garçons d'honneur, mais toutes les filles sont censées aller chez eux assez tôt, comme elles l'ont fait pour le mariage de Lilly, pour se faire coiffer et maquiller. C'est un peu une sorte de rituel. Finley, qui tient la boulangerie en ville, a fait leur gâteau de mariage et même si c'est juste notre petit groupe, je suis sûr que personne ne les laissera renoncer aux traditions habituelles, comme de jeter le bouquet de la mariée, la première danse, ou s'écraser mutuellement un morceau de gâteau sur le visage.

Sunset était encore plus perdue. Elle ne comprenait absolument pas de quoi Tal parlait.

Il dut lire son désarroi sur son visage, car il lui dit :

— Je suis désolé. Je n'arrête pas de parler. Tu as des questions ?

C'était la première fois que Sunset se souvenait qu'un homme lui propose de répondre à ses questions. La cérémonie semblait importante pour ses amis, mais elle ne comprenait pas pourquoi. Même si elle avait envie de comprendre, des années et des années de conditionnement l'empêchaient de poser les questions qu'elle avait sur le bout de la langue.

Une fois de plus, ce fut comme si Tal pouvait lire dans ses pensées.

— Et si tu me disais ce que toi tu sais sur les mariages ? lui suggéra-t-il.

Ça, elle pouvait le faire.

— Quand un homme décide qu'il veut une autre épouse, il

dit à la femme qu'il est désormais son mari, puis ils vont dans sa tente où il la fait s'allonger et il couche avec elle. Ensuite, ils sont mariés, dit-elle.

Tal la fixa pendant un long moment avant de se lever brusquement.

Sunset tressaillit lorsqu'il se leva, s'attendant à ce qu'il entre dans la grotte et fasse ce qu'elle venait de lui expliquer : lui annoncer qu'ils étaient mariés et l'obliger à s'allonger sous elle.

Au lieu de ça, il semblait extrêmement agité et faisait les cent pas dans la petite clairière, les mains jointes derrière la tête.

Finalement, il s'arrêta et lui fit face.

— Ça, ce n'est *pas* un mariage, Sunset, dit-il doucement. Premièrement, un homme ne peut pas simplement *dire* à une femme qu'ils vont se marier. D'abord, il lui *demande*. Et deux personnes ne devraient s'épouser que si elles s'aiment et qu'elles ne peuvent pas s'imaginer être avec quelqu'un d'autre. Elles s'engagent ensuite à s'aimer et à s'honorer mutuellement, généralement devant leurs amis et leur famille. C'est la célébration de deux personnes qui s'aiment. Pas l'horreur que tu viens de décrire.

— Combien d'autres femmes a Rocky ? demanda Sunset.

Tal prit une grande inspiration, regarda brièvement le ciel, et retourna s'asseoir. Il s'accroupit sur le sol puis la regarda intensément avec ses yeux bleus.

— C'est *illégal* d'avoir plus d'une femme. Un gars peut épouser quelqu'un, puis la tromper avec une autre femme, mais le gouvernement n'autorise les hommes et les femmes à n'avoir qu'une seule épouse ou un seul époux.

— J'étais la cinquième femme d'Arrow. Et quand il est mort, Cypress m'a immédiatement réclamée. J'étais sa sixième. Toutes les femmes de La Communauté étaient des épouses. Beaucoup avaient plus d'un mari, expliqua-t-elle.

Sunset vit les muscles de sa mâchoire se contracter tandis que Tal la regardait.

— Et toi, tu avais envie de les épouser ?

— Non, dit-elle simplement et durement.

Talon secoua la tête.

— Je suis tellement désolé que tu aies dû vivre ça, dit-il au bout d'un moment. Mais il faut que tu saches, Sunset, que ce que tu as vécu... ce n'est pas normal, moral, légal ou correct. Rocky épouse Bristol parce qu'il l'aime désespérément. Il ferait n'importe quoi pour la protéger. Il ne lui ferait jamais de mal. Jamais. Il ne la forcerait jamais à faire quelque chose dont elle n'a pas envie. Forcer quelqu'un à se marier, c'est tout simplement de la maltraitance.

Sunset sentit quelque chose se relâcher en elle. Elle n'avait pas voulu être la femme d'Arrow. Et elle n'avait pas voulu être revendiquée par Cypress non plus.

Elle avait toujours pensé que quelque chose n'allait pas dans le fonctionnement de La Communauté, mais elle n'avait pas pu le remettre en question. Elle n'avait rien pu faire pour l'arrêter. Elle ne *supportait* pas de ne pas pouvoir choisir avec qui elle devait avoir des relations sexuelles. Mais elle n'avait pas eu le choix. Pour quoi que ce soit.

Maintenant que Talon lui disait que ses mariages n'étaient ni légaux ni normaux, elle se sentait beaucoup mieux au lieu de se sentir plus mal.

Elle avait raison depuis le début. C'était un sentiment incroyable.

— Tu comprends, Sunset ? Tu n'as jamais été mariée à ces connards. On a profité de toi et on a abusé de toi. Si jamais tu vois... comment il s'appelle ? Le fils ? Cypress ?

Elle acquiesça.

— OK, si jamais tu revois Cypress, tu n'es *pas* obligée de partir avec lui. Ce n'est *pas* ton mari et il n'a pas le droit de te forcer à faire quoi que ce soit. Tu as compris ?

Ses mots la soulagèrent encore plus. Elle hocha la tête.

— D'accord. Et tu devrais aussi savoir que... j'ai beaucoup de respect pour toi. Je t'admire énormément. Survivre dans les bois pendant si longtemps après que ces connards t'ont aban-donnée est tout à fait incroyable.

— Ils ne m'ont pas abandonnée, lâcha-t-elle.

— Quoi ?

— Je me suis cachée, avoua-t-elle.

Étonnamment, Talon eut un grand sourire. Immense même.

— Tu as bien fait, dit-il.

— Cypress déplaçait La Communauté en Floride. Mais je ne voulais pas y aller. Je me plais ici. C'est chez moi. J'avais l'impression que si je partais... je ne sais pas... un malheur arri-verait. Alors j'ai quitté notre camp en douce et je me suis cachée dans les bois. Je les connais mieux que personne puisque c'est moi qui partais chasser la plupart du temps. Il était furieux, mais quand il a hurlé mon prénom je ne suis pas sortie de ma cachette. Pas même quand il a menacé de me mettre dans la tente des punitions pendant un an s'il m'attra-pait. Il a fini par devoir partir. Je suis restée dissimulée long-temps, jusqu'à ce que je sois sûre que personne ne se cachait dans l'ancien camp, attendant que je revienne. Ensuite, je suis allée chercher quelques affaires, comme la toile sur laquelle je dors, et toutes les autres fournitures que j'ai pu récupérer.

Le changement d'émotions qu'elle lisait sur le visage de Talon était fascinant à observer. Il passait du sourire à la grimace, puis des sourcils froncés à une expression qui lui rappelait la douceur.

— Une fois de plus, tu m'épates. À ta place, on aurait complètement le droit d'être brisée. Je n'imagine même pas ce que tu as dû traverser et pourtant, tu es là, assez courageuse pour parler à un inconnu et assise là, comme si ce que tu avais fait n'était pas exceptionnel. Tu me rappelles tellement mes amies.

Sunset pencha la tête sur le côté.

— C'est vrai ?

Elle avait toujours voulu avoir une amie, mais dans La

Communauté, il était mal vu que les femmes se rapprochent. Si on les surprenait à parler d'autre chose que des corvées et de l'entretien général du camp, elles étaient séparées et punies. Elle avait plus parlé à Talon qu'à n'importe qui d'autre au cours de sa vie. Et ça lui plaisait. Beaucoup.

— Oui. Le fils d'Elsie a été kidnappé par son ex-mari. Il allait le tuer pour l'argent de l'assurance. Mais Tony est intelligent, et il s'est enfui. Puis Elsie a mis sa propre sécurité en jeu en acceptant de rencontrer son ex, en enregistrant tout ce qu'il disait, pour qu'il aille en prison. Je n'ai jamais connu quelqu'un d'aussi courageux... jusqu'à maintenant.

Une fois de plus, son compliment sembla combler un vide dans son âme dont elle ne soupçonnait même pas l'existence.

— Mais son fils va bien ?

— Oui, il va bien. Très bien d'ailleurs. Il a neuf ans, mais il pourrait en avoir dix-huit.

Sunset ne savait pas ce que cela voulait dire, mais elle lui répondit :

— J'adore les enfants. Surtout les plus jeunes. Ils sont tellement innocents.

— Tu n'en as jamais eu ? demanda Talon, bizarrement avec un peu de réticence. Des enfants, ajouta-t-il.

— Non, dit Sunset en baissant les yeux vers ses mains posées sur ses genoux.

— Il y avait beaucoup d'enfants au sein de La Communauté ?

— Quelques-unes des épouses ont eu des bébés, mais la plupart des enfants de La Communauté ont été adoptés par les hommes et amenés ici.

— *Hein* ?! dit Talon.

Sunset le regarda, surprise par la colère dans sa voix.

— Les hommes adoptaient des enfants. Souvent des filles. Parfois des garçons. Ils étaient généralement très jeunes. Des bébés. Les filles étaient promises à certains des garçons dès le début et elles étaient élevées en sachant à qui elles appartiendraient un jour. Mais la plupart du temps, les hommes adoptaient des filles. La population de notre groupe comptait probablement soixante-dix pour cent de femmes. C'est pourquoi il y avait autant d'épouses pour chaque homme.

— Putain ! jura Talon.

Sunset tressaillit et recula un peu. Elle n'avait jamais vu Talon si manifestement en colère auparavant, pas même lorsqu'il faisait les cent pas... et cela l'effraya. Cela lui rappelait trop Cypress et les autres lorsqu'elles faisaient une bêtise.

Talon prit de grandes inspirations.

— Je suis désolé, chérie. Je ne suis pas en colère contre toi. Tu sais où ces enfants étaient adoptés ?

Elle secoua la tête.

— Évidemment. Parce qu'ils ne voulaient pas qu'on pose trop de questions, dit Talon en secouant la tête à son tour. Comment se fait-il que si peu de bébés naissaient ? Si chaque homme avait plusieurs soi-disant épouses, j'aurais pensé qu'il y aurait eu beaucoup plus de grossesses.

Sunset pinça les lèvres. Elle n'était pas sûre de pouvoir lui dire. Cela faisait partie des rares choses dont les femmes parlaient entre elles. En chuchotant. Lorsqu'elles étaient certaines que personne n'était pas là pour les entendre.

— Je ne te ferai jamais de mal et tu peux me faire confiance, dit doucement Talon, la phrase rassurante réconfortant Sunset. Quoi que tu aies dû faire pour te protéger... ça me convient très bien. Je pense qu'au fond, tu savais que quelque chose n'allait pas dans votre façon de vivre. Et tu as fait ce qu'il fallait pour éviter qu'un enfant ne naisse dans ce genre de conditions.

Il n'avait pas tort.

— La dentelle de la reine Anne, dit-elle doucement.

— Quoi ?

— C'est une plante. Et la plupart du temps, avaler les graines peut empêcher la formation d'un bébé. Je ne sais pas comment. Je les écrasais et les mettais dans mon thé. C'est l'une des femmes plus âgées qui me l'a appris lorsque je me suis mise à saigner pour la première fois.

— Putain, dit à nouveau Talon en passant une main sur son visage.

Sunset resta immobile, attendant que Talon fasse ou dise quelque chose d'autre. Elle n'arrivait pas à lire en lui. Elle ne savait pas s'il lui en voulait ni pourquoi il semblait si contrarié par ce qu'elle avait dit. Mais il avait raison, après avoir été dans La Communauté pendant des années et l'avoir détestée, la dernière chose dont elle avait envie c'était d'avoir un bébé. Elle avait vu comment les enfants étaient élevés... elle s'était souvenue de la façon dont elle avait elle-même été élevée. Les bébés étaient enlevés très tôt à leur mère. Les enfants étaient élevés par les hommes. Les garçons apprenaient à contrôler leurs femmes, et les filles étaient élevées pour être dociles et soumises.

Sunset ne comprenait pas pourquoi elle était si différente. Elle ne comprenait pas pourquoi elle ne pouvait pas être comme les autres femmes qui avaient été élevées par La Communauté. Elle remettait tout en question et peu importe le temps qu'elle avait passé dans la tente de punitions, elle restait différente. Une paria.

— OK, bon... comme je disais, tu me rappelles les épouses et les petites amies de mes amis. Bristol a été kidnappée par un fan obsédé par elle. Il l'a gardée attachée à un lit dans un appartement à seulement quelques mètres de là où vivait Rocky. Elle n'a pas paniqué et elle a fait tout ce qu'il fallait jusqu'à ce qu'on la retrouve. Caryn était pompière à New York et elle est venue à Fallport lorsque son grand-père a été blessé par le type qui a kidnappé Bristol. Un autre homme, complètement fou, était jaloux d'elle parce qu'elle était très douée dans son domaine et il a essayé de la brûler vivante... mais il n'a pas réussi. Et Finley – celle qui possède la boulangerie en ville, celle que tu as aidé à sauver ici dans la forêt – a aussi failli être brûlée par la femme qui a engagé ces connards qui ont essayé de l'enlever dans les bois. Mais elle a réussi à s'enfuir.

Sunset regarda Talon avec incrédulité.

— Vraiment ?

Il expira, comme s'il riait.

— Oui, vraiment. Ce sont toutes des femmes très fortes. Des survivantes. Et tu es comme elles.

Sunset fronça les sourcils. Elle dit alors la première chose qui lui vint à l'esprit.

— Je n'ai pas été kidnappée.

Au lieu d'être d'accord avec elle, Talon lui lança un regard appuyé. Il resta silencieux un long moment et Sunset se sentit mal à l'aise.

Il finit par baisser les yeux et lui dit :

— J'étais en train de penser à la tempête en approche.

C'était un changement de sujet brutal, mais ça ne la dérangeait pas. Même si elle aimait entendre parler des amis de Talon, elle se méfiait de la tournure que prenait la conversation. Elle avait l'impression de passer à côté de quelque chose. Quelque chose d'important et elle ne supportait pas de ne pas savoir ce que c'était.

— Et ? dit-elle.

— J'ai ramassé le bois le plus sec que j'ai pu trouver et je vais encore aller en chercher, mais tu as dit que ton lit était fait de la toile de l'une des tentes dans laquelle tu vivais ?

Sunset acquiesça.

— Ta grotte semble être bien isolée du vent, mais si la tempête s'aggrave, la neige risque de rentrer. Sans compter que ce sera difficile d'entretenir le feu. Et si on trouvait un moyen d'attacher la toile à l'entrée de la grotte ? Ça permettra de garder la chaleur à l'intérieur et le vent et la neige à l'extérieur.

La première réaction de Sunset fut de refuser. Elle adorait son lit. Il était bosselé et sentait un peu bizarre, mais c'était toujours mieux que de dormir par terre, comme elle l'avait fait durant la majeure partie de sa vie. Mais plus elle pensait à la suggestion de Talon, plus elle savait que c'était une bonne idée. Elle aurait dû y penser elle-même.

— OK.

Sunset se leva et essaya de trouver comment attacher la toile, mais Talon l'arrêta.

— Je m'en occupe, lui dit-il. Si tu veux, tu peux déplacer les bûches dans la grotte, le long du mur, comme ça, elles sècheront et fumeront moins quand tu devras les utiliser pour le feu.

Une fois de plus, Talon l'avait surprise. Dans La Communauté, elle aurait été responsable de tout. Soudain, elle réalisa que la seule raison pour laquelle il n'avait pas apporté le bois lui-même, c'était parce qu'il lui avait promis de ne pas mettre un pied dans sa grotte, à moins qu'elle ne l'y invite.

Elle ramassa la toile, essayant de ne pas être triste de perdre son lit et la traîna jusqu'à l'entrée de la grotte. Elle la laissa tomber et recula, toujours peu à l'aise avec l'idée d'être trop proche de Talon. Jusqu'à présent, il n'avait rien fait pour lui faire du mal, mais il attendait peut-être le bon moment.

— Je ne te ferai pas de mal. Tu peux me faire confiance, dit-il doucement en s'approchant.

On aurait vraiment dit que cet homme pouvait lire dans ses pensées.

Sunset ne répondit pas, se contentant de reculer.

Cela prit environ une heure, et Sunset ne put s'empêcher d'être impressionnée par la créativité de Talon. Il n'avait aucun outil dans son sac, mais il parvint à grimper en haut de la grotte et à fixer la toile avec de gros rochers, une partie de la corde qu'il lui avait donnée par le passé et beaucoup de force. Elle n'aurait pas été capable de faire la même chose et Sunset fut surprise d'éprouver une certaine gratitude à son égard. Elle ne se souvenait pas de la dernière fois où elle avait été reconnaissante d'avoir un homme à ses côtés. La plupart du temps, ils étaient la cause de son inconfort, de sa douleur et de son malaise. Mais presque tout chez Talon la détendait.

Elle avait déplacé tout le bois au fond de la grotte comme il l'avait suggéré, puis s'était aventurée dans la forêt pour se soulager et trouver plus de bois et de petites branches.

Elle revenait d'un de ses allers-retours avec une énorme poignée d'herbes qu'elle avait arrachées au sol pour en faire un coussin pour dormir, lorsqu'elle vit Talon s'éloigner de la toile drapée à l'entrée de la grotte.

Durant une fraction de seconde, la déception l'envahit. Elle assuma que dès qu'il avait eu le dos tourné il était revenu sur sa promesse de ne pas entrer dans sa grotte.

— Je ne suis pas entré. J'ai simplement déposé quelque chose à l'intérieur pour toi.

Sunset ne le croyait pas. C'était un homme après tout.

Mais Talon recula rapidement et partit s'asseoir dans sa tente.

Hésitante, Sunset souleva le coin de sa nouvelle « porte » et observa à l'intérieur de la grotte désormais sombre. Il y avait assez de lumière par l'ouverture pour qu'elle puisse voir une sorte de monticule près de l'endroit où Talon s'était tenu.

Elle souleva la toile en la calant avec un rocher afin d'y voir quelque chose et s'avança jusqu'au monticule.

Elle resta perplexe lorsqu'elle reconnut le tissu que Talon avait auparavant étalé dans sa propre tente en guise de lit. Il le lui avait donné.

Elle retourna vers l'entrée et le regarda. Elle ne vit pas d'autre drap étalé pour lui.

— C'est quoi ? demanda-t-elle en brandissant le tissu léger mais étonnamment doux et moelleux.

— C'est mon sac de couchage. Comme j'ai utilisé ta toile pour fermer la grotte, je t'ai donné le mien. Il est conçu pour une température descendant jusqu'à moins dix degrés et je peux te promettre qu'il est à la hauteur, même s'il est fin. Je ne peux pas faire grand-chose pour la dureté du sol, mais au moins tu seras au chaud.

Sunset fronça les sourcils. Elle ne savait pas du tout ce

qu'était cette histoire de moins dix degrés, mais elle était très mal à l'aise à l'idée qu'il lui donne son lit.

— Je ne dormirai pas avec toi, lâcha-t-elle.

Talon se leva et lui fit face.

— Je sais.

— Alors pourquoi... qu'est-ce que...

Sa voix se brisa.

— Parce que tu en as besoin. Parce que je t'ai pris ton lit. Parce que la tempête qui s'annonce va être affreuse et j'ai besoin d'être sûr que tu seras à l'aise et au chaud.

Elle n'arrivait pas à croire qu'elle était sur le point de dire ça, mais elle lui demanda :

— Et toi, comment tu vas faire ?

Il sourit et sa fossette apparut.

— Tout ira bien pour moi.

Sunset était déconcertée par son comportement et une fois de plus, elle détestait être aussi troublée.

Talon ne lui laissa pas l'occasion de le questionner davantage.

— Tu as essayé les bottes que je t'ai apportées ?

Elle secoua la tête.

— Tu n'as qu'à faire ça. Tu en auras besoin s'il tombe vraiment trente centimètres de neige comme ils l'annoncent.

Sunset baissa les yeux vers les peaux de lapin qu'elle avait transformées en chaussures. Elle trouvait qu'elle avait fait un bon travail en les fabriquant et elles protégeaient ses pieds du sol froid et des rochers pointus. Mais elle ne pouvait pas nier que l'idée de porter des bottes était excitante. Elle ne se souvenait pas de la dernière fois qu'elle avait porté de vraies chaussures. Ce n'était pas autorisé au sein de La Communauté.

Elle acquiesça puis retourna dans sa grotte. Elle passa une main sur le pantalon cargo qu'elle portait et ne put s'empêcher de sourire. Elle l'adorait. Elle comprenait pourquoi les hommes obligeaient les femmes à porter des robes. Comme ça, ils pouvaient les toucher et avoir des relations sexuelles avec elles quand ils le voulaient. C'était bien plus facile ; mais avec un pantalon... personne ne pouvait la toucher entre les jambes aussi facilement.

Ne comprenant pas d'où lui venait cette impulsion soudaine, Sunset prit les bottes et les porta jusqu'à l'entrée de la grotte. Elle voulait essayer ses chaussures là où Talon pourrait la voir.

Le sourire qu'il lui lança en la voyant s'asseoir, ses bottes à la main, lui fit du bien. Il était évident qu'il était tout aussi impatient de la voir les essayer.

— Desserre les lacets, lui dit Talon lorsqu'elle essaya d'enfoncer son pied dans la botte, sans succès. Voilà, comme ça. Ça te fera probablement bizarre au début, surtout au niveau des chevilles. Non, ne fronce pas les sourcils, c'est normal qu'elles soient difficiles à enfiler. Si elles étaient trop lâches, tu n'aurais pas le soutien dont tu as besoin lorsque tu marches.

Sunset se leva et utilisa son poids pour enfoncer son pied dans la botte. Pendant un instant, elle crut qu'elles n'allaient pas lui aller. La déception fut presque bouleversante, mais son pied s'enfonça soudain dans le cuir et elle leva les yeux, un grand sourire aux lèvres.

— Alors, comment tu te sens avec ? demanda Talon.

— Bien, murmura Sunset, émerveillée.

Et c'était vrai. Le cuir de la botte épousait son pied, lui offrant un sentiment de sécurité et de solidité. Elle attrapa rapidement l'autre botte et procéda de la même manière pour la mettre. Puis elle se tint debout dans ses nouvelles bottes et ne put s'empêcher de regarder ses pieds. Elle avait un pantalon. Et des bottes. Elle était couverte des poignets aux pieds... et c'était merveilleux.

— Maintenant, attache tes lacets, lui dit Talon.

Son sourire s'effaça. Elle ne savait pas comment faire. Elle savait très bien faire un nœud sur une corde, elle avait dû le faire pour ses pièges, mais elle n'était pas certaine qu'attacher ses chaussures avec un nœud quasiment impossible à défaire était une bonne idée.

— Sunset ? dit Talon qui se tenait toujours près de sa tente.

Elle eut soudain envie de pleurer. Un souvenir de son ancienne vie lui revint en mémoire. Elle était agenouillée sur le sol, se débattant avec les lacets d'une chaussure et pleurant car elle ne comprenait pas comment faire. Puis deux mains de femme avaient écarté les siennes et une voix apaisante lui avait dit de ne pas s'inquiéter et qu'elle finirait par y arriver.

La vision dans sa tête disparut aussi vite qu'elle était venue et Sunset se sentit secouée du plus profond de son être.

Qui était cette femme ? Elle lui avait parlé avec tant d'amour et d'affection. Et est-ce que ces chaussures étaient à elle ? Pour autant qu'elle sache, elle n'avait jamais eu de chaussures depuis qu'elle vivait avec La Communauté.

— Tu veux bien me laisser t'aider ? lui demanda gentiment Talon.

En levant les yeux, elle le vit se tenir à un mètre cinquante devant elle, fronçant les sourcils.

— Je te promets que je ne te ferai pas de mal. Tu peux me faire confiance.

Pourquoi ces deux phrases provoquaient toujours une vague de chaleur en elle ? C'étaient pourtant juste des mots. Ils ne valaient rien. Mais Sunset avait le sentiment que les paroles de cet homme avaient beaucoup de valeur.

Elle acquiesça prudemment.

Talon fit un pas vers elle, puis se mit à genoux. Il s'avança jusqu'à ce qu'il soit juste en face d'elle. Sunset aurait pu tendre le bras pour lui toucher les cheveux, poser sa main sur son épaule, mais elle garda ses mains crispées sur les côtés. S'il essayait de l'attraper, elle serait prête. Elle n'avait pas menti tout à l'heure, elle n'allait pas coucher avec lui, même s'il avait été très gentil avec elle jusqu'à présent.

Mais il ne la toucha pas. Il ne l'attrapa pas par la taille pour la forcer à s'allonger.

Il se contenta simplement de saisir les lacets de ses bottes. Il les resserra puis leva les yeux vers elle.

— Tu croises les deux lacets l'un sur l'autre. Tu passes l'extrémité sous l'autre comme si tu faisais un nœud, mais tu ne le fais qu'une seule fois. Le plus simple pour l'étape d'après, c'est de faire deux boucles avec les lacets, comme ceci.

Il lui montra une première fois, puis une deuxième.

— Imagine que ce sont des oreilles de lapin. Ensuite, tu croises les oreilles de lapin, comme tu l'as fait avant. Mais garde les boucles intactes. Maintenant, serre-les fort. Voilà ! Tes lacets sont faits. Allez... à ton tour.

Il défit les lacets en tirant sur l'une des extrémités et ils se détachèrent en moins d'une seconde.

Talon se leva et recula de quelques pas, lui laissant de l'espace, ce que Sunset apprécia. Elle commençait même à apprécier tout ce que cet homme faisait.

C'était un sentiment étrange mais pas désagréable.

Elle se pencha en avant et tripota les lacets, essayant d'imiter ce que Talon venait de faire. Mais elle fut frustrée de constater qu'elle n'y arrivait pas. Ces foutues boucles refusaient de coopérer et elle eut de nouveau envie de pleurer.

— Je peux t'aider ?

Sunset laissa retomber les lacets et acquiesça.

Il s'agenouilla à nouveau et se pencha vers elle. Ça lui faisait bizarre de voir un homme à genoux devant elle. Ce n'était pas du tout ce à quoi elle était habituée.

— Essaie encore, ordonna-t-il.

Une fois de plus, il était assez près pour qu'elle puisse le toucher et cette fois, lorsqu'elle prit les lacets dans ses mains, les siennes étaient là pour la guider.

C'était la première fois qu'on la touchait depuis la dernière nuit où elle avait dû coucher avec Cypress. Mais les mains de Talon étaient plus douces que celles de Cypress. Il y avait des callosités sur ses paumes, tout comme elle. Elle pouvait respirer son odeur de terre et de musc ainsi que le même parfum de propreté qu'elle avait senti sur son sweat-shirt quand elle l'avait enfilé pour la première fois. C'était une odeur réconfortante qui l'aida à se détendre tandis qu'elle se concentrait sur ses lacets.

— Voilà, comme ça. Bien joué ! Je pense que tu es prête pour la leçon suivante. Tire sur ce lacet... tu vois comme c'est facile à défaire ?

Sunset acquiesça.

— OK, maintenant, noue-les à nouveau. Comme ça. Mais cette fois-ci, croise à nouveau les oreilles de lapin.

— En un nœud ? demanda-t-elle.

— Oui, mais pas trop serré. Maintenant, tire sur le lacet... tu vois comme il ne se défait pas facilement ? Ça t'aidera à t'assurer que les lacets ne se défont pas accidentellement pendant la randonnée. Tant que tu ne les serres pas trop fort, tu peux les défaire. Vas-y, essaie.

Elle s'exécuta et fut ravie de constater qu'en nouant les oreilles de lapin deux fois, il n'était pas impossible de les défaire non plus. Elle leva mentalement les yeux au ciel en réalisant qu'elle appelait ça des oreilles de lapin, mais cela l'aidait à mieux comprendre ce qu'elle faisait.

Talon recula encore une fois, mais resta agenouillé tandis qu'elle faisait ses lacets sur la deuxième botte. Une fois qu'elle eut terminé, elle les regarda à nouveau fixement pendant un long moment. Elle avait du mal à se faire à l'idée qu'elle regardait ses pieds. Dans des bottes.

Talon se pencha en avant et hésita un instant en positionnant sa main au-dessus de sa botte.

— Je peux vérifier s'ils sont bien serrés ?

Et voilà, il lui demandait encore s'il avait le droit de la toucher. Encore un concept qui lui était étranger.

— Oui.

Il appuya sur l'extrémité de la botte et elle sentit son contact à travers le cuir contre son gros orteil.

— Pas mal, dit-il, satisfait. Essaie de marcher avec pour voir comment tu te sens.

Sunset fit un pas sur le côté, s'éloignant de Talon et fit quelques pas autour de la zone.

— Alors ? demanda-t-il.

Les bottes lui provoquaient une drôle de sensation. Comme si elles étouffaient ses pieds. Mais en même temps, ses pieds étaient au chaud et même quand elle faisait exprès de marcher sur un caillou, elle ne le sentait même pas. Les feuilles crissaient sous ses semelles et ses pas étaient plus bruyants que lorsqu'elle portait les peaux de lapin, mais elle s'en fichait.

— Elles sont bien, dit-elle en lui souriant timidement.

— J'étais inquiet, mais je suis content d'avoir trouvé la bonne taille.

Talon se leva et essuya ses mains sur son pantalon.

— Je vais voir ce que je peux trouver comme nourriture. J'ai plein de rations lyophilisées, mais j'ai l'impression qu'elles seront vite périmées si la tempête dure trop longtemps.

Sunset cligna des yeux. Il allait partir chasser ?

— Je vais m'en occuper, dit-elle.

— Non. Tu restes là.

Sunset fronça les sourcils. C'était étrange d'être à la fois soulagée et heureuse qu'elle n'ait pas à devoir partir chasser tout en étant contrariée qu'il ne lui permette pas de le faire.

Talon soupira.

— Je sais que tu es *capable* de le faire. Je suis tout à fait conscient que tu n'as pas besoin de moi pour t'aider. Tu l'as clairement prouvé cette année. Mais j'en ai *envie. J'aime* faire des choses pour toi. Ça me fait du bien de pouvoir subvenir à tes besoins. Tu peux rester ici, t'habituer à tes bottes, aménager ton espace comme tu le souhaites avec tes nouvelles affaires et peut-être même trouver d'autres rochers pour maintenir la toile ici, sur le sol. Si le vent se lève, il faudra bien la fixer. Ou si tu veux, tu peux te détendre et lire le livre que je t'ai apporté.

— Je ne suis pas douée pour lire, dit-elle. Les femmes n'avaient pas le droit de lire ni d'écrire.

Talon pinça les lèvres un instant.

— Alors quand je reviendrai, je pourrai te faire la lecture si tu veux. Ou je pourrai t'aider à comprendre les mots que tu ne connais pas.

Sunset observa l'homme en face d'elle. Sa première réaction lorsqu'elle s'était réveillée – était-ce ce matin ? – avait été d'être effrayée par sa taille et par ce qu'il pourrait lui faire. Mais plus elle le côtoyait, plus elle se rendait compte qu'il était à cent pour cent différent des hommes qu'elle avait connus. Il semblait vraiment vouloir faire des choses pour elle au lieu de l'obliger à le servir. C'était gênant... mais elle ne détestait pas ça.

— OK.

— OK ? demanda-t-il. Tu restes ici pendant que je vais nous chercher quelque chose à manger ?

Elle acquiesça.

— Merci, dit-il d'un ton grave et sérieux.

Encore une autre chose. Un homme l'avait-il un jour remerciée ? En tout cas, elle ne s'en rappelait pas.

Sur ce, Talon retourna vers sa tente. Il sortit le téléphone satellite et avança vers elle.

— Prends ça. Si jamais je ne reviens pas ou si la tempête devient trop effrayante, appuie sur le bouton qui ressemble à une étoile, puis le numéro un. Ça te permettra d'être en contact avec Ethan. Il viendra t'aider.

— Il sait où je suis ? demanda-t-elle.

Talon hésita à répondre, mais finit par lui dire :

— Il y a un traceur GPS dans le téléphone. Ça coûte très cher, donc si jamais on laisse tomber le téléphone dans les bois ou qu'on le perd, le traceur nous permet de le retrouver. Et ça nous permet de nous retrouver facilement lors d'une recherche intensive.

Sunset n'était pas certaine d'apprécier que les gens sachent où elle se trouvait, mais elle acquiesça et tendit la main pour attraper le téléphone. Leurs doigts s'effleurèrent... et des picotements lui parcourent le bras.

Ça la surprit tellement qu'elle faillit lâcher le téléphone.

Talon la regarda avec surprise pendant un long moment, comme s'il avait ressenti la même chose, mais il finit par tourner les talons et retourner dans sa tente. Il fouilla dans son sac et en sortit un des sachets argentés qu'il disait être de la nourriture lyophilisée, ainsi qu'une bobine de corde fine. Il lui sourit et lui dit :

— J'ai remarqué que les bêtes raffolent de la saucisse. Pour moi ça a un goût de merde, mais qui suis-je pour juger ?

Sur ce, il lui fit un clin d'œil et s'enfonça dans les bois.

— Je ne devrais pas être très long. Je pense que les animaux ici sont conscients de la tempête qui s'annonce et seront contents de trouver de la nourriture qu'ils pourront ramener dans leurs terriers. Reste en sécurité pendant mon absence.

Puis, il disparut. Se fondant dans les bois autour d'eux comme s'il était né ici.

Sunset baissa les yeux vers le téléphone dans ses mains et eut soudain extrêmement peur d'appuyer sur le mauvais bouton ou de le faire tomber et de le casser. Elle entra dans la grotte et le posa avec précaution sur le sol, jusqu'au fond. Puis, elle étala ensuite tout le matériel que Talon lui avait donné et rapprocha les objets qu'il avait apportés pour elle afin de pouvoir les inspecter plus attentivement.

Elle sentit la lotion et les trucs capillaires, et essaya de passer la brosse dans ses longs cheveux. Cela s'avéra impossible avec tous les nœuds. Haussant les épaules, elle reposa la brosse sur le côté. Elle avait très envie de couper ses cheveux, mais jusqu'à présent, elle n'en avait pas eu le courage. Il était interdit pour les femmes de se couper les cheveux et la punition qu'elle avait reçue il y a quelques années lorsqu'elle avait décidé de ne couper que les pointes avec un couteau était encore bien marquée dans son esprit. C'était Cypress qui avait brandi le fouet et il avait pris beaucoup de plaisir à lui faire comprendre que son corps ne lui appartenait pas. Les hommes étaient aux commandes et elle devait suivre leurs règles.

Il avait fallu des mois pour que les marques de fouet cicatrisent et, pendant ce temps, elle était toujours responsable de ses corvées habituelles. Depuis, elle n'avait pas osé toucher à ses cheveux.

Sunset attrapa le livre que Talon lui avait apporté et le regarda un long moment. Ça lui paraissait audacieux et effrayant de le tenir entre ses mains. Au sein de La Communauté, cela lui aurait valu d'être autant fouettée, sinon plus, que lorsqu'elle s'était coupé les cheveux.

Mais elle n'était plus dans La Communauté. Elle était seule et pouvait prendre ses propres décisions. C'est avec cette idée en tête qu'elle ouvrit le livre et découvrit le chapitre un.

CHAPITRE SIX

Tal fut soulagé d'attraper trois lapins sans trop de difficultés. Il retourna à la grotte, priant pour que Sunset ne soit pas partie. Il ne pensait pas qu'elle le ferait, mais à ce stade, il préférait n'émettre aucune supposition.

Il n'avait pas menti lorsqu'il lui avait dit qu'il la trouvait incroyable. Elle était tellement forte, ç'en était presque effrayant. Elle n'avait besoin ni de lui ni de personne pour survivre. Elle s'était très bien débrouillée toute seule. Mais cela lui donnait envie de pleurer – ou de tuer les hommes qui dirigeaient cette putain de secte qu'elle avait été forcée de rejoindre – lorsqu'elle avait du mal avec des choses que la plupart des enfants comprenaient facilement. Comme faire ses lacets par exemple. Ou lire. Ou savoir ce qu'est un téléphone portable. D'un côté, elle savait des choses que la plupart des gens ne connaissaient absolument pas et de l'autre, elle était naïve comme une petite fille.

Il avait senti ses tripes se retourner lorsqu'elle lui avait expliqué ce que le mariage signifiait pour elle. Et l'entendre parler de ces enfants qui avaient été adoptés et introduits dans la secte l'avait presque fait vomir. Tous les hommes de cette secte devraient être arrêtés pour abus sur mineur, kidnapping, viol et probablement une douzaine d'autres accusations. Tal était certain qu'ils enlevaient des enfants pour les introduire dans la secte. Ils élevaient des garçons pour en faire des violeurs et des polygames. Tout ce à quoi Sunset avait survécu le bouleversait et l'impressionnait.

Il ne *supportait* pas la façon dont elle se crispait à chaque fois qu'il s'approchait trop près d'elle. Ou lorsqu'elle avait supposé qu'il était revenu sur sa promesse et était entré dans sa grotte sans y être invité. Le fait qu'elle lui dise franchement qu'elle ne coucherait pas avec lui l'avait rendu fier d'elle et à la fois furieux qu'elle se préoccupe d'une telle chose.

Peu importe le nombre de fois où il devrait lui rappeler qu'il ne lui ferait pas de mal, qu'elle pouvait lui faire confiance, il le répéterait chaque jour, chaque heure, jusqu'à son dernier souffle s'il le fallait. Personne ne ferait plus jamais de mal à cette femme. Pas sous sa surveillance.

C'était une pensée insensée, car rien ne lui garantissait qu'elle accepterait de revenir à Fallport. Et si c'était le cas, si elle était réellement Heather Brown – chaque minute qui passait il en était de plus en plus certain – elle avait des parents qui seraient fous de joie de retrouver leur fille disparue.

Certes, ils avaient déménagé et divorcé, mais ils voudraient probablement que leur fille emménage là où ils s'étaient installés.

L'idée d'imaginer Sunset déménager lui faisait mal au cœur, mais Tal repoussa ce sentiment. C'était une adulte et il était honoré d'avoir la chance d'apprendre à la connaître. S'il pouvait l'aider à se réinsérer dans la société, et oublier ce mode de vie tordu que cette foutue secte lui avait enseigné, il serait satisfait.

Essayant d'ignorer la petite voix dans sa tête qui lui soufflait qu'il se mentait à lui-même, Tal avança jusqu'à la grotte. Lorsqu'il arriva, il fut quelque peu inquiet de ne pas voir ni entendre Sunset.

— Il y a quelqu'un ? dit-il.

Quelques secondes plus tard, la tête de Sunset apparut derrière la porte en toile qu'il avait fabriquée.

— Tu es de retour.

— Oui, dit-il avec un sourire en brandissant les trois lapins qu'il avait attachés à un bâton solide. Et avec de la nourriture.

— Miam ! s'exclama-t-elle.

Durant une fraction de seconde, Tal imagina la même scène dans plusieurs années. Ils étaient en camping avec leurs enfants et Sunset l'accueillait à leur retour, impatiente de montrer aux petits ce que leur père leur avait rapporté à manger.

Mais la réalité le rattrapa. Il n'était pas dans un fantasme et Sunset et lui n'avaient pas d'avenir ensemble.

— Je pense qu'on ferait mieux de faire cuire la viande ce soir avant que le temps ne devienne trop mauvais, dit-il.

— Je suis d'accord, répondit Sunset en marchant vers lui d'un pas hésitant. Je vais m'en occuper.

Tal eut envie de protester, il voulait être celui qui lui préparerait son repas. Mais il ne voulait pas non plus la priver de cette indépendance durement acquise. Il hocha simplement la tête et lui tendit les lapins. Le sourire sur son visage lui donna raison.

Elle se mit rapidement à dépecer les petits animaux. Elle mit leurs peaux de côté et alluma un grand feu à l'extérieur de la grotte en un temps record. Lorsqu'ils s'assirent pour manger, de gros flocons de neige avaient commencé à tomber paresseusement du ciel.

Tandis qu'il mangeait, Tal parla de tout et de rien. Il lui parla de Fallport, des citoyens qu'il avait appris à connaître au fil des années. Il raconta d'autres anecdotes sur Tony et sur les hommes de son équipe et leurs femmes. Elle ne posa pas beaucoup de questions, mais il percevait l'intérêt dans ses yeux. Il commençait à manquer de sujets de conversation lorsqu'il se résolut à lui parler de son travail chez le barbier.

— Quand je suis arrivé à Fallport, je n'étais pas sûr de ce

que j'allais faire. Mon travail au sein de l'équipe de recherche et de sauvetage est génial, j'étais enthousiaste, mais je savais qu'il ne me prendrait pas tout mon temps. C'est un peu aléatoire. Il y a des mois où nous sommes très occupés, surtout en été, mais il y a aussi des périodes où on ne nous appelle pas pendant trente jours ou plus. Je savais que j'avais besoin de m'occuper. En Angleterre, lors des missions de longue durée, c'est moi qui coupais les cheveux de mes copains. Je suis donc entré dans le salon du barbier du centre-ville et j'ai demandé à Harvey – le propriétaire du salon – s'il avait besoin d'aide. Il a été gentil de m'avoir embauché, moi qui étais non seulement un nouveau venu en ville, mais aussi un étranger, sans aucune expérience professionnelle. Je ne travaille pas à plein temps, mais j'aime bien parler aux gens qui viennent à la boutique.

Sunset le dévisagea un instant.

— Tu coupes les cheveux ?

Tal eut envie de rire. N'était-ce pas ce qu'il venait de lui expliquer ? Mais en y réfléchissant, il réalisa qu'elle ne comprenait peut-être pas ce qu'était un coiffeur. Il sourit simplement et lui dit :

— Oui.

Elle baissa les yeux vers son assiette désormais vide, celle qu'il lui avait apportée, puis vers le feu et enfin vers la forêt. Tal ne pensait pas qu'elle aurait le courage de lui demander ce à quoi elle pensait… mais il la vit redresser les épaules et comprit qu'elle surmonterait son embarras et sa timidité pour lui demander ce qu'elle avait en tête.

— Tu veux bien me couper les cheveux ?

Tal cligna des yeux de surprise.

— Quoi ?

— Je sais que les femmes sont censées avoir de longs cheveux, mais… je n'aime pas ça.

— Les femmes peuvent avoir la longueur de cheveux qui leur plaît, rétorqua doucement Tal. Attends de rencontrer

Caryn. Elle a les cheveux *très* courts parce qu'elle dit que sinon ils la gênent.

— C'est vrai ?

— Oui.

Tal hésita avant de lui demander ce à quoi il pensait, mais décida finalement d'être franc.

— Comment ça se fait que tu ne les aies pas coupés toi-même ?

Elle soupira.

— Je l'ai fait une fois. J'ai juste coupé un peu les extrémités. Cypress l'a remarqué et il m'a fouettée pour empêcher les autres femmes de le faire. Nous n'avions pas le droit de nous couper les cheveux. Jamais.

La colère menaça à nouveau d'envahir Tal. La vie que cette femme, et tous les autres membres de cette foutue secte, avaient endurée était plus qu'abusive. C'était carrément sadique. Il prit une grande inspiration par le nez, priant pour retrouver son calme et les mots justes pour aider cette femme.

— Je n'ai pas de ciseaux sur moi, dit-il finalement.

Sunset pinça les lèvres et acquiesça.

— Mais je peux me servir de mon couteau. Tu peux me faire confiance et je ne te ferai pas de mal.

— Je crois que je commence à y croire, dit-elle doucement.

Tal sentit son ventre se nouer face à cet aveu. Jamais les mots de quelqu'un ne l'avaient affecté aussi profondément.

— Mais peut-être que je ne devrais pas, je veux dire, j'ai toujours eu les cheveux longs… c'est juste dur à nettoyer, puis ils me gênent beaucoup. J'apprécie les élastiques que tu m'as donnés, mais… je ne sais pas.

Elle paraissait si peu sûre d'elle, alors qu'il y a quelques instants, elle était certaine de vouloir se couper les cheveux. Mais plus Tal y pensait, plus il réalisait qu'elle voulait sans doute avoir les cheveux plus courts mais que les répercussions qu'elle avait subies la fois précédente étaient encore bien marquées dans son esprit.

— Et si on y allait petit à petit ? On peut commencer par en enlever un tout petit peu. Peut-être pas plus que la longueur de ton doigt ? Ensuite, demain on verra comment tu te sens et si tu es d'accord, on recommencera. On pourra continuer d'y aller doucement jusqu'à ce que tu sois à l'aise avec la longueur. C'est juste des cheveux, Sunset. Si jamais ça ne te plaît pas, ça repoussera dans tous les cas. Et si tu trouves qu'on va *trop* lentement et que tu veux que je coupe plus, on peut le faire aussi. Tes cheveux sont magnifiques. Vraiment très beaux. Ça me rappelle les beaux couchers de soleil d'Angleterre, chez moi. Mais tu n'es plus sous leur coupe. Si tu as envie de porter des pantalons, de te couper les cheveux et de dormir sur un lit confortable, fais-le.

Sunset le regarda intensément pendant qu'il parlait et Tal ne put détacher son regard du sien. Il lisait tellement d'émotions dans ses yeux.

— Je les veux plus courts... mais j'ai peur.

Tal était si fière d'elle. Les hommes avec lesquels elle avait vécu, et qui l'avaient probablement kidnappée, ne l'avaient pas brisée. Ils avaient essayé, c'était évident, mais par miracle, elle avait pu conserver une once d'indépendance. Elle n'aurait pas pu survivre seule dans les bois pendant un an si elle n'avait pas eu un caractère aussi fort.

— Tu peux me faire confiance, répéta doucement Tal. Tes cheveux t'appartiennent. Ton corps aussi. Tu as le droit de décider quoi porter, quoi manger, quoi dire, ou avec qui tu veux avoir des relations sexuelles. *Personne* n'a le droit de te forcer à faire quelque chose dont tu n'as pas envie.

Il vit les larmes lui monter aux yeux, mais elle les repoussa.

— OK.

— OK quoi ? demanda Tal.

— OK, je veux faire ce que tu as dit. Coupe un peu de mes cheveux aujourd'hui. Et demain. Et le jour suivant.

— Tellement courageuse, marmonna Tal avant d'acquiescer.

Elle parut surprise.

— Tu trouves que je suis courageuse ?

— Oh que oui, dit-il.

— Je ne le suis pas, tu sais, répondit-elle, comme si elle commentait simplement la météo.

— Tu te trompes, dit Tal sans hésiter.

Sunset secoua la tête.

— J'avais envie d'aller en ville, mais c'était interdit. Et j'ai entendu tellement d'histoires sur le fait que les habitants n'aiment pas les étrangers, qu'ils me feraient du mal si j'osais me montrer. Cela fait un an que je veux me couper les cheveux, mais je n'ai pas eu le courage de le faire moi-même. Il y a quelques mois, j'ai vu un ours et j'ai eu tellement peur que je suis revenue ici et je me suis cachée dans ma grotte pendant des jours. Je ne suis pas courageuse, Talon.

Tal avait tellement envie de serrer cette femme dans ses bras, mais il se força à rester là où il était. Il se pencha cependant vers elle en lui parlant.

— On t'a nourrie de mensonges pendant vingt ans, chérie. Les hommes avec lesquels tu vivais étaient des agresseurs, tout simplement. Ils t'ont raconté des bobards pour vous contrôler, toi et les autres femmes. Comment pouvais-tu savoir que ce qu'ils faisaient était mal ? Tu essayais simplement de te protéger en évitant d'aller en ville ou de te couper les cheveux. C'est ce qu'on appelle l'instinct de survie. Et l'ours ? Bon sang, *n'importe qui* aurait peur de se retrouver face à un ours.

— Y compris toi ? demanda-t-elle doucement.

— Oui. D'où je viens, il n'y a pas d'ours. J'en ai vu un quand j'étais en Russie un jour... je l'ai trouvé mignon jusqu'à ce qu'il se lève sur ses deux pattes arrière et me grogne dessus. Je te jure que je me suis fait pipi dessus. Mes amis ont tous ri aux éclats et m'ont dit qu'ils n'avaient jamais vu quelqu'un courir aussi vite pour lui échapper. L'instinct de survie n'est pas une mauvaise chose. À vrai dire, c'est l'une des choses les plus *importantes*, si tu veux mon avis. Ce sentiment au fond de toi qui te souffle que « ce n'est pas une bonne idée », ou « ne va pas par là », ou « ne dis rien et ne le regarde pas dans les yeux » t'a probablement sauvé la vie plus d'une fois.

Sunset le regarda comme s'il lui offrait les clés de sa liberté. Elle acquiesça lentement.

— OK, alors ne dis plus jamais que tu n'es pas courageuse, d'accord ?

Ses lèvres s'étirèrent en un léger sourire.

— OK.

— Tant mieux. Est-ce que ça te dit que je range tout ça et qu'ensuite je te coupe un tout petit peu les cheveux ? Après ça, tu pourras t'installer pour la nuit avant que la tempête ne s'intensifie.

— Je peux tout nettoyer moi-même, dit-elle, l'air inquiet.

— Je sais. Mais moi aussi. Laisse-moi m'occuper de toi, Sunset. S'il te plaît.

Une fois de plus, elle parut surprise par ses paroles.

— Je pense que personne n'a pris soin de toi depuis très longtemps. Laisse-moi t'offrir ce cadeau, chérie, dit doucement Tal.

Il fut soulagé lorsqu'elle acquiesça doucement.

La neige tombait toujours, mais Tal l'ignora en récupérant la casserole qu'elle avait utilisée pour faire cuire le lapin et se dirigea vers le ruisseau. Il emporta également le seau pour le remplir. Il avait l'impression qu'une fois la tempête installée, aucun d'eux n'irait nulle part.

Il revint et vit Sunset assise sur son sac de couchage, le livre de *Narnia* sur ses genoux. Elle le regardait fixement et ses lèvres bougeaient silencieusement. Elle ne l'avait pas entendu revenir, alors il se racla la gorge pour ne pas trop la surprendre.

Elle releva la tête et lui adressa un autre petit sourire.

Tal eut l'impression de recevoir le plus beau cadeau du monde en voyant son air chaleureux. Il plaça le seau d'eau près de l'entrée de sa grotte. Elle ne l'avait toujours pas invité à entrer et il n'allait pas insister. Il serait très bien dans la petite tente. Il avait déjà affronté des tempêtes en tente et il se débrouillerait bien dans celle-ci aussi.

— Ça te plaît ? demanda Tal en faisant un signe de tête vers le livre posé sur ses genoux.

Elle soupira et baissa les yeux.

— C'est dur.

Tal eut envie de se gifler. Il n'avait même pas envisagé qu'elle ne sache pas lire. Si cette fille était *bien* Heather, elle était encore en CE2 lorsqu'elle avait été kidnappée, assez grande pour lire, mais si la secte qui l'avait enlevée ne voulait pas que les femmes lisent ou écrivent, cela faisait vingt ans qu'elle n'avait pas vu un livre.

Comme si elle ne voulait pas le vexer, elle ajouta :

— Mais de ce que j'arrive à comprendre, pour le moment ça me plaît.

— Tu veux que je te le lise ? proposa Tal.

Il réalisa tardivement que cette proposition n'était peut-être pas la meilleure idée. Il n'était pas du genre à lire à haute voix, et il ne voulait pas qu'elle se sente mal de ne pas être capable de lire et de comprendre elle-même.

Mais elle le surprit en lui demandant d'un air enthousiaste :

— C'est vrai, ça ne te dérange pas ?

— Pas du tout, dit Tal. Si tu es d'accord, j'aimerais approcher ma tente un peu plus près de l'entrée de la grotte. S'il se met à neiger très fort, j'aimerais pouvoir t'entendre si tu as besoin de quoi que ce soit. Et comme ça, tu pourrais mieux m'entendre aussi.

Elle se mordit la lèvre et baissa à nouveau les yeux sur le livre posé sur ses genoux.

— Pas de pression, Sunset. Je ne vais pas empiéter sur ton espace. Je ne te ferai pas de mal. Tu peux me faire confiance.

Elle redressa les épaules d'une façon particulière, comme elle le faisait à chaque fois et leva les yeux vers lui.

— D'accord.

— Merci, chérie.

Tal savait qu'il valait mieux qu'il arrête de l'appeler comme ça, mais il ne pouvait pas s'en empêcher.

— Donne-moi quelques minutes et j'arrive.

Il ne lui fallut pas beaucoup de temps pour déplacer sa tente et même si le sol était un peu plus dur près de l'entrée de la grotte, la zone semblait plus à l'abri du vent qui avait commencé à se lever depuis environ une heure, tout ça grâce aux arbres environnants. Il planta sa tente, sortit une lampe de poche puissante et s'assura d'avoir son réchaud à portée de main pour plus tard. Il était utile pour faire cuire la nourriture, mais il lui permettrait aussi de chauffer sa petite tente lorsque la neige commencerait vraiment à tomber.

Il avait quelques couvertures d'urgence supplémentaires, et il en étendit une sur le sol avant de se diriger vers l'entrée de la grotte. Sans entrer, il lui dit :

— Si tu veux bien venir t'asseoir ici, je pourrai déjà te faire la première coupe de cheveux et ensuite on pourra lire.

Pendant qu'il s'installait, Sunset avait déplacé son propre lit d'un côté de la grotte, plus près du coin de toile relevé. Il voulut lui dire de le remettre dans le coin le plus éloigné, où elle serait plus protégée contre les éléments, mais il s'abstint.

Il fut heureux de voir qu'elle ne manifestait aucune réticence lorsqu'elle se leva et s'approcha. Elle s'assit à quelques mètres de là où il était, puis recula vers lui.

Elle avait le dos bien droit et il pouvait voir et sentir la tension dans son corps. Tal sortit son couteau aiguisé comme un rasoir du fourreau qu'il portait à la cuisse et s'agenouilla derrière elle. Il aurait préféré le faire avec les ciseaux de haute qualité dont Harvey disposait au salon, mais il s'en contenterait.

— Je ne vais pas te faire de mal et tu peux me faire confiance, lui rappela-t-il doucement en saisissant une mèche de ses cheveux.

Il réalisa immédiatement que ça n'allait pas fonctionner.

Ses cheveux roux étaient sublimes mais très emmêlés et plusieurs nœuds pendaient dans son dos.

— Est-ce que tu acceptes que je te les brosse en premier ? demanda-t-il.

Sunset se crispa encore plus. Elle secoua la tête sans se tourner vers lui et lui dit :

— Ça fait mal.

Tal ferma les yeux de frustration et de rage. Ces connards qui avaient abusé d'elle méritaient de mourir lentement et douloureusement. Il déglutit avec difficulté et prit une grande inspiration avant de dire :

— Pas de la façon dont je le fais, non.

Il attendit patiemment, sans la presser, tandis qu'elle réfléchissait à ce qu'il venait de dire. Puis, elle s'avança et se leva, se dirigeant vers ses affaires rangées contre le mur du fond de la grotte. Elle saisit la brosse qu'il lui avait donnée et revint vers lui. Elle semblait vouloir être ailleurs qu'ici, et manifestement, elle redoutait ce moment.

Elle s'assit après avoir donné la brosse à Tal et serra ses mains sur ses genoux, focalisant son regard sur le mur du fond de la grotte. Il eut à nouveau envie de la rassurer, de lui dire qu'il ferait attention, mais il savait que les actes valaient plus que les paroles. Il prit donc une petite mèche de cheveux et s'attaqua aux pointes en prenant soin de tenir ses cheveux fermement pour ne pas exercer de pression sur son cuir chevelu pendant qu'il brossait.

Au bout d'un moment, Tal vit ses épaules se détendre un peu lorsqu'elle réalisa qu'elle n'allait pas souffrir. Chaque fois qu'il parvenait à enlever un nœud, elle se détendait un peu plus.

Cela prit du temps, mais il finit par pouvoir passer délicatement la brosse dans ses cheveux, du cuir chevelu jusqu'aux pointes. Elle avait fermé les yeux et penchait la tête en arrière pendant qu'il s'activait.

Tal n'avait jamais imaginé que brosser les cheveux d'une

femme puisse être aussi... intime. Il continua de passer la brosse dans ses cheveux, longtemps après avoir éliminé les nœuds. Tandis que le soleil commençait à décliner, que la neige continuait de tomber et qu'il faisait de plus en plus froid, il sut qu'il devait se dépêcher. Il reposa la brosse avec réticence et saisit son couteau. Ils n'avaient pas échangé un mot pendant qu'il lui brossait les cheveux, mais le silence n'était pas du tout gênant. C'était... confortable.

Tal coupa très soigneusement les pointes de ses cheveux. Comme promis, il n'enleva qu'un centimètre. Il rassembla les cheveux dans sa main et les lui tendit lorsqu'il eut terminé pour qu'elle puisse les voir.

— C'est fini, dit-il.

Sunset baissa les yeux vers sa main, puis tendit le cou pour le regarder. Il ne parvint pas à lire sur son visage, mais il vit que sa main tremblait lorsqu'elle l'approcha de la sienne. Tal posa les cheveux dans sa paume et elle resta assise là, les fixant un long moment.

— Ça ne m'a pas fait mal, murmura-t-elle.

— Qu'est-ce qui ne t'a pas fait mal ? demanda Tal.

— Quand... tu m'as brossé les cheveux. À chaque fois qu'Arrow obligeait l'une de ses autres épouses à me brosser les cheveux, ça faisait toujours mal.

Elle avait vraiment vécu avec des putains d'enfoirés.

— Je te l'ai dit, je ne te ferai pas de mal. Que ce soit simplement pour te brosser les cheveux ou utiliser des mots comme des armes... je ne le ferai pas. Et je ne laisserai personne te faire du mal non plus.

Elle soupira et baissa à nouveau les yeux vers les pointes de ses cheveux.

— Ça ne te dérange vraiment pas si je me coupe les cheveux ? demanda-t-elle.

— Ce sont *tes* cheveux, chérie. Tu en fais ce que tu veux.

— Je ne veux pas être laide, murmura-t-elle sans oser le regarder.

Tal eut envie de placer son doigt sous son menton pour la forcer à le regarder, mais il serra les poings à la place et lui dit :

— Tu ne pourras *jamais* être laide, dit-il d'un ton un peu trop véhément, prenant une grande inspiration pour maîtriser sa colère.

— Ils disaient que les cheveux courts c'était laid, rétorqua-t-elle.

— C'étaient des connards qui prenaient plaisir à écraser les autres, répondit Tal, les mots lui échappant. C'étaient des salauds abusifs qui prenaient plaisir à violer des femmes et des enfants sans défense, et qui prétendaient que c'était normal d'avoir six femmes, putain. Ce ne sont pas les cheveux qui font que l'on est laid, Sunset. Pas plus que les vêtements qu'on porte ou leur silhouette. Ce sont les *actes*. Et les actes de ceux avec lesquels tu étais obligée de vivre n'étaient pas seulement laids, ils étaient répugnants, criminels et clairement *inadmissibles*.

Tal avait encore tant de choses à dire, mais il savait qu'il devait se calmer avant de l'effrayer.

Il se leva et s'éloigna de la grotte, sans savoir où il allait, simplement parce qu'il avait besoin de maîtriser sa colère.

Il n'alla pas bien loin et ne resta pas longtemps à l'écart. Il était attiré par Sunset comme si elle était l'air qu'il avait besoin de respirer. Il ne le comprenait pas mais n'avait pas envie d'analyser ce sentiment. C'était comme ça.

— Je suis désolé, dit-il à son retour.

Sunset était toujours assise, désormais face à la forêt près de l'entrée de la grotte. Elle avait les bras enroulés autour de ses jambes et ne semblait même pas remarquer la neige qui s'accumulait sur ses bottes.

— Tu es le premier homme qui s'excuse auprès de moi, dit-elle d'un ton presque familier. Dans La Communauté, les hommes avaient toujours raison. Leur discours faisait office de loi. Même lorsqu'ils commettaient une erreur, ils prétendaient que c'était fait exprès... pour donner une leçon aux femmes.

Ce qu'elle disait n'aidait pas Tal à se calmer.

— J'ai toujours pensé que quelque chose n'allait pas. Que la façon dont les femmes et les filles étaient traitées n'était pas normale. Mais je ne pouvais rien y faire. C'était ma vie et j'étais coincée là-bas. Merci d'avoir été honnête avec moi. Merci de m'avoir enfin dit ce que j'ai toujours pensé au fond de moi.

Elle le mettait dans tous ses états.

— Tu es libérée d'eux, lui dit Tal.

Elle émit un rire amer.

— Je ne serai jamais libérée d'eux, dit-elle.

— Faux, rétorqua Tal. Tu l'es déjà. Tu as vu clair dans leurs conneries et la meilleure chose que tu puisses faire pour t'assurer qu'ils aient ce qu'ils méritent, c'est de raconter ton histoire. Sans honte. Parce que ce qui t'est arrivé, la façon dont ils t'ont traitée, ce n'était pas ta faute. Tout est de leur faute. Ils ont profité de toi et t'ont maltraitée pendant des années. T'éloigner d'eux et vivre ta vie comme tu l'as toujours voulu est la meilleure des vengeances. Montre-leur qu'ils t'ont peut-être retenue prisonnière pendant un certain temps, mais qu'ils n'ont plus aucun contrôle sur toi. Tu es plus forte que leur manipulation mentale et tu es enfin passée de l'autre côté.

— Tu me donnes envie de te croire, dit-elle doucement.

— Tant mieux. Je ne dis pas que ce sera facile. Ils seront là, au fond de ton esprit, essayant de te faire revenir en arrière. Mais tu es assez forte pour repousser leurs paroles malveillantes et sortir de ta coquille.

Sunset pencha la tête sur le côté en le regardant.

— Comment tu le sais ?

Tal désigna la petite pile de cheveux qu'il lui avait coupés et qui se trouvait désormais à ses côtés en lui disant :

— Grâce à ça. Tu avais peur que je te coupe les cheveux, mais tu l'as quand même fait. Grâce à ce genre de choses, choisir par soi-même et agir, même quand tu entends ces voix dans ta tête qui te disent que c'est mal ou que tu seras punie.

Sunset baissa les yeux vers la petite pile de cheveux, puis le regarda à nouveau.

— Tu as raison.

— Je sais.

Le sourire sur ses lèvres paraissait désormais plus sincère.

— Est-ce que tous les hommes sont comme toi ? demanda-t-elle. Je veux dire… en dehors de La Communauté ?

Tal soupira.

— Je ne suis pas sûr de comprendre ce que tu veux dire, mais si tu cherches à savoir si tous les hommes sont aussi solidaires et encourageants envers les femmes, la réponse est non. Il y a autant d'enfoirés dehors que dans cette foutue secte où tu vivais. Mais la bonne nouvelle, c'est que maintenant tu sais les identifier. Si jamais quelqu'un essaie de te forcer à faire quoi que ce soit, tu n'as qu'à leur dire d'aller se faire foutre et tu pars dans la direction opposée. Et je t'apprendrai à te défendre. Comme ça, si jamais l'un de ces salauds tente d'utiliser sa force contre toi, tu pourras riposter efficacement.

Tal était pratiquement en train de grogner lorsqu'il termina de parler, mais l'idée que quelqu'un puisse toucher cette femme contre sa volonté le rendait carrément féroce.

À sa grande surprise, elle ne fut pas effrayée par ce qu'il disait. Elle hocha plutôt la tête.

— Est-ce que je peux porter un couteau sur moi, comme toi ? demanda-t-elle en regardant le fourreau attaché à sa cuisse.

Tal s'esclaffa.

— Bien sûr, si tu veux. Mais il existe des lois qui interdisent le port d'armes dans certains établissements.

Elle haussa simplement les épaules.

Si porter un couteau la faisait se sentir plus en sécurité, non seulement Tal lui apprendrait à s'en servir, mais il lui en achèterait une centaine avec leurs étuis pour qu'elle puisse en porter sur elle.

— Tu veux toujours lire ? demanda-t-elle.

— Oui, dit Tal.

Il était fatigué et des émotions fortes coulaient encore dans ses veines, mais si cette femme voulait qu'il lui fasse la lecture, c'était ce qu'il ferait.

Tendant la main derrière elle, Sunset prit le livre et le lui tendit. Tal s'avança et le prit, puis recula à nouveau. Il y avait environ un centimètre de neige sur le sol et vu la vitesse à laquelle elle tombait, il y en aurait encore plus le lendemain, lorsqu'ils se réveilleraient.

Il ouvrit sa tente et se glissa à l'intérieur. Il s'allongea sur le ventre, la tête vers l'entrée. Levant les yeux, il vit que Sunset avait reculé jusqu'au sac de couchage qu'il lui avait donné et s'était assise dessus.

— Tu m'entends comme ça ? demanda-t-il.

Elle hocha la tête.

Tal se racla la gorge et commença à lire.

CHAPITRE SEPT

Le lendemain matin, Sunset se réveilla lentement. Tal lui avait fait la lecture pendant un bon moment avant de ramener le livre vers l'entrée de sa grotte et de lui dire de fermer la toile et de dormir.

Elle avait accepté, mais elle se sentait coupable que Talon soit dehors sous la neige et le vent, dans sa tente, tandis qu'elle était dans sa grotte. Cependant, elle n'était pas encore prête à partager son espace. C'était le *sien* et cela faisait longtemps qu'elle n'avait pas eu quelque chose à elle.

Je ne te ferai pas de mal et tu peux me faire confiance.

Ses mots résonnaient dans sa tête et même si elle avait envie de le croire, son passé lui avait appris qu'aucun homme n'était digne de confiance.

Alors qu'elle était allongée sur le rembourrage qu'il lui avait donné, Sunset se remémora la façon dont il lui avait brossé les cheveux. Il n'avait pas tiré sur ses nœuds. Il avait été extrêmement prudent et avait brossé avec méthode et douceur. Et lorsqu'il avait fait glisser la brosse du haut de sa tête jusqu'aux pointes, ça lui avait fait du bien. Ça l'avait même détendue.

Pour la première fois de sa vie, elle avait complètement baissé sa garde en présence d'un homme.

Elle réalisa soudain que même si son cerveau lui disait qu'elle ne devait pas faire confiance à Talon, qu'elle venait tout juste de le rencontrer et qu'il avait probablement un objectif derrière tout ça, son cœur pensait différemment.

Soupirant et ne supportant pas à quel point elle était perdue, Sunset approcha le livre de son visage et alluma la lampe torche que lui avait donnée Talon. Elle la pointa vers le livre et commença à essayer de lire progressivement les pages. Maintenant que Talon les avait déjà lues et qu'elle connaissait l'histoire, c'était plus simple. Tous les mots ne lui étaient pas familiers, mais elle fut fière d'avoir réussi à lire le premier chapitre toute seule.

Elle s'endormit à nouveau, rêvant d'Aslan et entendant la voix si particulière de Talon dans sa tête. Mais elle se réveilla au son du vent qui hurlait dehors.

Son nez, qui dépassait de la couverture, était tout froid et lorsqu'elle se redressa, elle frissonna. La grotte était froide, mais pas aussi froide qu'elle ne l'aurait été sans la toile qu'il avait absolument voulu fixer au niveau de l'entrée.

Prenant une bûche, Sunset la posa sur le feu et l'alimenta, satisfaite lorsque les flammes prirent et qu'un peu de chaleur commença à se répandre dans son petit espace.

Contente d'avoir un legging, un pantalon et un sweat-shirt, elle rampa jusqu'à l'ouverture et leva la toile pour jeter un coup d'œil dehors. Elle cligna de surprise en voyant le spectacle qui s'offrait à elle. Tout était blanc. Et la neige tombait toujours. Les flocons s'étaient accumulés contre la toile à cause du vent et elle parvenait à peine à distinguer la tente de Talon même si celle-ci n'était pas très loin de l'endroit où elle était agenouillée.

— Talon ?! cria-t-elle.

Comme il ne lui répondait pas, son inquiétude monta d'un cran. Elle n'avait pas besoin de lui, elle était en sécurité dans sa grotte le temps que la tempête passe mais bizarrement, elle n'aimait pas l'idée qu'il soit dans cette petite tente. Elle ne semblait pas très solide.

Dès qu'elle eut cette pensée, une rafale de vent souffla et elle vit le tissu s'agiter violemment.

— Talon ? Est-ce que ça va ? dit-elle un peu plus fort.

— Ça va. Reste dans la grotte et au chaud ! répondit-il.

Sunset se mordit la lèvre, ne sachant pas quoi faire. La *meilleure* chose à faire était de l'inviter à venir dans la grotte avec elle. Mais elle ne voulait pas qu'il se fasse des idées. Elle ne voulait pas se rendre compte qu'il était comme Cypress.

Je ne te ferai pas de mal et tu peux me faire confiance.

— Talon... la tempête est trop forte pour que tu restes dehors. Viens dans la grotte.

Les mots franchirent ses lèvres avant même qu'elle ne puisse les arrêter. Pendant un moment, elle eut envie de retirer ce qu'elle venait de dire. La grotte n'était pas immense et la présence de Talon pourrait l'oppresser. Il risquait de lui reprendre le duvet qu'il lui avait laissé ou commencer à lui donner des ordres ou essayer de la toucher. Il lui enlèverait cette indépendance pour laquelle elle s'était tant battue.

Puis, elle secoua la tête. Elle ne connaissait pas Talon depuis longtemps, mais elle l'avait déjà observé dans la forêt à son insu. Elle ne l'avait jamais vu faire de mal aux autres. Il traitait les femmes qu'il sauvait avec respect, même lorsqu'elles étaient méchantes avec lui.

Puis elle repensa à la façon dont Brock s'était comporté avec Finley. Il l'avait protégée lorsqu'ils s'étaient retrouvés sous ce rocher. Il avait placé son corps entre elle et la forêt.

— Tu es sûre ?

Sunset sursauta en entendant Talon. Elle était tellement perdue dans ses pensées qu'elle avait oublié où elle était. Observant le blanc aveuglant de la forêt, elle vit qu'il avait légèrement ouvert sa tente et la regardait.

— Parce que je suis bien ici, continua-t-il.

Il n'avait pas l'air d'aller bien. Il paraissait fatigué. Sunset se demanda même s'il avait dormi.

— Oui je suis sûre. On dirait que ça ne va pas s'arrêter de sitôt. Il y a eu une tempête similaire il y a quelques années et nous sommes restés coincés dans nos tentes pendant au moins une semaine avant que le vent ne s'arrête suffisamment pour que nous puissions marcher dehors. On a dû pelleter la neige pendant des jours et des jours juste pour se rendre d'une tente à une autre.

Sunset se souvenait de cette tempête comme si c'était hier. Elle avait été ravie d'avoir sept jours entiers pour elle seule. Elle n'avait pas été obligée de cuisiner. Ou de nettoyer. Ou de chasser. Elle s'était simplement réfugiée dans une tente avec les autres femmes d'Arrow et avait pu se détendre. Évidemment, lorsque le vent s'était calmé, elle et les autres femmes avaient été chargées de déblayer les chemins et elle avait dû s'acquitter de ses devoirs d'épouse auprès d'Arrow dès que la neige s'était arrêtée, mais cela avait valu la peine d'avoir une semaine entière de temps libre.

— OK. Je vais rassembler mes affaires et démonter la tente. En attendant, ferme la toile et reste à l'intérieur, lui dit Talon.

Au lieu d'être agacée qu'il lui dise quoi faire, Sunset hocha simplement la tête et laissa retomber la toile. Elle réalisa que la différence, c'était que Talon lui ordonnait de faire quelque chose pour son propre bien. Il ne lui ordonnait pas d'aller dehors pour rassembler ses affaires et démonter sa tente. C'était une énorme différence, et cela lui faisait étonnamment plaisir de savoir qu'il s'inquiétait pour elle alors que c'était *lui* qui était sous la tempête.

Talon ne tarda pas à se présenter à l'entrée de la grotte. Il retira la toile et entra. Sa tête et sa barbe étaient couvertes de neige et celle-ci restait également collée à ses vêtements. Il posa son sac et la tente pliée près de l'entrée et s'assit presque à l'endroit où il était entré. Il referma la toile et soupira.

Sunset était assise sur sa couche, attendant qu'il fasse

quelque chose. Qu'il commence à lui donner des ordres, qu'il lui demande ce qu'elle lui préparait pour le petit déjeuner... *quelque chose*. Mais il resta simplement assis là, les yeux fermés. La neige finit par fondre sur son visage et ses vêtements et pourtant il resta presque immobile.

À première vue, elle aurait dit qu'il était endormi, mais il était impossible qu'il dorme debout... si ?

— Talon ? chuchota-t-elle.

— Oui ? dit-il immédiatement sans ouvrir les yeux.

Sunset n'avait pas vraiment de question à lui poser, elle voulait juste savoir s'il était réveillé ou non.

Il ouvrit les yeux et la regarda depuis sa place. La grotte était sombre, la lumière du feu vacillait autour d'eux. Le vent sifflait dehors et Sunset fut à nouveau très reconnaissante de la protection supplémentaire que lui offrait la toile. Elle n'aurait pas pensé à s'en servir comme porte si Talon ne l'avait pas suggéré. Elle s'était bien débrouillée l'hiver précédent dans sa grotte, mais il n'y avait pas eu de blizzards comme celui-ci.

— Ça va ? demanda Talon. Tu veux que je retourne dans ma tente ?

— Non ! lâcha-t-elle. C'est juste que...

Elle se tut.

— Je comprends, dit calmement Talon. Tu peux me faire confiance et je ne vais pas te faire de mal.

Sunset souffla.

— T'en as pas marre de dire ça ? demanda-t-elle.

— Non. Et je n'en aurai jamais marre. Je continuerai de le dire jusqu'à ce que tu le croies de tout ton cœur et de toute ton âme et ensuite, je *continuerai* sans doute de le dire. Merci de m'avoir invité à l'intérieur.

Sunset acquiesça. Elle avait la gorge serrée et elle avait l'impression de ne pas pouvoir parler.

— Est-ce que je peux me lever pour mettre une autre bûche sur le feu ?

Il lui posait la question à *elle* ? Sunset fut déstabilisée, mais acquiesça.

Talon se leva lentement et passa devant elle pour se diriger vers le tas de bois qu'ils avaient ramassé la veille. Il fronça les sourcils en l'étudiant.

— En fait, je pense que je vais attendre. Je ne sais pas combien de temps va durer cette tempête et je ne voudrais pas brûler toutes nos réserves, dit-il avant de la regarder. Tu as assez chaud ?

Sunset acquiesça.

Il retourna vers son sac et fouilla à l'intérieur pendant un moment. Il en sortit quelque chose, un petit paquet et le serra dans ses mains avant de le lui tendre.

— Tiens.

Elle tendit le bras sans réfléchir et le lui prit.

— Qu'est-ce que c'est ?

— Un chauffe-mains. C'est un petit sachet qui utilise des produits chimiques pour chauffer. Ça va durer pendant quelques heures avant que la chaleur ne se dissipe. Ça te permettra de te réchauffer sans avoir à utiliser beaucoup de bois pour l'instant.

Effectivement, le paquet dans ses mains commença à *chauffer* et Sunset écarquilla les yeux.

— C'est magique, souffla-t-elle.

Talon se mit à rire en s'asseyant à nouveau près de l'entrée.

— Je suis d'accord. Et ne me demande pas comment ça marche, parce que je n'en sais rien. Je sais juste que c'est plein de produits chimiques et que j'étais plus que reconnaissant d'en avoir la nuit dernière, dit-il en tapotant sa botte. J'en ai mis un dans chacune de mes chaussures cette nuit et aujourd'hui mes orteils m'en remercient.

Maintenant que ses yeux s'étaient réadaptés à la pénombre de la grotte après avoir été aveuglés par la neige dehors, Sunset perçut les cernes sombres sous ses yeux.

— Tu as l'air fatigué, dit-elle.

— Ça va, répondit-il en haussant les épaules.

Encore une chose pour laquelle cet homme était différent de ceux qu'elle avait connus par le passé. Arrow faisait beaucoup de siestes. Ça ne le dérangeait pas de dormir lorsque ses épouses travaillaient. Cypress était comme lui. Mais Sunset avait le sentiment que cet homme ne dormirait jamais pendant que ceux autour de lui travaillaient.

— Ça ne te dérange pas si je change mon haut ? lui demanda Talon. Le mien est trempé et je ne veux pas prendre le risque de tomber malade.

Sunset sentit l'adrénaline monter en elle. Elle secoua la tête en silence, mais n'osa pas détourner son regard de Talon. Elle serra le sachet chaud dans sa main et retint son souffle tandis que son cœur battait fort dans sa poitrine.

Talon fouilla dans son sac et en sortit une chemise à manches longues. Il lui tourna le dos et enleva la polaire qu'il portait, puis le sweat-shirt et enfin le haut moulant noir. Elle ne put s'empêcher de s'interroger sur les différences entre cet homme et ceux qu'elle avait côtoyés. Cypress et Arrow n'étaient pas aussi minces que Talon. Ils avaient la peau d'un blanc pâteux et de gros ventres qui dépassaient. Les épaules de Talon étaient larges et il n'avait pas l'air d'avoir de graisse supplémentaire sur le corps. Elle pouvait voir les muscles du haut de son dos onduler lorsqu'il bougeait. Même ses avant-bras étaient musclés.

Très vite, un peu trop à son goût, il se couvrit d'un autre haut moulant qui lui collait au corps. Il remplaça également son sweat-shirt par un autre et enfila sa polaire avant d'étaler ses vêtements humides sur le sol, près du feu.

Puis, il s'assit à nouveau, le dos contre la paroi de la grotte.

— Tu veux en entendre plus sur *Le Lion, la Sorcière blanche et l'Armoire magique* ? demanda-t-il.

Sunset acquiesça. Elle se sentait toujours bizarre à l'intérieur. Pas vraiment effrayée, plutôt... excitée ? Ça n'avait aucun sens. Elle avait pourtant eu peur lorsque Talon avait enlevé son haut. Peur qu'il ait envie de s'allonger sur elle, mais il ne l'avait même pas regardée.

Peut-être... juste peut-être... qu'elle *pouvait* lui faire confiance.

Elle lança le livre à Talon en prenant soin de ne pas l'approcher des flammes. Il lui sourit, l'ouvrit et reprit immédiatement là où ils s'étaient arrêtés la veille.

Le temps n'eut alors plus de sens tandis que Sunset se perdait dans l'univers de Narnia et d'Aslan le lion. Le vent continuait de hurler dehors. Les sorties pour faire leurs besoins étaient rapides, et elle ne se sentait même pas gênée d'avoir à s'occuper de ses fonctions corporelles en présence de Talon. Avec lui, tout était facile et normal.

Il était au milieu du chapitre lorsqu'il s'arrêta et dit :

— Bon sang, j'ai failli oublier !

Sunset resta perplexe lorsqu'elle le vit chercher dans son sac. Il sortit le téléphone satellite et lui fit un petit sourire.

— Le mariage de Rocky. J'ai promis d'appeler.

— Ça va fonctionner ? demanda Sunset.

Talon fronça les sourcils.

— J'espère bien. Sinon, je suis dans la merde.

Il composa le numéro et mit à nouveau le haut-parleur.

— Tu n'es pas obligé de faire ça, dit-elle rapidement.

— Je veux que tu entendes ce qu'est *censée* être une cérémonie de mariage, rétorqua Talon au moment où quelqu'un répondait.

— C'est pas trop tôt, dit une voix grave et masculine.

Talon s'esclaffa.

— Bonjour à toi aussi, Brock.

— On a lancé un pari pour savoir si tu allais oublier d'appeler ou non.

— Impossible que j'oublie quelque chose d'aussi important.

Talon fit un clin d'œil à Sunset et posa un doigt sur ses lèvres, comme s'il lui demandait de garder le silence sur le fait qu'il avait *presque* oublié d'appeler. Elle lui adressa un petit sourire.

— Salut Tal, dit une voix à l'autre bout du fil.

— Je t'ai mis sur haut-parleur, lui dit Brock.

— Salut, Finley, répondit Talon.

— Elle est là ?

— Oui.

— Elle s'appelle Sunset c'est bien ça ? demanda Finley.

— Oui.

— Salut, Sunset, dit immédiatement Finley. Moi c'est Finley Mabrey. Je suis celle que tu as sauvée en jetant de la terre au visage de ce connard, celui qui tenait un couteau sous ma gorge. Merci beaucoup. Tu as été si forte et moi j'étais pétrifiée. Tu as débarqué dans la clairière comme Wonder Woman. C'était incroyable et tu as laissé assez de temps à Brock pour qu'il m'attrape et puisse nous sortir de là. Je ne sais pas comment te dire à quel point je suis reconnaissante.

— Je crois que tu viens de le faire, dit Brock en riant.

Sunset resta immobile en écoutant les éloges de l'autre femme.

Encore une fois, elle était si peu habituée à ce que les gens la remercient pour quoi que ce soit, qu'elle se sentait mal à l'aise. Elle ne savait pas quoi dire ou comment réagir.

— Voilà, je voulais juste m'assurer que tu saches que ce que tu as fait était très courageux et incroyable. J'espère pouvoir te rencontrer bientôt, continua Finley. Je te ferai mon super gâteau au caramel et snickerdoodle[1]. Je ne le fais pas souvent parce que c'est un peu pénible à faire, mais c'est *tellllement* bon. Ça a exactement le même goût qu'un snickerdoodle sauf que c'est un gâteau et non un biscuit.

— Attends, comment ça se fait que tu ne m'en aies jamais préparé ? demanda Brock à sa femme.

— Parce que. Tu ne m'as pas écoutée ou quoi ? C'est très pénible à faire et les biscuits sont bien plus faciles à préparer.

Et je veux préparer quelque chose de spécial pour Sunset puisqu'elle nous a littéralement sauvé la vie.

— OK, très bien. Je peux comprendre, dit Brock.

Sunset baissa les yeux vers ses mains et fit de son mieux pour ne pas pleurer. Elle ne savait absolument pas ce qu'était un snickerdoodle, mais le simple fait que cette femme, qu'elle ne connaissait pas, souhaite lui préparer quelque chose de spécial, la bouleversait.

— Elle est là ? Salut Sunset, moi c'est Lilly ! On est tous là et on aimerait que vous soyez là aussi, mais avec un peu de chance on te rencontrera bientôt et on pourra tous apprendre à se connaître.

— Salut Sunset ! dit une autre femme en fond. Moi c'est Elsie !

— Et moi, Caryn. Khloe est là aussi, même si pour le moment elle est dehors avec Duke. *Dehors* ! Par ce temps de chiotte ! Elle en profite pour échapper à tout ce boucan... et aussi pour échapper à Raiden le temps d'un instant vu qu'il est particulièrement pénible avec elle aujourd'hui.

Sunset avait la tête qui tournait. Elle ne connaissait pas ces femmes et n'était pas sûre de se souvenir de tous les prénoms et ne comprenait absolument pas pourquoi elles étaient si gentilles avec elle.

Talon s'écarta du mur contre lequel il était appuyé et s'approcha un peu plus d'elle.

Il faisait toujours attention à ne pas trop s'approcher pour la mettre mal à l'aise, mais il tint le téléphone devant lui pour qu'elle puisse entendre plus facilement.

— Salut ! dit-elle au bout d'un moment, hésitante, ne sachant pas trop ce qu'elle devait dire d'autre.

— Salut ! répondirent plusieurs voix à l'unisson à l'autre bout du fil.

— Bon, vous avez tous eu l'occasion de dire bonjour, maintenant laissez-moi parler à Tal, dit Brock aux femmes.

Elles gloussèrent toutes et dirent au revoir à Sunset.

— Ça va ? demanda Brock. Vous n'êtes pas ensevelis sous la neige ?

— Oui ça va. Même si j'aurais bien besoin d'une tasse de thé, dit Talon avec un grand sourire.

— Ah les Anglais et leur thé, dit Brock en riant. Non, sérieux, vous avez besoin de quelque chose ?

— Non. La grotte de Sunset est parfaite. On a de la nourriture, un feu et on est à l'abri.

— OK.

Sunset entendit de la musique en fond.

— Ah, on dirait que les choses commencent. Je vais me taire pour que vous puissiez entendre ce qu'il se passe.

— Avant que tu ne t'en ailles, tout va bien chez vous ? Avec la tempête et tout ?

— Oui, tout va bien. C'était pas évident de venir ce matin, mais on est tous présents et on a tous répondu à l'appel.

— Tant mieux.

Le fait que Talon n'ait pas peur de montrer son inquiétude pour ses amis refit surgir en elle ces drôles d'émotions qu'elle avait ressenties un peu plus tôt. D'après son expérience, les hommes ne pensaient jamais à autre chose qu'à eux-mêmes. Elle ne se souvenait pas d'un moment où Arrow s'était inquiété pour ceux dont il avait la charge. Sa philosophie était que tout ce qui arrivait devait arriver. Elle se pencha en avant lorsque la musique provenant du téléphone devint plus forte. La mélodie était belle, et elle inclina la tête sur le côté pour mieux entendre.

— J'ai vu une photo de la robe de Bristol, dit doucement Talon. Lilly me l'a montrée. Elle m'a fait jurer de ne donner aucun indice à Rocky. Elle est moulante jusqu'aux genoux où elle s'évase. Elle ne voulait pas de traîne, donc le voile descend jusqu'à ses chevilles et j'ai entendu dire qu'elle prévoyait de porter une paire de baskets avec la robe. Elle a dit qu'elle voulait être à l'aise le jour de son mariage. Elle n'est pas très haute – désolé, le terme politiquement correct est qu'elle est :

« petite », mais elle ne se soucie pas de ce genre de choses – cependant elle a dit qu'elle refusait de porter des talons hauts pour être mal toute la journée. Les couleurs pour la cérémonie sont rouges et vertes pour aller avec l'ambiance des fêtes et je parie qu'elle a un bouquet énorme.

Sunset apprécia que Talon essaie de lui décrire la scène. Elle ne comprenait pas vraiment ce qu'il décrivait, mais elle acquiesça quand même.

— Oh, si tu voyais la tête de Rocky, dit doucement Brock. Il est bouche bée.

Sunset fronça les sourcils en découvrant ce mot étrange qu'elle n'avait jamais entendu auparavant.

— C'est la première fois que Rocky voit Bristol dans sa robe de mariée, expliqua Talon. Bouche bée, ça veut dire qu'il est époustouflé par sa beauté. Et il se demande probablement comment il a pu être aussi chanceux.

Encore une fois, les choses que Talon décrivait lui étaient très étrangères. La dernière fois qu'elle s'était mariée, elle portait la même robe brune que d'habitude, elle était en sueur à cause de la chaleur de la journée et de la préparation du dîner, et Cypress l'avait prise par le bras, l'avait emmenée dans sa tente et lui avait dit qu'il en avait assez d'attendre qu'elle accepte sa revendication. Puis il l'avait poussée au sol et avait consommé leur mariage.

— Aujourd'hui, nous sommes réunis pour l'union de cette femme et de cet homme, dit une voix grave que Sunset n'avait pas encore entendue.

Elle se pencha à nouveau en avant, curieuse d'entendre ce que l'homme disait.

Talon s'approcha un peu plus, tendant le téléphone entre eux.

Elle écouta l'homme parler d'amour et de loyauté avec admiration, confusion et un peu d'incrédulité. D'honneur et de sacrifice. Il parlait de l'adversité et du fait que celle-ci rendait les gens plus forts, et qu'ensemble, deux personnes amoureuses pouvaient surmonter tous les obstacles qui se dressaient sur leur chemin.

Elle buvait ses paroles et essayait désespérément de ravaler la boule d'émotion qui s'était formée dans sa gorge.

C'était donc *ça* le mariage ? Elle n'en avait jamais eu la moindre idée. La vie au sein de La Communauté n'avait rien à voir avec tout ça. Il n'était question que de servitude, d'obéissance et de punition.

La voix suivante était féminine, forte et ferme.

— Dès l'instant où j'ai entendu ta voix m'appeler dans les bois, j'ai su que j'allais m'en sortir. Tu es mon refuge Rocky. Tu es la première personne que je veux voir quand je me réveille et sentir tes bras autour de moi avant de m'endormir est la meilleure sensation au monde. Tu es ma muse, mon meilleur ami et mon amour. Tu as changé ma vie de tellement de façons que je ne peux même pas commencer à toutes les énumérer. Je t'aime tellement, Cohen Watson. Je passerai le restant de mes jours à essayer de te montrer à quel point, mais ce ne sera toujours pas assez long pour que je te le démontre pleinement. Je promets de t'être fidèle, de n'aimer que toi, dans la santé et dans la maladie. De célébrer les bons moments et d'être ton pilier dans les moments difficiles, tout comme tu l'as été pour moi.

Sunset se sentait bête. Elle pouvait *sentir* l'amour dans les mots de cette femme. Elle pouvait l'imaginer regardant l'homme qu'elle allait épouser pendant qu'elle parlait. Ils se tenaient manifestement devant un groupe de personnes, leurs amis, et pourtant les mots étaient si intimes. Sunset se sentait presque coupable d'écouter.

— Tu es toute ma vie, répondit un homme. Je ne vivais pas vraiment avant de t'avoir trouvée. Je n'ai jamais rencontré quelqu'un d'aussi fort. Aucun SEAL ne peut rivaliser. Je suis en admiration devant toi, Bristol Wingham. Tu es intelligente, belle, drôle et tu as un mental d'acier si puissant que personne ne peut le briser. Je veux être l'homme qui se tient à tes côtés, qui célèbre chaque victoire et celui qui te soutient quand tu en as besoin. Être avec toi fait de moi une meilleure personne, un meilleur homme. Je ne sais pas comment être un mari, mais je *sais* comment être l'homme en qui tu peux avoir confiance à cent pour cent, une épaule sur laquelle tu peux pleurer et un protecteur quand tu en as besoin. Lorsque tu as disparu...

La voix de Rocky se brisa et Sunset ne put retenir ses larmes. L'une d'entre elles roula sur sa joue tandis qu'elle écoutait.

— ... j'ai eu l'impression qu'on m'avait violemment arraché une partie de moi. Je n'aurais jamais renoncé à te chercher. Jamais. Désormais, tu es mienne et je te protègerai, te chérirai et te réconforterai. En retour, je suis à toi, corps et âme. Il n'y en aura jamais d'autres. Comment pourrais-je même *envisager* de m'éloigner quand je veux que tes mains soient les seules à me toucher, ta voix la seule que j'ai envie d'entendre tard le soir et quand ton essence même est si profondément ancrée en moi, tu es avec moi, même quand nous sommes séparés. Je ne peux pas m'imaginer sans toi. Je t'aime, Bristol, même si ces mots semblent moindres par rapport à ce que je ressens réellement.

Les larmes de Sunset n'arrêtaient pas de couler. Elle avait du mal à croire ce qu'elle entendait. Qu'un homme puisse être si dévoué à une femme. Qu'il n'ait aucun problème à déclarer ses sentiments pour elle devant tant de gens.

Avec une clarté soudaine, elle réalisa que ce que La Communauté avait fait était une abomination. Les épouses multiples, le fait de traiter les femmes comme des esclaves plutôt que comme des partenaires, les punitions... tout cela. C'était mal. Diabolique même.

Tout à coup, le poids qui reposait sur ses épaules s'envola. Rien de ce qu'elle avait vécu n'était juste, normal ou correct. Mais elle avait eu *raison* de s'enfuir et de s'échapper. Elle n'était pas égoïste ou brisée parce qu'elle n'avait pas envie d'être « mariée » à Cypress.

— Vous pouvez embrasser la mariée... et votre mari, dit une

voix masculine avant que des applaudissements et acclamations ne retentissent en fond.

Levant la tête vers Talon, elle fut surprise de constater qu'il avait les yeux rivés sur elle et non sur le téléphone.

Très doucement, il tendit l'autre main. Comme elle ne reculait pas, il effleura sa joue des doigts, essuyant les larmes qui s'y trouvaient avec une caresse aussi douce qu'un murmure.

— Tu peux me faire confiance... et je ne te ferai pas de mal, chuchota-t-il.

Sunset déglutit avec difficulté.

— J'ai l'honneur de vous présenter, pour la première fois en tant que mari et femme, Bristol Wingham et Cohen Watson !

D'autres acclamations retentirent.

— Elle garde son nom de famille, dit doucement Talon, comme si parler d'un ton normal allait gâcher ce moment. C'est une artiste célèbre et même si elle aurait pu garder son nom de famille pour son entreprise seulement, ils ont réalisé que ça prêterait trop à confusion.

Sunset fronça les sourcils.

— Son nom de famille ?

Ce fut au tour de Talon de froncer les sourcils.

— Oui. Tu n'as pas de nom de famille ?

— La plupart des femmes de La Communauté avaient le même... Meadowblossom. Et toi, c'est quoi le tien ?

— Ross. Talon Ross.

Ça lui plaisait.

— Le nom de famille d'Arrow et Cypress c'est Goodson. J'ai toujours trouvé ça drôle, parce qu'ils n'étaient pas de bons fils[2], pas du tout.

Elle n'avait jamais prononcé ces mots à voix haute, même si elle les avait pensés plus d'une fois.

— Tal ? C'est toi ? demanda une voix féminine excitée, faisant à la fois sursauter Sunset et Talon.

— Oui, Bristol. C'est moi. Je suis désolé de ne pas avoir pu être là en personne. Félicitations !

— Merci. Et ce n'est pas grave. Ce que tu fais est plus important. La tempête est terrible. Garde-la en sécurité, d'accord ?

Des larmes se formèrent à nouveau dans les yeux de Sunset. Ces femmes qu'elles n'avaient jamais rencontrées faisaient preuve de plus de compassion et d'inquiétude que les gens qu'elle avait connus toute sa vie.

— J'y compte bien, lui dit Talon. Assure-toi que Lilly prenne beaucoup de photos pour que je puisse les voir à mon retour.

Bristol s'esclaffa.

— Comme si j'avais besoin de lui dire. Je te jure qu'elle est pire que les paparazzis.

— Salut, Tal. Tu as trouvé Bigfoot ? demanda une voix masculine.

— Non. Désolé, Rocky. Mais j'ai trouvé bien mieux, rétorqua-t-il en regardant Sunset dans les yeux.

— Eh bien, la bonne nouvelle, c'est que cette tempête a chassé tout le monde hors de la forêt, dit Rocky. Ce qui veut dire que je peux passer ma lune de miel sans me soucier d'être appelé au milieu de la nuit pour retrouver quelqu'un qui s'est perdu. La mauvaise nouvelle, c'est que je risque de devoir héberger tout le monde ici s'ils ne peuvent pas rentrer chez eux. Je n'aurais jamais imaginé avoir une maison pleine d'invités pour ma nuit de noces.

Talon se mit à rire.

— Il faut que j'y aille. Je suis content que tu aies pu être là via le téléphone, continua Rocky.

— Pareil. Bravo mon pote. Tu n'aurais pas pu trouver meilleure femme pour toi.

— Je suis un putain de chanceux et je le sais. À plus !

— Tal ?

— Je suis toujours là, Brock.

— Je vais devoir raccrocher. Je veux dire, je te laisserai bien en haut-parleur durant la réception, mais je ne pense pas que ce soit très bon pour la batterie du téléphone satellite. Reste là où t'es, lui ordonna-t-il. Je vais appeler Harvey et lui dire que tu ne reviendras pas avant un moment. Il ne se passe pas grand-chose ici, comme l'a dit Rocky. On ne s'attend pas à être appelés, mais même si c'est le cas, on peut gérer. Fais ce que tu as à faire là-bas. Prends ton temps.

— Compris.

— La tempête est censée se calmer plus tard dans la journée, mais il va faire sacrément froid pendant au moins une semaine. Si vous avez besoin de quoi que ce soit, et je dis bien de *quoi que ce soit*, appelle-nous. On sera tous furieux si tu ne le fais pas.

— Pareil pour toi. S'il se passe quoi que ce soit, tu me tiens au courant.

— Ça marche. Eh, Tal ?

— Oui ?

— C'est elle ?

Sunset vit les muscles de Talon se crisper. Elle n'avait aucune idée de ce que son ami voulait dire, mais il était évident que Talon si.

— Je crois, mais je ne suis pas sûr à cent pour cent.

— OK, on se fiera à ton instinct sur ce point. Soyez prudents.

— Bien sûr.

— Sunset ? dit Brock.

— Oui ? dit-elle doucement.

— Tu peux faire confiance à Tal. Il préférerait se couper la main plutôt que de te faire du mal. Je sais qu'il a un drôle d'accent, mais c'est un bon gars.

Sunset savait que Brock taquinait Talon, mais elle n'arrivait pas à oublier ses premiers mots. C'était encore la confirmation qu'elle pouvait vraiment faire confiance à cet homme en face d'elle. Qu'il n'allait *pas* lui faire de mal. Elle regarda Talon dans les yeux et dit :

— Je sais.

Elle perçut sa réaction physique grâce à ses mots. Ses épaules se détendirent et l'émotion qu'elle lut dans ses yeux lui indiqua qu'il appréciait ce qu'elle disait.

— On va faire au feeling, dit Talon à Brock. J'espère être de retour d'ici la fin de la semaine.

Ce fut au tour de Sunset de se crisper. Il partait déjà ?

— J'ai hâte de te rencontrer, Sunset, dit Brock. Et j'imagine que tu as dû comprendre que ma femme et tous nos amis ont hâte aussi. Soyez prudents. À plus.

Talon cliqua sur le bouton, raccrochant sans adresser un mot de plus à son ami.

— Sunset ?

Elle avait baissé les yeux en entendant qu'il partirait bientôt.

— Tu veux bien me regarder ?

Il ne le lui avait pas ordonné, ce qu'elle apprécia. Alors elle leva timidement les yeux.

— J'ai envie que tu viennes avec moi quand je retournerai à Fallport.

Elle cligna des yeux, surprise.

— Je n'ai aucune intention de te laisser ici. Hors de question. Je sais que tu peux très bien te débrouiller toute seule, tu le fais déjà depuis très longtemps. Mais... tu n'es plus isolée désormais. Je veux t'aider. Je sais que c'est probablement effrayant de t'imaginer aller en ville, surtout après tout ce que ces connards avec qui tu vivais t'ont dit à ce sujet. Mais ce n'est pas un endroit dangereux. Les habitants sont très gentils. Enfin, la plupart d'entre eux. Et tu peux me faire confiance, je ne vais pas t'emmener en ville et te déposer quelque part. Tu auras un endroit où loger, un espace sûr pour t'acclimater à nouveau à la vie pour laquelle tu es née.

L'idée d'aller en ville était carrément effrayante. Même si elle commençait à réaliser que rien de sa vie au sein de La Communauté n'était normal, elle n'arrivait pas à oublier les leçons d'Arrow sur les maux de Fallport.

— Réfléchis-y. Pour le moment, je suis sûr que tout ce que tu veux c'est dire non. C'est beaucoup plus facile et confortable de continuer à vivre une vie qu'on connaît plutôt que de se lancer dans l'inconnu. Mais je te promets que tout ira bien.

Elle hocha la tête. Bizarrement, ses mots la rassuraient.

Ils passèrent le reste de la journée réfugiés dans la grotte. La température était étonnamment agréable avec la toile qui les protégeait du vent et du froid et le petit feu qui crépitait joyeusement.

Talon lui fit encore un peu la lecture, puis l'encouragea à faire de son mieux pour *lui* lire une partie du livre. C'était embarrassant de voir à quel point elle butait souvent sur les mots, mais Talon ne faisait que l'encourager.

Il leur prépara le dîner, ce qui était toujours étrange pour Sunset, elle qui avait tellement l'habitude de faire tout ce qu'il fallait pour survivre. Partager des responsabilités avec quelqu'un était un sentiment étrange mais agréable.

À la nuit tombée, Talon et elle restèrent assis dans l'obscurité de la grotte, éclairés seulement par les flammes du feu, et discutèrent.

Il lui raconta tout ce qui lui venait à l'esprit à propos de Fallport. Il était évident qu'il aimait y vivre, et les gens dont il parlait semblaient intéressants.

Pour la première fois de sa vie, Sunset ressentit le besoin d'aller en ville. Même si elle n'avait pas de maison, Talon avait promis de l'aider à trouver une solution... et elle le croyait.

Elle voulait rencontrer Sandra qui tenait le restaurant. Elle voulait visiter la librairie d'occasion. Elle voulait rencontrer Khloe et Raiden, qui travaillaient à la bibliothèque. Talon lui avait dit qu'elle pourrait obtenir un laissez-passer spécial qui lui permettrait d'emporter des livres chez elle gratuitement.

Elle fut intriguée par sa description des trois hommes âgés qui s'asseyaient tous les jours devant le bureau de poste et racontaient des ragots sur tout et n'importe quoi. Elle pouvait presque les imaginer dans son esprit. Elle ne savait pas trop pourquoi cette image mentale était si forte, mais le simple fait d'y penser la faisait sourire.

Lorsque Talon décrivit la place, le centre-ville de Fallport, étonnamment, elle sut qu'il allait parler d'un kiosque au centre – que les gens du coin appelaient le Cercle – entouré d'arbres. Sunset ne comprenait pas comment elle savait ça mais un désir étrange commença à palpiter au plus profond de sa poitrine. C'était un sentiment inconfortable et effrayant, alors elle posa rapidement une question sur la vie de Talon avant qu'il ne vienne en Virginie.

Elle passa le reste de la soirée à parler de l'enfance de Talon, de ses parents – qui étaient tous les deux en vie et vivaient à Londres – et de son passage dans les Forces Spéciales de la Marine.

Sunset savait déjà que Talon était complètement différent des hommes de La Communauté, mais lorsque ses paupières devinrent trop lourdes pour rester ouvertes, elle sut avec certitude qu'il était aussi spécial. C'était un guerrier. Il avait passé toute sa vie à assurer la sécurité des gens.

Les mots de confiance qu'il ne cessait de lui rappeler, encore et encore, la pénétrèrent un peu plus.

Non, c'était faux. Ils s'étaient déjà infiltrés profondément sous sa peau. Sinon, elle ne l'aurait jamais invité à la rejoindre dans sa grotte. Peu importe la quantité de neige dehors ou le froid, si elle n'avait pas eu confiance en lui, elle ne l'aurait pas laissé s'approcher d'elle comme elle le faisait en ce moment.

Il était allongé de l'autre côté de la grotte, en face d'elle et du feu. Elle ne lui avait pas demandé de rester là-bas, il le faisait pour la mettre à l'aise. Il avait renoncé à sa literie, avait cuisiné, était sorti dehors et avait créé un chemin dans la neige jusqu'à un endroit où ils pourraient tous les deux se soulager et tripotait constamment la toile, s'assurant qu'elle ne s'envole pas tout en permettant à la fumée de s'échapper.

Tout ce qu'il avait fait consistait à la mettre à l'aise. Il ne l'avait pas touchée, sauf pour lui couper les cheveux et lui effleurer la joue lorsqu'elle avait été submergée par les émotions après avoir entendu les vœux de mariage de ses amis.

— Talon, chuchota-t-elle.

Le vent ne hurlait plus et elle espérait que cela signifiait que la neige avait cessé de tomber ou qu'elle s'arrêterait bientôt.

— Oui ?

Sa voix basse semblait faire écho dans la grotte, s'enroulant autour d'elle comme une couverture chaude. Elle avait toujours préféré être seule. Les moments où elle chassait dans la forêt faisaient partie de ses souvenirs les plus chers. Quand elle vivait encore au sein de La Communauté, elle n'était jamais seule. Il y avait toujours d'autres épouses autour qui l'observaient et attendaient qu'elle fasse une bêtise pour la raconter à Arrow, puis à Cypress, après la mort de son père. Toute attention portée sur quelqu'un d'autre voulait dire qu'elle n'était pas sur soi, alors les autres femmes n'hésitaient pas à souligner les défauts et faux pas de chacune d'entre elles.

Et évidemment, les hommes les observaient toujours. Elle avait souvent senti leur regard sur elle.

Elle supposait qu'elle devait être reconnaissante de n'avoir eu qu'un seul mari, de n'avoir eu à coucher qu'avec un seul homme à la fois. Certaines des autres femmes, les plus jeunes, obéissantes et soumises, avaient deux ou trois maris.

Mais Sunset réalisa, allongée dans la grotte sombre, qu'elle était contente de ne pas être seule. Elle n'avait jamais aimé les tempêtes et si elle avait été seule, elle ne se serait jamais servie de sa toile comme porte. Elle aurait eu froid et peur et la neige aurait fini par s'accumuler dans sa grotte vu la façon dont le vent soufflait.

Et puis, elle aimait la façon dont elle se sentait lorsqu'elle était avec Talon. Il ne la rabaissait pas. Il ne lui ordonnait pas de faire des choses. Il lui parlait comme si elle était son égale.

Avec une clarté soudaine, Sunset réalisa que c'était ce qu'elle avait toujours voulu. Elle n'avait jamais eu l'impression d'être aussi importante que les hommes autour d'elle. Elle était une esclave et jusqu'à ce que Cypress informe La Communauté qu'ils déménageaient en Floride, elle l'avait accepté aveuglément.

Pendant des mois, elle s'était demandé si elle avait fait le bon choix en s'enfuyant et en se cachant pour ne pas que Cypress la retrouve. Mais maintenant qu'elle avait rencontré Talon, même si cela faisait peu de temps, elle réalisait qu'il avait approuvé son choix. Il lui avait montré qu'elle avait eu raison de se cacher lorsque La Communauté l'avait cherchée.

— Sunset ? Ça va ? demanda Talon.

Elle sursauta. Il avait patiemment attendu qu'elle lui dise ce qu'elle avait à lui dire. Il ne lui avait pas crié dessus pour l'avoir fait attendre. Il ne l'avait pas traitée d'idiote pour avoir pris le temps de réfléchir. Elle soupira.

— Je voulais juste te dire que je suis contente que tu sois là.

Elle entendit son soupir profond et se prépara à ce qu'il allait lui dire.

— Tu n'as pas idée de ce que ça représente pour moi, lui dit-il. Et je suis très heureux d'être là aussi.

Une chaleur se répandit alors dans son corps et cela n'avait rien à voir avec les flammes du petit feu.

Elle sourit. Si quelqu'un lui avait dit il y a une semaine qu'elle serait allongée dans sa grotte avec un homme à quelques centimètres d'elle et qu'elle serait totalement détendue, elle aurait éclaté de rire. Pourtant, c'était le cas.

— Dors, chérie. Je veillerai à ce que le feu ne s'éteigne pas ce soir.

Durant une fraction de seconde, elle se sentit coupable de ne pas y avoir pensé, puis elle ferma les yeux et se laissa emporter par le sommeil.

* * *

Tal resta éveillé jusque tard dans la nuit, observant Sunset dormir. Tant d'émotions menaçaient de le submerger. La joie qu'il éprouvait pour Bristol et Rocky maintenant qu'ils étaient mariés. Son soulagement, maintenant que la tempête semblait s'être calmée. La reconnaissance qu'il éprouvait après avoir trouvé Sunset avant que la tempête ne frappe. Et à nouveau ce soulagement de voir qu'elle lui faisait assez confiance pour l'inviter dans sa grotte.

Plus il en apprenait sur sa vie avec cette foutue secte, plus il avait envie de traquer chacun des hommes qui y vivaient et de leur botter le cul.

Le fait que Sunset ait pu lui faire suffisamment confiance pour le laisser s'approcher d'elle à moins de six mètres était un petit miracle. Elle avait vécu l'enfer et pourtant, elle était toujours aussi compatissante et attentionnée. Il ne le comprenait pas, mais il lui en était tout de même reconnaissant.

Il repensa à la cérémonie du mariage, à quel point cela l'avait affectée. Si elle avait reçu ne serait-ce qu'une once d'affection en vivant au sein de la secte il aurait été très surpris. D'après ce qu'il avait compris, les hommes régnaient d'une main de fer et les femmes faisaient tout ce qu'elles pouvaient pour survivre.

Il imaginait déjà comment Lilly et les autres prendraient Sunset sous leur aile lorsqu'il la ramènerait à Fallport. Ils lui montreraient ce qu'était censée être une véritable amitié. Elle verrait aussi à quoi ressemble une relation amoureuse, simplement en observant ses amis avec leurs femmes.

Sunset était une contradiction fascinante entre la naïveté et une vieille âme. Elle n'était peut-être pas éduquée au sens normal du terme, mais elle était plus intelligente que la plupart des gens à bien des égards. Sa soif de connaissances était douloureusement évidente. Elle était gênée de ne pas savoir lire, mais cela ne l'empêchait pas d'essayer.

Oui, on pouvait dire qu'il avait Sunset dans la peau. Il l'admirait, la respectait, et était sacrément impressionné par la façon dont elle avait réussi à prendre soin d'elle cette année. Il ne se sentait pas désolé pour elle et ne la plaignait pas. Comment aurait-il pu, alors qu'elle avait en elle plus de détermination et de force que n'importe quelle personne qu'il avait rencontrée... y compris les soldats les plus durs à cuire avec lesquels il avait travaillé dans les forces spéciales.

Il avait envie de la prendre dans ses bras, de l'aider à faire l'expérience de cette première étreinte douce qu'elle n'avait jamais connue avec un homme... mais ce n'était pas près d'arriver. Il continuerait à utiliser ses mots et ses actes pour la soutenir.

Pour lui faire comprendre que son passé ne dictait pas son futur.

Ce fut sur cette pensée que Tal ajouta une bûche au feu, puis se rassit contre la paroi de la grotte et ferma les paupières. Il était hors de question qu'il dorme, mais il pouvait au moins se reposer un peu les yeux.

CHAPITRE HUIT

Chaque jour qui passait, Sunset était de plus en plus à l'aise en présence de Talon. Il ne l'avait toujours pas tripotée. Il n'avait rien fait ou dit qui puisse lui faire penser qu'il était comme Cypress ou les autres hommes qu'elle avait connus.

Chaque jour, ils lisaient un peu plus le livre qu'il lui avait acheté, et qu'elle adorait.

Chaque jour, ils parlaient. Chaque jour, Talon lui coupait un peu plus les cheveux et à chaque coupe, Sunset avait l'impression de se débarrasser d'une partie de son passé douloureux. C'était aussi l'une des choses les plus difficiles qu'elle ait jamais endurées. Car à chaque fois que Talon touchait ses cheveux, les souvenirs de son séjour dans la tente de punition refaisaient surface. Elle était dans le noir, seule, enchaînée, parfois les yeux bandés et bâillonnée, incapable de faire autre chose que de rester allongée et de trembler de peur.

Talon était patient, et ses éloges étaient constants. Au début, elle avait rejeté la plupart de ses compliments, les critiques d'Arrow et Cypress résonnant trop fort dans son esprit, lui disant qu'elle ne valait rien, qu'elle était une personne horrible, laide et ingrate. Mais doucement, les vieilles paroles finirent par s'effacer tandis que Talon les repoussait.

Il lui disait plusieurs fois par jour à quel point ses cheveux étaient beaux et rares. Lorsqu'elle fabriqua une autre paire de chaussures en peau de lapin, il la félicita pour la qualité de son travail. Il la complimentait pour ses progrès en lecture et affirmait que ses réflexions sur le livre étaient très justes.

En étant avec lui, Sunset avait l'impression d'être… visible. Toute sa vie, elle avait fait tout son possible pour ne pas attirer l'attention. Pour ne *pas* se faire remarquer. Car susciter l'attention n'avait jamais été une bonne chose. Cela voulait dire qu'elle devait accomplir ses devoirs d'épouse. Faire plus de corvées. Se faire hurler dessus et punir pour avoir fait une bêtise.

Mais même lorsqu'elle avait renversé le seau rempli d'eau et que Talon avait dû retourner au ruisseau, à travers la neige épaisse et dans le froid, il ne l'avait pas réprimandée. Il n'avait rien dit d'autre que : « C'était un accident, ce n'est pas grave. »

Elle s'était préparée à ce qu'il lui fasse payer. Mais son langage corporel n'avait pas changé. Il ne s'était pas crispé. Il n'avait pas froncé les sourcils. Rien.

C'était aussi déroutant que rassurant.

Chaque jour, Talon appelait aussi l'un de ses amis pour prendre des nouvelles. Et chaque jour, Sunset pouvait parler à l'une de leurs épouses ou petites amies. C'était étrange qu'ils soient tous si gentils et chaleureux avec quelqu'un qu'ils ne connaissaient pas, mais Sunset se réjouissait secrètement de ces appels quotidiens.

Six jours s'étaient écoulés depuis la tempête, et Sunset se rendit compte qu'elle était… heureuse.

L'année dernière, elle s'était contentée d'exister. Elle s'était aventurée et avait suivi des gens dans la forêt par ennui et par curiosité, pour ne pas se sentir si seule.

Mais lorsque le téléphone utilisé par Talon sonna un matin, Sunset se crispa. Elle s'était habituée à leur routine. Personne n'avait jamais appelé Talon, c'était lui qui contactait ses amis.

— Tal à l'appareil, dit-il en décrochant.

Puis, quelques secondes plus tard, il tressaillit.

— Quoi ? Quand ? Est-ce qu'elle va bien ?

Il y eut un silence tandis qu'il écoutait la personne au bout du fil. Pour la première fois, il n'avait pas appuyé sur le bouton qui lui permettait d'entendre ce qui se disait. Mais Sunset ne pensa pas que c'était parce qu'il faisait des cachotteries.

Talon était simplement trop absorbé par ce qu'il entendait pour y penser.

— Merde ! Mais pourquoi personne ne me l'a dit avant ?

Sunset perçut la douleur et l'inquiétude dans sa voix.

— D'accord. OK, je vais revenir aujourd'hui. Je ne sais pas... mais il est hors de question que je ne vienne pas. Dis-leur que je les verrai probablement ce soir. Je ne sais pas du tout combien de temps ça va me prendre de partir d'ici comme tous les sentiers sont sous la neige, mais rien, et je dis bien rien, ne m'empêchera d'être là pour les soutenir.

En entendant l'émotion dans sa voix, Sunset fronça les sourcils et son ventre se noua.

Quelque chose n'allait pas. Et il était évident qu'il allait partir.

Elle n'était pas prête. C'était un drôle de sentiment que de ne pas *vouloir* qu'il parte.

— Je sais. Merci de me l'avoir dit. Tu es sûr qu'elle va bien ? OK. Oui. Comment vont les autres ? Comment va Finley ? Elle avait tellement hâte de vivre tout le processus avec Lilly.

Sunset garda les yeux rivés sur Talon tandis qu'il écoutait ce qu'on lui disait.

Elle resta assise, ne bougeant pas d'un poil en attendant de savoir ce qu'il se passait.

— Oui, ça craint. OK, je vais raccrocher pour que je puisse m'organiser.

Pendant que l'autre personne lui répondait, Talon croisa son regard. Elle lut les émotions qui flottaient dans les profondeurs bleues et Sunset eut désespérément envie de savoir quoi dire pour qu'il se sente mieux, mais elle n'était tellement pas dans son élément.

— Je ne sais pas mon pote, mais je ferai de mon mieux. OK, à bientôt.

Talon écarta le téléphone de son oreille et appuya sur le bouton avant de prendre une grande inspiration. Il ne bougea pas de l'endroit où il était assis, en face d'elle, mais chaque muscle de son corps était tendu.

— C'était Drew. Lilly a fait une fausse couche... Ethan et elle ont perdu leur bébé.

Sunset inspira brusquement.

— Oh non, murmura-t-elle.

Lilly était si excitée à l'idée d'être enceinte. Il y a trois jours à peine, elle avait raconté à Sunset combien elle et son mari étaient heureux, et comment Ethan avait déjà commencé à aménager une pièce de leur maison pour en faire une chambre d'enfant. Sunset était une inconnue, et pourtant Lilly avait partagé des choses si personnelles avec elle. La perte qu'elle devait ressentir en ce moment devait être atroce.

— Il faut que je rentre. Que je m'assure qu'elle et Ethan vont bien, dit Talon.

Sunset acquiesça immédiatement.

— Je voudrais que tu viennes avec moi.

Elle le regarda, les yeux écarquillés. Son cœur se mit à battre à cent à l'heure. Il lui avait déjà dit qu'il voulait qu'elle l'accompagne à Fallport, mais elle avait pensé que ce serait bien plus tard. Au printemps, peut-être. Elle n'était pas encore prête à partir. Elle ne pouvait pas !

— Tu peux me faire confiance, je ne te ferai pas de mal. Personne ne le fera. Je te donne ma parole. Tu es en sécurité avec moi et mes amis. Tu as appris à connaître les autres femmes au téléphone. Tu crois vraiment qu'elles chercheraient à te faire du mal ? C'est impossible.

Il ne lui laissait pas le temps de dire quoi que ce soit ; à vrai dire, il se mit à parler encore plus vite.

— Il faut que je les voie. Ce sont mes amis les plus chers. Je me sens mal de ne pas avoir été là, de ne pas avoir su. Drew m'a dit que Lilly et Ethan avaient ordonné à tout le monde de ne rien me dire quand c'est arrivé. Et tu sais pourquoi ?

Sunset déglutit avec difficulté et secoua la tête.

— Parce qu'ils se faisaient du souci pour *toi*. Ils savaient que lorsque j'apprendrais la nouvelle, je voudrais venir voir de mes propres yeux s'ils allaient bien, mais ils ne voulaient pas que tu te retrouves seule ici.

Sunset fronça les sourcils. Le fait que les gens se soucient de *son* sort était un concept complètement étranger. Personne n'avait jamais fait d'efforts pour s'assurer qu'elle allait bien.

— S'il te plaît, viens avec moi, Sunset.

Elle ouvrit la bouche avant même de réfléchir à ce qu'elle allait dire.

— D'accord.

— D'accord ? demanda-t-il, légèrement choqué.

Elle acquiesça.

Talon ferma les yeux et il soupira de soulagement, comme si son accord était très important.

Sunset réalisa soudain que son consentement était *effectivement* important pour lui.

— Merci, chuchota-t-il.

Puis, il ouvrit les yeux et la cloua de nouveau sur place avec son regard.

— Ce ne sera pas facile de rejoindre mon SUV jusqu'au départ du sentier.

— Je sais.

Et c'était vrai. La neige avait peut-être cessé de tomber, mais il y avait au moins plus de trente centimètres sur le sol. Et il faisait toujours très froid dehors. À chaque fois qu'elle sortait pour aller se soulager, elle se rappelait à quel point elle avait de la chance d'avoir une grotte bien chaude où se réfugier.

Il la regarda et acquiesça.

— Heureusement que tu as les bottes. J'ai un haut en plus

que tu peux porter pour rajouter une couche. Je connais bien la forêt, mais j'ai l'impression que tu sauras mieux que moi quel est le moyen le plus facile de rejoindre le départ du sentier.

C'était une question sans *être* une question. Sunset acquiesça lentement.

— Super. Tu peux ouvrir la voie. Enfin… non, j'avancerai en premier pour tracer un chemin pour que ce ne soit pas trop dur pour toi de marcher dans la neige. Mais tu pourras me dire où aller.

Cet homme continuait de lui ouvrir les yeux. Jamais aucun des hommes de La Communauté n'admettrait qu'il ne savait pas quelque chose. Et jamais, au grand *jamais*, ils n'auraient fait confiance à une femme pour prendre le contrôle d'une situation importante comme le faisait Talon. Ils ne l'auraient pas laissée ouvrir la voie dans la forêt, même si elle la connaissait sur le bout des doigts. Ils auraient d'abord tourné en rond, complètement perdus, avant de demander de l'aide à une femme.

Talon se leva et commença à fouiller dans son sac.

— Je ne peux pas laisser la tente, parce que s'il nous arrive quelque chose et qu'on doit s'abriter, on en aura besoin, mais je veux laisser assez de fournitures ici au cas où l'on ait besoin d'utiliser à nouveau cette grotte à l'avenir.

— Quoi ? demanda Sunset.

Le fait qu'elle pose la question si facilement et sans réfléchir lui fit réaliser à quel point elle se sentait à l'aise avec cet homme. Dans le passé, si elle avait osé questionner son mari, ou n'importe qui d'autre, elle se serait fait réprimander.

— C'est un lieu où tu te sens en sécurité, dit Talon en se redressant et en la regardant droit dans les yeux. Tu pourras toujours revenir ici si tu en as besoin ou envie. Je ne te donnerai jamais de raison de vouloir m'échapper ou de retourner dans les bois, mais je veux quand même que tu saches que tu as un endroit où aller si tu en as besoin. Un filet de sécurité.

Sunset regarda Talon avec incrédulité.

Il rompit leur regard et observa autour de lui.

— Il faut qu'on démonte la toile et qu'on la replie, mais on le fera en dernier, juste avant de partir. J'ai quelques repas lyophilisés supplémentaires que je peux laisser, et je mettrai les choses que j'ai apportées pour toi dans mon sac, pour que tu puisses les avoir avec toi quand nous rentrerons à mon appartement. Je laisserai les cartes, l'un des couteaux de poche, les couverts et la vaisselle, et bien sûr ton seau et tes casseroles. Le silex et la brosse peuvent rester aussi.

Son esprit tournait à plein régime. Tout ça était bien réel. Elle partait, elle allait à Fallport. Le seul endroit pour lequel Arrow leur avait répété sans relâche qu'elles n'avaient pas le droit de s'y rendre. Il semblait particulièrement déterminé à ce qu'*elle* n'y aille jamais. Sunset n'avait pas compris pourquoi ce serait si grave pour elle de s'aventurer en ville et d'être vue par les autres habitants, mais elle avait été tellement occupée à survivre qu'elle n'y avait pas trop pensé.

— Tu es sûre d'être d'accord avec ça ? demanda Talon en arrêtant de faire ses affaires.

Sunset déglutit avec difficulté et acquiesça, réalisant que oui, elle était *d'accord*. Elle avait peur, elle était terrifiée même mais un sentiment d'anticipation et d'excitation coulait aussi dans ses veines.

— *Vraiment* sûre ?

— Oui, lui dit-elle. J'ai peur, avoua-t-elle. Mais il faut que tu ailles voir tes amis. Je peux le faire.

Talon fit un pas vers elle avant de se raviser et de s'arrêter brutalement. Il la regarda depuis la courte distance qui les séparait.

— J'ai lu quelque chose un jour, commença-t-il sur le ton de la conversation.

Sunset savait qu'il avait hâte de partir et pourtant, il était là, en train de lui parler, essayant de la rassurer.

— C'est une citation qui m'a marqué. Elle disait qu'avoir peur signifie que tu es sur le point de faire quelque chose de vraiment courageux. Et être courageux signifie que tu es assez intelligent pour savoir que même si ce que tu t'apprêtes à faire est effrayant, difficile, et peut-être même dangereux... tu le fais quand même, parce que la possibilité de réussir dépasse celle d'échouer.

Sunset laissa ses mots pénétrer son âme.

— Je m'inquièterais si tu n'avais *pas* peur, chérie. Toute ta vie, on t'a dit que Fallport était dangereux. Que les habitants étaient méchants. Tu ne pouvais pas savoir que c'étaient des mensonges. Tu ne pouvais pas savoir que tu étais opprimée par ceux qui étaient censés s'occuper de toi et te protéger.

— Tu as déjà eu peur de quelque chose ? lui demanda Sunset.

— Tout le temps, dit Talon sans hésitation. Quand j'ai dû laisser toutes ces femmes et ces enfants durant cette mission, j'étais terrifié. J'avais un mauvais pressentiment quant à la suite des événements si nous partions, mais je n'étais pas en position de faire quoi que ce soit. Et plus récemment, j'ai eu peur de ne pas pouvoir te retrouver. Puis j'avais peur qu'en te *retrouvant*, tu t'enfuies. J'ai peur de dire quelque chose qu'il ne faut pas et que tu ne me fasses pas confiance. J'ai peur de faire quelque chose qui te fera avoir peur de moi. J'ai peur qu'en allant à Fallport ce soit trop pour toi. Que tu ne veuilles pas rester.

— Talon... murmura-t-elle, ne sachant pas vraiment quoi répondre.

— Tu peux me faire confiance. Je ne te ferai pas de mal, dit-il doucement. Si ça devient trop effrayant, si tu es trop bouleversée, répète-toi ces mots. Si à tout moment tu n'en peux plus, tu me le dis et je te sortirai de cette situation. On ira faire une randonnée. Je te ramènerai chez moi où tu pourras te ressourcer. Je ferai tout ce qu'il faut pour que tu réalises que tu es en sécurité et que personne ne te fera plus jamais de mal.

Ses mots lui firent l'effet d'un baume au cœur pour son âme en lambeaux.

— D'accord.

— OK, acquiesça-t-il. Tu veux m'aider à emballer ces affaires pour qu'elles soient prêtes si et quand nous reviendrons ?

Nous. Il avait dit « *nous* » pas « *tu* ». Ils étaient tous les deux conscients qu'elle pourrait revenir seule dans cette grotte à l'avenir, mais le fait d'insinuer qu'ils pourraient revenir ensemble à un moment ou un autre lui allégea la poitrine. Cette grotte lui avait sauvé la vie. Lorsqu'elle avait fui Cypress et les autres de La Communauté qui essayaient de l'emmener, elle n'avait pas su où aller. Trouver ce refuge idéal avait été un miracle et il allait lui manquer terriblement.

Mais c'était aussi une sorte de prison. Plus elle vivait ici, plus elle avait du mal à s'imaginer partir. La rencontre avec Talon avait été le catalyseur dont elle avait besoin pour changer. Ce changement était effrayant, mais elle allait s'y accrocher. Savoir qu'elle pouvait revenir si elle le voulait était le dernier coup de pouce dont elle avait besoin pour reprendre sa vie en main.

Il ne fallut pas longtemps pour emballer les affaires qu'elle voulait emporter avec elle et sécuriser le reste à l'arrière de la grotte. La dernière chose qu'ils firent fut de démonter la toile. Elle la plia en deux et y enveloppa les provisions qu'ils allaient laisser à l'intérieur.

Ils placèrent des cailloux autour et sur la toile pour empêcher les animaux de l'emporter.

— Prête ? demanda doucement Talon tandis qu'elle se tenait à l'entrée de la grotte, fixant l'espace vide.

Prenant une grande inspiration, elle acquiesça. Sunset n'était pas sûre d'être prête, mais si Talon pensait qu'elle était courageuse, elle ne voulait rien faire qui puisse lui indiquer le contraire.

— Si jamais tu as froid, dis-le-moi. Tu as le dernier chauffe-main, n'oublie pas de le changer de main toutes les deux minutes.

— D'accord, dit-elle.

Il s'inquiétait beaucoup pour son confort. Sunset n'avait pas le cœur de lui raconter les fois où elle était partie chasser l'hiver seulement vêtue de cette fichue robe marron qu'elle était obligée de porter au sein de La Communauté ainsi que ses chaussures en fourrure de lapin. À côté de ça, avec son legging, son pantalon cargo, son tee-shirt à manches longues, son sweat-shirt, sa polaire, ses chaussettes en laine et ses bottes, elle était bien au chaud.

Ils commencèrent avec Talon en tête, se frayant un chemin dans la neige épaisse, et Sunset marchant quelques pas derrière lui. Très vite, Talon se rendit compte qu'elle avait du mal à marcher. Bien qu'elles soient chaudes, il était difficile de s'habituer aux bottes alors qu'elle n'avait jamais porté de chaussures auparavant. Le vent s'était levé, maintenant qu'ils n'étaient plus à l'abri des arbres et de la végétation dense qui entouraient la grotte, et il était difficile d'entendre ce qu'ils se disaient s'ils n'étaient pas face à face.

Lorsque Sunset trébucha et tomba, Talon ne le remarqua pas, et il s'était même éloigné d'elle avant de se rendre compte qu'elle n'était pas juste derrière lui. Il revint rapidement vers elle et secoua la tête.

— Ça ne va pas.

Sunset fut saisie d'effroi. Elle avait été maladroite et il était maintenant impatient avec elle. Elle s'attendait à ce qu'il lui dise des mots durs. Mais elle se trompait.

— Je pourrais sortir une corde et la mettre autour de ma taille pour que tu puisses t'y accrocher, mais je préférerais que tu ne sois pas si loin de moi. J'aimerais que tu t'accroches à ma ceinture ou à mon sac à dos pendant que nous marchons. Tu peux m'utiliser comme une sorte de bâton de marche. Je peux t'aider à rester debout quand tu marches dans la neige. Je sais que tu ne veux pas t'approcher autant de moi, mais tu peux me faire confiance, Sunset. Je ne te ferai pas de mal.

La plupart des gens en auraient eu marre de l'entendre répéter la même chose sans cesse, mais à chaque fois qu'il prononçait ces mots, ils pénétraient un peu plus son âme. Elle ne répondit pas et se contenta d'approcher en glissant ses doigts derrière la ceinture autour de sa taille.

— Merci, lui dit Talon.

Il lui sourit et cette fichue fossette lui provoqua des fourmis dans les jambes avant qu'il ne se tourne à nouveau.

— Allons-y. Si je vais trop vite, dis-le-moi. Dis-moi par où je devrais passer.

Marcher si près de lui était en fait plus facile que de marcher seule. Talon était comme un arbre fort et solide qui avançait devant elle. Lorsqu'elle trébuchait ou qu'elle avait l'impression que ses pieds pesaient quatre-vingt-dix kilos tandis qu'elle les traînait dans la neige, Talon était là pour la stabiliser.

Ils marchèrent un moment, puis firent une pause et répétèrent le même schéma encore et encore. Même lorsqu'elle n'avait pas l'impression d'avoir besoin d'une pause, Talon insistait. Chaque fois, il vérifiait ses doigts pour s'assurer qu'elle n'avait pas trop froid, puis lui demandait de boire pour rester hydratée.

Ça aussi c'était encore autre chose... il l'encourageait toujours à boire de l'eau avant même qu'il ne pense à le faire pour lui-même. Les hommes de La Communauté mangeaient et buvaient toujours en premier. Sans se poser de question.

Marcher dans la neige était plus fatigant qu'elle ne le pensait, même avec les pauses. Même si elle était en forme, elle ne s'éloignait pas trop de sa grotte par mauvais temps. Il lui fallut plus de temps qu'elle ne le pensait pour se rapprocher du début du sentier. Elle avait froid, était fatiguée et ses nerfs commençaient à prendre le dessus.

— Tout va bien Sunset. On y est presque, je te le promets. Et c'est une bonne chose d'aller en ville.

Elle aurait dû s'inquiéter de sa capacité à lire dans ses pensées, mais au lieu de ça, ce fut réconfortant.

— Je sais.

Et c'était vrai, mais ça ne voulait pas dire qu'elle n'avait pas d'appréhension.

— Tu connais vraiment bien cette forêt, n'est-ce pas ? dit-il tandis qu'ils marchaient.

— J'ai passé la plus grande partie de ma vie ici, répondit-elle. Ce serait triste que je ne sache pas me repérer.

— Je me disais qu'on pourrait avoir besoin de toi dans notre équipe de recherche et de sauvetage, marmonna Talon avant de tourner la tête vers elle et de lui sourire.

Sunset se figea. Elle ? Travailler avec les autres hommes qu'elle avait espionnés plus de fois qu'elle ne pouvait le compter alors qu'ils recherchaient des personnes disparues ? Non, elle ne pouvait pas. Elle était une femme. Elle ne pouvait pas être responsable d'une telle chose.

— Tu serais très douée, dit-il en voyant son air perplexe. Mais ce n'est pas aujourd'hui que tu dois décider de ce que tu veux faire du reste de ta vie. Aujourd'hui, c'est un jour où tu dois prendre une grande inspiration et réaliser qu'il y a un tout autre monde là-bas. Un monde bien plus gentil et facile que celui que tu as connu.

Sunset n'en était pas sûre, mais elle ne le contredit pas.

Talon éclata de rire.

— Tu as tellement envie de me dire que je raconte des conneries. Mais tu verras, dit-il avant de poursuivre leur marche vers le départ du sentier.

Cet homme continuait à la troubler...et à lui faire désirer des choses qu'elle n'avait jamais expérimentées. Elle appréciait qu'il se fiche qu'elle le questionne. Et il semblait amusé lorsqu'elle n'était pas d'accord avec ce qu'il disait. Il était tellement différent de ceux qu'elle avait connus... et elle aimait ça. Beaucoup.

Pour la première fois de sa vie, Sunset envisagea de peut-être devenir quelqu'un de différent.

— On y est, dit-il un peu plus tard.

Effectivement. Sa voiture – du moins, elle supposait que c'était la sienne – se trouvait sur le parking, complètement ensevelie sous la neige. Mais la zone n'était pas déserte. Un homme assis dans un véhicule équipé d'un chasse-neige à l'avant sourit lorsqu'il les repéra depuis son siège conducteur. Quand ils sortirent des bois, il les salua et ouvrit la portière.

Sans même réfléchir à ce qu'elle faisait, Sunset se rapprocha de Talon au lieu de s'éloigner. Elle lâcha sa ceinture et saisit sa main la plus proche. Il la regarda avec surprise mais resserra immédiatement ses doigts gantés autour des siens.

— Salut vous deux ! cria l'homme en sortant du véhicule. Je suis Rory ! C'est Ethan qui m'envoie. Il m'a engagé la semaine dernière pour s'assurer que tout le monde puisse se rendre au mariage de son frère et quand il a su que vous reveniez de votre séjour en camping – camper au milieu d'une tempête de neige c'est un peu cinglé si vous voulez mon avis, mais bon, la plupart des gens pensent que je suis moi-même cinglé d'aimer ce que je fais, alors qui suis-je pour juger ? – eh bien il m'a demandé de venir ici pour vous ramener en ville. Je peux essayer de dégager ton 4x4, mais ce sera plus rapide si je vous emmène.

Talon sourit à l'homme et lui dit :

— Si tu peux nous emmener, ce serait parfait.

— Super. Waouh, ta femme est vraiment jolie ! Si je passais une semaine dans les bois, je ne serais certainement pas aussi beau en revenant. Enfin bref, on sera un peu serré dans mon pick-up, mais je pense que ça devrait le faire.

Talon resserra sa main tandis que Sunset repensait à leur échange. L'homme, Rory ne l'avait pas regardée bizarrement. Il ne lui avait pas demandé ce qu'elle faisait debout, si près de Talon. Et il avait dit qu'elle était jolie.

— Si ça te va, j'aimerais aller directement chez Lilly et Ethan, dit Talon en la regardant.

Fronçant les sourcils, Sunset l'étudia. On aurait dit qu'il lui demandait la permission.

— Euh... OK ?

— Sinon on peut d'abord aller chez moi. On peut se changer, tu pourrais prendre une douche et manger quelque chose avant qu'on aille leur rendre visite, comme tu préfères.

Elle avait entendu à quel point Talon se faisait du souci pour ses amis. Elle savait qu'il n'avait pas envie de retarder la visite. Il avait envie d'aller directement chez Lilly et Ethan pour leur apporter son soutien. S'assurer qu'ils allaient bien. Elle n'avait jamais expérimenté ce sentiment, elle n'avait jamais eu quelqu'un pour la soutenir, mais elle voulait faire de son mieux pour que Talon se sente mieux.

Elle secoua la tête.

— Non, il faut que tu ailles voir tes amis dès que possible.

Il lui fit un sourire et serra sa main.

— Merci, chérie.

Puis, il se retourna et s'avança vers le pick-up du type. Il jeta son sac à dos dans la remorque, puis ouvrit la porte et grimpa, se glissant au milieu jusqu'à ce qu'il soit à côté de Rory qui s'installait derrière le volant.

Sunset ferma la portière derrière elle, remarquant l'espace que Talon avait laissé entre sa jambe et lui. Il faisait de son mieux pour ne pas l'oppresser.

Tout ce qu'il avait fait depuis qu'elle l'avait vu pour la première fois devant sa grotte avait été pour essayer de la mettre à l'aise.

Le trajet jusqu'à Fallport ne fut pas silencieux. Rory parla tout le long. Il était chaleureux et extraverti et occupa le temps avec des commentaires sur différents sujets.

Il leur raconta comment Rocky et Bristol l'avaient invité à leur mariage et à quel point il s'était amusé. Ils apprirent qu'il était veuf ; son épouse était décédée il y a quelques années et ses enfants avaient tous déménagé. Il aimait aider la communauté en déblayant les routes l'hiver. À l'automne, il conduisait le véhicule qui ramassait les feuilles que les gens laissaient sur leur trottoir et au printemps et en été, il voyageait.

Le temps qu'ils commencent à apercevoir les maisons le long de la route, Sunset s'était détendue. Mais cela ne dura pas longtemps lorsque de plus en plus de bâtiments furent visibles.

Elle eut l'impression que son cœur allait jaillir de sa poitrine.

Mais qu'est-ce qu'elle faisait ? Elle n'aurait pas dû être ici ! Elle allait devoir passer une année entière ou plus dans la tente des punitions.

Alors qu'elle commençait à être une boule de nerfs, Talon prit doucement sa main dans la sienne.

Cette fois-ci, il ne portait pas de gant et la sensation de sa main nue, avec ses callosités, contre la sienne... l'apaisa immédiatement.

Elle ne faisait plus partie de La Communauté. Cypress était parti. Il l'avait laissée. Elle était seule.

Non, ce n'était pas vrai. Talon était là.

Elle pouvait lui faire confiance. Il ne ferait rien pour la blesser.

Elle se rendit compte qu'elle avait intériorisé les mots qu'il lui répétait sans cesse lorsque Rory s'arrêta devant une jolie maison entourée d'autres bien entretenues et de belle apparence.

— Nous y voilà ! annonça-t-il joyeusement.

— Combien je te dois pour le trajet ? demanda Talon.

— Rien du tout ! dit Rory en secouant la tête. C'était un plaisir pour moi. Quand j'ai su pourquoi vous reveniez de votre camping, j'ai été très heureux de pouvoir vous aider.

La voix de l'homme se fit plus grave.

— Ma femme a perdu un enfant une fois, c'était la pire chose qui nous soit jamais arrivée. Nous avons fini par avoir trois enfants, mais je pense encore à ma fille aînée... je suis triste de ne pas l'avoir connue. En tout cas, si vous avez besoin que je vous ramène chez vous quand vous aurez terminé votre visite, contactez-moi. Ethan a mon numéro. C'était un plaisir de vous rencontrer... mais surtout vous, charmante dame. Je sais que j'ai trop parlé et que je ne vous ai pas donné l'occasion de vous exprimer. Mes enfants me disent toujours que je suis trop sympathique, et je leur répète qu'on ne peut jamais trop l'être. Faites attention à vous, d'accord ?

Sunset acquiesça automatiquement. Arrow et Cypress avaient toujours affirmé que les gens qui vivaient à Fallport étaient méfiants et carrément méchants avec les étrangers, mais Rory était vraiment très loin de partager ces caractéristiques. Et même si elle soupçonnait déjà que les gens avec lesquels elle vivait lui avaient menti sur beaucoup de choses, Rory était l'exemple même de la justesse de ses déductions.

— Vous aussi c'était un plaisir de vous rencontrer, dit-elle doucement après être descendue du pick-up.

Rory eut un grand sourire.

Talon prit son sac dans la remorque et leva le menton en direction de Rory pour le saluer.

Puis, il tendit la main vers Sunset et lui dit :

— Tu es prête ?

Elle prit une grande inspiration tandis que le pick-up de Rory s'en allait.

— Oui.

Elle n'était pas prête. Pas du tout. Mais elle allait le faire quand même. D'abord parce qu'il s'agissait des amis de Talon, qu'ils souffraient et qu'il avait besoin de les voir. Ensuite, parce qu'elle voulait vraiment une vie différente. Une vie où elle n'aurait pas à craindre d'être jetée dans la tente des punitions, ou d'être revendiquée par un autre mari, ou d'être battue si elle osait poser une question. Elle voulait une vie comme celle que Talon lui avait décrite. Une vie où elle pourrait être la personne qu'elle avait toujours sentie tapie en elle. La femme qu'elle avait repoussée au plus profond d'elle-même pour se protéger.

— Tu es très courageuse, lui dit Talon alors qu'elle glissait sa main dans la sienne.

Puis, il se retourna et s'avança vers la porte d'entrée de la maison.

Elle eut l'impression qu'elle allait vomir tellement elle avait peur, mais Sunset continua de poser un pied devant l'autre. Talon était avec elle. Elle pouvait lui faire confiance.

CHAPITRE NEUF

Tal était si fier de la femme à ses côtés qu'il sentit la chair de poule se propager sur ses bras. Il ne savait pas où elle avait trouvé la force de continuer à sortir de sa zone de confort, de surmonter toute cette merde que ses geôliers lui avaient enfoncée dans le crâne, mais il ne pouvait pas nier qu'il était presque bouleversé de la voir si courageuse.

Il se dégrisa rapidement lorsqu'ils approchèrent de la porte d'entrée de Lilly et Ethan. La raison pour laquelle il était là lui écrasa soudain les épaules comme une lourde couverture. Il était dévasté pour ses amis. Il ne savait pas quoi dire pour qu'ils se sentent mieux.

— Je suis sûre qu'ils seront heureux de te voir, dit doucement Sunset qui était à côté de lui.

Elle avait manifestement senti sa réticence.

Hochant la tête, Tal leva la main et toqua.

— Entrez ! entendit-il Ethan crier.

Il poussa la porte et entra, tenant toujours la main de Sunset.

— C'est toi, Tal ?

— C'est moi, mon pote ! cria Tal en retour en refermant la porte derrière lui.

Sunset lui serra la main, puis ils se dirigèrent vers la partie principale de la maison, où Ethan était assis dans un fauteuil immense avec Lilly sur ses genoux.

En voyant son ami tenir sa femme si près de lui, sa gorge se serra d'émotion. Lilly avait déjà traversé tant d'épreuves qu'il détestait que cela leur arrive.

Ethan se dégagea doucement de sous Lilly et se leva. Sans aucune hésitation, Tal s'avança et le serra fort dans ses bras.

— Je suis tellement désolé, dit-il doucement.

— Merci, dit Ethan en lui rendant son étreinte.

Tal recula et se tourna vers Lilly qui était toujours assise sur le fauteuil. Il enroula les bras autour d'elle tout aussi étroitement. À sa grande surprise, il sentit les larmes lui monter aux yeux.

— C'est terrible, dit-il contre les cheveux de Lilly.

Elle renifla et acquiesça contre lui. Il la tint un long moment, regrettant de ne rien pouvoir faire pour ses amis. Mais il n'y avait rien qu'il puisse dire ou faire pour enlever leur douleur.

Ce fut Lilly qui s'écarta en premier. Elle lui fit un sourire triste puis tendit la main vers lui et essuya les larmes qui avaient coulé sur les joues de Tal.

— Je suis dégoûté pour vous, lui dit-il.

— Je sais. Mais ta présence compte beaucoup pour nous, dit-elle avant de lui faire un rictus. Ça t'aurait tué de prendre une douche avant de quitter la nature pour venir nous rendre visite ?

Tal ricana. Il baissa les yeux vers Lilly pendant un long moment. Il cherchait quelque chose dans ses yeux. Il ne savait pas vraiment quoi. Peut-être pour se rassurer sur le fait qu'elle irait bien. Elle souffrait, ça ne faisait aucun doute, mais en l'étudiant, il respira un peu mieux depuis la première fois où il avait appris la nouvelle. Avec Ethan à ses côtés, elle allait s'en sortir. Perdre leur enfant était un coup dur, mais elle avait tant d'amour autour d'elle.

— Si tu crois que j'allais prendre plus de temps que nécessaire pour vous rejoindre, tu es complètement folle, lui dit-il.

Lilly lui fit un doux sourire, puis elle regarda par-dessus son épaule et dit :

— Tu ne nous présentes pas ?

En se retournant, Tal vit Sunset debout à l'entrée du grand salon, l'air incertain. Dès qu'il s'éloigna de Lilly, Ethan revint, passant un bras autour de la taille de sa femme et l'attirant contre lui.

Tal s'approcha de Sunset et lui dit à voix basse :

— Ça va ?

Elle acquiesça.

Il ne savait pas si elle était très honnête, mais il lui sourit quand même.

— OK. Viens, je veux te présenter deux de mes meilleurs amis.

Elle déglutit avec difficulté et hocha à nouveau la tête. Une fois de plus, il réalisa à quel point elle était forte. Elle n'était clairement pas dans son élément. Elle ne savait pas quoi faire ni comment elle serait perçue et pourtant, elle lui faisait confiance, persuadée qu'il ne la trahirait pas.

Elle le rendait humble.

— Je vous présente Sunset, dit-il. Et voici Lilly et Ethan Watson.

— C'est super de pouvoir enfin te rencontrer et de ne pas seulement te parler via le téléphone, dit chaleureusement Lilly.

— Salut, dit Ethan avec un sourire.

— C'est un plaisir de faire votre connaissance, dit Sunset, d'un ton formel qui ne ressemblait pas du tout à la femme que Tal avait appris à connaître cette dernière semaine.

— Vous avez faim ou soif ? demanda Lilly.

— Lil, l'avertit Ethan.

— Je vais bien, dit-elle en se tournant vers son mari. Je n'ai rien fait d'autre que dormir et rester assise. Il ne va rien se passer de grave si je vais simplement à la cuisine pour faire du thé.

Tal eut le sentiment qu'Ethan était très protecteur depuis que Lilly était revenue de l'hôpital... même s'il ne pouvait pas lui en vouloir.

— OK. Mais si tu n'es pas revenue dans cinq minutes pour t'asseoir, je vais venir te chercher.

Lilly leva les yeux au ciel puis se hissa sur la pointe des pieds pour embrasser doucement Ethan.

Se tournant vers Sunset, elle lui demanda.

— Tu veux m'aider à préparer le thé ?

Tal vit bien que Sunset n'était pas très enthousiaste à cette idée, mais elle acquiesça quand même, probablement trop effrayée pour dire non.

Il eut envie de prévenir Lilly d'y aller doucement, mais il se mordit la lèvre. Il n'avait pas besoin de la mettre en garde, Lilly ne ferait ni ne dirait rien qui puisse mettre en péril son amitié avec Sunset. Elle savait bien cerner les gens et saurait qu'elle devait être prudente.

Tal fit un sourire rassurant à Sunset avant que celle-ci ne suive Lilly dans la cuisine. Sachant qu'il n'avait pas beaucoup de temps pour parler à Ethan avant qu'il n'aille voir comment allait sa femme, Tal dit :

— Comment tu tiens le coup ?

Ethan passa une main dans ses cheveux et soupira. Tal perçut la détresse qu'il n'avait pas voulu montrer en présence de sa femme sur son visage.

— Pas bien, avoua Ethan. Quand Lilly m'a appelé en criant depuis la salle de bains pour me dire qu'elle saignait beaucoup, je n'ai jamais eu aussi peur de ma vie. Non seulement pour notre bébé, mais aussi pour elle. J'ai déjà failli la perdre une fois, je ne pouvais pas vivre ça à nouveau.

Tal se rapprocha de son ami et posa une main sur son épaule, serrant fort.

— Le regard qu'elle a eu quand le médecin nous l'a annoncé... elle était totalement anéantie. Elle le savait déjà, mais entendre le médecin confirmer que notre bébé n'était plus là...

Sa voix se brisa. Tal ne pouvait pas imaginer la douleur que son ami traversait.

Ethan se racla la gorge et fit de son mieux pour contrôler ses émotions.

— On va s'en sortir, dit-il. Lilly a besoin de se reposer pendant au moins deux semaines, puis elle pourra reprendre le travail. Les médecins ont dit que ce n'était pas nécessairement quelque chose qu'elle avait fait ou pas fait. Parfois, le fœtus ne se développe pas normalement. Mais je sais que Lilly s'en veut au moins un peu. Et ça craint, parce qu'il n'y a rien que je puisse faire ou dire qui la fera changer d'avis.

— Et pour les futures grossesses ? demanda Tal.

Il ne connaissait rien à ce sujet, mais désormais, son esprit tournait à plein régime et voulait connaître tous les détails.

— Le docteur Snow est venu hier et nous avons eu une longue discussion avec lui sur tout. On était en état de choc à l'hôpital de Christiansburg, trop pour poser beaucoup de questions. Il a dit que la plupart des femmes ont d'autres enfants sans problème. Je pense que c'était la plus grande crainte de Lilly. Elle craignait que son corps ne soit pas fait pour porter un enfant ou quelque chose comme ça. On va donc attendre d'être prêts émotionnellement et physiquement avant d'essayer à nouveau.

Tal était soulagé que ni Lilly ni Ethan ne renoncent à leur rêve d'avoir des enfants. Ils étaient tous les deux si enthousiastes à l'idée d'être parents qu'il serait dommage que quelque chose de biologique les en empêche à l'avenir. Il savait que l'adoption était toujours une option, et bien qu'il n'en ait pas parlé avec ses amis, il avait le sentiment qu'ils seraient d'accord. Cependant, il était évident qu'ils voulaient d'abord essayer d'avoir un bébé naturellement.

— C'est une bonne chose, dit-il enfin.

— Oui. Tu sais, parfois, aimer Lilly autant que je l'aime me fait flipper. Je ne suis vraiment plus la même personne que celle que j'étais avant de la rencontrer. C'est une bonne chose que je ne sois plus un SEAL, parce que je ne pense pas que je pourrais faire mon travail aussi efficacement que quand j'étais célibataire. Quand on est séparés, je pense constamment à elle. Je me demande si elle va bien, si son travail se passe bien, si elle est heureuse. Et quand je reçois un texto d'elle, ou qu'elle m'appelle, ça illumine toute ma journée. Je serais gêné de voir à quel point elle compte pour moi si je ne savais pas qu'elle ressentait la même chose. Être impuissant face à sa douleur est absolument affreux, Tal. Je ne peux pas mieux l'expliquer.

— Tu n'es pas obligé. Et si jamais quelqu'un te juge parce que tu aimes ta femme… dis-lui d'aller se faire foutre.

Ethan s'esclaffa.

— Ça marche, je ferai ça.

Les deux hommes échangèrent un sourire.

— Bon, assez parlé de ça… qu'est-ce qui se passe avec Sunset alors ? Tu penses qu'elle est bien Heather Brown ?

— Je suis sûr à quatre-vingt-dix pour cent que oui. Elle n'a jamais parlé de sa vie en dehors de cette foutue secte dans laquelle elle vivait.

— Ça craignait ? demanda Ethan.

— Pire que ça, gronda Tal. D'après ce que j'ai compris, c'était un vrai bordel. Les hommes étaient aux commandes, les femmes étaient abusées physiquement, mentalement et sexuellement. Les hommes avaient plusieurs femmes chacun et les femmes devaient faire tout ce qu'ils disaient quand ils le voulaient. Sunset a parlé de ce qu'ils appelaient la tente des punitions et même si elle n'est pas rentrée dans les détails concernant ce qu'il se passait à l'intérieur, je peux très bien l'imaginer. Elle a même été fouettée après avoir osé couper ses cheveux.

— Putain de merde, dit Ethan en écarquillant les yeux.

— Ce n'est pas le pire.

— Il y a encore autre chose ?

— Oui, dit Tal d'un ton sinistre. Sunset m'a dit qu'il n'y avait pas beaucoup d'enfants nés au sein de la secte. Elle a avoué que les femmes utilisaient des graines de dentelle de la Reine Anne pour éviter les grossesses, mais que pour maintenir leur nombre, et probablement pour garder leurs harems, les hommes débarquaient parfois au campement avec des enfants.

— *Quoi ?* Comment ça ils débarquaient avec des enfants ?

— C'est ce que m'a dit Sunset, ils arrivaient avec des bébés et des enfants en bas âge qu'ils affirmaient avoir adoptés. Les garçons étaient éduqués pour prendre les commandes et les filles étaient revendiquées par des hommes différents ou attribués aux garçons comme futures épouses.

— Oh putain ! s'exclama Ethan. Ils kidnappent des enfants depuis des décennies ?

— Visiblement.

— Il faut que tu en parles à Simon.

Tal inspira profondément.

— Je sais. Mais j'ai le sentiment que Sunset va être réticente... elle a extrêmement peur des hommes, Ethan.

— Elle n'a pas l'air d'avoir peur de toi.

— Oui, mais seulement parce qu'elle n'a pas vraiment eu le choix. Cette tempête est arrivée rapidement, et si elle ne m'avait pas invité dans la grotte où elle vit depuis un an, j'aurais été dans la mouise.

— Elle te fait confiance, dit Ethan.

— Je ne suis pas sûr.

— *Si*, insista son ami. Tu ne l'as pas vu parce que tu parlais avec Lilly, mais elle ne t'a pas lâché du regard. Et quand Lilly a essuyé tes larmes, elle a fait un pas en avant, comme si elle voulait te réconforter elle-même. Puis, elle s'est ressaisie et a reculé d'un pas... mais tu es sur la bonne voie, mon frère.

Les mots d'Ethan lui firent du bien. Beaucoup de bien.

— Pourtant je ne sais pas comment aborder le fait qu'elle-même aurait pu être kidnappée quand elle avait huit ans.

— Tu trouveras, lui dit Ethan avec confiance.

Mais Tal n'était pas aussi confiant que lui.

— Est-ce qu'elle a parlé de l'âge des enfants ? Ceux que les hommes ramenaient dans la secte ?

— Ils étaient jeunes. Elle a utilisé le terme « bébés ».

— Ils ont peut-être retenu la leçon avec elle, dit Ethan. Elle était plus âgée. Elle a probablement conservé beaucoup de souvenirs de son ancienne vie ainsi que son indépendance. C'était probablement difficile de lui faire accepter son rôle au sein du groupe.

Tal avait pensé la même chose.

— Je suis d'accord. Et il y a eu des moments où j'ai eu l'impression qu'elle se souvenait de certains instants de sa vie avant qu'elle ne soit enlevée, mais je n'ai pas osé la pousser dans ses retranchements. Je pense même qu'elle a bloqué tous ces souvenirs pour se protéger.

— Peut-être qu'en revenant ici à Fallport ces souvenirs lui reviendront.

— Je ne sais pas si c'est une bonne chose ou pas.

— Si, dit Ethan. Il faut qu'elle sache que la façon dont elle a vécu n'était pas normale ni légale.

— Je pense qu'elle le *sait*. Je le lui ai dit. Et quand la secte a voulu déménager il y a un an, elle s'est cachée dans la forêt pour ne pas devoir les suivre.

— Elle a bien fait, dit Ethan avec ferveur.

— Elle est forte, dit Tal. Tellement forte, ça m'impressionne.

— Elle s'intégrera parfaitement avec nos femmes alors.

Ethan n'avait pas tort. Elle s'intégrait déjà, même sans avoir rencontré la plupart des membres du groupe en personne. Tal espérait juste qu'elle serait capable de mettre de côté les mauvaises expériences qu'elle avait eues et d'accepter de nouvelles amitiés.

* * *

— Comment tu vas ? demanda Lilly.

Sunset cligna des yeux de surprise. Pourquoi lui demandait-elle comment *elle* allait alors que c'était Lilly qui venait de vivre quelque chose d'horrible ? C'était déconcertant.

— Je vais bien.

— Ça n'a pas dû être facile de vivre dans les bois. Je veux dire, j'aime bien faire du camping de temps en temps, mais d'après ce que j'ai entendu, tu es restée là-bas longtemps.

Sunset haussa les épaules.

— Ce n'était pas si horrible que ça.

Et c'était vrai. Elle avait l'habitude de vivre dans une tente. La grotte était en fait plus confortable à bien des égards.

— Tu veux du thé ?

Sunset fit de son mieux pour dissimuler sa réaction. Elle détestait le thé. *Vraiment.* Les feuilles que les autres femmes utilisaient pour faire du thé avaient un goût horrible. Elle n'avait jamais pu s'habituer à ce parfum désagréable, mais il n'existait pas d'autres solutions. Les femmes étaient censées boire du thé tandis que les hommes buvaient de la bière.

— Euh... merci.

Lilly rit légèrement.

— J'en déduis que tu n'es pas une fan de thé.

Sunset ne savait pas vraiment quoi dire. Était-ce un test ? Serait-elle méprisée si elle disait qu'elle n'aimait pas le thé ? Allait-on l'expulser de la maison ?

— Ce n'est pas grave si tu n'aimes pas ça... vraiment. Mais je m'étais dit que tu pourrais aimer celui que j'ai. Moi je n'aime pas le thé classique. Je n'aime même pas le thé glacé. J'ai l'impression de boire de la terre, honnêtement.

Sunset écarquilla les yeux. C'était aussi ce qu'elle avait toujours ressenti.

— Mais j'ai trouvé ce truc il n'y a pas longtemps. C'est du thé pomme cannelle. Je te jure que ça a le goût de Noël. OK, dit comme ça, c'est bizarre, mais c'est très fruité et la cannelle me picote les papilles. Zut, ça aussi ça sonne bizarre. Mais je te jure que c'est bon. Et si t'essayais ? Si tu n'aimes pas, tu n'es pas obligée de le boire. Je te donnerai de l'eau ou du jus de fruits, n'importe quoi d'autre qui puisse t'aider à te débarrasser du goût si tu détestes.

Un souvenir lui revint soudain. Une odeur dont elle se rappelait. De la cannelle et d'autres épices. Un parfum qui embaumait l'air, mélangé à celui du pin. Elle ne savait pas d'où lui venait ce souvenir car elle ne se souvenait pas avoir déjà goûté des épices pendant qu'elle vivait au sein de La Communauté.

Les hommes avaient le droit de mettre du sel et d'autres épices sur leur nourriture, mais pas les femmes. Arrow prétendait que les épices étaient mauvaises pour le corps féminin.

— Tu veux bien essayer ? Je te promets que je ne serai pas en colère ni contrariée si tu détestes.

Sunset acquiesça avec réticence.

Lilly lui sourit à nouveau.

— Les autres vont t'adorer. Ce n'est pas facile d'en placer une quand on est toutes ensemble et le fait que tu ne sois pas très bavarde va à la fois les frustrer et te rendre très attachante à leurs yeux. Parce qu'elles voudront tout savoir de toi et quand elles verront qu'elles ne pourront pas te tirer les vers du nez, ça les incitera à vouloir en apprendre plus sur toi.

Sunset fronça les sourcils. Ça ne sentait pas bon. Elle avait l'habitude d'être silencieuse. Pourtant, il fut un temps où son penchant pour les bavardages lui avait valu d'être rouée de coups.

— Oh, non, mince, je suis désolée ! Ce n'est pas une mauvaise chose. Pas du tout. C'est juste qu'on est naturellement très bavardes. Enfin... sauf Khloe. Mais ça ne pose aucun problème si tu as juste envie de t'asseoir et d'écouter. Tout le monde s'en fiche. Zut, maintenant je t'ai contrariée alors que je ne le voulais pas.

— C'est pas grave, dit Sunset qui ne voulait pas que Lilly se sente mal. C'est juste que... c'était mal vu que les femmes parlent, même entre elles.

Elle lut de la tristesse dans les yeux de Lilly avant que celle-ci ne lui fasse un petit sourire.

— Eh bien, maintenant que tu es ici, tu n'as plus à t'en inquiéter. C'est bien de parler. C'est ce qu'il y a de mieux, dit-elle en riant. À m'entendre, on dirait Buddy l'elfe quand il dit qu'il adore sourire.

Sunset sourit poliment, mais elle n'avait aucune idée de ce dont Lilly parlait.

— OK, je suis encore en train de t'embrouiller. Désolée. J'ai regardé *Elfe* l'autre jour. C'est un film de Noël. Il faudra qu'on le regarde ensemble un jour. Bref, tu veux bien remplir la bouilloire pour moi ? Elle est là-bas.

Sunset jeta un coup d'œil à l'endroit indiqué par Lilly et aperçut une jolie cruche en céramique sur le comptoir. Elle la souleva de son socle et l'amena jusqu'à l'évier. Cela faisait long-temps qu'elle n'avait pas eu le luxe d'avoir de l'eau courante et elle ne put s'empêcher de sourire en remplissant la bouilloire.

— On dirait que quelque chose te rend heureuse.

— Je me disais juste que c'est vraiment agréable de ne pas devoir marcher huit cents mètres jusqu'au ruisseau pour avoir de l'eau, lui dit Sunset.

— Pas étonnant que tu sois si en forme, lui dit Lilly. Je mourrais pour avoir tes jambes. Et tes cheveux. Et tes lèvres. Tu es très jolie, Sunset.

Sunset écarquilla les yeux en regardant sa nouvelle amie.

— Et tes yeux ! Mon Dieu, tu es sublime.

Les compliments la réchauffèrent de l'intérieur. Certes, Talon lui avait dit qu'elle était belle, mais elle avait pensé qu'il mentait pour qu'elle lui fasse confiance et qu'il puisse coucher avec elle. Sauf que là, elle ne saisissait pas l'intention derrière les gentilles choses que lui disait Lilly. Les femmes ne compli-mentaient pas les autres femmes. Du moins, pas d'après son expérience. Mais elle se surprenait tout de même à apprécier ses mots.

Et ne s'était-elle pas cachée dans les bois pour fuir Cypress parce qu'elle était de plus en plus certaine que ce que faisait La Communauté était... mal ?

— Merci, parvint-elle à répondre.

— De rien. Si tu remets la bouilloire sur son socle et que tu pousses ce petit levier vers le bas... voilà, comme ça, ça va chauffer l'eau. Je pourrais mettre les tasses au micro-ondes, mais Tal se plaint toujours que nous les *amerloques* on ne sait pas faire le thé correctement. Et quand il a apporté la bouilloire un jour, je me suis dit que je n'avais qu'à essayer. Et tu sais quoi ? Il avait raison. Le thé est bien meilleur quand je le fais comme ça.

Une fois de plus, Sunset était perdue, mais elle acquiesça et sourit.

Pendant qu'elles attendaient que l'eau chauffe, Lilly s'appuya contre le comptoir, soudain perdue dans ses pensées. Sunset fronça les sourcils. Elle était très sympathique et faisait de son mieux pour que Sunset soit à l'aise, mais son attitude joyeuse était parfois ternie par des élans de tristesse.

— Je suis désolée pour ton bébé, dit doucement Sunset.

— Merci. C'est juste que... c'était tellement surprenant. Je n'avais même pas pensé que je pouvais perdre mon bébé.

— Il y a quelques années, commença doucement Sunset. J'ai trouvé une biche enceinte dans les bois. J'étais censée chasser et ramener de la nourriture pour La Communauté. Elle aurait été facile à tuer, mais je ne pouvais pas me résigner à lui faire du mal. Elle s'était pris la patte dans un filet de pêche du ruisseau. Je savais que je serais punie si j'en parlais à quiconque, parce que je n'aurais pas rapporté la viande, alors je ne l'ai dit à personne. À chaque fois que je retournais dans cette partie des bois, j'apportais des carottes que j'avais récupérées dans notre potager et la biche était toujours là. Je l'ai appelée Chloe... Quoi qu'il en soit, un jour, je suis retournée à notre endroit et elle n'y était pas... par contre elle avait accouché. Le bébé n'a pas survécu. Je l'ai appelée Petite Chloe et je l'ai enterrée. Je n'ai plus jamais vu Chloe. Je ne sais pas ce qui lui est arrivé. Peut-être qu'elle était tellement triste qu'elle n'a pas eu le courage de vivre ou peut-être qu'un autre chasseur l'a eue. Mais j'aime me dire qu'elle s'est enfuie loin des tristes souvenirs de son bébé qui n'a pas eu la chance de vivre, et qu'elle a commencé une nouvelle vie ailleurs. J'ai envie de croire qu'elle a trouvé un autre cerf mâle et qu'elle est à nouveau tombée enceinte. Et que cette fois-ci, elle a donné naissance à une Petite Chloe heureuse et en bonne santé et qu'elles se promènent toutes les deux dans la forêt en mangeant des feuilles et en vivant une très belle vie.

Dès la seconde où elle se tut, Sunset se sentit ridicule. Comparer la perte d'un bébé humain avec celle d'une fichue biche était idiot.

Mais Lilly s'écarta du comptoir et s'avança vers elle, les larmes aux yeux.

— Je peux te faire un câlin ?

Sunset se figea, parvenant à peine à acquiescer.

C'était bizarre et gênant d'avoir quelqu'un aussi proche d'elle. Elle resta toute raide dans les bras de Lilly, mais ça ne sembla pas la déranger.

— Merci, dit-elle doucement dans un souffle chaud contre le cou de Sunset. Et je suis d'accord, je pense que ta Chloe est bien vivante avec son nouveau petit bébé biche et qu'elle se souvient encore avec tendresse de la femme qui l'a sauvée de ce filet de pêche et qui lui a rapporté des carottes à manger.

Sunset leva lentement les bras pour les enrouler autour de Lilly.

Alors qu'elle serrait Lilly contre elle, un souvenir jaillit dans son esprit. Elle était encore une enfant et une femme la serrait contre elle. L'odeur des fleurs dans ses cheveux était réconfortante.

Clignant des yeux avec force, Sunset sursauta dans les bras de Lilly.

Cette dernière la relâcha immédiatement et recula.

— Je suis désolée si je suis allée trop loin. J'aime les câlins, dit-elle en haussant légèrement les épaules.

— Non, ça va... c'est juste que... ça fait très longtemps qu'on ne m'a pas serrée dans ses bras.

Lilly lui sourit.

— Je crois que l'eau est prête.

Elle approcha les tasses qu'elle avait récupérées dans un placard de la bouilloire et ouvrit deux petits sachets.

Sunset fut immédiatement intriguée. Elle avait toujours vu les autres femmes réduire les feuilles en bouillie avant de verser de l'eau chaude sur le tout. Les feuilles se coinçaient toujours entre ses dents quand elle le buvait et elle avait l'impression de mâcher de l'eau. C'était absolument dégoûtant.

Mais l'odeur qui émanait de la tasse tandis que Lilly versait l'eau sur les petits sachets était délicieuse. Sucrée.

Sunset regarda attentivement Lilly plonger les sachets de haut en bas dans l'eau, la faisant brunir.

— Plus tu laisses le sachet dans l'eau, plus le thé est fort. Je ne sais pas si tu le préfères faible ou fort.

Sunset ne le savait pas non plus.

— Je n'ai qu'à faire le mien fort, parce que c'est comme ça que je l'aime et on fait le tien un peu plus léger. D'accord ?

Sunset hocha la tête. Elle était tellement dépassée par les événements qu'elle laissait la décision revenir à Lilly. C'était pathétique qu'elle n'ait aucune idée de comment faire une tasse de thé comme celle-ci, mais elle était déterminée à en apprendre le plus possible. Elle avait manifestement raté beaucoup de choses en vivant avec La Communauté. C'était excitant d'apprendre de nouvelles choses.

— Certaines personnes ajoutent du lait ou du sucre à leur thé, mais je pense que ceux qui sont parfumés n'ont pas besoin de ça. Et puis dans tous les cas, on n'a qu'à faire l'expérience pour savoir ce que tu aimes, dit Lilly en lui tendant la tasse.

Le thé qui s'y trouvait était moins concentré que celui de Lilly.

— Essaie ça et dis-moi ce que tu en penses.

Hésitante, Sunset baissa la tête vers le mug et inspira. L'odeur sucrée était désormais plus forte et étonnamment, elle la fit saliver. Elle but une gorgée de la boisson chaude et écarquilla les yeux tandis qu'elle avalait.

— C'est bon ! dit Sunset, surprise.

Lilly sourit joyeusement.

— T'as vu ? Tiens, essaie le mien. Vois si c'est mieux ou moins bien.

Sunset accepta la tasse de Lilly et prit une gorgée. Le goût de la cannelle et de la pomme était beaucoup plus fort... et sucré.

Lilly sourit.

— Tu préfères le mien. Garde-le. Je vais remettre le sachet dans ta tasse pour une minute ou deux et je prendrai celle-ci.

Sunset prit une autre gorgée du thé tandis que Lilly s'occupait de l'autre tasse. Elle soupira de satisfaction en buvant sa boisson.

Cela faisait à peine une heure qu'elle était en ville et Sunset voyait déjà que les gens qui vivaient ici n'étaient pas les ennemis que La Communauté avait décrits. Lilly et Ethan n'auraient pas pu être plus gentils avec elle. Et elle avait réalisé qu'on pouvait éprouver du plaisir à travers quelque chose d'aussi simple que le thé. Elle ne pouvait pas s'empêcher de se demander quels autres plaisirs l'attendaient.

Pendant tellement longtemps, La Communauté avait été sa seule famille. Tout ce qu'elle avait connu. Elle avait cru les paroles d'Arrow et des autres hommes concernant ce qu'il se passait en dehors de son petit cercle. Il avait fallu la mort d'Arrow et la méchanceté de Cypress pour qu'elle ait envie de quelque chose de différent.

Boire ce thé délicieux dans la cuisine de Lilly était le premier pas vers sa nouvelle vie. La raison pour laquelle elle était ici l'attristait, et elle était désolée pour la perte de Lilly et Ethan, mais elle ne pouvait pas être désolée que Talon l'ait trouvée. Il l'avait secouée pour la sortir de cette routine dans laquelle elle s'était installée.

— Tu as l'air de beaucoup réfléchir, remarqua Lilly.

— C'est le cas, dit simplement Sunset.

— C'est une bonne chose de réfléchir. Mais ne te perds pas trop dans tes pensées. Crois-moi, ce n'est pas toujours une bonne chose, dit Lilly en grimaçant. Tu peux faire confiance à Tal. C'est un homme bien, tout comme le sont tous les hommes de l'équipe de Recherche et de Sauvetage d'Eagle point. Tu entendras peut-être des histoires comme quoi c'est un meurtrier qui a fait tout ce que lui demandait son gouvernement sans y réfléchir à deux fois, mais c'est faux. Ethan était un Navy SEAL et oui, il a tué des gens, mais il ne l'a jamais fait aveuglément. S'il n'avait pas fait ce qu'il a fait dans la marine, beaucoup d'innocents seraient morts. Et je pense la même chose pour tous les gars.

Une fois de plus, Sunset se sentit perdue. Elle ne voyait pas Talon comme un tueur. Il lui avait raconté l'histoire des femmes et des enfants qu'il avait essayé de sauver et qui étaient morts à cause des hommes de leur propre communauté. Cela ne ressemblait pas à ce que ferait un tueur.

— Je dis simplement qu'être ici à Fallport peut sembler effrayant, mais tu peux faire confiance à Tal. Tu es dans un monde différent de celui dans lequel tu as vécu, mais c'est une bonne chose. Et peu importe où tu vis, des malheurs arrivent toujours à de bonnes personnes. Regarde-moi et mes amis. Mais avec du soutien, on peut s'en sortir.

On aurait dit que Lilly essayait de lui dire quelque chose sans le dire directement, mais Sunset n'avait aucune idée de ce que c'était. Elle se contenta de hocher la tête une fois de plus.

— Tu peux faire confiance à Tal et à tous les autres gars. Et

Simon aussi.

— Simon ? demanda Sunset.

— Le chef de la police. Il est super. Il veut vraiment ce qu'il y a de mieux pour Fallport. Oh et le docteur Snow est génial aussi. Quand on l'a appelé en panique, il est resté calme et nous a retrouvés à sa clinique. Il s'est arrangé pour que l'ambulance m'emmène à Christiansburg, et il s'est assis avec Ethan et moi pour répondre à toutes nos questions. Je crois qu'il n'est pas parti avant minuit l'autre soir. Et si tu as besoin de parler entre filles, tu peux m'appeler moi, ou Elsie, Bristol, Caryn, Finley, ou Khloe.

— Hum... OK, répondit Sunset, car il semblait que Lilly attende qu'elle soit d'accord.

— Je suis sûre que les autres vont vouloir te rencontrer dès que possible. On peut peut-être se retrouver au Bec Sucré. Il faut que tu essaies les petits pains à la cannelle de Finley. Ils sont tellement délicieux. Oh ! Et il faut que tu jettes un coup d'œil au vitrail de Bristol au Sunny Side Up ! Il est génial. Tu aimes lire ?

Sunset acquiesça. Elle aimait lire, même si elle n'était pas très douée pour ça, mais elle ne le précisa pas.

— Tant mieux. Khloe travaille à la bibliothèque, je suis sûre qu'elle t'aidera à choisir des livres. Le fils d'Elsie, Tony y passe pas mal de temps après l'école et il est drôle et gentil. Il va sûrement te parler de la vie dans les bois. Il adore le camping et la randonnée et tous les trucs « de garçons ». Et lorsque tu rencontreras Caryn, ne sois pas intimidée. Elle est dure, mais à l'intérieur, c'est une vraie guimauve.

Sunset avait la tête qui tournait. Mais plus Lilly parlait, plus elle réalisait qu'elle avait envie de rencontrer les autres femmes. Elle ne savait pas vraiment ce qu'elle allait leur dire ou comment elle devait se comporter, mais si elles étaient toutes aussi sympathiques que Lilly, Sunset ne pensait pas devoir s'inquiéter.

— Tu es prête à retourner t'assoir ? demanda Ethan en

entrant dans la cuisine.

Sunset sursauta – et fit immédiatement un pas en arrière pour s'éloigner de l'homme costaud qui s'approchait d'elles.

Il posa les yeux sur elle, mais ne dit ni ne fit rien d'alarmant. Il enroula seulement son bras autour de Lilly, l'attirant contre lui.

— Oui, dit-elle en le regardant, les yeux pleins d'amour.

Sunset les observa attentivement. Lilly n'avait visiblement pas peur de son mari. Pas le moins du monde. Toutes les relations qu'elle avait observées au sein de La Communauté, du moins du point de vue des femmes, étaient guidées par la peur. Tout le monde avait peur de dire ou de faire quelque chose qu'il ne fallait pas et d'être punie. Lorsqu'on leur ordonnait de rejoindre leurs maris dans leurs tentes, elles prenaient un air résigné et acquiesçaient. À aucun moment l'un des *maris* n'avait touché sa femme de la même façon qu'Ethan serrait Lilly contre lui. Ils ne leur posaient jamais de questions comme il venait de le faire. Tout n'était qu'un ordre. Viens ici. Fais ça. Plus vite. Arrête de faire ça.

— Ça va ?

Sunset sursauta à nouveau. Ethan et Lilly avaient quitté la cuisine et Talon était entré. Elle ne l'avait même pas remarqué tellement elle s'était perdue dans le passé.

— Oui.

— Lilly a dit quelque chose qui t'a contrariée ?

Sunset secoua rapidement la tête.

— Non, pas du tout. J'adore ce thé. Il n'a rien à voir avec ce que je pensais.

Talon ne la sermonna pas sur son brusque changement de sujet.

— Ça sent bon.

— Tu en veux ? demanda Sunset en lui tendant sa tasse.

Elle ne s'attendait pas à ce qu'il dise oui, mais il attrapa la tasse et la tourna pour boire du même côté qu'elle. Bizarrement, elle rougit, mais elle ne put détacher son regard du sien.

— C'est un peu trop sucré pour moi, mais c'est pas mauvais, dit-il en lui rendant la tasse.

Sunset la prit timidement.

— Il y a différents genres ?

— Oh oui, il y a des centaines de parfums de thé.

Elle fronça les sourcils.

— Vraiment ?

— Oui.

— Waouh !

Elle adorait la façon dont Talon ne la rabaissait pas pour son manque de connaissances sur des sujets que tous ceux sur cette planète, qui n'avaient jamais vécu au sein de La Communauté, maîtrisaient déjà. Essayant de se comporter de façon nonchalante, elle tourna la tasse dans ses mains et prit une autre gorgée de thé, buvant au même endroit que lui.

Talon sourit, mais ne commenta pas son geste. Sunset ne savait pas pourquoi elle avait fait ça. Ce n'était pas comme s'il s'intéressait à elle de cette façon... du moins c'était ce qu'elle pensait. À part lui tenir la main, il ne l'avait pas touchée. Il avait fait très attention à garder ses distances, à éviter toute forme d'intimité... jusqu'à ce qu'il prenne une gorgée de sa tasse.

— Tu es prête à partir ? Je ne sais pas toi, mais j'ai vraiment besoin d'une douche. Lilly était trop polie pour en dire plus que ce petit commentaire sarcastique, mais je suis sûr que je ne sens pas très bon.

Immédiatement, Sunset repensa à la façon dont sa nouvelle amie l'avait serrée dans ses bras. Elle avait dû être dégoûtée, car Sunset ne se souvenait pas de la dernière fois qu'elle s'était lavée. Il faisait trop froid en hiver pour faire plus qu'une rapide toilette sous ses vêtements. Cela lui avait paru plus facile lorsqu'elle portait encore la robe marron, mais même à ce moment-là, elle ne l'avait pas fait souvent, car elle mettait ensuite trop de temps à se réchauffer.

Elle baissa la tête, embarrassée.

— Sunset ? Qu'est-ce qui ne va pas ?

Elle haussa les épaules et garda les yeux rivés sur le sol.

— Tu veux bien me regarder ?

Zut. Elle ne pouvait pas résister lorsque Talon lui demandait gentiment de faire quelque chose au lieu de lui donner un ordre. Elle releva la tête.

— Lilly ne pense à rien d'autre qu'à t'accueillir et te mettre à l'aise. Ta présence ici est une bonne distraction pour elle. Ethan dit qu'aujourd'hui elle a l'air plus en forme qu'elle ne l'a été depuis qu'elle a perdu le bébé. Ne sois pas gênée. En fait, c'est moi qui devrais être gêné de ne pas nous avoir laissé le temps de nous laver avant d'arriver.

Entendre un homme assumer ses erreurs était encore une nouvelle expérience pour Sunset. Même si le fait de rejoindre ses amis pour s'assurer qu'ils allaient bien n'était pas une erreur, mais quand même.

— Elle va vraiment bien ? demanda-t-elle doucement.

— Elle ira bien, dit fermement Talon. Tu aimes bien ce thé, hein ?

Elle acquiesça.

Il sourit, puis tendit la main pour récupérer plusieurs sachets dans la boîte.

— Qu'est-ce que tu fais ? demanda-t-elle horrifiée.

— Tu aimes ce thé et je n'en ai pas chez moi, alors je m'assure que tu aies quelque chose que tu aimes boire jusqu'à ce qu'on se rende au magasin et qu'on fasse des provisions.

— C'est du vol ! chuchota-t-elle.

— Non, je leur emprunte juste. Je lui achèterai une nouvelle boîte quand on ira faire les courses.

Sunset n'en revenait pas de sa nonchalance. Prendre quelque chose à quelqu'un était synonyme d'une semaine dans la tente des punitions.

Elle prit une grande inspiration. Non. Elle ne faisait plus partie de La Communauté. Cypress n'était pas là. Les femmes qui adoraient dénoncer les autres n'étaient pas là non plus.

— Ça ne la dérangera pas ? demanda-t-elle doucement.

— Pas du tout. D'ailleurs, je suis sûr que quand on leur dira qu'on s'en va elle proposera de t'offrir la boîte entière. Fais-moi confiance, Sunset, je ne ferai rien qui puisse t'attirer des ennuis.

— Et tu ne me feras pas de mal non plus.

Il parut satisfait de ses paroles.

— Jamais, souffla-t-il.

Il mit les sachets dans sa poche et dit :

— Termine ta boisson et on va aller leur dire au revoir.

Encore une fois, cela aurait pu passer pour un ordre, mais ça n'était pas le cas. En tout cas, pas comme un ordre qu'auraient pu lui donner Arrow ou Cypress. Le thé avait assez refroidi pour qu'elle puisse le boire rapidement.

Talon lui prit la tasse des mains et la plaça dans l'évier.

— Je ferais mieux de la nettoyer, dit-elle, mais Talon tendit la main.

— Ethan s'en occupera plus tard.

Elle était toujours autant surprise qu'un homme fasse la vaisselle. Mais elle avait vu Talon le faire assez souvent dans la grotte pour ne pas trop réfléchir à sa remarque. Elle observa la main de Talon un instant avant de la saisir. Elle réalisa alors que Talon ne l'avait jamais touchée sans lui demander d'abord la permission, sauf dans le pick-up de Rory. Et là encore il l'avait fait très lentement en lui permettant de s'écarter si elle le souhaitait.

Il était tellement différent des hommes qu'elle avait connus qu'elle en avait toujours la tête qui tournait.

Ils retournèrent dans la pièce de vie main dans la main et Sunset vit que Lilly était de nouveau assise sur les genoux de son mari. Il n'avait pas l'air de la forcer à être là. Quand elle était jeune, Arrow la tenait sur ses genoux et lui caressait les cheveux. Elle se sentait mal à l'aise, surtout lorsqu'il la touchait entre les jambes et lui disait qu'elle était une gentille fille.

En comparaison, Lilly avait la tête sur l'épaule d'Ethan et lui tenait la main tandis que l'autre lui caressait le torse. Il la tenait fermement contre lui avec un bras autour de sa taille. Elle avait les jambes sur le côté et ils avaient tous les deux l'air à l'aise et satisfaits.

— On va vous laisser un peu tranquille, leur dit Talon.

— Oh, vous êtes obligés de partir si tôt ? demanda Lilly en levant la tête.

— Oui, dit fermement Talon. Il faut que je ramène Sunset à la maison pour qu'elle puisse se doucher, il faut que je lui prépare à manger et qu'on décide quoi faire pour les vêtements et tout le reste.

— Elle peut m'emprunter des affaires si besoin, dit Lilly sans hésitation.

— J'apprécie, merci. Je suis sûr que j'ai de quoi la faire patienter jusqu'à ce qu'on aille dans un magasin, dit Talon.

— D'accord, mais si tu changes d'avis, tu me le dis. On pourra lui apporter quelque chose. C'est pas comme si elle pouvait emprunter quoi que ce soit à Bristol.

Sunset ne comprit pas pourquoi les trois autres s'esclaffèrent.

— Elle ne fait qu'un mètre cinquante, lui expliqua Talon lorsqu'il vit qu'elle était perplexe.

— Et toi et moi on fait à peu près la même taille, dit Lilly avec un sourire.

— N'hésitez pas à prendre de la nourriture dans le frigo pour vous dépanner, proposa Ethan.

— Oh ! Laisse-moi me lever Ethan, je veux aller chercher la boîte à thé pour l'offrir à Sunset.

Talon lui serra la main comme pour lui dire : « Tu vois, je te l'avais dit ».

— Je vous ai déjà piqué quelques sachets de thé pour la faire patienter. C'est tout bon.

Lilly se rassit à nouveau sur Ethan.

— Ah, OK. Super.

Sa réponse renforça ce que Talon lui avait dit à propos du thé. Lilly s'en fichait réellement. Tout comme Ethan. Chaque minute qui passait, Sunset apprenait quelque chose de nouveau et d'incroyable. Son esprit s'ouvrait à une tout autre façon de vivre.

— Tu nous donneras quand même des nouvelles ? lui demanda Lilly. J'imagine qu'elle n'a pas encore de téléphone, donc je ne pourrai pas lui parler. Et les autres vont vouloir la rencontrer dès que possible.

— Oui. Et je pense qu'on devra progressivement la familiariser avec la société. On ne va pas se précipiter avec le téléphone, je ne veux pas qu'elle se sente dépassée par les événements. Il faut que je parle à Simon, mais je vous donnerai des nouvelles et mettrai quelque chose en place pour que toutes les filles puissent la rencontrer lorsqu'elle sera prête, dit Talon.

Sunset ne comprenait pas pourquoi il devait parler à Simon qu'elle savait désormais être le chef de la police. Cela la rendait extrêmement nerveuse. Allait-elle avoir des ennuis car elle avait vécu trop longtemps dans les bois ? Allait-elle être envoyée en prison ?

— Fais-moi confiance, lui dit Talon en lui serrant les doigts. Tout va bien.

Elle se détendit. Le fait qu'il lui demande de lui faire confiance la mit immédiatement à l'aise, peut-être parce que les mots lui étaient maintenant familiers. Ou peut-être parce qu'il ne lui avait jamais donné de raison de ne *pas* lui faire confiance.

— J'ai été ravie de te rencontrer Sunset, lui dit Lilly.

— Pareil, répondit-elle.

— Merci d'être venus nous voir, dit Ethan.

— Je suis désolée de ne pas avoir été là quand c'est arrivé, leur dit Talon.

— Mais tu es là maintenant. Ça compte beaucoup pour nous, dit Ethan.

L'amitié profonde qui liait Talon et ses amis était facile à percevoir.

— Oh, attendez. J'imagine que vous ne préférez pas rentrer à la maison à pied, non ?

Tal laissa échapper un soupir.

— Bon sang, j'avais oublié que je n'avais pas ma voiture.

— Prend mon Outback, dit Ethan. Je vais appeler les gars pour qu'on te ramène la tienne demain.

— Merci. Rory, celui qui s'occupe de tout déneiger a dit qu'il allait tout déblayer pour la dégager.

— Parfait. Mes clés sont dans un bol dans la cuisine, dit Ethan.

— Tu veux qu'on ferme derrière nous ? demanda Talon.

— Oui, s'il te plaît.

— J'espère te revoir bientôt. Si tu as besoin de quoi que ce soit, demande à Talon de me le dire. OK ? dit doucement Lilly à Sunset.

Elle ne savait absolument pas ce dont elle pourrait bien avoir besoin, mais elle acquiesça quand même.

Talon les guida jusque dans la cuisine pour récupérer les clés, puis jusqu'à la porte d'entrée. Il la verrouilla après l'avoir refermée derrière eux. Il ramassa le sac qu'il avait laissé près de la porte et ils avancèrent jusqu'au véhicule qui était garé dans l'allée.

Elle avait du mal à réaliser la facilité avec laquelle Ethan avait offert sa voiture à Talon. D'après son expérience, les hommes étaient très protecteurs envers leur véhicule. Cypress ne laissait jamais personne conduire son van. Jamais.

Talon ouvrit la porte côté passager et attendit qu'elle soit assise avant de la refermer et de se diriger vers le côté conducteur. Il mit sa ceinture de sécurité, puis se tourna vers elle.

— Ta ceinture ? demanda-t-il.

Pendant une seconde, elle ne comprit pas ce qu'il voulait dire, puis elle saisit. Elle tendit la main derrière elle et tira la ceinture de sécurité pour la faire passer par-dessus son épaule. Dans les vans qui appartenaient à La Communauté, aucune des ceintures de sécurité ne fonctionnait.

Lorsqu'elle s'enclencha, il lui sourit et démarra le moteur. Tandis qu'il s'éloignait, il lui dit.

— Tu as un choix à faire, Sunset.

L'idée même de devoir prendre une décision sur quoi que ce soit la fit se crisper immédiatement. Elle n'aimait pas les choix. D'habitude, peu importe ce qu'elle choisissait, ça se terminait toujours mal pour elle. Surtout lorsque Cypress lui présentait les différentes options.

— Je te ramène chez moi pour qu'on puisse tous les deux se laver, manger quelque chose et peut-être même laver nos vêtements. Après ça, tu peux soit rester seule chez moi et je me rendrai au motel Mangree, soit je t'y emmène pour que tu y loges. Je suis sûr qu'Edna sera très heureuse de te prendre sous son aile. Ou alors, si tu me fais assez confiance, tu peux rester dans mon appartement et je resterai avec toi. Tu peux dormir dans ma chambre et moi je dormirai sur le canapé.

Sunset regarda fixement Talon pendant qu'il conduisait. Il avait l'air détendu, comme s'il ne se souciait pas de l'option qu'elle choisirait. L'idée d'être emmenée dans un motel et laissée seule ne lui plaisait pas. Elle s'était habituée à la présence de Talon. C'était ridicule, puisqu'elle avait passé la majeure partie de cette année seule dans la forêt. Mais elle connaissait les bois comme sa poche. Ici, elle était dans un monde qu'elle ne comprenait pas tout à fait. Tout semblait nouveau. Se retrouver seule ici lui faisait bien plus peur que cela n'aurait dû. Se retrouver seule dans l'appartement de Talon ne semblait pas aussi effrayant, simplement parce que c'était chez lui. Mais elle n'aimait pas l'idée d'y être sans lui. Et s'il se passait quelque chose ? Et si elle cassait quelque chose ? Elle ne voulait pas prendre le risque de le mettre en colère si elle abimait l'une de ses affaires et qu'il ne lui parle plus jamais.

L'idée de perdre Talon lui provoqua presque une crise de panique. Elle avait l'impression qu'il était sa bouée de sauvetage dans ce nouveau monde étrange dans lequel elle s'était retrouvée.

— Chez toi et avec toi, dit-elle finalement.

— Tu es sûre ? Tu n'as pas l'air sûre, dit Talon.

Sunset prit une grande inspiration.

— Je suis sûre.

— OK. C'est ce qu'on va faire alors. Mais je te préviens, je vais *souvent* te demander si tu as changé d'avis. Tu peux choisir l'une des autres options à tout moment et je ne t'en voudrai pas, d'accord ? Je ne serai pas non plus surpris que l'une des filles te propose aussi de rester chez elle. Tu n'es *pas* une prisonnière dans mon appartement. Tu peux venir et partir quand tu veux. Compris ?

Sunset hocha la tête, même si elle ne voyait pas pourquoi elle voudrait partir. Elle n'avait pas d'argent et n'avait aucun moyen d'en *gagner*'. Elle ne savait ni lire ni écrire correctement. Talon était en quelque sorte coincé avec elle. Elle était certaine qu'il voudrait qu'elle parte avant qu'elle ne soit prête à le faire.

— Ne réfléchis pas trop, dit-il doucement. Je sais que tout ça est nouveau pour toi, mais tu te débrouilles très bien. Lilly avait l'air beaucoup plus heureuse quand nous sommes partis que quand nous sommes arrivés. Je pense que c'est grâce à *toi*, Sunset.

— Moi ? Je n'ai rien fait.

— Peut-être, peut-être pas. Mais le fait que tu sois là et que tu laisses Lilly prendre soin de toi l'a beaucoup aidée. Et je ne sais pas de quoi vous avez parlé dans la cuisine, mais en tout cas... ça a fait son chemin.

Ce dont elles avaient parlé ? Sunset tenta de se souvenir. Le thé. Ses yeux. Et la biche qu'elle avait nommée Chloe. Talon avait-il raison ? Son histoire avait-elle pu l'aider, même un peu ? C'était peu probable. Ce n'était qu'une stupide histoire de biche. Mais au fond, elle se sentait bien. Comme si elle avait peut-être un peu *aidé* sa nouvelle amie.

— Mon appartement n'a rien d'extraordinaire. J'ai deux

chambres, dont l'une est presque vide. Je n'ai pas apporté grand-chose de l'étranger quand j'ai déménagé ici. Et je ne ressens pas l'envie d'acheter des choses dont je n'ai pas vraiment besoin. Mais c'est peut-être le moment. Je peux te trouver un lit et une commode. Il te faut absolument une étagère, et on ira faire un tour à l'Amour des Livres, la librairie d'occasion de la ville, pour voir si on ne peut pas la remplir.

Sunset le regarda, les yeux écarquillés.

— Tu n'es pas obligé de m'acheter quoi que ce soit.

— Tu te trompes. Mais on fera les choses au fur et à mesure. Tu auras peut-être bientôt envie d'avoir ton propre appartement.

Sunset n'en revenait pas. Talon avait déjà été plus gentil avec elle que n'importe qui d'autre dans sa vie. C'était déroutant... mais tellement réconfortant en même temps.

— J'ai beaucoup de tee-shirts et de sweat-shirts que tu peux porter, mais je n'ai évidemment pas de pantalons à ta taille. Mes joggings feront probablement l'affaire pour ce soir, même s'ils seront énormes sur toi. On va laver ton legging et ton pantalon cargo ce soir comme ça tu pourras les porter à nouveau demain. J'aurais probablement dû accepter l'offre de Lilly et te laisser emprunter quelques affaires, mais je ne voulais pas qu'elle se lève, et... tu mérites d'avoir tes propres affaires. De nouvelles tenues que tu choisiras toi-même. J'ai le sentiment que tu n'as jamais eu l'occasion de le faire.

Il n'avait pas tort.

— OK, donc demain on ira faire du shopping. Puis on ira au supermarché. Ensuite, il faudra que je parle à Simon.

— Est-ce que... je vais avoir des ennuis ?

— Non ! répondit Talon tellement vite qu'elle ne put s'empêcher de le croire. Mais il y a des choses dont nous devons discuter.

— À propos de La Communauté, dit-elle.

Ce n'était pas une question.

— Oui. Et de comment tu t'es retrouvée là-bas.

Sunset fronça les sourcils. Comment elle s'était *retrouvée* là-bas ? Elle avait toujours supposé qu'elle avait été adoptée, comme tous les autres enfants.

— Mais tu as vécu assez de bouleversements pour aujourd'-hui. Tu as dû marcher des kilomètres dans le froid, puis monter dans un pick-up avec un inconnu pour arriver en ville. Tu as vu Fallport pour la première fois, puis tu as rencontré mes amis, qui pleurent la perte de leur premier enfant. La journée a été riche en événements et elle n'est pas terminée. Tu n'as pas encore vu mon logis.

— Ton logis ?

— Pardon, c'est mon côté britannique qui ressort. Mon appartement.

— J'aime bien les mots que tu emploies, dit-elle un peu timidement.

— Merci.

Il se gara sur un parking devant un immeuble en brique de trois étages.

— Je crois que c'est le bâtiment le plus haut de Fallport, dit-il en souriant. J'habite au troisième étage, près des escaliers. Tu es prête ?

L'était-elle ? Le premier réflexe de Sunset aurait été de dire non et de demander à être ramenée dans la forêt. Au moins là-bas, elle savait à quoi s'attendre. Ce n'était pas une vie très confortable, mais elle lui était familière. Elle prit une grande inspiration et acquiesça.

— Tellement forte, marmonna-t-il dans sa barbe.

Puis, il la regarda dans les yeux et lui dit :

— Je ne te ferai pas de mal et tu peux me faire confiance. Ça va le faire. Je te le promets.

Elle n'avait pas d'autre choix que de le croire.

CHAPITRE DIX

Ce ne fut qu'après s'être douchée et avoir enfilé un énorme jogging et un tee-shirt que lui avait donné Talon que Sunset réalisa qu'elle aurait dû être plus prudente avant de se retrouver nue dans la salle de bains d'un inconnu.

Mais comme cet inconnu était Talon, et qu'il n'avait *rien* d'un étranger pour elle, elle n'y avait pas trop réfléchi. En vérité, elle avait vite été bouleversée par toutes ces nouveautés et son changement de situation dès l'instant où elle avait mis un pied dans l'appartement de Talon.

Elle avait réussi à dissimuler sa curiosité et son émerveillement face à toute cette modernité et ces différences lorsqu'ils étaient allés chez Lilly et Ethan. Elle avait été trop préoccupée par le fait de ne pas passer pour une idiote et son inquiétude pour Lilly pour songer à toutes ces nouvelles choses autour d'elle.

Mais lorsqu'elle était entrée dans l'appartement de Talon, elle avait probablement eu les yeux complètement écarquillés, assez pour passer pour une cinglée. De son énorme télévision aux appareils électroménagers sur le comptoir... elle avait rêvé de s'arrêter pour tout examiner. Elle avait vécu une vie dépourvue de toute technologie pendant tellement longtemps.

Les hommes du camp avaient des radios et quelques autres appareils électroniques, mais Sunset n'avait jamais eu l'occasion de les regarder de près, encore moins de les utiliser ou de leur demander comment ils fonctionnaient.

Mais Talon ne lui avait pas laissé l'occasion de faire autre chose que le suivre jusqu'à sa chambre où il lui avait expliqué que c'était ici qu'elle dormirait, avant de lui apporter quelques vêtements qu'elle puisse enfiler après sa douche. Puis il lui avait montré comment fonctionnait celle-ci et l'avait laissée seule.

Le fait d'avoir de l'eau chaude avait également détourné son attention. Elle ne se souvenait pas de la dernière fois qu'elle s'était lavée avec de l'eau chaude. De temps en temps, surtout en été, les femmes faisaient bouillir de l'eau pour se baigner, mais la plupart du temps, elles se contentaient d'utiliser des éponges.

Se laver sous la douche avait été comme une renaissance. Alors que des années de crasse et de saleté s'écoulaient, Sunset pouvait pratiquement sentir les ombres d'Arrow et de Cypress glisser de sa peau. Elle avait été opprimée et battue pendant si longtemps. Même lorsqu'elle s'était retrouvée seule dans la forêt, elle avait eu peur que Cypress ne revienne. Il avait été tellement furieux lorsqu'elle s'était cachée. S'il l'avait retrouvée, elle aurait passé des mois dans la tente des punitions. Ils le savaient tous les deux.

Cette menace planait sur elle, même si elle n'avait pas vu Cypress ni personne de La Communauté depuis qu'elle s'était enfuie. Sa rébellion avait été longue à venir, et même si elle était fière de l'avoir fait, elle avait aussi vécu dans un état de peur chaque jour depuis.

Mais désormais, on la traitait comme si elle n'était pas moins importante, moins digne que les autres autour d'elle. Sunset sentit une vague d'optimisme monter en elle. Lilly avait été tellement gentille, même en étant confrontée au chagrin de la perte de son enfant. Elle ne s'était pas moquée d'elle lors-

qu'elle avait réalisé que Sunset ne savait pas qu'il existait différentes variétés de thé. À vrai dire, elle ne l'avait pas méprisée
une seule fois. Ethan l'avait accueillie chaleureusement, ne lui
avait donné aucun ordre, et sa façon de s'inquiéter pour Lilly
lui avait fait véritablement comprendre à quel point le genre de
leader qu'avait été Arrow était simplement mauvais. Il avait
beau être âgé, c'était lui qui fixait les règles au sein de La
Communauté. C'était lui qui ordonnait les punitions et apprenait aux enfants et aux femmes comment se comporter.

Lorsqu'elle avait terminé de prendre sa douche, avait utilisé
la serviette la plus douce de sa vie puis s'était habillée avec les
vêtements qu'il lui avait prêtés, Sunset avait tenté de brosser ses
cheveux. Elle avait utilisé le shampoing que Talon lui avait
laissé, mais elle n'avait pas réussi à passer la brosse dans ses
cheveux emmêlés.

Elle sortit de la douche et ne vit Talon nulle part. Elle
trouva un grand lit avec quatre oreillers dessus et pendant un
instant, Sunset se demanda combien d'épouses avait Talon
pour avoir besoin d'autant d'oreillers. Puis, elle secoua la tête.
Non, Talon avait dit qu'il n'était pas marié et elle le croyait. Il
n'avait rien dit ou fait qui puisse lui faire penser à un
mensonge... et au fil des ans, elle était devenue très douée pour
lire les gens. Elle en était arrivée à un point où elle pouvait
sentir que quasiment tout ce que Cypress disait était un
mensonge.

Le lit la rendit très nerveuse. Même s'il semblait plus
confortable que tout ce sur quoi elle avait dormi auparavant. La
literie que Talon lui avait donnée dans la grotte était tellement
plus douce que la toile qu'elle utilisait, et dix fois meilleure que
de dormir à même le sol comme elle l'avait fait dans La
Communauté.

Mais elle se souvint également du matelas que possédait
Arrow et que Cypress avait utilisé lorsqu'il avait pris le relais
après la mort de son père. Elle avait dû s'allonger sur le dos sur
la surface molle quand il était temps pour elle d'accomplir ses

devoirs d'épouse. Elle en était venue à détester la sensation de cette douceur contre son dos, à cause de ce qu'elle devait endurer.

Se déplaçant autour du lit, Sunset remarqua vaguement la commode contre un mur et la fenêtre qui laissait entrer le soleil de fin d'après-midi. Elle sortit de la chambre pour entrer dans le couloir, se dirigea vers la pièce où se trouvait la grande télévision et vit Talon debout dans la petite cuisine qui longeait l'une des extrémités de la pièce. Il tenait un verre d'eau dans une main et regardait par la petite fenêtre au-dessus de l'évier.

— J'ai fini, dit-elle doucement.

Il tourna la tête et posa le verre. Puis, il la regarda pendant tellement longtemps que Sunset commença à être mal à l'aise. Comme s'il venait de réaliser ce qu'il faisait, Talon baissa immédiatement les yeux et saisit un deuxième verre qu'elle n'avait pas remarqué, posé sur le comptoir près de lui.

Il avança doucement vers elle, l'eau à la main.

— Je me suis dit que tu devais avoir soif, dit-il en lui tendant le verre.

Sunset acquiesça et prit l'eau qu'il lui offrait. Elle but une gorgée, surprise par le goût... si propre de l'eau. L'eau des ruisseaux qu'ils utilisaient au sein de La Communauté, tout comme celle qu'elle buvait en vivant dans la grotte, était bonne, mais elle pouvait toujours sentir le goût de la saleté qui s'y trouvait.

Mais dans cette eau, il n'y avait pas de saleté.

— Tu te sens mieux ? demanda doucement Talon.

Se sentant soudain très timide, Sunset ne put qu'acquiescer.

— Tant mieux. J'irai laver nos vêtements après ma douche. Tu veux regarder la télévision pendant que je me lave ?

Sunset acquiesça avec enthousiasme. Elle savait ce qu'était la télévision. Mais elle ne savait pas pourquoi.

Talon ne l'avait pas quittée du regard. Il l'étudia de la tête aux pieds, puis recula. Il grimaça en voyant l'état de ses cheveux.

— Tu veux que j'essaie de les brosser une fois que j'aurai terminé ? demanda-t-il en désignant sa tête.

La première réaction de Sunset aurait été de dire non, qu'elle pouvait le faire. Puis elle se rappela à quel point il avait été doux avec elle lorsqu'il les avait brossés dans la grotte.

— Tu vas les couper un peu plus ?

— Est-ce que tu *veux* que je les coupe un peu plus ? rétorqua-t-il.

Sunset trouvait difficile de devoir prendre autant de décisions. Elle s'était habituée à ce qu'on lui dise quoi faire à chaque minute de la journée. La première fois qu'elle s'était retrouvée seule dans la forêt, elle avait eu du mal à trouver quoi faire sans l'emploi du temps rigide de La Communauté, mais elle avait fini par s'habituer à sa propre routine.

Cette routine était désormais balayée d'un revers de la main et Talon lui demandait toujours ce qu'elle voulait faire ou si ce qu'il faisait lui convenait. Elle avait encore du mal à s'y habituer.

— Oui ? dit-elle d'un ton hésitant.

— C'est toi qui vois, chérie. Je peux en enlever encore un peu ou on peut les brosser et tu vois comment tu te sens après ça. Maintenant qu'ils sont propres et que tu peux faire ce que tu veux avec, tu changeras peut-être d'avis.

Sunset n'en était pas sûre. Même avec le peu que Talon avait déjà coupé, elle se sentait beaucoup mieux. Ils étaient encore longs, descendant presque jusqu'à ses fesses, mais ils étaient lourds et lui rappelaient trop le temps qu'elle avait passé dans La Communauté. Lorsqu'elle n'avait pas d'autre choix que de les garder longs.

— Je crois que je veux que tu en coupes un peu plus, dit-elle en levant le menton, comme si Talon allait la contredire.

— Alors c'est ce que nous allons faire. Pour information...

ils sont magnifiques. Encore plus beaux qu'avant. Je n'avais pas réalisé que tu avais toutes ces nuances d'auburn.

Sunset se mit soudain à rougir. Arrow avait toujours semblé aimer ses cheveux, mais c'était Cypress qui les adorait. Lorsqu'il l'obligeait à accomplir ses devoirs d'épouse, il les prenait dans son poing et les reniflait pendant qu'il couchait avec elle. Parfois, il n'avait même pas envie de ça, mais il l'obligeait à rester immobile pendant qu'il enroulait ses cheveux autour de son pénis et se masturbait. Elle détestait la façon dont ses yeux brillaient lorsqu'il la regardait. Elle détestait la façon dont il lui disait à quel point il aimait ses cheveux.

En revanche, quand c'était Talon, c'était... agréable.

Peut-être parce qu'il ne la lorgnait pas comme le faisait Cypress.

— Merci, dit-elle doucement.

— De rien. Viens, on va trouver quelque chose qui pourrait t'intéresser à la télévision.

Il se retourna et attrapa un long appareil plat qu'il pointa vers l'écran géant accroché au mur. Sunset sursauta lorsque deux personnes apparurent soudain à l'écran, riant bruyamment à propos de quelque chose.

— Zut, désolé. J'ai oublié de baisser le son quand je l'ai éteint la dernière fois, dit Talon, penaud. Alors... qu'est-ce qu'on a ... une émission sur les crimes ... non. Le football ? Je doute que cela t'intéresse. Une émission de cuisine... peut-être... hmm. Merde. Je n'ai aucune idée de ce qui pourrait te plaire.

Les images sur l'écran défilaient rapidement, mais Sunset était émerveillée par les couleurs vives et le nombre d'émissions qu'il semblait y avoir.

— Et ça ? demanda-t-elle en montrant quelque chose du doigt tandis que Talon faisait défiler les images.

Il s'arrêta et se tourna vers elle.

— Lequel ?

— Euh... celui avec le fond violet et le joli petit bonhomme vert ?

Talon regarda à nouveau l'écran.

— *La boîte à réponses des StoryBots* ? demanda-t-il.

Sunset haussa les épaules.

— J'imagine.

Talon ne jugea pas son choix stupide. Il appuya immédiatement sur un bouton et l'image violette s'afficha soudain à l'écran.

— Je ne serai pas long, alors si ça ne te plaît pas une fois que ça aura commencé, on pourra trouver autre chose, lui dit-il.

Mais Sunset était déjà captivée par les images qui défilaient sur l'écran. Elle entendit vaguement Talon glousser, mais ne quitta pas la télévision des yeux. Il la guida doucement vers le canapé et la poussa à s'asseoir, mais elle était déjà perdue dans le monde de Beep, Bing, Boop et Bo, les petits robots mignons qui essayaient de comprendre comment fonctionnaient les ordinateurs. Sunset était aussi curieuse qu'eux.

Lorsque Talon revint, l'émission se terminait.

— J'en déduis que ça t'a plu alors.

Elle sourit.

— Je sais que c'est pour les enfants, mais j'ai appris tellement de choses ! Et les chansons étaient drôles.

Lorsqu'elle regarda enfin Talon, elle cligna des yeux de surprise. Elle s'était habituée à sa barbe hirsute, mais il l'avait taillée pendant qu'elle regardait l'émission. Il portait un tee-shirt qui moulait son torse musclé. Il avait enfilé un pantalon de jogging, comme elle, mais il lui allait bien mieux. Même de là où elle était assise, elle pouvait sentir son odeur fraîche et propre.

En fait, cet homme était complètement différent d'Arrow, Cypress ou de tous les autres hommes de La Communauté. Il était... beau. C'était le seul mot qui lui venait à l'esprit lorsqu'elle le regardait.

— Ça va ? demanda Talon.

Sunset baissa les yeux et acquiesça.

— Super. J'ai mis nos vêtements dans la machine à laver. Tu veux manger quelque chose avant qu'on ne s'occupe de tes cheveux ?

Sunset eut des papillons dans le ventre. Ils étaient seuls et il pouvait lui faire ce qu'il voulait sans que personne ne le sache. Mais au lieu d'en profiter, il gardait ses distances, voulait la nourrir et l'aider avec ses cheveux.

Elle était peut-être naïve à propos de beaucoup de choses concernant le monde de Talon, mais elle savait tout du sexe et de son fonctionnement entre deux personnes. Avant sa première fois, les femmes de La Communauté l'avaient éduquée sur ses devoirs, décrivant comment l'homme s'allongeait sur elle et introduisait son pénis en elle. D'un point de vue abstrait, elle avait compris que certaines personnes aimaient le sexe, mais elle ne savait pas exactement pourquoi.

Pour la première fois de sa vie, elle commençait à comprendre. Elle *aimait* regarder Talon. Elle aimait son odeur. Et imaginer ses mains sur ses cheveux lui provoquait des picotements dans les tétons.

Au lieu d'avoir peur, Sunset était… soulagée. En fait, elle avait même *envie* que Talon la touche. Elle n'était pas sûre de vouloir s'allonger sous lui, mais s'*il* le voulait, elle s'exécuterait. Elle pouvait lui faire confiance et il ne lui ferait pas de mal. Avec cette idée en tête, Sunset sourit à nouveau.

— Sunset ? Est-ce que ce sourire veut dire que tu veux manger quelque chose ? demanda Talon.

Ce n'était pas le cas mais elle hocha quand même la tête. Elle se força à rester assise sur le canapé tandis qu'il entrait dans la petite cuisine qui se trouvait à côté de la grande pièce ouverte. Il lui avait dit plus d'une fois qu'elle n'était pas obligée de le servir et qu'il se débrouillait tout seul depuis très longtemps. Elle appréciait qu'il ne s'attende pas à ce qu'elle fasse toutes les corvées.

C'est donc avec cette idée en tête, et parce qu'il ne lui avait pas demandé de l'aider, que Sunset resta là où elle était.

Il ne tarda pas à revenir vers elle avec une assiette.

— Il n'y a pas beaucoup de choix, mais j'ai des crackers avec du fromage. Les crackers sont peut-être un peu rassis mais je pense que le fromage le cachera, dit-il en fronçant le nez. J'aurais dû accepter la proposition d'Ethan et prendre quelques trucs dans leur frigo. Si ça ne te plaît pas, je peux aller au supermarché et trouver de quoi nous dépanner. Peut-être que je commanderai une pizza tout à l'heure.

Sunset ne savait pas ce qu'était une pizza, mais elle secoua la tête.

— Ça ira très bien.

Et c'était vrai. Au moins, elle n'avait pas à tuer, dépecer, faire cuire du gibier, et elle avait le sentiment que Talon n'allait pas ensuite l'obliger à laver l'assiette après coup. Elle allait apprécier ce repas, bien plus qu'il ne le pensait, quel qu'en soit le goût.

— D'accord, mais ne sois pas polie pour me faire plaisir. Si tu n'aimes pas, tu n'es pas obligée de le manger. Pareil pour tous les autres futurs repas. Tu peux me dire exactement ce que tu en penses et je ne serai pas en colère si tu n'aimes pas quelque chose. D'ailleurs, c'est valable aussi pour *tout* ce qu'on fait. Si quelque chose ne te plaît pas, si tu as peur ou que tu ne passes pas un bon moment, tout ce que tu as à faire, c'est de me le dire et on arrêtera ou on s'en ira.

Il ne réalisait pas ce qu'il lui offrait. Elle n'avait jamais eu son mot à dire sur quoi que ce soit, nourriture ou autre.

— OK, murmura-t-elle.

— Super.

Il jeta un coussin du divan par terre, puis s'assit sur le canapé juste derrière.

— Si tu t'assois là, je pourrai plus facilement atteindre tes cheveux. Tu veux regarder le prochain épisode de cette émission pendant que je te les brosse et qu'on grignote ?

Sunset tourna la tête pour qu'il ne puisse pas voir les larmes qui perlaient au coin de ses yeux. Il était tellement *gentil*... et cela faillit la faire craquer.

Elle descendit du canapé et s'assit devant lui. Il n'avait pas besoin de poser un oreiller par terre, pourtant il l'avait fait, uniquement pour son confort à elle. Il lui tendit l'assiette.

— Tiens, prends ça.

Elle saisit l'assiette et l'observa derrière ses yeux troubles. Une assiette de nourriture, des vêtements propres, il la laissait regarder une émission débile pour les enfants et il lui brossait les cheveux. C'était bouleversant.

Tenant l'assiette d'une seule main, elle prit un cracker de l'autre. Elle sentit Talon se pencher vers elle et la chaleur de son torse effleura l'arrière de sa tête tandis qu'il prenait lui-même un cracker. Elle se figea un instant, pensant qu'il allait la tripoter, mais lorsqu'il se rassit elle laissa échapper un long soupir.

Comment pouvait-elle à la fois *vouloir* qu'il la touche et en avoir peur ? C'était perturbant. Mais surtout, ça la mettait en colère. Elle n'allait pas laisser Arrow et Cypress l'empêcher de faire ce qu'elle avait toujours désiré... trouver sa place. Avoir des amis. Une famille. Une *vraie* famille. Pas celle tordue que La Communauté prétendait être.

Elle avait eu tellement peur de venir en ville. Fallport avait toujours été présentée comme dangereuse et ses habitants comme des monstres. Mais elle découvrait rapidement que les monstres étaient ceux avec lesquels elle avait vécu.

Sunset savait cependant qu'elle éprouvait probablement des sentiments pour Talon simplement parce qu'il était le premier homme à avoir été gentil avec elle. Malgré cela, elle n'allait pas culpabiliser de l'aimer. Comme elle avait pu le constater, ses amis le respectaient et aimaient le côtoyer. Cela l'aidait à faire confiance à ses propres sentiments.

— Tu me dis si je te fais mal, dit Talon en passant une main sur ses cheveux.

Un frisson parcourut Sunset et elle acquiesça. Il lança l'épisode suivant, qui n'était pas aussi divertissant que le premier ; elle était déjà consciente qu'elle ne pouvait pas manger des desserts tout le temps.

Talon lui brossa doucement les cheveux. Même si elle avait vu tous ses nœuds, on aurait dit que ceux-ci n'existaient pas tandis qu'il passait la brosse.

À un moment donné, il se leva pour aller chercher une paire de ciseaux et elle était tellement détendue qu'en les voyant elle ne se crispa même pas.

Talon coupa encore une toute petite quantité de cheveux au niveau des pointes. Elle voulut lui dire qu'il pouvait en enlever plus, mais il était si prudent, si doux avec elle, qu'elle ne voulait pas faire ou dire quoi que ce soit qui puisse le contrarier.

Longtemps après le coucher du soleil, Sunset était plus à l'aise qu'elle ne l'avait jamais été dans sa vie. Elle avait le ventre plein, elle était propre et au chaud, assise à l'une des extrémités du canapé confortable, et Talon l'avait laissée regarder plusieurs épisodes de l'émission pour enfants. Elle avait tout appris sur les différents animaux du monde, le fonctionnement des oreilles et des volcans, et ce qu'était l'électricité. L'émission était instructive sans entrer dans le détail.

Le problème, c'était que maintenant elle voulait en savoir plus.

Son cerveau absorbait autant d'informations que possible mais il lui en fallait toujours *plus*.

— Demain on ira à la bibliothèque, lui dit Talon depuis l'autre extrémité du canapé, comme s'il pouvait lire dans ses pensées.

— Je croyais qu'on allait au supermarché pour aller acheter à manger, dit-elle, perplexe.

— Oui, aussi. On ira à la bibliothèque après. Tony est en vacances scolaires, mais Elsie a l'habitude de le déposer l'après-midi car il aime bien passer du temps là-bas... et évidemment elle ne veut pas le laisser seul quand Zeke et elles travaillent au On the Rocks.

— Et ensuite on parlera avec Simon ?

Elle redoutait ce moment. La police était corrompue. Méchante. Et aimait mettre les gens en prison.

— Peut-être, dit Talon d'un ton nonchalant.

Sunset poussa un soupir de soulagement. Si elle le pouvait, elle repousserait cet entretien éternellement. Elle ne savait toujours pas pourquoi Talon voulait parler avec cet homme.

Il lui sourit.

— Ça va ?

Sunset acquiesça.

— Tu es à l'aise ?

Elle acquiesça à nouveau.

— Parfait. Si tu as besoin de quoi que ce soit, tu me le dis et je ferai tout mon possible pour que tu l'obtiennes.

— Pourquoi ?

La question franchit ses lèvres sans qu'elle n'ait le temps d'y réfléchir et Sunset grimaça. C'était ce genre de question qui lui attirait toujours des problèmes par le passé. Mais Talon n'était pas un membre de La Communauté. Il ne semblait absolument pas contrarié ou irrité.

— Parce que tu as été malmenée. Parce que tu le mérites. Parce que j'aime te voir heureuse. Je t'aime *bien*, Sunset. Tu as traversé beaucoup d'épreuves, et je sais qu'il est bien trop tôt pour que tu penses à une quelconque relation, mais... quand tu seras prête...

Il se tut.

Elle sentit son cœur battre vite dans sa poitrine et elle regarda Talon. Était-il en train de dire ce qu'elle pensait ?

— Je suis sûr qu'un psychologue serait très énervé que j'aborde ce sujet, mais j'ai vu de mes propres yeux à quel point la vie peut être courte.

Il la cloua sur place avec son regard bleu et intense.

— J'aime tout chez toi, chérie. Ta force. Ta détermination à survivre malgré tout ce que tu as vécu. Ton pragmatisme qui te permet de faire au jour le jour. Ton physique. Ton grand cœur. J'ai bien vu à quel point tu t'inquiétais pour Lilly, une femme que tu venais à peine de rencontrer et envers laquelle tu n'avais aucune raison de ressentir quoi que ce soit. Et pourtant, tu l'as laissée prendre soin de toi et tu lui as permis de se sentir à nouveau normale. Je sais que toutes les autres filles vont t'adorer et qu'elles t'aideront à t'acclimater à Fallport, à ne pas vivre sous la coupe d'une bande de connards. Alors… quand tu te sentiras prête… je serai là. J'ai envie d'être ton homme, Sunset. J'ai envie d'avoir le *privilège* d'être à toi.

Sunset déglutit.

— Hum… OK.

— OK, dit-il simplement, comme s'il ne venait pas de bouleverser son existence.

Cet homme voulait être à elle ? Ce n'était pourtant pas comme ça que ça fonctionnait, si ? N'aurait-il pas dû dire qu'il voulait qu'elle soit *à lui* ? Elle était perdue… mais au fond, elle sautait dans tous les sens, comme Beep le faisait dans *La boîte à réponses des Story Bots* qu'elle venait de regarder.

— Il se fait tard et on a une grosse journée qui nous attend demain. Tu penses que tu es prête à dormir ?

Sunset acquiesça immédiatement. Elle était épuisée mais n'avait pas voulu mettre fin à leur soirée car elle s'amusait beaucoup.

— Tant mieux. Parce que je suis tellement fatigué que je pense que je pourrais dormir debout, dit Talon. Viens, on va s'assurer que tu as tout ce qu'il te faut pour la nuit.

Il était fatigué lui aussi. C'était une chose que Talon faisait souvent et à laquelle elle ne s'était pas encore habituée : admettre une faiblesse. C'était agréable de savoir qu'elle n'était pas la seule.

Elle le suivit jusqu'à sa chambre et vit que les vêtements qu'elle portait un peu plus tôt étaient soigneusement pliés sur l'étagère. Il les avait lavés et séchés pour elle. Encore une autre façon pour lui de prendre soin d'elle, ce qui lui provoqua une vague de chaleur.

— On te trouvera de nouveaux vêtements demain.

Il retira la couverture et s'éloigna du lit.

— Dors bien, Sunset. C'est la première nuit du reste de ta vie, chérie.

Puis, il tourna les talons avant qu'elle ne puisse lui répondre et ferma la porte derrière lui.

Sunset regarda le lit et sourit.

Elle n'enleva pas le sweat qu'elle portait, se contenta de grimper sur le matelas et de tirer les couvertures jusqu'à son menton. La lumière au plafond était encore allumée, mais cela ne la dérangeait pas. Elle aimait la lumière. Fermant les yeux, elle fit de son mieux pour se détendre. Pour apprécier le matelas luxueux. Ses os ne lui faisaient plus mal à force de s'enfoncer dans le sol dur. Elle avait chaud.

Mais plus elle restait allongée, plus elle était mal à l'aise.

Elle n'aurait pas dû être ici. Ce n'était pas son lit. C'était celui de Talon. Elle pouvait sentir son odeur sur les couvertures et sur les oreillers sous sa tête. Il lui avait donné son lit et elle ne se sentait pas à sa place. Elle avait beau essayer de se dire que tout allait bien, elle ne se sentait *pas* bien.

N'ayant aucune idée du temps qu'elle avait passé à fixer le plafond, Sunset quitta le lit et se dirigea vers la porte. Elle l'ouvrit, reconnaissante de n'avoir fait aucun bruit. Elle marcha sur la pointe des pieds dans le couloir, passa devant la chambre vide que Talon avait promis de meubler pour elle, et entra dans la pièce où se trouvait la télévision.

Talon était allongé sur le canapé où ils s'étaient assis toute la soirée. Il fronçait les sourcils dans son sommeil et, alors même qu'elle le regardait, il se tourna sur le côté avec un grognement.

Aussi silencieuse qu'une biche se déplaçant dans les bois, Sunset fit un pas vers lui. Puis, un autre. Elle se sentait plus en sécurité près de Talon. Il ne lui ferait pas de mal et elle pouvait lui faire confiance. Les mots qu'il avait prononcés tant de fois se répétant dans sa tête, elle s'allongea sur le sol, à côté du canapé et ferma les yeux.

Elle l'entendait respirer au-dessus d'elle et elle en fut heureuse. Cela lui paraissait plus juste d'être ici plutôt que seule dans l'autre chambre.

* * *

Tal se réveilla en sursaut. Merde. Il avait toujours espéré que les cauchemars dont il souffrait depuis cette dernière mission foireuse finiraient par disparaître complètement. Mais des années plus tard, ils étaient encore là.

Soupirant, il passa une main sur son visage. Son canapé était assez confortable pour s'y asseoir et regarder un match, mais pour dormir dessus, c'était une autre histoire. Il s'étira... puis se figea lorsqu'un bruit retentit dans ses oreilles. Une respiration profonde.

Se déplaçant lentement, tout en maudissant le fait de ne pas avoir d'arme à proximité comme dans sa chambre, Tal tourna la tête et s'efforça de voir ce qu'il avait entendu dans l'obscurité.

Il aperçut une lueur venant du couloir... offrant assez de lumière pour qu'il puisse distinguer une silhouette allongée sur le sol à côté du canapé.

Sunset.

Elle était allongée sur le côté, face à lui, endormie. Elle n'avait ni couverture ni oreiller.

Tal ne savait absolument pas pourquoi elle était là et non dans le lit, là où il l'avait laissée.

L'idée qu'elle se trouve dans son lit l'avait hanté longtemps après qu'il eut fermé les yeux. Il n'aurait jamais dû évoquer son envie d'entamer une relation avec elle. C'était trop tôt et il le savait. Mais il n'avait pas pu s'en empêcher. Il était évident qu'une fois qu'elle commencerait à sortir, d'autres hommes la remarqueraient. Elle était sacrément belle. Et elle avait un caractère doux, malgré ce qu'elle avait vécu.

Elle le percevait probablement comme un sauveur, ce qui n'augurait rien de bon pour une relation sentimentale saine. Et même s'il savait déjà tout ça, il ne pouvait quand même pas s'empêcher de lui faire part de son intérêt.

Soupirant une fois de plus face à sa stupidité, Talon se redressa en faisant attention de ne pas marcher sur elle tandis qu'il se levait, puis s'agenouilla immédiatement à côté d'elle. Il ne voulait pas lui faire peur en la touchant, alors il chuchota son prénom à la place.

— Sunset.

Elle ne bougea pas.

Les lèvres de Tal s'étirèrent. Elle était tout le temps adorable, mais particulièrement en ce moment. Pourtant, la voir se servir de son bras comme d'un oreiller et s'allonger sur le sol dur n'était pas mignon du tout. Il prononça à nouveau son nom, un peu plus fort.

Cette fois-ci, elle sursauta et se roula immédiatement en boule, plaçant ses bras devant son visage.

Jurant mentalement – et se promettant de la venger, peu importe le temps que ça prendrait – Tal se leva rapidement et fit un grand pas en arrière, lui laissant de l'espace.

— C'est moi, Talon. Je ne vais pas te faire de mal. Tu es en sécurité ici.

Elle se redressa immédiatement, s'appuyant sur son coude et tourna la tête sur le côté comme si cela lui permettait de voir plus distinctement dans l'obscurité.

— Talon ?

— Oui, c'est moi. On est dans mon appartement. Pourquoi est-ce que tu dors par terre ? demanda-t-il.

— Euh... ça me semblait plus correct.

— Explique, ordonna-t-il d'un ton peut-être un peu trop brusque.

Mais il avait besoin de comprendre sa façon de penser.

— Le lit était doux... presque trop doux. Je n'avais pas l'habitude. Puis je me suis dit que ce n'était pas normal que tu sois ici et moi là-bas. Ce n'est pas comme ça que ça marche dans mon monde. Alors je suis venu ici pour te demander de changer de place avec moi, mais quand j'ai vu que tu dormais, je n'ai pas voulu te réveiller.

— Donc tu as décidé de dormir par terre ? demanda-t-il d'un ton perplexe.

— Ce n'est pas grave. J'ai l'habitude.

Il ne se rapprocha pas d'elle, mais s'agenouilla pour pouvoir la regarder dans les yeux. La pièce était encore sombre, et même avec la lumière – il venait de réaliser que celle-ci provenait de sa chambre – il ne pouvait pas la distinguer clairement. Mais il avait besoin qu'elle comprenne le genre d'homme qu'il était.

— Tu as l'habitude de quelque chose qui est inacceptable, lui dit-il fermement. La vie que tu as connue est terminée. Tu en débutes une nouvelle où les femmes sont traitées comme des reines. Où tu mangeras toujours en premier, ton lit sera toujours le plus doux, où tu te doucheras toujours la première pour être sûre d'avoir de l'eau chaude et où je te protègerai toujours de ceux qui osent te *regarder* de travers.

— C'est... je ne sais pas ce que c'est, dit Sunset en se redressant.

— C'est le monde de Tal et c'est celui dans lequel tu vis désormais. On m'a appris à traiter les femmes et les enfants comme des êtres précieux. Tu as eu le malheur de croiser le pire côté de l'humanité et je vais faire tout mon possible pour t'aider à oublier tout ce qu'ils t'ont appris. Dans mon monde, tu peux poser autant de questions que tu le souhaites, tu peux ne pas être d'accord, tu peux même me dire d'aller me faire voir et tu ne seras pas sanctionnée pour ça. Dans mon monde, tu as des amis qui te soutiendront, sans poser de question. Parce que tu vois, eux aussi vivent dans le monde de Tal et tu peux leur faire confiance tout comme tu me fais confiance et ils ne te feront jamais de mal non plus. Mais s'il y a bien une chose que tu ne peux *pas* faire dans mon monde, c'est de considérer que tu as moins de valeur que moi ou que n'importe qui d'autre. Pour moi, tu en as bien plus que la plupart des gens de ce monde à cause de ce à quoi tu as survécu. Tu mérites une couronne d'or, mais tout ce que j'ai à t'offrir c'est un lit confortable, des émissions de télévision qui te plaisent et la promesse que ta vie va devenir beaucoup plus facile.

Une fois qu'il eut terminé de parler, il réalisa qu'il respirait avec difficulté, mais Tal ne bougea pas. Pas d'un centimètre. Il la faisait probablement flipper, mais il fallait qu'elle comprenne qu'en aucun cas il n'allait la laisser dormir sur ce foutu sol.

— Je crois que j'ai envie de vivre dans ton monde, murmura-t-elle.

— Tant mieux. Parce que c'est déjà le cas.

Il se leva lentement et fit un pas vers elle avant de lui tendre la main.

— Viens, j'ai besoin que tu te lèves et que tu retournes te coucher dans le lit.

Elle mit sa main dans la sienne et chaque muscle de son corps se détendit. Il l'aida à se relever, puis posa la main dans le bas de son dos et la guida vers le couloir. Il l'enleva dès qu'elle se mit à marcher, mais resta près d'elle.

Il vit les couvertures froissées, comme si elle s'était tournée dans tous les sens avant de se lever. Il les arrangea puis lui fit signe d'y retourner.

Elle s'exécuta, puis lui dit :

— Je ne sais pas si je vais pouvoir dormir en sachant que tu es là-bas, sur le canapé et moi ici.

Il n'aimait pas sa culpabilité évidente, mais il lui avait promis qu'elle pouvait lui dire tout ce qu'elle pensait sans qu'il ne s'énerve. Il réfléchit à ce qu'il devait faire et dire pendant un long moment avant de contourner le lit et de s'allonger sur les couvertures à côté d'elle.

— Et comme ça, ça va ?

— Oui.

Il ressentit son soulagement.

— Lumière allumée ou éteinte ? demanda-t-il.

— Ça ne te dérange pas si on la laisse allumée ? Je devrais être habituée à l'obscurité, mais je préfère pouvoir voir.

— Bien sûr, ça ne me dérange pas, lui dit Tal.

— Talon ? dit-elle au bout d'un moment.

— Oui ?

— Je ne veux pas de couronne en or. Je veux juste me sentir en sécurité.

— Tu *es* en sécurité, lui dit-il immédiatement. Il va sans doute te falloir du temps pour y croire, mais ça n'en est pas moins vrai.

Il l'entendit soupirer, mais elle ne répondit pas.

— Bonne nuit, chérie. Dors bien.

— Toi aussi, répondit-elle doucement.

Tal mit longtemps à s'endormir, notamment parce qu'il savourait les respirations profondes de Sunset à côté de lui et du matelas qui bougeait lorsqu'elle se retournait dans son sommeil. Mais lorsqu'il succomba enfin, il s'endormit profondément, comme il ne l'avait jamais fait auparavant, conscient que la femme qui avait changé sa vie était heureuse et en sécurité à côté de lui.

CHAPITRE ONZE

Chapitre Onze

Tal se rendait bien compte qu'il repoussait la rencontre de Sunset avec Simon. D'un côté, il voulait qu'elle leur donne le plus d'informations possibles sur les chefs de la secte afin qu'ils puissent être retrouvés et poursuivis en justice, mais d'un autre côté, il aimait la voir se détendre de plus en plus et sortir de sa coquille. Il ne voulait rien faire qui puisse nuire aux progrès qu'elle avait réalisés au cours des quelques jours passés à Fall-port. Et il avait le sentiment qu'évoquer son passé et lui dire qu'elle avait été kidnappée à l'âge de huit ans serait un énorme coup de massue.

Au cours des quatre derniers jours, les autres femmes s'étaient complètement investies. Tal avait amené Sunset au Bec Sucré, où elle avait rencontré Finley. Personne ne pouvait résister à la personnalité extravertie et à la gentillesse de Finley, et Sunset n'avait pas fait exception. Il l'avait conduite chez Bristol et Rocky, et elle avait été éblouie par les étonnantes créations en vitrail que Bristol avait réalisées et qui n'avaient pas encore été expédiées. Elle avait également pu voir l'endroit où s'était déroulé le mariage qu'elle avait entendu au téléphone.

Sunset et lui avaient déjeuné au On the Rocks le lendemain de son arrivée en ville, afin qu'elle puisse rencontrer Elsie et Zeke, et plus tard, Tal l'avait emmenée à la bibliothèque pour rencontrer Tony. Inutile de dire que tout s'était *très bien* passé. Au début, Sunset avait été timide, mais Tony, fidèle à lui-même, ne s'était pas rendu compte de sa réticence et l'avait rapidement conquise par son bavardage incessant.

Elle avait été vite dépassée par la quantité de livres et leurs différents genres, mais Raiden l'avait aidée – après avoir parlé avec Tal – en choisissant quelques livres qu'il ne pensait pas trop difficiles à lire, prenant en compte le fait qu'elle avait probablement un niveau CE2.

Khloe était venue leur dire bonjour et même si Sunset avait paru timide en sa présence et en celle de Duke, le limier de Raiden, elle avait semblé apprécier de les rencontrer.

Ils étaient à nouveau allés rendre visite à Lilly et cette fois-ci, Caryn était là. Visiblement, Sunset n'avait pas pu détacher son regard des cheveux courts de Caryn. Et lorsque Drew était arrivé, prouvant sans l'ombre d'un doute par un baiser interminable devant tout le monde, à quel point il la trouvait belle – avec ses cheveux courts et compagnie – Tal avait presque pu distinguer les rouages qui s'activaient dans le cerveau de Sunset.

Le fait de l'escorter à travers la ville et de lui montrer tout ce qu'il avait toujours considéré comme acquis était à la fois déchirant et amusant. Ils s'étaient rendus dans une grande surface pour acheter un lit pour sa chambre d'amis vide, quelques tiroirs, quelques vêtements pour la faire patienter le temps que les autres filles puissent l'habiller un peu plus convenablement, de la nourriture qu'il pensait qu'elle apprécierait ainsi que des aliments qu'il voulait qu'elle découvre. Sunset avait tout observé avec des yeux grands comme des soucoupes pendant toute la durée des achats. Elle n'avait pas dit grand-chose, mais il était évident qu'elle était à la fois bouleversée et excitée.

La veille, ils s'étaient promenés autour de la place pour se faire une idée générale de la ville. Ils s'étaient arrêtés au supermarché de Grogan et Tal n'avait pas pu résister à l'envie de lui acheter l'une des chemises « Chez Bigfoot » que Harry Grogan avait fait fabriquer pour les vendre aux touristes. Ils étaient également allés saluer Silas, Otto et Art, lesquels, malgré le temps frais de janvier, étaient assis à leur place habituelle devant le bureau de poste. Puis, ils avaient déjeuné au Sunny Side Up où Sandra avait chaleureusement accueilli Sunset.

Il l'avait même emmenée au salon de coiffure et l'avait présentée à son patron, Harvey. Une fois là-bas, elle avait laissé Tal lui couper un peu plus les cheveux. En somme, il avait apprécié de faire découvrir la ville à Sunset.

Il n'avait pas grandi ici, mais il avait fini par aimer cette petite ville et ses habitants pour la plupart très sympathiques.

Ils passaient leurs soirées à regarder la télévision, à préparer le dîner ensemble et à parler de tout et de rien. Il lui avait lu d'autres chapitres du *Lion, la Sorcière blanche et l'Armoire magique* et il avait aimé voir l'enthousiasme qu'elle éprouvait en apprenant de nouvelles choses et la façon dont elle adoptait ce nouveau mode de vie parfois déroutant et effrayant.

Les nuits qui suivaient étaient à la fois merveilleuses et terriblement frustrantes pour Tal. Sunset n'avait pas encore passé une seule nuit dans le lit de la chambre d'amis qu'il avait acheté pour elle. Lorsque venait l'heure d'aller se coucher, Tal pouvait lire la peur dans ses yeux. Elle n'avouait jamais qu'elle avait peur de dormir toute seule dans l'autre chambre, mais il était évident que, même si elle appréciait toutes ces nouveautés, celles-ci la dépassaient un peu.

Alors ils continuaient à dormir ensemble dans le lit queen-size de sa chambre. Elle, sous les couvertures de son côté et lui par-dessus du sien. Il ne dormait pas très bien, mais pour la première fois de sa vie, ce n'était pas à cause des cauchemars. C'était parce que, allongé à côté d'elle en l'écoutant respirer, il éprouvait un apaisement qu'il n'avait jamais ressenti auparavant... et il ne voulait pas en rater une miette.

Sunset lui donnait envie d'être un homme meilleur. Elle avait été tellement maltraitée par les autres par le passé qu'il avait envie de la protéger de quiconque oserait faire éclater cette bulle de sécurité dans laquelle elle se trouvait désormais.

Et il savait, sans l'ombre d'un doute, que le fait de lui annoncer qu'elle avait été kidnappée lorsqu'elle avait huit ans mettrait définitivement à mal le bonheur qu'elle vivait. D'après ce qu'il avait compris, les personnes de la secte étaient la seule famille et la seule vie dont elle se rappelait. Si elle se souvenait de quoi que ce soit concernant sa vie avant l'âge de huit ans, elle ne le partageait pas avec lui. Il était de plus en plus certain qu'elle avait dû bloquer ces souvenirs pour se protéger... et Tal ne pouvait pas lui en vouloir.

Alors s'il l'emmenait voir Simon, ce bonheur qu'elle vivait allait être gâché et Tal était réticent à l'idée de lui faire subir cela. Mais il savait qu'il ne pouvait pas le repousser éternellement.

Cypress devait être retrouvé et emprisonné pour ne plus pouvoir continuer à faire du mal à d'autres femmes et enfants.

Tal quitta discrètement le lit sans déranger Sunset. Il était encore tôt et il voulait la laisser dormir. Vivre dans la forêt n'était pas facile, mais avec tout ce qu'elle faisait ces derniers temps, son corps s'habituait encore au fait d'être encore plus active.

Baissant les yeux vers elle avant de quitter la pièce, Tal sourit. Sa température était élevée. Chaque soir elle se couchait sous les couvertures, mais dès le matin elle les enlevait. Le froid ne semblait pas la déranger et elle ne voyait pas d'inconvénient à ce qu'il garde son appartement frais. Il supposait qu'elle y était habituée après avoir vécu dehors toute sa vie. Encore une chose qu'il adorait apprendre sur elle.

Tal prit des vêtements de rechange et se faufila silencieusement dans la salle de bains. Une fois qu'il eut terminé, il ne put empêcher son regard de se diriger à nouveau vers le lit. Les cheveux de Sunset étaient éparpillés en désordre sur l'oreiller, les mèches auburn contrastant avec le tissu blanc. Elle était étendue sur le lit, comme si son subconscient se délectait de pouvoir s'étirer sur un matelas confortable.

Il réalisa qu'il souriait encore quelques minutes plus tard, alors qu'il se préparait une tasse de thé et sortait un mug pour Sunset lorsqu'elle se réveillerait et le rejoindrait. Ses grands yeux écarquillés lorsqu'elle avait découvert l'allée des thés au supermarché avaient été comiques, et comme elle n'arrivait pas à se décider, Tal avait acheté vingt boîtes différentes. Elle avait aussi essayé le café et avait détesté. Tal pouvait en boire, mais il était anglais jusqu'au bout des ongles et il adorait son thé.

Assis sur le canapé, il sirota sa boisson et ouvrit son ordinateur portable pour lire les nouvelles du jour. Il en était à la moitié d'un article sur les tensions croissantes au Moyen-Orient lorsqu'on frappa à la porte. Surpris, parce qu'il était encore tôt et qu'il n'avait pas prévu de sortir avec ses amis, Tal se leva pour aller ouvrir.

Son estomac se noua lorsqu'il réalisa que son temps était écoulé. Simon lui avait laissé un peu d'espace, mais visiblement, il en avait assez.

— Bonjour, lui dit le chef de la police en hochant la tête.

Tal le salua en retour et recula pour le laisser entrer.

— Il faut que je lui parle, dit-il d'un ton grave et sans préambule.

Il tenait un dossier sous le bras et un air sérieux marquait ses traits. Il ne portait pas son uniforme, ce que Tal apprécia. Il n'avait pas manqué de remarquer la méfiance de Sunset à l'égard de tout ce qui avait trait à la police. Simon portait un jean, un polo avec le logo du Département de Police de Fallport sur la poche avant gauche et une veste en cuir.

— Tu veux bien me laisser lui parler d'abord ? demanda Tal en refermant et verrouillant la porte derrière Simon.

— D'après ce que j'ai compris, tu es revenue avec elle en ville depuis des jours, répondit-il.

Ce n'était pas un « non », mais il était évident qu'il n'avait plus de patience.

— Il faut qu'on y aille doucement, insista-t-il.

— Tu penses que c'est bien Heather ? demanda Simon.

Tal soupira et acquiesça.

— Elle a le droit de savoir, lui dit le chef.

— Je suis d'accord avec toi. Mais elle a extrêmement peur de la police. Ces connards avec lesquels elle vivait expliquaient à toutes les femmes que si elles descendaient en ville, elles seraient arrêtées. Que les habitants leur voulaient du mal. Qu'elles seraient abusées et traitées comme de la merde... ce qui est ironique compte tenu de leurs conditions de vie.

— Raison de plus pour que je lui parle, rétorqua Simon. Pour qu'elle puisse voir par elle-même que je ne veux que son bien et que tout ce qu'on lui a appris c'étaient des conneries. J'ai aussi besoin d'un maximum d'informations pour retrouver toutes les personnes impliquées et obtenir justice pour elle et les autres femmes.

Simon baissa la voix.

— Elle était là, sous notre nez depuis tout ce temps, Tal. J'aurais dû la retrouver. J'aurais dû faire plus pour toutes ces femmes et enfants qui vivaient là-bas. Je n'étais pas là quand elle s'est fait kidnapper, mais j'ai suivi l'instinct de l'ancien chef qui pensait que les hommes et les femmes qui vivaient dans ce camp étaient inoffensifs. Que c'étaient seulement des hippies qui vivaient de leurs terres et qui ne faisaient rien de mal. Si ce qu'Ethan m'a déjà raconté est vrai, ils étaient loin d'être inoffensifs. Je veux les foutre en *prison,* Tal. Et j'ai besoin de son aide pour ça.

Il soupira. Simon avait raison, il le savait, mais il ne supportait pas de savoir que cette conversation allait blesser Sunset.

— Est-ce que tu peux au moins me laisser la prévenir ? Tu me laisses trente minutes pour lui parler avant que tu ne l'interroges ?

— Je ne vais pas l'interroger, putain, rétorqua Simon. Fais-moi un peu confiance, bon sang.

— Pardon, dit Tal. C'est juste que ça me fait mal pour elle.

— Et moi aussi. Prends ton temps. Dis-lui ce que tu veux. Je serai là une fois que vous serez prêts.

— Ça veut dire que tu ne partiras pas tant que tu ne lui auras pas parlé, dit Tal avec un sourire résigné.

— C'est ça.

Simon jeta un coup d'œil vers la cuisine et fronça les sourcils.

— Merde, j'ai oublié que tu ne buvais pas de café.

Tal se mit à rire.

— Non, mais j'ai tout un tas de thés différents si tu veux.

Simon retroussa la lèvre.

— Il y a un truc qui ne tourne pas rond chez ceux qui ne démarrent pas leur journée par une grande tasse de café.

Pour une raison perverse, agacer Simon, là tout de suite, lui faisait du bien. Puis il se dégrisa. Il n'avait pas envie qu'un Simon en manque de caféine se défoule sur Sunset.

— Tu as le temps d'aller au Broyeur si tu veux. Je te promets de ne pas m'enfuir avec elle.

Simon tourna son regard intense vers Tal.

— Je vais y aller doucement, dit-il gentiment tout en restant très ferme. Peu importe à quel point je suis fatigué ou j'ai besoin de caféine, je ne me défoulerais jamais sur une femme innocente.

Tal le savait. Simon était un très bon chef de police. Il s'inquiétait juste de sa future discussion avec Sunset.

— Talon ?

Comme si ses pensées l'avaient fait surgir de nulle part, Tal se tourna vers Sunset qui se tenait au bout du couloir. Elle portait un autre de ses sweat-shirts, même s'il lui avait acheté des vêtements qui lui allaient beaucoup mieux, avec un jean qu'il lui avait offert, et ses cheveux pendaient sur ses épaules. Ils étaient encore longs, descendant jusqu'au milieu de son dos au lieu de ses fesses, mais elle n'avait toujours pas pris l'habitude de les brosser lorsqu'elle se levait. Ils étaient en pagaille et Tal eut envie d'y passer ses mains pour les arranger.

— Est-ce que je vais avoir des ennuis ? demanda-t-elle d'une voix tremblante.

— Non, dit-il immédiatement en tournant le dos à Simon.

Ce dernier pourrait se mettre à l'aise chez lui tout seul, Tal avait surtout besoin de rassurer Sunset plutôt que d'être un bon hôte.

Lorsqu'il arriva devant Sunset, il la prit par la taille et la tourna doucement vers le couloir. Ces derniers jours elle s'était de plus en plus habituée à son contact, ce qui avait le don de ravir Tal. Elle ne bronchait plus lorsqu'il s'approchait d'elle.

— Viens, on retourne dans notre chambre.

Notre chambre. Il avait employé ce terme sans réfléchir.

Elle ne protesta pas et retourna rapidement vers la sécurité de la chambre qu'elle venait de quitter. Dès que Tal eut fermé la porte, elle se tourna vers lui. Elle avait entouré ses bras autour de sa taille de manière protectrice et fronçait les sourcils.

— Talon ? demanda-t-elle à nouveau.

— Viens t'asseoir, dit-il gentiment en désignant le lit.

Sunset secoua la tête et dit :

— Non. Dis-moi ce que j'ai fait de mal et ce qui va m'arriver.

Tal ne put s'empêcher de sourire.

— Pourquoi tu souris ? demanda-t-elle d'un air agacé.

— Je crois que c'est la première fois que tu me dis non, lui expliqua-t-il.

Sunset se figea en le regardant avec de grands yeux écarquillés.

— Et pour info, je suis fier de toi. Si tu veux rester debout, faire les cent pas ou autre, tu peux. Je voulais juste que tu sois à l'aise pendant que je te parle de quelque chose de sérieux. Tu ne vas pas avoir d'ennuis. Simon est juste là pour te parler. Il ne va pas t'arrêter. Il ne va pas te crier dessus. Je te le promets. Tu peux me faire confiance.

Il vit Sunset prendre une grande inspiration et expirer lentement. Puis elle lui fit un petit sourire.

— Je t'ai dit non, n'est-ce pas ? Et j'ai exigé une réponse à une question aussi.

— Bien sûr.

— Alors ? Tu vas y répondre ?

Sa bonne humeur s'évanouit. Il s'assit sur le rebord du matelas et replia une jambe. Il ne quitta pas Sunset du regard et lui demanda :

— Tu n'as pas beaucoup parlé de ton enfance. Est-ce que tu te souviens de quelque chose ?

Sunset fronça les sourcils en le regardant.

— Non.

— Tu es sûre ? Pas même des flashbacks de temps en temps ?

Il eut l'impression qu'elle ne clignait même plus des yeux tandis qu'elle continuait de le fixer du regard.

— Pourquoi ?

Tal soupira. Cela ne leur apporterait rien de bon de faire traîner les choses.

— Sunset... je suis presque certain que tu as grandi ici à Fallport. Tu t'appelais Heather Brown et tu as été kidnappée quand tu avais huit ans. Je pense que tu as été enlevée par cette foutue secte. On t'a cherchée pendant des mois, mais personne n'a jamais su ce qui t'était arrivé.

Sunset était devenue si immobile que Tal n'était pas sûr qu'elle respire encore.

Quand elle se mit enfin en mouvement, ce fut pour avancer vers le lit. Elle se laissa retomber sur le bord du matelas et regarda dans le vide.

Tal n'aimait pas qu'elle ne croise pas son regard, mais il continua de parler.

— Je n'en suis pas certain, mais d'après ce que tu m'as dit, je pense qu'ils t'ont enlevée, tout comme ils l'ont fait avec ces bébés et ces enfants. Ils t'ont élevée en te faisant croire que ce qui t'arrivait était normal. Ils vous ont fait craindre la ville, toi et les autres femmes et enfants, pour vous garder à l'écart et que personne ne les soupçonne d'être autre chose que les hippies inoffensifs qu'ils prétendaient être... et pour que personne ne te reconnaisse. Ils vous ont fait croire que la polygamie était normale, tout comme le fait d'abuser d'enfants en les « épousant ». *Rien* de ce que vous viviez quand vous étiez avec Arrow et les autres n'était normal ou juste, ce que je t'ai déjà expliqué. Et ce n'était pas ta faute. Tu n'étais qu'une enfant quand on t'a enlevée.

Sunset leva alors les yeux vers lui et au lieu de la détresse qu'il pensait y lire il vit... du soulagement ?

— Comment tu sais que je suis elle ? Cette Heather ?

— On ne pourra pas en être convaincus tant que tu n'auras pas fait de test ADN. Tes parents ont donné un échantillon de ton ADN à la police lorsque tu as été enlevée, juste au cas où.

Elle cligna des yeux.

— J'ai des parents ? murmura-t-elle.

— Oui. Même si... j'ai récemment appris qu'ils étaient décédés. Je suis vraiment désolé. J'imagine qu'ils ont déménagé quelques années après que tu as été enlevée, quand on ne t'a pas retrouvée. D'après ce que j'ai entendu, ils étaient dévastés. Ils ne pouvaient pas continuer à vivre ici sans toi. Partout où ils regardaient, tout leur rappelait leur douleur. Le fait de ne pas savoir ce qui t'était arrivé les a rongés de l'intérieur et ils n'arrivaient pas à avancer. Ta mère a commencé à boire pour surmonter ta perte et elle a eu un accident de voiture il y a environ dix ans. Et ton père a fait une crise cardiaque il y a cinq ans.

— J'avais des frères et sœurs ? demanda doucement Sunset.

— Non. Mais d'après les archives des articles de presse de l'époque, toute la ville t'a en quelque sorte adoptée. Donc d'une certaine manière, tu es la sœur et la fille de tout le monde.

Comme elle ne disait rien, se contentant de tourner la tête pour regarder dans le vide une fois de plus, Tal serra les poings. Il avait envie de la prendre dans ses bras. De lui dire que tout irait bien. Mais il ne voulait rien faire qui puisse l'effrayer. Ou briser cette emprise fragile qu'elle avait actuellement sur ses émotions.

Puis, elle le surprit énormément en se redressant et en tournant la tête vers lui.

— Donc, c'est pour ça que Simon est là, pour parler de ça ? Pour voir si je suis bien Heather ?

— Oui. Et aussi pour savoir si tu accepterais de lui parler d'Arrow et Cypress et tous ceux avec lesquels tu vivais. Ils n'ont pas le droit de s'en sortir après t'avoir enlevée toi et je ne sais combien d'enfants. C'est illégal, immoral et ils doivent être punis pour leurs crimes. Est-ce que ça va ? Parle-moi, Sunset.

— *Heather*. Je m'appelle Heather, dit-elle fermement.

Tal cligna des yeux de surprise.

— Nous n'en sommes pas encore sûrs.

— Moi si, insista-t-elle. Toute ma vie, j'ai eu l'impression de ne pas être à ma place. Toutes les autres femmes et les autres enfants acceptaient la façon dont ils étaient traités. Moi non. J'avais constamment des ennuis. J'ai passé plus de temps que quiconque dans la tente des punitions, même en tant qu'adulte. Je ne comprenais pas pourquoi j'avais besoin de tester leurs limites, pourquoi je disais toujours les mauvaises choses au mauvais moment et posais des questions. Tu n'imagines pas à quel point je suis soulagée de savoir que mes suspicions, à savoir le fait que quelque chose ne tournait pas rond, étaient correctes. J'ai un nom de famille, dit-elle alors que ses yeux se remplissaient de larmes. Un nom qui n'est pas partagé par toutes les autres femmes autour de moi.

— Tu sais que le nom de famille « Brown » est assez commun ici, aux États-Unis. Des millions de personnes s'appellent comme ça, ne put s'empêcher de préciser Tal.

Elle souffla, riant à moitié.

— Je m'en fiche, c'est le mien. Je m'appelle Heather Brown.

Ce fut au tour de Tal de fermer les yeux et de soupirer.

— Talon ?

Il ouvrit immédiatement les yeux.

— Oui ?

— Tu avais peur de me le dire.

— C'est vrai, approuva-t-il. Je ne savais pas comment tu réagirais. Si tu allais être en colère, effrayée ou si tu nierais tout en bloc.

— Je *suis* en colère, dit-elle en haussant les épaules. Et j'ai peur. Je ne peux pas le nier. Je ne me souviens pas de quand je suis arrivée dans La Communauté, mais je me rappelle avoir passé beaucoup de temps dans les bois. Parfois, on me portait et on m'emmenait dans la forêt sans prévenir, une main plaquée sur ma bouche pendant qu'on me chuchotait des menaces dans l'oreille en me disant que je passerais encore plus de temps dans la tente des punitions si je criais. Peut-être que c'était quand les gens me cherchaient ? Je n'en sais rien. Mais plus je passe de temps à me promener dans Fallport avec toi, plus ça me semble... familier.

— C'est-à-dire ? demanda Tal.

— Comme avec M. Grogan. Quand il m'a parlé, j'ai eu l'impression d'être déjà venue ici. Marcher dans les allées m'a paru familier.

— Harry y travaillait déjà quand tu habitais encore Fallport, dit Tal en acquiesçant. Quoi d'autre ?

— Art. Je n'ai pas de souvenir spécifique avec lui... mais j'avais l'impression de le connaître déjà avant que tu ne me présentes. Et le kiosque sur la place. Tu voudras bien... tu voudras bien me montrer la maison dans laquelle je vivais ?

— Si tu veux, oui, dit Tal.

— Je suis triste que mes parents n'aient pas vécu assez long-temps pour savoir ce qu'il s'est passé. Mais... je ne me souviens pas vraiment d'eux. Je crois que j'ai eu des flashs ici et là, mais je pensais que c'étaient des rêves. Ou simplement de l'espoir.

— Ce n'est pas grave, la rassura Tal.

— C'est pour ça que tu voulais absolument me retrouver ? demanda-t-elle.

Tal secoua la tête.

— Non. Quand Brock et Finley m'ont raconté ce que tu avais fait, comment tu les avais sauvés, j'étais tellement intrigué – et inquiet. Tu étais seule dans la forêt glaciale, en robe et sans chaussures. Je *devais* te retrouver... pour t'aider. Ce n'est qu'une fois que j'étais bien obsédé par le fait de savoir où tu étais que j'ai appris pour Heather, son kidnapping. Peu m'importe que tu sois Heather, Sunset ou quelqu'un d'autre. Je t'aime pour ce que tu es aujourd'hui. Je t'admire pour ta force, ton courage et ton intelligence. Et je suis très fier de la façon dont tu as géré tous ces changements auxquels tu as fait face ces derniers jours.

— Je ne suis pas intelligente, dit-elle, hésitante.

— Oh que si, rétorqua Talon. Il y a l'intelligence des livres et celle de la vie. Et tu as plus de bon sens et de connaissance sur les choses importantes de la vie que tous ceux que j'ai rencontrés. Et puis, tu pourras toujours prendre des cours et apprendre tout ce que tu as manqué après avoir été enlevée. La capacité à survivre dans les bois est bien plus dure à apprendre.

— Je pense que tu dis ça pour être gentil, répondit-elle au bout d'un moment.

— Non, insista Tal. Je t'admire plus que n'importe quelle autre personne que j'ai rencontrée.

Elle déglutit avec difficulté et murmura :

— Je suis Heather Brown. Pas Sunset Meadowblossom. Attends... est-ce que je suis toujours mariée ?

— Tu n'as *jamais* été mariée, gronda Tal.

Il prit une grande inspiration et tenta de se calmer.

— On en a déjà parlé, continua-t-il. Ces lâches qui t'ont enlevée étaient des agresseurs d'enfants et complètement pervers. Pour se marier légalement, il faut soumettre des papiers à la justice. Je peux te garantir qu'ils ne l'ont pas fait. Sans compter que ce n'est pas légal d'épouser plus d'une personne à la fois.

— Tant mieux.

Oui, *tant mieux*.

— Du coup... Simon est toujours là ?

— Oui.

— Qu'est-ce qu'il fait ?

— Je ne sais pas et je m'en fiche. Mais je n'allais pas le laisser t'annoncer la nouvelle concernant ton passé. Je voulais le faire moi-même.

— Pourquoi ? demanda-t-elle.

— Parce que tu ne le connais pas. Mais *moi* tu me connais. Et si tu n'avais pas bien pris la nouvelle, je serais sorti et je lui aurais dit que tu n'étais pas en état de lui parler aujourd'hui.

Elle écarquilla les yeux.

— Tu l'aurais renvoyé ?

— Oui.

Tal ne parvenait pas à lire l'émotion dans son regard. Il espérait que ce n'était pas de la peur.

— Est-ce que tu es prête à lui parler maintenant ? Si ce n'est pas le cas, si tu as besoin de digérer la nouvelle, ce n'est pas grave. Je peux t'emmener voir la maison dans laquelle tu as grandi et tout ce que tu veux. On peut aller rendre visite à Lilly et tu peux lui parler de tout ça si tu en as envie.

— Oui, je veux faire tout ça, lui dit-elle. Mais je veux parler à Simon. Je sais que je suis Heather, je le sens au plus profond de moi, mais j'ai besoin d'une preuve. Et je veux lui dire tout ce que je peux sur Cypress et La Communauté. Ce qu'ils ont fait n'est pas juste. À moi et à tous les autres enfants qu'ils ont ramenés du jour au lendemain. Eux aussi méritent de savoir qui ils sont vraiment.

— Je suis tellement fier de toi, dit Tal dont la voix se brisa.

Il aurait dû se douter que cette femme n'allait pas flancher après toutes ces informations sur son passé.

— J'ai toujours peur, dit-elle doucement. Mais maintenant que je sais que les intuitions que j'avais étaient justes, que je n'étais pas une anomalie et que je n'étais pas seulement une mauvaise épouse et membre de La Communauté... j'ai l'impression de pouvoir respirer à nouveau.

Tal se leva et lui tendit la main.

— Viens, on va aller parler à Simon.

Elle le rejoignit et plaça sa main dans la sienne.

— Talon ?

— Oui, chérie ?

— Est-ce que je peux... est-ce que tu penses que...

Elle se tut.

— Quoi ? Tu peux me demander ce que tu veux. Tu peux me faire confiance et je ne te ferai pas de mal.

— Est-ce que je peux avoir un câlin ? lâcha-t-elle.

Sans dire un mot de plus, Tal l'attira plus près et enroula les bras autour d'elle. Ils restèrent ainsi pendant de longues minutes. S'imprégnant l'un de l'autre, se réconfortant mutuellement. Il la sentit prendre une grande inspiration juste avant que ses bras ne se desserrent autour de lui.

— Je suis prête, dit-elle avec détermination.

Tal enroula ses doigts autour des siens et se dirigea vers la porte.

CHAPITRE DOUZE

Heather avait la tête qui tournait après tout ce qu'elle venait d'apprendre. Simon avait partagé tout ce qu'il savait sur son enlèvement il y a vingt ans, y compris tous les efforts déployés pour la retrouver. Elle était convaincue que la police et les habitants de la ville avaient fait tout ce qu'ils pouvaient pour la retrouver et comprendre ce qu'il s'était passé.

Arrow était peut-être vieux, mais il n'était pas idiot. Il l'avait bien cachée après son arrivée à La Communauté. Il avait laissé la police fouiller les tentes et le terrain à plusieurs reprises, jusqu'à ce qu'elle soit convaincue qu'Heather n'y était pas. Ensuite, il n'avait eu qu'à lui laver le cerveau pour lui faire croire que tout le monde à Fallport était l'ennemi, et qu'aller en ville serait la pire des erreurs.

Elle ne pouvait pas se sentir coupable de ne pas avoir essayé, ne serait-ce qu'une fois, de s'échapper. Elle avait été tellement traumatisée par son enlèvement, les coups et les menaces qui avaient suivi, que son cerveau avait occulté son passé pour y faire face. Pour survivre.

Simon lui avait expliqué tout cela, et raconté avec beaucoup de détail comment fonctionnait la psychologie des victimes d'enlèvement, et elle était reconnaissante de l'effort qu'il faisait pour qu'elle ne se sente pas mal à propos de ses actes et de sa docilité face à ces nouvelles circonstances.

Lorsqu'il lui avait demandé avec hésitation ce qu'elle savait sur Cypress et les autres hommes, et où ils se rendaient, Sunset... non... *Heather* lui avait tout raconté. Elle n'avait rien caché. Elle n'éprouvait aucune loyauté envers les personnes qui l'avaient arrachée à tout ce qu'elle connaissait et aimait.

Le fait de penser aux enfants qui avaient soudain débarqué et qui étaient apparemment adoptés lui donna envie de vomir. Cypress et tous ceux qui étaient au courant de ce qu'il se passait devaient payer pour ce qu'ils avaient fait. À elle et tous les autres.

Simon avait prélevé son ADN à l'intérieur de sa joue et lui avait dit qu'il demanderait au laboratoire d'envoyer rapidement les résultats, afin qu'ils sachent avec certitude si elle était vraiment Heather. Mais elle savait déjà qu'elle l'était. Il l'avait prévenue qu'une fois les résultats obtenus, et s'il était confirmé qu'elle était bien Heather Brown, il était probable que la nouvelle se répandrait. Il lui avait expliqué que généralement, les enfants qui avaient été enlevés ne réapparaissaient pas vingt ans plus tard, sains et saufs. Il y avait déjà eu quelques cas, mais les probabilités étaient malheureusement très faibles. Alors si la presse s'emparait de cette histoire, elle risquait de crouler sous les demandes d'interviews.

Heather n'aimait pas ça, mais Talon leur avait assuré, à Simon et elle, qu'il veillerait sur elle. Le fait de savoir qu'il la soutiendrait rendit la situation beaucoup moins stressante.

Avant que le chef de la police ne s'en aille, il lui demanda comment elle préférait qu'on l'appelle. Elle répondit Heather, sans aucune hésitation. Pour elle, Sunset n'existait plus.

Elle était une personne créée de toute pièce par Arrow et tous ceux qui avaient suivi ses plans tordus l'avaient accepté.

Elle voulait être Heather, la femme qui avait défié Cypress en se cachant dans les bois quand il était parti pour la Floride. La femme qui avait survécu seule pendant un an. La femme que Tal avait trouvée et qu'il semblait apprécier. C'était *elle* qu'elle voulait être.

Trois jours après sa discussion avec Simon et après avoir découvert qui elle était réellement, Heather était assise sur le porche à l'arrière de la maison de Bristol, buvant une tasse de thé aromatisé, discutant avec Bristol et Elsie pendant que Tony, Zeke, Talon et Rocky jouaient au football dans le jardin.

Tout ça lui semblait surréaliste. Elle n'avait jamais eu le luxe de pouvoir s'asseoir pour discuter, surtout avec des femmes. On attendait d'elle qu'elle soit constamment occupée. Il y avait toujours quelque chose à faire pour La Communauté. Réparer les tentes, coudre, chasser, faire la cuisine, nettoyer, s'occuper des enfants… C'était agréable de pouvoir simplement s'asseoir et apprécier la compagnie d'autres personnes, d'autant plus qu'il lui était de plus en plus facile de parler avec les filles.

L'air était frais, mais il y avait du soleil. Heather était parfaitement à l'aise dans son sweat-shirt, son jean et les bottes que Talon lui avait apportés lorsqu'elle vivait encore dans la grotte tandis qu'Elsie et Bristol étaient très couvertes comme s'il faisait extrêmement froid, et également emmitouflées dans les couvertures que Rocky leur avait apportées.

— Tony s'est senti tellement important quand tu lui as demandé de l'aide pour le livre que tu lisais, lui dit Elsie.

Heather rougit et baissa les yeux sur la tasse qu'elle tenait dans les mains.

— J'avais du mal à comprendre un mot. Je ne le reconnaissais pas. Mais quand il l'a dit à voix haute, j'ai réalisé que je savais de quoi il s'agissait. C'est juste que je ne l'avais jamais vu écrit. Il y a tellement de mots qui ne ressemblent pas du tout à leur prononciation.

— C'était quoi ce mot ? demanda Bristol.

— *Dague*, dit Heather. Je ne comprends pas pourquoi il y a un U. Ça n'a pas de sens.

— C'est vrai. C'est comme *fugue*. Pourquoi avoir mis un U

aussi ? demanda Elsie.

— Il y a un U ? demanda Heather.

Elles s'esclaffèrent toutes.

— C'est probablement une conversation qu'il vaut mieux avoir avec un stylo et un morceau de papier, dit Elsie. Oui, il y a deux U dans *fugue*. Tout comme il y a un E dans le mot *femme* au lieu d'un A et un C pour *second* au lieu d'un G.

— Je ne vais jamais pouvoir apprendre toutes ces choses, marmonna Heather.

— Bien sûr que si. Je n'en doute pas. Mais si tu n'y arrives pas, on s'en fiche ! dit Bristol en haussant les épaules.

— Moi je ne m'en fiche pas, avoua Heather. Les femmes n'avaient pas le droit de lire ni d'écrire dans La Communauté. Nous n'avions pas le droit de savoir *quoi que ce soit*. Tout ce que nous étions censées faire, c'étaient toutes les tâches ménagères. Et je dis bien toutes, ajouta-t-elle avec un peu d'amertume. Les hommes eux pouvaient conduire, lire des livres, aller en ville... toutes les choses qu'ils disaient être interdites à nous, les femmes. C'était injuste et je détestais ça.

Bristol tendit la main vers elle et la posa sur son bras.

— Je suis tellement désolée.

— Moi aussi, dit Elsie. Nos situations n'étaient pas les mêmes, pas du tout, mais mon ex était horrible avec moi aussi. Il me traitait d'idiote tout le temps et se moquait de tout ce que je voulais faire tant que ce n'était pas dans le but de le satisfaire.

Heather prit une grande inspiration et se tourna vers elle.

— Mais tu as épousé Zeke ?

— Zeke n'a *rien* à voir avec mon ex, dit Elsie sans aucune hésitation, le ton dur. Je reconnais que j'étais réticente à l'idée de me remettre en couple avec quelqu'un. Je voulais que Tony passe en premier et ne jamais laisser un homme s'approcher de nous. Mais Zeke a progressivement brisé tous les remparts émotionnels que j'avais érigés autour de moi. Il était gentil avec moi *et* Tony et il nous a prouvé à plusieurs reprises qu'on pouvait lui faire confiance. Qu'il ne nous ferait jamais de mal comme l'avait fait mon ex.

— Quand j'étais retenue en otage, dit Bristol, j'étais persuadée que Rocky me retrouverait. Je ne savais pas comment ni quand, mais je savais qu'il le ferait. Tout ce que j'avais à faire, c'était d'être intelligente et de ne rien faire qui puisse faire perdre les pédales à mon ravisseur. Cela a pris plus de temps que je ne l'espérais, mais finalement, Rocky m'a *retrouvée* et il prend soin de moi depuis.

— La première chose que m'a dite Talon c'était que je pouvais lui faire confiance et qu'il ne me ferait pas de mal, avoua Heather.

— Ça ne me surprend pas, dit Bristol avec un petit rire.

— C'est bien un truc que pourrait dire Tal, acquiesça Elsie.

— Et alors, c'est le cas ? demanda Bristol.

Heather fronça les sourcils.

— Qu'est-ce qui est le cas ?

— Tu lui fais confiance ?

Elle acquiesça avant même de réfléchir à une réponse.

— Tant mieux. Parce que si tu avais dit non, on t'aurait sermonnée, dit Bristol avec un petit sourire.

— C'est... c'est... *bizarre*, parce que toute ma vie j'ai eu peur des hommes. Ils ne m'ont pas bien traitée. Ils m'ont fait du mal, à maintes reprises. Et pourtant, quand je suis avec Talon... je me sens en sécurité.

Bristol tourna sa chaise pour faire face à Heather, puis se pencha en avant.

— Est-ce qu'il t'a dit ce qu'il faisait avant ?

— Qu'il était un tueur ? Oui.

Heather fronça les sourcils lorsqu'elle vit qu'Elsie et Bristol écarquillaient les yeux.

— Quoi ? Je n'étais pas censée dire ça ? demanda-t-elle.

— Eh bien, généralement, ils préfèrent dire qu'ils étaient soldats. Le mot « tueur » a une connotation négative.

— Connotation ? demanda Heather qui ne supportait pas

de ne pas toujours connaître les mots que les gens utilisaient.

— Oui, c'est un peu ce qu'un mot te fait ressentir.

Heather acquiesça. *Ça,* elle comprenait. Lorsqu'elle entendait le mot « mariage », elle grimaçait intérieurement, alors que ces femmes n'avaient visiblement que de bonnes choses à dire à ce sujet.

— Enfin bref, mon mari et son jumeau, Ethan, étaient des Navy SEALs. Ils ont fait beaucoup de choses qu'ils ont encore du mal à accepter aujourd'hui, dit Bristol.

— Attends, Ethan et Rocky sont jumeaux ? demanda Heather.

— Oui. Fraternels, c'est pour ça qu'ils ne se ressemblent pas.

— Oh, c'est plutôt chouette, dit Heather.

— C'est vrai. En tout cas, les hommes comme les nôtres – comme tous les gars de l'équipe de recherche et de sauvetage – sont de vrais héros. Ils estiment que c'est leur devoir de protéger les autres. Ils sont très en colère lorsque quelque chose de grave se produit et qu'ils n'ont rien pu faire pour l'arrêter. C'est un peu dans leur ADN. Ils sont tous *furieux* lorsque des femmes et des enfants sont maltraités ou blessés.

— Talon m'a parlé d'une de ses missions, où plusieurs hommes et femmes sont morts. Il m'a dit que ça lui avait fait beaucoup de mal, avoua Heather.

— C'est tout à fait logique, dit Elsie en hochant la tête.

— Complètement, approuva Bristol.

— De quoi ? demanda Heather qui était perdue.

— Tal a un besoin profond de prendre soin des gens. Même plus profond que nos gars. J'imagine que c'est en partie à cause de ce qu'il s'est passé durant cette mission. Ce que je veux dire, c'est que tu es parfaite pour lui, dit Bristol.

Heather regarda fixement sa nouvelle amie sans vraiment comprendre ce qu'elle voulait dire.

— Je ne dis pas que tu devrais ressentir quelque chose en particulier pour lui aujourd'hui. Ou demain. Ou même dans un mois. Mais si tu restes ouverte d'esprit, je pense que tu pourrais tomber amoureuse de Talon.

— Tu peux lui faire confiance. D'ailleurs c'est *déjà* le cas, ajouta Elsie. Et crois-moi, je sais que la confiance est le premier pas vers des sentiments plus profonds.

Heather avait envie d'être surprise par leurs propos. Elle avait envie de protester et de leur dire qu'elle n'était pas prête à être avec un autre homme. Qu'elle ne serait probablement jamais prête. Mais tout ça serait un mensonge. Plus elle apprenait à connaître Talon, plus elle l'aimait et le respectait. Et maintenant qu'elle savait à quel point les hommes de La Communauté étaient mauvais et pervers – un autre nouveau mot qu'elle avait appris –, elle était encore plus heureuse de passer du temps avec Talon.

Au fond, Heather voulait ce qu'Elsie et Bristol avaient. Elle voulait une vie normale. Une famille. Un mari qui pourrait prendre soin d'elle. Qui pourrait l'aimer.

Bristol la regarda un long moment, puis se rassit, tournant son fauteuil pour pouvoir à nouveau observer les gars jouer au ballon. Elle sourit à Heather en lui disant :

— Je pense qu'on n'a pas besoin de t'encourager. Tu sais déjà à quel point Tal est génial.

— C'est vrai, acquiesça Heather.

Elle rougissait, mais ne pouvait pas s'en empêcher.

— Laisse-le prendre soin de toi, ajouta doucement Elsie. Ne culpabilise pas pour ça. Il a besoin de le faire et je suis sûre que ça lui fait beaucoup de bien.

— Moi aussi ça me fait du bien, avoua Heather. Personne n'a jamais rien fait pour moi auparavant... enfin... si je me souviens bien... et mon ventre est tout noué quand il fait des choses comme soulever les couvertures pour que je me glisse en dessous, ou quand il me prépare des plats que j'ai dit vouloir goûter.

— Attends... il te tient les couvertures ? demanda Bristol.

Heather hocha la tête.

— Oui. Quand on va au lit.

— Tu dors avec lui ? demanda Elsie, les yeux écarquillés.

— Oui. Je ne suis pas censée le faire ?

— Si, bien sûr. Génial. Parfait ! dit rapidement Elsie avec un grand sourire. N'est-ce pas Bristol ?

— Oui oui, dit Bristol en acquiesçant fermement. Tu es libre de faire ce qui te semble être le mieux. Peu importe ce que disent les autres.

Heather réalisa enfin ce à quoi ses nouvelles amies pensaient.

— On ne fait pas de sexe, lâcha-t-elle.

Elsie lui tapota le bras d'un air rassurant.

— Je pense que toi et moi savons mieux que les autres qu'avoir une relation sexuelle avec quelqu'un ne veut pas dire que vous êtes proches. Mon ex couchait avec moi, mais ça ne voulait rien dire. Dis-moi : tu aimes dormir à côté de Tal ?

— Oui.

C'était une réponse facile.

— Alors, ne te soucie pas de ce que tu devrais faire ou de ce que les autres gens pensent que tu devrais faire ou ne pas faire. Tal et toi devez *toujours* faire ce qui vous semble juste.

Heather acquiesça.

— OK.

— OK, approuva Elsie.

— Et maintenant qu'on a maladroitement essayé de s'immiscer dans ta vie privée pour te donner des conseils dont tu n'as apparemment pas besoin... quand penses-tu que Simon te donnera des nouvelles des résultats de l'ADN ? demanda Bristol.

— Je ne sais pas. Il a dit qu'il appellerait Talon une fois qu'il en saurait plus. Mais... je pense qu'il a peut-être oublié d'appeler puisque toutes les personnes que j'ai croisées en ville depuis m'appellent Heather et me disent qu'elles sont très heureuses que je sois rentrée à la maison et qu'on m'ait retrouvée.

Elsie et Bristol s'esclaffèrent.

— Ça, c'est juste Fallport. Rien ne reste secret longtemps ici, dit Bristol. Et heureusement d'ailleurs. C'est grâce à ça qu'on m'a *retrouvée*. Parce que les gens ont fait attention et ont fait passer le mot lorsque j'ai disparu.

— Ça ne te dérange pas toute cette attention ? demanda Elsie. Je dois reconnaître qu'il m'a fallu du temps pour m'habituer au fait que tout le monde racontait ce qui nous était arrivé à Tony et moi.

Heather haussa les épaules.

— C'est un peu bizarre, mais je souris et je remercie les gens. Je pense que ça m'aide que Talon soit souvent là. Il est assez intimidant pour les autres.

— Mais pas pour toi, dit Bristol.

Ce n'était pas une question.

— Non, pas pour moi, acquiesça Heather.

Elsie et Bristol échangèrent un sourire et Heather eut à nouveau l'impression de rater quelque chose, mais elle ne savait pas quoi. Elle n'avait pas envie de demander au cas où ce serait quelque chose de négatif. Même si elle en doutait vu la façon dont ses amies se souriaient.

Elle réalisa brièvement qu'avoir des amies était parfois perturbant, mais jamais elle ne voulait à nouveau connaître une situation comme au sein de La Communauté. Où les femmes n'hésitaient pas à se dénoncer les unes et les autres tant que cela leur permettait de ne pas attirer l'attention de façon négative sur elles.

— Faites gaffe ! cria soudain quelqu'un.

Bristol et Elsie se baissèrent immédiatement sur leur fauteuil, mais Heather ne savait pas ce que : « faites gaffe » voulait dire et elle mit du temps à réagir à l'avertissement. Un ballon de football heurta ses tibias, la faisant crier de surprise plus que de douleur. Elle fit également tomber sa tasse et renversa son thé sur ses genoux.

Avant même qu'elle n'ait le temps de comprendre ce qu'il

venait de se passer, Talon était là. Heather remarqua vaguement qu'Elsie et Bristol s'étaient levées et avaient reculé, lui laissant plus de place. Il enleva la tasse de ses genoux et la releva.

— Tiens bon, chérie, j'imagine que ça doit faire mal.

Il enleva son haut et commença à tamponner le thé renversé sur son ventre et ses cuisses.

Tandis que le choc se dissipait, Heather réalisa que le thé qu'elle avait bu s'était un peu refroidi. Même si elle était mouillée, la boisson ne l'avait pas brûlée.

— Ça va, dit-elle d'une voix un peu tremblante.

— Laisse-moi m'occuper de toi, dit Talon en s'agenouillant devant elle avec un air clairement contrarié.

Il souleva le bas de son pantalon avec précaution et prit un air renfrogné lorsqu'il vit une marque rouge sur l'un de ses tibias.

— Je suis tellement désolé, chuchota Tony.

Il se tenait en bas des trois marches menant au porche, les larmes aux yeux.

— Je pensais que tu l'attraperais, continua-t-il.

— Elle était trop loin, lui expliqua Talon. Et elle était en train de parler à ses amies. Ce n'était pas malin, Tony.

Redoutant ce qui allait arriver à Tony et craignant qu'il ne soit puni, Heather fit de son mieux pour minimiser les faits.

— Je vais bien, dit-elle fermement. Il n'y a rien de grave. Qu'est-ce qu'on a prévu d'autre aujourd'hui ?

Talon leva les yeux vers elle et Heather sentit que tout le monde la regardait.

— Il ne va pas avoir d'ennuis, dit-il doucement.

— Mais tu es en colère, chuchota Heather.

— Je suis contrarié que tu aies pu être blessée. Qu'il n'ait pas réfléchi avant de lancer ce ballon. Mais je ne vais pas lui faire de *mal*. Et Zeke et Rocky non plus. Je pense que ses remords sont une punition suffisante.

Heather leva les yeux vers Tony et elle vit les larmes couler sur les joues du petit garçon. Talon n'avait pas tort. Tony avait l'air affligé.

— Je ne voulais vraiment pas te faire mal, dit-il sa voix se brisant. Je suis tellement désolé.

— Ce n'est pas grave, lui dit-elle. J'aurais dû faire plus attention.

— Non, tu étais tranquillement assise sous le porche, la corrigea doucement Zeke. C'est de la faute de Tony.

Heather se sentait tellement mal pour le petit garçon.

— Faites gaffe, ça veut dire baissez-vous, lui expliqua Bristol qui était à côté d'elle.

— Je m'en souviendrai pour la prochaine fois, dit Heather avec un petit sourire.

— Je t'aurais bien donné des habits de rechange, mais je ne pense pas que mes vêtements t'iront, s'inquiéta Bristol.

— Je vais la ramener à la maison, dit fermement Talon.

— Mais non, vraiment ça va, protesta Heather qui n'était pas sûre de vouloir mettre fin à cette conversation avec ses amies.

— Ta jambe est rouge à cause du ballon. Elle risque de te faire mal par la suite. Je te ramène à la maison.

Heather ouvrit la bouche pour protester un peu plus, mais Elsie parla en premier.

— Laisse-le prendre soin de toi, Heather.

Regardant sa nouvelle amie, elle se remémora de quoi elles avaient parlé un peu plus tôt. Qu'elles soupçonnaient que Talon avait besoin d'une femme dont il puisse prendre soin. Alors elle acquiesça simplement.

— Merci, dit doucement Talon en se relevant.

Elsie prit Heather dans ses bras avant même qu'elle ne puisse se mettre en mouvement.

— Je suis tellement désolée que Tony t'ait frappée avec le ballon. Merci de ne pas le faire se sentir encore plus mal qu'il ne l'est déjà.

— Il ne l'a pas fait exprès, la rassura Heather.

Et évidemment, elle ne put s'empêcher de repenser aux fois où elle avait eu des ennuis au sein de La Communauté. La plupart de ces incidents n'étaient justement que des accidents. Elle n'avait pas eu l'intention de brûler ce poisson pour le dîner et tout gâcher. Elle n'avait pas voulu mettre le feu à la chemise qu'elle cousait. Elle s'était approchée trop près des flammes parce qu'il faisait froid dehors et que des étincelles du feu avaient atterri sur le tissu. Les deux fois, elle avait dû passer deux semaines entières dans la tente des punitions.

Elle se focalisa à nouveau sur l'instant présent lorsque Bristol la serra dans ses bras pour lui dire au revoir.

Puis, Talon la souleva, les bras sous ses genoux et autour de son dos, comme si elle ne pesait pas plus lourd qu'une plume. Elle aurait eu très peur si quelqu'un d'autre que Talon l'avait prise dans ses bras.

Se détendant contre lui, elle fit un sourire hésitant à Zeke et Rocky.

— On pourra peut-être discuter davantage la prochaine fois.

Les deux hommes sourirent et acquiescèrent, puis Talon, visiblement impatient, la transporta jusqu'au SUV. Il l'installa délicatement sur le siège passager et boucla sa ceinture de sécurité. Puis il trotta jusqu'au côté conducteur et rapidement, ils sortirent de la longue allée, s'éloignant de la maison de Bristol et Rocky.

— Vraiment, je vais bien, je t'assure, lui dit-elle à nouveau.

— Tant mieux. Mais on va rentrer à la maison, comme ça tu pourras te changer et je pourrai examiner ton tibia pour être sûr.

Elle aurait pu continuer d'insister qu'elle allait bien. Qu'il n'avait pas besoin de regarder ses jambes. Le ballon ne l'avait pas heurtée fort. Elle avait plus été surprise qu'autre chose. Mais en se remémorant les mots de ses amies et en réalisant que c'était vraiment agréable que quelqu'un prenne soin d'elle... Heather hocha simplement la tête.

CHAPITRE TREIZE

Tal prit un air renfrogné en faisant les cent pas dans son salon et repensa à ce qu'il s'était passé la nuit précédente. Il n'avait pas bien dormi et ce matin Heather lui avait demandé si elle avait fait quelque chose de mal. Il avait dit non, évidemment, mais quelques heures plus tard, il avait su qu'il devait lui parler, la rassurer sur le fait qu'il n'était pas contrarié à cause d'elle... mais à cause de l'impuissance qu'il avait ressentie face à ce qu'elle avait vécu la nuit dernière.

Hier, Heather avait passé la journée avec Finley dans la cuisine du Bec Sucré pendant qu'il travaillait au salon de coiffure. Harvey avait été plus que cool avec les congés qu'il avait pris, mais Talon ne voulait pas abuser de la générosité de son patron. Et Heather aimait toujours passer du temps avec Finley.

Seulement, il l'avait emmenée dîner au Sunny Side Up et ça avait été un désastre. La rumeur s'était répandue sur son retour en ville.

Depuis que Simon avait confirmé que son ADN correspondait bien à celui d'Heather Brown, les habitants étaient devenus un peu fous. Le maire avait même voulu mettre en place une parade improvisée, mais Heather avait été horrifiée par l'idée et les plans avaient été abandonnés. Mais la *Gazette de Fallport* avait publié des articles en ligne, et tous ceux qui avaient connu la petite Heather avaient été interviewés. Les détails concernant ce qui lui était arrivé et les épreuves qu'elle avait subies étaient très limités, mais cela n'avait pas empêché les gens de spéculer.

Non seulement Heather était devenue une célébrité pour les citoyens de Fallport, mais la nouvelle s'était officiellement répandue en dehors de leur petite communauté. C'est pourquoi, alors qu'ils tentaient de dîner au Sunny Side Up, elle avait soudain été prise d'assaut par des journalistes venus d'un peu partout. Tout le monde voulait une interview avec cette petite fille qui était désormais une femme et qui avait été miraculeusement retrouvée vingt ans plus tard.

Sandra avait fait de son mieux pour s'interposer, mais après que la cinquième personne avait interrompu brutalement leur dîner en s'approchant de la table et en collant un dictaphone au visage d'Heather, et après que la énième photo avait été prise, Talon en avait eu assez. Il avait enroulé un bras autour de ses épaules et, avec l'aide de quelques habitants, il s'était brutalement frayé un chemin à travers la douzaine de journalistes jusqu'à son SUV.

Ils étaient en sécurité dans son appartement, mais Tal avait le sentiment que les journalistes ne tarderaient pas à frapper à sa porte. La situation d'Heather était unique et les gens adoraient les histoires d'enfants disparus que l'on retrouvait après des années.

— Je suis désolé pour hier soir, dit-il à Heather tandis qu'elle s'asseyait sur le canapé.

— Ce n'est pas de ta faute, dit-elle d'un ton plat et un peu distant.

Il serra les dents et soupira. Il savait que cela arriverait. Il savait que tout le monde voudrait connaître son histoire, qu'ils poseraient des questions inappropriées, voudraient connaître tous les détails de sa captivité... car c'était bien ça. Même si elle n'avait pas de chaînes autour des chevilles, elle avait quand même été une prisonnière.

Il se rendit dans la cuisine et lui apporta un Sprite. Elle n'aimait pas le goût du vin ou de la bière, mais elle adorait les sodas sucrés et gazeux. Il s'assit à côté d'elle sur le canapé et lui tendit la cannette.

Elle lui sourit et prit une gorgée.

— Je ferais peut-être mieux de retourner dans ma grotte.

Tal secouait déjà la tête avant même qu'elle ne termine sa phrase.

— Non ! lâcha-t-il.

Puis il prit une grande inspiration pour freiner cette peur qui le traversait.

— Tu veux vraiment retourner là-bas ? demanda-t-il plus calmement.

Ce fut au tour d'Heather de soupirer.

— Non.

Elle observa la boisson gazeuse qu'elle tenait dans sa main.

— Je me plais bien ici. Je n'ai pas à me soucier de devoir trouver ma propre nourriture ou d'aller couper du bois. J'adore mes nouveaux habits et tout le monde est si gentil. Et maintenant que je sais comment j'ai atterri dans La Communauté, je ne veux plus rien avoir à faire avec eux, plus jamais. Si je retournais dans la forêt, je les laisserais gagner.

Tal prit sa main dans la sienne. Il avait seulement l'intention de lui serrer les doigts, pour lui faire savoir qu'il était là pour elle, mais lorsqu'elle enroula ses propres doigts presque désespérément autour des siens, il ne put les lâcher.

— Ils ne vont pas gagner. Simon va les retrouver et leur faire payer ce qu'ils t'ont fait.

Elle haussa les épaules.

— J'aurais aimé pouvoir changer le passé, dit-elle doucement. Je déteste penser à l'horreur que ma disparition a dû représenter pour mes parents. Je me demande combien d'autres familles ont vécu la même chose quand on sait qu'Arrow tolérait le vol de bébés, dit-elle en le regardant. Comment pouvait-il être si... horrible ? Immoral ? Crois-le ou non, il était assez gentil avec moi au début. Je pense que je le voyais un peu comme un grand-père.

— Jusqu'à ce qu'il te force à coucher avec lui, marmonna Talon avec dégoût.

Heather fronça le nez.

— Oui, voilà. Mais quand même, de tous les hommes de La Communauté, c'était le moins méchant. Mais en réalité, comme il était le chef, il était probablement le plus pervers. Il savait forcément ce que les autres faisaient. Il leur a peut-être même ordonné de trouver d'autres filles. C'était toujours lui qui voulait éduquer les garçons qui rejoignaient notre groupe, dit-elle en frissonnant. Il savait ce qu'il faisait et il s'en fichait.

Tal se sentait impuissant. Tout ce qu'il pouvait faire, c'était rester assis et laisser Heather enfoncer ses ongles dans le dos de sa main. Évidemment, elle ne savait pas qu'elle lui faisait mal et puis il avait déjà ressenti bien pire. Il resterait ici aussi longtemps qu'elle en aurait besoin.

Heather leva alors la tête vers lui, mais au lieu de voir des larmes dans ses yeux, il y lit de la détermination.

— Je les *hais*. Je les hais tous. Ils m'ont arrachée à ma famille qui m'aimait. À ma vie. Ils m'ont privée de nourriture, ont fait de moi une esclave, m'ont violée, ne m'ont pas donné de vêtements convenables et ont fait de leur mieux pour me battre jusqu'à ce que je leur sois soumise.

— Mais tu ne t'es pas laissé faire, dit Tal d'une voix apaisante.

— Non, c'est vrai, dit-elle en redressant les épaules. Mais seulement parce que j'étais déjà trop âgée lorsqu'ils m'ont enle-vée. Si j'avais eu quelques années de moins, je ne me serais pas souvenue de mon ancienne vie. J'aurais cru tout ce qu'ils auraient essayé de m'enseigner, comme quoi les femmes n'avaient pas de valeur et devaient obéir aux hommes sans poser de questions.

Elle n'avait pas tort. Et Tal *détestait* ça.

Le docteur Snow avait suggéré qu'Heather parle à un psychologue qui vivait à Christianburg et elle avait accepté, mais Tal n'avait pas eu l'occasion d'organiser la première rencontre. Il était tout à fait d'accord pour qu'elle parle à quelqu'un de ce qu'elle avait vécu, même s'il avait le sentiment qu'elle n'aurait pas besoin d'une aide sur le long terme. Depuis qu'elle était revenue à la civilisation, il l'avait vue s'épanouir. Le temps qu'elle avait passé avec les autres femmes l'avait aussi beaucoup aidée.

Son Heather était une vraie dure à cuire.

Attendez... *son* Heather ?

Oui.

Oui c'était exactement ce qu'elle était.

Il avait été obsédé à l'idée de la retrouver, de l'aider depuis que Brock et Finley lui avaient parlé de cette femme mystérieuse qui les avait sauvés. Il comprenait maintenant que l'année qu'elle avait passée seule dans les bois avait été une excellente thérapie en soi. Elle avait réalisé qu'elle pouvait subvenir à ses besoins. Elle n'avait pas besoin d'un homme. Elle pouvait faire ce qu'elle voulait, quand elle voulait et ça avait dû être très libérateur pour elle.

Tal n'était pas certain que sa haine envers Cypress soit tout à fait saine, mais il préférait ça à une éventuelle pitié pour cet homme ou un désir de le protéger.

— Il faut qu'on parle de quelque chose.

Ses grands yeux vert bleu le regardèrent avec attention.

— Maintenant que ton histoire est publique, j'ai peur que la frénésie médiatique à laquelle nous avons assisté hier soir ne soit que la partie émergée de l'iceberg. Il y a de fortes chances que Cypress ou ceux que tu connaissais l'apprennent. Ils sauront que tu es en vie et ici, à Fallport.

Il la regarda blêmir. Elle serra un peu plus ses doigts autour de sa main.

— Tu es en sécurité ici, lui dit-il rapidement. Mais il faut que tu le saches pour pouvoir te protéger. Tu penses que quelqu'un pourrait venir jusqu'ici pour essayer de te convaincre de repartir avec eux ?

Heather acquiesça, mais ne dit rien.

Tal n'avait pas envie de lui poser cette question, mais il se sentit obligé de le faire.

— Tu penses qu'il pourrait faire ou dire quelque chose qui te convaincrait de partir ? Je sais que ça fait longtemps que tu as quitté ce monde, mais ils t'ont manipulée pendant vingt ans. Si Cypress revenait et commençait à te crier dessus en te menaçant avec la tente des punitions… tu penses que tu partirais avec lui ?

Même s'il lisait la peur dans ses yeux, elle se redressa et lui répondit :

— Je ne repartirai jamais, *jamais* avec Cypress Goodson. Peu importe ce qu'il dit, peu importe ce qu'il fait, je ne partirai pas en Floride avec lui, jura Heather.

— Il pourrait te forcer, l'avertit Tal.

— Alors je me battrai. Je ne suis plus celle qu'il a connue. Je ne suis plus Sunset. Je suis Heather Brown. *J'aime* ma vie maintenant. J'ai des amis et un lit confortable. Je suis bien au chaud et je ne suis plus obligée de porter cette horrible robe marron. Je peux porter des chaussures et regarder les hommes dans les yeux et j'apprends à mieux lire et écrire. J'aime vivre dans ton monde, Talon. Je ne voudrais jamais partir.

Il sentit son cœur se gonfler dans sa poitrine. Il ne put s'empêcher d'amener leurs mains jointes à ses lèvres pour embrasser le dos de sa main avec respect.

— Et j'aime t'avoir dans mon monde, chérie.

Puis Heather le surprit en se penchant en avant pour poser la cannette de soda sur la table d'appoint près du canapé et se rapprocha de lui. Elle relâcha sa main pour enrouler un bras autour de son ventre… et se *blottir* contre lui.

C'était aussi naturel que de respirer, comme s'ils s'asseyaient ainsi tous les soirs.

Tal inspira lentement, adorant la sensation de cette femme contre lui, le parfum de son shampoing et de sa lotion sucrée remontant jusqu'à ses narines. Il passa un bras autour de ses épaules et aucun d'eux ne parla, ils apprécièrent seulement la présence de l'autre.

— Ça m'avait manqué, dit-elle doucement au bout de quelques minutes.

— Quoi ? demanda Tal.

— Ça. Les câlins. Le contact humain. Personne dans La Communauté ne se touchait en dehors des relations sexuelles. Pas d'étreintes. Pas de poignées de main. Arrow avait l'habitude de *me* toucher. Mais je n'avais même pas le droit de le toucher durant mes devoirs conjugaux. Je devais simplement rester allongée jusqu'à ce qu'il ait terminé. Pareil avec Cypress.

— Ne parlons plus de ça, dit Tal d'un ton bourru. Ce n'étaient pas des devoirs conjugaux parce que tu n'étais pas mariée, putain.

— Tout ce que je dis c'est que... ça, c'est agréable.

Tal fit de son mieux pour oublier ses paroles. Il était heureux qu'elle ne semble pas complètement brisée et traumatisée par ce qu'elle avait été forcée de faire, mais cela le dérangeait encore beaucoup.

— Pour moi aussi, la rassura-t-il.

— Talon ? demanda-t-elle en levant la tête pour pouvoir croiser son regard.

— Oui ?

— Tu crois que quelqu'un acceptera d'être avec moi après avoir appris ce qu'il s'est passé ? Tu sais... que j'ai été kidnappée.

Il fronça les sourcils, surpris par sa question.

— Bien sûr ? Pourquoi ?

— Je ne sais pas, dit-elle en haussant les épaules.

Tal attendit un peu et comme elle n'ajoutait rien de plus, il dit :

— Tu peux tout me dire, Heather. Dis-moi ce qui te préoccupe.

Elle avait baissé les yeux après avoir posé sa question. Mais après ce qu'il venait de dire, elle le regarda à nouveau.

— Tu penses qu'un jour *tu* pourras ressentir autre chose que de l'amitié pour moi ?

Il faillit s'étouffer face à sa question. Il avait cru avoir été plutôt clair lorsqu'il lui avait dit à quel point elle commençait à compter pour lui il n'y a pas si longtemps. Mais soit elle avait besoin d'être rassurée, soit elle n'avait pas compris ce qu'il voulait dire.

Il fallait qu'il y aille doucement. Il ne savait pas si elle était prête à parler d'une future relation... ou même s'il devait en poursuivre une avec elle, peu importe à quel point il en avait envie. Cependant, deux choses étaient très claires dans son esprit... Premièrement, il ne voulait même pas l'*imaginer* avec un autre homme. Et deuxièmement, il ne voulait pas dire ou faire quoi que ce soit qui puisse la blesser un peu plus qu'elle ne l'était déjà.

Il avait visiblement mis trop de temps à répondre, car elle commença à se libérer de son étreinte.

Tal resserra son emprise, refusant de la laisser partir. Finalement, il lui dit simplement :

— Oui.

Elle le regarda fixement.

— Oui ? demanda-t-elle en inclinant légèrement la tête sur le côté.

— Oui, répéta-t-il. Si je n'avais pas ressenti un lien profond avec toi, je t'aurais directement amenée voir Simon. Il aurait pu te trouver un endroit où vivre, aurait échangé avec des associations pour femmes pour te trouver des vêtements et autres produits de nécessité. Je ne t'aurais pas présentée à mes amis et ne t'aurais pas encouragée à te lier d'amitié avec eux. Je ne dormirais pas à côté de toi toutes les nuits. Je ne m'inquièterais pas autant que quelqu'un de cette foutue secte apprenne que tu es ici et ne fasse ou ne dise quelque chose qui te donne envie de retourner avec eux. Tu es entrée dans mon cœur comme aucune autre femme ne l'a jamais fait auparavant, Heather. Ça me terrorise. *Tu* me terrorises. Je ne veux rien faire qui puisse te donner envie de partir. La nuit, je reste éveillé pour t'écouter respirer et je remercie Dieu de t'avoir trouvée. Que tu ailles à peu près bien. Que tu aies réussi à garder une belle personnalité, même après que le Diable a essayé de la faire disparaître. Alors est-ce que je pense pouvoir ressentir quelque chose pour toi qui aille au-delà de l'amitié ? Chérie... c'est déjà le cas.

Il chuchota les derniers mots, mais Tal ne pouvait pas lui mentir. Il le refusait.

Elle l'observa sans ciller. En entendant les quatre derniers mots, ses lèvres s'étirèrent en un merveilleux sourire.

— Moi aussi, dit-elle.

Sa réponse provoqua des décharges électriques dans son cœur, mais il ne réagit pas.

— Tu as besoin de plus de temps. Ça ne fait pas si longtemps que tu as quitté la forêt. Je suis le seul homme que tu aies réellement fréquenté.

Elle secoua fermement la tête.

— J'ai fréquenté beaucoup d'hommes, rétorqua-t-elle.

Tal repoussa une mèche de ses cheveux sur sa joue pour la caler derrière son oreille. Il adorait à quel point ses cheveux étaient doux et soyeux désormais. Il les avait assez coupés pour qu'ils tombent au niveau de ses omoplates et pour le moment, elle ne lui avait pas dit qu'elle voulait arrêter. Plus il les coupait, plus ses cheveux bouclaient.

Il lutta pour ne pas glisser ses mains dans ses superbes ondulations.

— Des hommes normaux, rectifia-t-il. Des hommes bien.

Il lut l'obstination dans ses yeux et Tal se prépara instinctivement.

— Je t'ai observé, dit-elle. Dans les bois. Je vous ai suivis tes amis et toi pendant que vous meniez vos recherches, même si je ne comprenais pas très bien ce qu'elles étaient à l'époque. Mais j'ai vu ta façon de rire avec eux, comment tu étais sérieux quand il le fallait, comment tu faisais attention avec les gens qui étaient perdus et blessés. J'ai écouté vos conversations. Et j'ai observé les autres randonneurs dans la forêt. J'ai entendu comment les hommes parlaient des femmes quand ils étaient avec leurs copains. Je les ai écoutés se vanter de toutes les relations sexuelles qu'ils avaient eues. Comment ils détestaient leur travail, comment ils volaient des choses à leur employeur. C'est incroyable ce qu'on peut apprendre sur les gens en les observant et en les écoutant lorsqu'ils pensent être seuls avec leurs amis. J'ai côtoyé d'autres hommes que ceux de La Communauté, et toi, Talon, tu es celui que je veux. Tu m'as dit que je vivais désormais dans ton monde, et c'est ce que je veux. Je veux être dans ton monde. Tu ne me feras pas de mal et je peux te faire confiance. Tu me l'as dit et répété, mais tu me l'as aussi prouvé. Je sais que je ne suis pas très intelligente, que je suis différente, mais si tu me donnes une chance, je peux apprendre. Je peux être comme les autres femmes que tu as fréquentées.

Le cœur de Tal faillit se déchirer en l'entendant se dénigrer de la sorte. Sans réfléchir, il s'allongea sur le canapé, entraînant Heather avec lui. Elle se retrouva à califourchon sur son ventre, tandis qu'il s'allongeait sous elle.

— Tu *peux* me faire confiance et je ne te ferai *jamais* de mal, lui dit-il sincèrement. Et tu es la femme la plus intelligente que je connaisse. Je ne connais personne d'autre qui aurait pu faire ce que tu as fait. Tu as déjoué les plans de Cypress et des autres. Tu t'es cachée là où ils ne pouvaient pas te trouver. Tu les as forcés à partir sans toi. Tu t'es sauvée toute seule, et c'est incroyablement surprenant... et très sexy. Tu te souviens quand je t'ai parlé de ces femmes et de ces enfants ? Ceux que je n'ai pas pu sauver ?

Elle acquiesça. Elle avait les mains à plat sur son torse, se positionnant sur lui.

— S'ils avaient été à moitié aussi courageux que toi, ils auraient trouvé un moyen de se sauver. Ce n'est probablement pas juste de ma part de dire ça, parce que je ne connais pas leur situation. Mais en te sauvant toi-même, en étant capable de survivre dans la forêt – dans une putain de robe et pieds nus en plus – tu m'as touché comme aucune autre femme ne l'avait fait auparavant. Si tu me veux, je suis à toi, lui promit-il. Cependant je pense quand même que d'ici quelque temps tu verras que tu as le monde entier devant toi. Et que des hommes seraient prêts à faire la queue pour pouvoir t'appeler leur femme. Mais jusqu'à ce que tu ne veuilles plus de moi, je serai très heureux d'être à toi. Pour t'aider à naviguer dans un monde qui te semble encore un peu déroutant.

Elle eut à nouveau les larmes aux yeux et elle lui demanda :

— Tu es à moi ? Tu ne veux pas plutôt dire que je suis à toi ?

— Non. Je ferai tout pour toi. Tout ce que tu veux, je me plierai en quatre pour te l'offrir. Tu *n'appartiendras* plus jamais à personne, Heather. À moins que tu ne *choisisses* de t'offrir à quelqu'un. Tu es libre de toutes ces conneries. À partir de maintenant, c'est toi qui décides de ton destin. Pas moi ni personne d'autre. C'est toi qui décides de ce que tu veux. Je serai heureux de te guider, de te donner toutes les informations dont tu as besoin pour prendre ces décisions, mais c'est toi qui es aux commandes. De ce que nous allons faire à partir de maintenant... de tout.

Une larme roula sur sa joue et elle l'essuya avec impatience.

— J'ai envie de t'embrasser, lui dit-elle doucement. J'ai vu que Lilly, Elsie et les autres embrassent leurs maris. Mais on ne m'a jamais embrassée avant.

Talon sentit son cœur se serrer dans sa poitrine. Il se força à relâcher sa taille et ramena ses bras au-dessus de sa tête, essayant de paraître le moins menaçant possible.

— Alors, embrasse-moi, dit-il doucement.

Elle sourit... puis fronça immédiatement les sourcils.

— Qu'est-ce qui ne va pas ?

— Je n'ai jamais... C'est bizarre d'être au-dessus de toi.

La colère envers les hommes qu'elle avait connus dans son passé menaçait de le submerger à nouveau. Il ne comprenait que trop bien ce qu'elle voulait dire.

— Ce n'est pas bizarre, la rassura-t-il. Dans les relations normales, c'est parfois l'homme qui est au-dessus, parfois la femme. Il y a beaucoup de façons différentes pour les couples d'être intimes. Ce n'est que l'une d'entre elles.

Il vit qu'elle comprenait. Elle acquiesça.

— Donc je peux t'embrasser ?

— Tu peux m'embrasser n'importe quand, n'importe où, quand tu veux, lui dit Tal avec ferveur.

— Tu me le diras si je m'y prends mal ? demanda-t-elle.

— Tu ne peux pas t'y prendre mal, chérie, lui dit-il. Je te le promets.

Il savait qu'il n'aurait pas dû faire ça. Il aurait dû lui laisser plus de temps. Elle s'accrochait très probablement à lui parce qu'il était le premier homme à avoir été gentil avec elle en vingt ans. Mais il ne pouvait pas le lui refuser. Il était allé trop loin pour revenir en arrière. La seule chose qu'il pouvait *faire* était de lui donner ce qu'elle voulait. La laisser expérimenter. Lui rendre sa liberté et son indépendance... et prier pour qu'elle veuille rester avec lui à la fin.

Si elle le quittait, il serait détruit, mais si c'était ce qu'elle voulait, il la laisserait partir avec le sourire.

Alors qu'elle se penchait lentement vers lui, Tal crut que son cœur allait jaillir hors de sa poitrine. Il garda les yeux ouverts, tout comme elle, tandis que ses lèvres effleuraient les siennes de façon hésitante.

Elle s'écarta un instant et baissa les yeux vers lui.

— Comme ça ?

— Oui comme ça, acquiesça-t-il. Essaie à nouveau, un peu plus fort.

Elle se pencha et cette fois-ci ses lèvres se pressèrent contre les siennes. Il ne put s'empêcher d'ouvrir la bouche et de lécher sa lèvre inférieure.

Elle sursauta et le regarda, les yeux écarquillés.

— Parfois, on s'embrasse avec la langue. On lèche, on suce, on mordille, lui expliqua-t-il.

Heather se lécha les lèvres et Tal faillit gémir.

Lorsqu'elle l'embrassa à nouveau, sa réticence avait déjà disparu.

Cette fois-ci, elle *lui* lécha la lèvre et il lutta pour garder ses mains là où elles étaient. Il avait envie de glisser les mains dans ses cheveux et de la maintenir tout en la dévorant. Mais il lui avait dit que c'était elle qui était aux commandes et il était hors de question qu'il revienne sur sa promesse.

Ses longs cheveux tombaient autour d'eux, comme une sorte de rideaux, les protégeant du monde extérieur tandis que leur baiser se prolongeait.

Elle apprit vite, suivant son exemple. À chaque fois qu'il faisait quelque chose, elle le reproduisait. Lorsqu'il mordilla sa lèvre inférieure, elle fit de même. Lorsqu'il gémit, elle fit pareil.

Elle n'eut rapidement plus besoin d'imiter ses gestes, elle prit le contrôle du baiser. Sa langue le pénétra très vite, leurs têtes s'inclinèrent et ils s'embrassèrent à pleine bouche.

Elle avait le goût du soda sucré qu'elle avait bu et Tal avait le sentiment qu'il ne pourrait plus jamais boire un Sprite sans se rappeler ce moment. L'une de ses mains se porta sur sa joue pendant qu'ils s'embrassaient. Elle passa légèrement ses doigts sur sa barbe courte, et le son rauque et silencieux de ses poils contre sa peau lui donna la chair de poule.

Elle s'écarta pour reprendre son souffle, et Tal réalisa qu'il haletait aussi fort qu'elle.

— J'aime bien embrasser, lui dit-elle en rougissant.

— Moi j'aime bien *t'*embrasser, répondit-il.

— J'aime bien être au-dessus aussi, dit-elle d'un ton innocent. Des images de ce qu'il pourrait faire avec elle sur lui jaillirent dans son esprit. Il lutta de toutes ses forces pour ne pas se jeter sur elle. Son sexe était dur comme la pierre, mais heureusement, elle ne l'avait pas encore senti. Cependant, ce n'était qu'une question de temps. Elle était innocente à bien des égards, mais elle savait sûrement ce que son érection signifiait, et il ne voulait pas lui rappeler de mauvais souvenirs.

Dès qu'il eut cette idée, Heather se mit en mouvement. Elle se rassit et en s'exécutant, elle recula assez pour que son entrejambes vienne se loger contre son sexe.

Ils se figèrent alors tous les deux.

CHAPITRE QUATORZE

— Ignore ça, lui dit Talon.

La première réaction d'Heather fut d'avoir peur. Elle savait ce que signifiait un pénis dur. Elle avait senti celui de Cypress et Arrow assez souvent entre ses jambes. Mais elle avait toujours été sous eux. Le simple fait d'être au-dessus de Talon changeait tout.

Sans réfléchir, elle se balança légèrement contre le corps de Talon, juste une fois. Le fait d'être au-dessus de lui, lui procurait une sensation... de puissance. Et ça lui plaisait. Beaucoup.

— Heather, l'avertit-il sans bouger pour autant.

Il ne l'attrapa pas. Il ne la força pas à arrêter ou à se tourner pour qu'elle se retrouve sous lui. Le pouvoir qu'elle éprouvait face à son acceptation était étourdissant.

Observant l'homme sous elle, elle vit qu'il serrait les poings au-dessus de sa tête. Il avait les lèvres gonflées par leurs baisers.

S'embrasser n'avait *rien* à voir avec ce qu'elle avait imaginé. C'était... presque bouleversant. La première fois que Talon avait touché sa langue avec la sienne, cela lui avait paru étrange. Mais lorsqu'il avait mordillé sa lèvre inférieure, elle avait eu l'impression d'être parcourue par un courant électrique qui était descendu de ses tétons à son entrejambe.

Elle n'avait jamais expérimenté une telle sensation.

Et désormais, elle était extrêmement curieuse. Elle avait déjà vu un pénis auparavant, mais seulement grâce à des coups d'œil rapides dans l'obscurité. Lorsqu'Arrow et Cypress couchaient avec elle, tout se terminait toujours très vite. Et ils ne lui avaient pas paru aussi larges et durs que Talon.

Elle recula pour s'asseoir sur ses cuisses et observa la bosse sous son jean. Elle tendit la main pour le toucher sans réfléchir.

— Heather ! répéta Talon lorsque ses doigts touchèrent le jean.

Elle observa son visage. Un muscle se contractait au niveau de sa mâchoire et tout son corps semblait tendu. Elle sentit ses cuisses se raidir sous ses fesses.

— N'ouvre *pas* mon jean, ordonna-t-il.

Elle pencha la tête sur le côté, perplexe.

— C'est trop tôt, chérie. Je ne veux pas t'effrayer. Ou te provoquer des flashbacks. Tu peux me toucher si tu en as vraiment envie...mais seulement à travers mes vêtements. OK ?

Elle acquiesça immédiatement. Être libre de toucher cet homme était excitant. Elle resserra sa main autour de la grosse bosse entre ses jambes, et il gémit bruyamment, cambrant subtilement le dos.

Le pouvoir qu'elle éprouva à cet instant fut aussi étrange que le fait d'être au-dessus, pourtant, qu'est-ce que c'était satisfaisant ! Quand avait-elle ressenti avoir un jour le pouvoir ? Jamais. Dans La Communauté, elle devait faire ce qu'on lui disait, tout le temps. Elle n'avait aucun contrôle sur ce qu'elle portait, ce qu'elle mangeait, à qui elle parlait ou ce qu'elle pouvait dire. Mais ici, avec Talon elle pouvait faire ce qu'elle voulait quand elle le voulait. Elle pouvait manger du chocolat sans devoir faire des choses douloureuses d'abord. Elle pouvait manger quand elle avait faim. Elle pouvait porter les vêtements qu'elle voulait.

Et elle pouvait toucher au lieu *d'être* touchée.

— C'est agréable ? demanda-t-elle.

— Tu n'imagines pas à quel point, chérie, haleta-t-il.

Talon pensait réellement qu'elle ne voudrait plus de lui une fois qu'elle aurait rencontré d'autres hommes, mais il se trompait. Elle avait essayé de lui expliquer, mais elle avait l'impression qu'il ne la croyait pas.

Certes, elle ne le connaissait pas depuis longtemps, mais elle l'avait *vu*. Elle l'avait observé. C'était un homme bien et rien de ce qu'elle n'avait vu ou entendu depuis qu'il était apparu devant sa grotte n'avait changé son opinion.

S'il croyait qu'elle était assez bête pour vouloir être avec quelqu'un d'autre, il se trompait lourdement. Elle avait surtout peur qu'il ne se lasse *d'elle*. Elle était bien consciente de tout ce qu'elle devait apprendre. Il était probable que Talon se lasse d'avoir à expliquer les choses et de marcher sur des œufs en permanence pour ne pas devoir la contrarier.

En vérité... Heather était plus que prête à aller de l'avant. On l'avait privée d'une vie normale pendant deux décennies et elle ne voulait plus perdre un seul instant.

Elle voulait ce que Lilly avait. Ce qu'Elsie, Bristol, Caryn et Finley avaient. Elle voulait un homme qui l'aime comme leurs hommes les aimaient. Et elle voulait que Talon soit cet homme.

Elle continua de tracer le contour de son pénis à travers son jean, ses tétons se durcissant à mesure qu'elle découvrait la taille et la forme de son sexe.

— Tu es large, lâcha-t-elle avant de grimacer.

Elle avait l'air stupide.

— Pas *trop* large, dit Talon qui ne semblait ni offensé ni choqué par ses paroles.

Heather se tortilla sur lui.

— Embrasse-moi à nouveau, Heather, exigea-t-il.

Elle n'avait aucun problème avec cet ordre ; elle voulait encore expérimenter ses baisers.

Se redressant, elle dut lâcher son pénis, mais elle s'aplatit sur lui pour pouvoir encore le sentir entre ses jambes tandis qu'ils s'embrassaient.

Elle ne savait absolument pas depuis combien de temps ils s'embrassaient lorsqu'elle leva finalement la tête et fronça les sourcils.

— Quoi ? Qu'est-ce qui ne va pas ? demanda-t-il immédiatement.

Il était tellement en phase avec elle. Ça aurait pu l'effrayer si ça n'avait pas été si agréable.

— Tu veux bien... tu ne me touches pas, dit-elle, hésitante.

— Je ne veux pas te faire peur, dit-il. C'est toi qui commandes, Heather.

— Tu ne me fais pas peur. Tu ne me feras pas de mal. Je... je ne suis pas sûre de vouloir être sous toi, mais tu peux me toucher... si tu veux.

— Oh crois-moi j'en ai envie, souffla Talon.

Il baissa lentement les bras et l'une de ses larges paumes remonta le long de son bras, de son poignet à son épaule. Ses doigts lui caressèrent la colonne vertébrale avant de se poser sur le bas de son dos et il la serra un peu plus fort contre lui. Il effleura sa joue des doigts et lui agrippa la nuque.

— Embrasse-moi encore, dit-il.

Elle baissa la tête avant même qu'il n'ait fini de parler. Cette fois-ci, lorsqu'ils s'embrassèrent, Talon la tint fermement dans ses bras. Son pouce caressa la peau sensible de son cou d'avant en arrière tandis qu'il l'embrassait et il la dévora, même en se trouvant en dessous d'elle.

Heather ne parvenait pas à rester en place, ses hanches se frottant contre son pénis dur. C'était tellement bon ! Elle avait envie de plus. Elle voulait se rapprocher encore plus de lui.

Au bout de plusieurs minutes, il rompit leur baiser, mais garda la main sur sa nuque. Il plaqua son front contre le sien et chuchota :

— Plus fort, chérie. Frotte-toi plus fort contre moi. Prends ce que tu veux.

Alors elle s'exécuta. Elle aimait la force avec laquelle il la tenait contre lui, mais ne savait pas pourquoi. Chaque fois qu'elle avait été tenue fermement par un homme, cela avait été terrifiant.

Les doigts de Tal se glissèrent sous la ceinture de son pantalon cargo et elle put les sentir contre la peau sensible de ses fesses. Heather continua à se frotter à lui, le regardant dans les yeux tandis qu'il poussait ses hanches contre elle, encore et encore, puis s'arrêta brusquement.

Un long gémissement lui échappa avant qu'il ne soupire et ferme finalement les yeux.

Il s'immobilisa sous elle et Heather se figea. Elle ne comprenait pas bien ce qui venait de se passer.

Elle était perplexe et son corps était parcouru de picotements.

— Bon sang, Heather, dit Talon quelques secondes plus tard tandis qu'il ouvrait les yeux et la regardait avec étonnement.

— Qu'est-ce qu'il s'est passé ? Ça va ? demanda-t-elle.

Talon parut déconcerté durant une seconde, puis soupira à nouveau.

— Tu ne sais pas ?

Elle secoua la tête.

— J'ai joui.

Heather fronça les sourcils.

— Tu sais ce que ça veut dire ?

— Oui. Mais je croyais que ça ne pouvait arriver que lorsqu'un homme pénétrait sa femme.

Une lueur de colère brilla dans ses yeux avant qu'il ne se reprenne.

— Non. Les hommes comme les femmes peuvent éprouver du plaisir et avoir un orgasme à tout moment avec la bonne stimulation. Nous pouvons nous masturber, nous toucher pour ressentir ce plaisir tout comme quelqu'un peut nous toucher et faire de même.

Heather n'en revenait pas.

— On peut se toucher ? Ce n'est pas illégal ?

— Non.

— Et nous ne sommes pas obligés d'être mariés pour faire ça ?

— Non.

— Et les femmes... peuvent le faire aussi ?

— Oui.

Elle était émerveillée. Et à nouveau furieuse. Il y avait tellement de choses que La Communauté avait interdites que ça en devenait ridicule.

— Et tu as juste... ça t'a plu ?

Talon se mit à rire. Elle sentit son ventre remuer sous elle.

— Ça ne m'a pas seulement plu, j'ai *adoré*, la rassura-t-il. Je ne me souviens pas de la dernière fois où j'ai joui dans mon pantalon comme ça. Il a suffi que tu m'embrasses et que tu te frottes contre moi... je n'ai pas pu me retenir.

Heather ressentit soudain de la fierté. C'était *elle* qui lui avait fait ça. Elle se pencha en avant pour regarder entre leurs deux corps. Il n'était plus dur, mais elle perçut une tache sombre sur son jean entre ses jambes.

— Tu as l'air fière de toi, dit Talon avec un rictus.

— C'est juste que... je ne savais pas que ça pouvait arriver sans que tu sois en moi.

— Tu n'as jamais eu d'orgasme, n'est-ce pas ? demanda doucement Talon.

Heather secoua la tête, pas du tout gênée. Après tout, c'était son Talon.

Il sourit, sa fossette visible à travers sa barbe.

— On va bien s'amuser.

Si quelqu'un lui avait dit que le sexe pouvait être amusant, Heather aurait éclaté de rire. Le sexe n'avait rien d'amusant. Ce n'était pas confortable, pas agréable et n'avait rien de positif. C'était un devoir. La plupart du temps, c'était douloureux. C'était quelque chose qu'il fallait subir en espérant que cela passe vite.

— Mais pas tout de suite. Je pense que c'est assez d'éducation sexuelle pour aujourd'hui, dit-il en se redressant, tenant Heather sur ses genoux avec facilité.

La façon dont il la déplaçait sans aucun problème lui fit réaliser pour la première fois à quel point Talon était fort. Il aurait pu la forcer à être sous lui à tout moment. Il aurait pu l'attraper et lui faire vraiment mal. Mais il l'avait laissé prendre le contrôle. Il s'était couché sous elle docilement, sans hésitation.

Talon prit son visage dans ses mains.

— Est-ce que ça va ?

Elle fronça les sourcils.

— Oui, pourquoi ?

— C'est vite devenu très intense. Et tu as fait des choses que tu n'avais encore jamais faites auparavant.

Et voilà qu'il était à nouveau gentil et protecteur. Heather se délectait de sa sollicitude.

— Je vais bien.

— Tant mieux.

— Je... tu m'aimes vraiment bien ? demanda-t-elle.

Elle aima immédiatement son regard doux.

— Oui, je t'aime vraiment bien.

Elle sourit.

— Mais il faut que j'aille me changer, dit-il.

Heather gloussa.

— Oui, effectivement.

— Tu es clairement fière de ce que tu as fait, dit-il.

— Un peu, avoua-t-elle.

— Tu as raison. Je suis connu pour mon sang-froid. Sur le champ de bataille. Le contrôle de mes émotions et de ma sexualité. Mais avec toi, chérie, je ne contrôle *rien du tout*.

— Je suis désolée ? dit-elle d'un ton hésitant.

— Ne le sois pas. Je ne suis plus que de la pâte à modeler entre tes mains. Et j'adore ça.

Sur ce, il se leva et posa les pieds d'Heather sur le sol. Il attendit qu'elle soit stable pour se pencher vers elle et l'embrasser doucement sur les lèvres. Ce n'était pas un baiser passionné comme auparavant, mais c'était tout aussi agréable.

— Je ne serai pas long.

Heather le regarda se diriger vers le couloir. Elle sourit et serra ses bras autour d'elle tandis qu'il disparaissait de son champ de vision. Lorsqu'elle l'avait espionné dans les bois, elle avait tout de suite remarqué Talon, même si elle ne savait pas que c'était lui qui lui laissait des cadeaux. Elle ne savait pas comment elle avait pu être aussi chanceuse que ce soit *lui* qui *la* trouve. La détermination à prendre sa vie en main monta en elle. Arrow détestait toujours lorsqu'elle avait quelque chose en tête. Elle était têtue et il n'avait pas réussi à la faire changer. Talon pensait peut-être qu'elle déciderait de se tourner vers quelqu'un d'autre après avoir connu d'autres hommes, mais il se trompait.

Plus tard, après que Talon eut terminé sa douche, tout entre eux semblait... plus facile. Il la touchait plus... des petites caresses, il effleurait le bas de son dos avec ses doigts lorsqu'il passait à côté d'elle dans la cuisine, passait une main le long de son bras, s'asseyait juste à côté d'elle sur le canapé pendant qu'ils regardaient la télévision au lieu d'être assis chacun de leur côté, ce genre de choses.

Ils étaient en train de se détendre après avoir dîné – il lui avait appris à faire des aubergines au parmesan, qu'elle adorait – lorsque le téléphone de Talon sonna.

— Tal à l'appareil, dit-il en décrochant. Il est un peu tard là... bon... OK. On t'attend.

Il raccrocha en soupirant.

Heather se tourna vers lui avec appréhension.

— Quoi ?

— C'était Simon. Il veut venir te parler de quelque chose.

Elle ne put s'empêcher de se crisper.

— Ça va bien se passer. Je ne laisserai rien t'arriver.

Respirant doucement par le nez, Heather acquiesça.

Dix minutes plus tard, on toqua à la porte. Talon se leva

pour aller ouvrir tandis qu'Heather se tenait nerveusement à côté du canapé. Il revint dans la pièce quelques secondes plus tard, le chef de la police derrière lui.

— Ça fait plaisir de te revoir, dit Simon en hochant la tête.

Heather lui fit un petit sourire, mais saisit la main de Talon en même temps. Le chef de la police ne manqua pas de remarquer cette complicité entre eux, mais Heather s'en fichait. Elle voulait que tout le monde sache que cet homme était à elle. Elle ne comptait pas le rendre... il lui avait dit qu'il serait à elle aussi longtemps qu'elle le souhaiterait et elle le voulait pour toujours.

— Je voulais vous parler de la presse, dit Simon après qu'ils se soient tous assis.

— Ils sont hors de contrôle, grommela Talon.

— Tu n'as encore rien vu, dit le chef en secouant la tête. Depuis le dîner quand vous avez fui le restaurant, il y en a d'autres qui sont arrivés. Ils se sont tous garés le long de la place et de Main Street, l'hôtel près de l'autoroute est plein. Whitney et Edna ont refusé de louer des chambres à tous ceux qui ressemblent de près ou de loin à des journalistes, ce qui est bien, mais je pense que ces types ne partiront pas tant qu'ils n'auront pas obtenu une quelconque déclaration.

— On ne va pas faire défiler Heather comme une bête de foire pour leur bon plaisir, dit Talon d'un ton sec.

— Et ce n'est pas ce que je vous demande. La ville resserre les rangs, répondit-il.

— Qu'est-ce que ça veut dire ? demanda Heather.

— Ça veut dire que la surprise et l'excitation que tout le monde a pu ressentir lorsqu'ils ont appris qui elle était vraiment commencent à s'estomper car beaucoup de journalistes se montrent impolis et insistants. Tu es Heather Brown, une habitante de longue date. Et vu la façon dont se comportent les journalistes, en parlant à tous ceux qu'ils trouvent, posant des questions indiscrètes sur toi et ce que tu as subi, les habitants de Fallport commencent à être écœurés. Ils sont de votre côté.

Je pense que si vous vous aventurez dehors, ils seront plus que disposés à vous défendre. Pour créer un rempart entre vous et les journalistes si besoin. Mais...

Il se tut.

— Ça ne va pas suffire, conclut Talon.

— Exactement. Les journalistes n'enfreignent pas les lois en venant ici. Ils sont très pénibles, mais ce n'est pas illégal de traîner ici en attendant de pouvoir apercevoir Heather.

— Alors qu'est-ce que je fais ? demanda-t-elle. Il faut que je parte ? Que je retourne dans ma grotte pour le moment ?

— Non ! lâcha Talon avant de se tourner vers elle. C'est chez toi ici maintenant. Et ces connards ne vont pas te chasser.

Son côté protecteur provoqua à nouveau une vague de chaleur en elle.

— Alors quoi ?

— Je pense que si tu choisissais quelques personnes respectables à qui raconter ton histoire, la curiosité finirait par s'estomper, suggéra Simon.

— Non, dit Talon en secouant la tête.

— Écoute-moi, dit-il d'un ton apaisant. Je ne dis pas que vous devriez tenir une énorme conférence de presse, mais tout le monde meurt d'envie d'en savoir plus sur Heather et ce qu'elle a vécu. Regarde les choses en face Tal, c'est une grande nouvelle. Et pense aux parents dont les enfants aussi ont disparu. Ils feraient tout pour retrouver leurs gamins en vie. En prenant la parole pour raconter son histoire, ça pourrait donner de l'espoir à ceux dont les enfants ont disparu.

— Et ça pourrait les anéantir davantage s'ils n'obtiennent pas de nouvelles informations, rétorqua Talon. Tu sais aussi bien que moi à quel point c'est inespéré qu'Heather soit en vie. Malheureusement, la majorité des enfants qui se font enlever ne sont pas si chanceux.

— Je le sais *bien*. Mais c'est pour ça que tout le monde est si intrigué. Tu te souviens quand Elizabeth Smart a été retrouvée ? C'était un miracle et elle est vite devenue la chouchoute de l'Amérique. Mais après quelques interviews, elle a pu reprendre une vie normale. Et puis il y a eu Jaycee Dugard. Elle a été séquestrée pendant dix-huit ans, a eu deux enfants de son ravisseur et est aujourd'hui libre. Sans parler de Shawn Hornbeck, Katie Beers, Carlina White, Elisabeth Fritzl. Il y a aussi Michelle Knight, Amanda Berry, Gina DeJesus...

— C'est différent, insista Talon.

— Non, dit doucement Simon.

— Attendez, qui sont tous ces gens ? demanda Heather.

— Ils ont tous été kidnappés, détenus pendant des mois voire des années avant d'être retrouvés. Ils ont pu mener une vie relativement normale depuis, et ils ne sont pas traqués par la presse sans relâche, expliqua Simon.

— Ils étaient comme moi ? Et ils vont bien ? souffla Heather.

— Oui.

Heather se tourna vers Talon.

— Je peux les rencontrer ?

Il soupira.

— Je ne sais pas.

— Là, tout de suite, tu pourrais probablement demander à Opal Williams de t'interviewer et elle serait d'accord, dit Simon.

— Qui ça ? demanda Heather à Talon en murmurant.

— C'est une actrice très connue qui est devenue animatrice de talk-show. Dernièrement, elle est connue pour interviewer des célébrités et d'autres personnes qui ont été impliquées dans des événements très médiatisés.

— Comme le mien ? demanda Heather.

Tal acquiesça, puis se tourna vers Simon.

— Je n'aime pas ça.

— Moi non plus, mais le fait est que ces journalistes ne partiront pas tant qu'ils n'auront pas obtenu ce que tout le monde veut. Et si elle rencontre une journaliste de son choix et raconte son histoire... peut-être que les autres se désintéresseront puisque quelqu'un d'autre aura eu le scoop.

Talon soupira.

— Plus elle attire l'attention, plus il y a de chances que l'un des connards qui l'a enlevée à l'époque s'en prenne à elle.

— Et ça nous permettra de l'arrêter. On pourra ainsi obtenir plus d'informations sur les enfants qu'ils ont enlevés et l'endroit où ils vivent désormais, rétorqua Simon. J'ai contacté les autorités en Floride, je leur ai parlé de La Communauté et du fait qu'il est fortement possible qu'ils se soient installés dans cet État. J'ai informé le FBI, le Bureau des enquêtes criminelles et du renseignement, et le FDLE... le Département des forces de l'ordre de Floride. Mais si l'histoire d'Heather se répand dans tout le pays, tout le monde, y compris les civils, sera en état d'alerte, et nous espérons qu'ils pourront être trouvés et arrêtés le plus tôt possible.

Heather garda les yeux rivés sur Talon. Il était en train de fixer Simon et refusait de la regarder.

— Talon ? chuchota-t-elle.

Il lui serra à nouveau la main, mais ne tourna pas la tête.

— Talon, répéta-t-elle. Si raconter mon histoire peut aider d'autres enfants à s'éloigner d'eux, je veux le faire.

Il prit une grande inspiration et la regarda enfin.

— Je ne veux pas que tu te précipites. Et je ne veux pas que tu fasses quelque chose qui pourrait te blesser.

— Tu resteras avec moi ?

Il fronça les sourcils.

— Bien sûr que oui. Pourquoi tu en doutes ?

Heather haussa les épaules.

— Je ne sais pas. Probablement parce que tu es très en colère. Je me suis dit que tout ça, c'était peut-être trop pour toi. Que tu ne voudrais pas devoir gérer tout ça.

Il se tourna pour lui faire face et prit son visage dans ses mains.

— Je ne suis pas en colère contre toi. Je suis furieux contre ces connards qui t'ont kidnappée et maltraitée. Je suis en colère contre les journalistes qui ne réfléchissent même pas à deux fois avant de s'en prendre à une personne réelle qui est encore traumatisée par ce qui lui est arrivé. Tout ce qu'ils veulent, c'est une histoire croustillante.

— J'ai eu le temps d'accepter ce qu'il s'est passé, dit Heather en saisissant ses poignets.

Elle effleura sa peau de ses pouces, d'avant en arrière, cherchant à le réconforter.

— Aujourd'hui, je suis libre, mais les autres femmes et enfants avec lesquels je vivais, non, continua-t-elle. Ils ne se souviennent probablement pas de leur ancienne vie comme moi. Ils ne savent pas que la façon dont ils vivent est très différente des autres gens dans le monde. Ce n'est pas correct. Si raconter mon histoire peut les aider, il faut que je le fasse.

Talon ferma les yeux et soupira. Puis il les ouvrit à nouveau et la cloua sur place avec son regard.

— Tu es la personne la plus forte que j'aie rencontrée de toute ma vie. Tu as tous les droits d'être amère et brisée et pourtant, ton premier réflexe est d'aider les autres.

— J'ai peur, avoua-t-elle. Je n'aime pas parler de ma vie au sein de La Communauté. Ce n'était pas bien. Mais j'aime Fallport... j'aime comment c'était au début quand tu m'as amenée ici pour la première fois. J'aime pouvoir me promener autour de la place. Aller à la bibliothèque avec Tony. Parler avec Art et ses amis devant le bureau de poste. J'ai adoré passer la journée avec Finley dans la boulangerie et apprendre à faire des pâtisseries. Je ne pourrais rien faire de tout ça si quelqu'un me posait des questions en hurlant tout en me prenant en photo à chaque fois que je sors en ville.

— Putain, dit Talon.

— Je ne sais pas qui est la meilleure personne à laquelle raconter mon histoire mais je te fais confiance pour la trouver. Pour arranger les choses. Je ne veux pas que Cypress ou qui que ce soit d'autre m'empêche de vivre ma vie. Je veux aller de l'avant, et si pour ça je dois faire une interview, je le ferai.

Talon la regarda longuement, puis se pencha en avant pour l'embrasser doucement. Soupirant à nouveau, il relâcha son visage et se tourna vers Simon.

— Appelle Opal.

L'autre homme se mit à rire.

— Quoi tu crois que j'ai son numéro dans mon portable ou quoi ?

Les lèvres de Talon tressautèrent.

— J'imagine que ça ne devrait pas être trop dur d'attirer son attention. Envoie-lui un email, publie quelque chose sur sa page Facebook... je ne sais pas, un truc. Mais elle est avertie. Elle saura à quel point c'est important. Elle réagira.

— Je ferai ce que je peux.

— Et plus tôt tu pourras l'organiser, mieux ce sera. Et on veut faire ça ici. À Fallport. Là où Heather est soutenue.

— Ça va, t'en demandes pas trop, dit Simon d'un ton sarcastique.

— Opal acceptera, dit Talon. Et maintenant, il se fait tard. On est fatigués et Heather a besoin de se reposer.

— Très bien. Sache que je ne suis pas ravi par cette situation non plus. Je suis furieux que ces agresseurs aient fait partie de ma communauté pendant des années et de ne pas m'être rendu compte de ce qu'il se passait sous mon nez.

— Ne vous en voulez pas, dit immédiatement Heather. Ils étaient très doués. Ils nous surveillaient tous et s'assuraient qu'on ne dise rien. Même si vous étiez venu à La Communauté pour poser des questions, ils auraient caché les enfants qu'ils n'auraient pas voulu que vous voyiez, comme ils l'ont fait avec moi et le reste d'entre nous vous aurait dit ce qu'on nous avait appris à dire aux inconnus. On nous a raconté tout un tas d'histoires horribles sur ce qui risquait de nous arriver si on nous emmenait. Ce n'est pas de votre faute.

Simon soupira.

— C'est gentil de me dire tout ça, mais ça ne soulage pas ma conscience pour autant. On se revoit bientôt. En attendant, je vous recommande de faire profil bas.

— On y compte bien, lui dit Talon.

Il se leva et raccompagna le chef de la police dehors et lorsqu'il revint, Heather lui demanda, avant qu'il ne puisse dire quoi que ce soit :

— Qu'est-ce que ça veut dire « soulager sa conscience » ?

Talon la regarda un long moment avant de secouer la tête.

— Après tout ce que tu as entendu et l'interview à venir concernant ce qui t'est arrivé, c'est sur ça que tu te concentres ?

— Je ne peux pas changer ce qu'il m'est arrivé. Je ne peux qu'aller de l'avant. Et je n'ai pas envie d'être la fille stupide qui ne comprend pas ce que les gens lui disent.

— Tu n'es pas stupide, dit-il d'un ton bourru en s'approchant d'elle.

Il s'assit à nouveau à côté d'elle sur le canapé et prit ses mains dans les siennes.

— Alors… qu'est-ce que ça veut dire soulager sa conscience ?

— Atténuer un sentiment de culpabilité désagréable.

Heather y réfléchit un instant, puis fronça les sourcils.

— Je me sens mal qu'il se sente coupable. Arrow savait très bien ce qu'il faisait et il était doué. Très doué.

— Peu importe. Les hommes comme Simon et moi-même… nous nous considérons comme très observateurs et capables de détecter quand quelqu'un ment. On ne le vit pas bien quand on réalise qu'on s'est trompés.

— Qu'est-ce que je peux faire pour l'aider à ne plus se sentir comme ça ? demanda Heather.

— Tu peux vivre une longue et belle vie, dit Talon sans aucune hésitation.

— OK. C'est ce que je vais faire.

Elle ne parvint pas à interpréter l'expression sur son visage.

Mais avant qu'elle ne puisse lui demander à quoi il pensait, il se leva, tenant toujours sa main.

— Tu es prête à aller te coucher ?

Heather acquiesça. Il l'aida à se relever et ils se dirigèrent vers sa chambre.

Après avoir enfilé un caleçon que Talon lui avait donné et un de ses grands tee-shirts, Heather se glissa dans le lit. Toutes les nuits où ils avaient dormi, Heather était restée de son côté et Talon faisait de même, sous les couvertures. Ce soir, il se glissa sous les couvertures avec elle, mais il resta de son côté du lit. Après ce qu'ils avaient fait sur le canapé, elle n'avait pas envie d'être aussi loin de lui. Il avait dit qu'il l'aimait bien et qu'il était à elle.

Alors elle s'avança jusqu'à ce qu'elle soit contre lui. Il ne lui demanda pas ce qu'elle fabriquait ni ne la repoussa, alors Heather posa la tête sur son épaule. Elle fut ravie lorsqu'il passa son bras autour d'elle et l'attira encore plus près.

— Ça ne te dérange pas ? chuchota-t-elle.

— Non.

— Est-ce que c'est bizarre ? Est-ce que les gens mariés se touchent pendant leur sommeil ? Je veux dire, je n'ai jamais dormi avec un homme auparavant, alors je ne sais pas.

— Ce n'est pas bizarre et oui, les gens qui tiennent l'un à l'autre dorment souvent dans les bras l'un de l'autre, qu'ils soient mariés ou non. Il n'y a pas de règles quand il s'agit de dormir. Certaines personnes n'aiment pas que les autres les touchent la nuit. Ça ne veut pas dire qu'ils se fichent de l'autre, c'est simplement qu'ils n'ont pas besoin de ça.

— Et toi ? demanda-t-elle. Ça te dérange ?

— Ça faisait longtemps que je n'avais pas aussi bien dormi. Depuis que je dors à côté de toi, ça va beaucoup mieux, dit doucement Talon. Je n'ai fait aucun des cauchemars qui m'ont tourmenté depuis la mission dont je t'ai parlé. J'ai l'impression qu'en te tenant contre moi, je dormirai encore mieux.

— Moi aussi, dit Heather d'un ton joyeux. Même si...

— Quoi ? Qu'est-ce qui ne va pas ? demanda Talon.

— Tu es très chaud, avoua-t-elle.

Talon se détendit contre elle et se mit à rire.

— C'est vrai. Et toi tu as vite chaud. Ça doit être à cause de tout ce temps que tu as passé à vivre en plein air.

— Probablement. Est-ce que ça te vexe si je m'écarte dans mon sommeil ? demanda-t-elle.

— Non. Est-ce que ça *te* dérange si j'ai toujours besoin de garder le contact avec toi ? Comme en touchant ton pied avec le mien ou en gardant ma main sur ton dos ?

Elle lui sourit.

— Non.

— Tant mieux. Parce que maintenant que je t'ai embrassée et que j'ai la permission de te toucher... je ne pense pas pouvoir m'arrêter.

Il semblait toujours savoir ce qu'il fallait dire.

— J'aime bien quand tu me touches. Tu m'apprendras à avoir un orgasme à un moment donné, hein ?

Talon s'étouffa, puis laissa échapper un rire lent qu'Heather sentit contre la main posée sur son torse.

— Oui, chérie. Même si j'ai le sentiment que tu apprendras très vite, comme pour le reste. Ça ne te dérange vraiment pas ? Que je te touche ?

— Non. Ton contact n'a *rien* à voir avec le leur. Je connais la différence entre ce qu'ils ont fait et ce qu'on a fait sur ton canapé tout à l'heure. Je te fais confiance et tu ne me feras pas de mal.

— Exactement. Mais quand même, si jamais tu as peur ou deviens nerveuse, dis-le-moi. Je ne m'énerverai pas. Je ne me vexerai pas. On s'arrêtera et tu auras le temps de comprendre ce qu'il se passe. D'accord ?

Elle acquiesça contre lui.

— J'étais sérieuse tout à l'heure, je ne veux pas leur laisser plus d'emprise sur ma vie. J'ai envie d'aller de l'avant. Avec toi. Quand tu me touches, je ne ressens pas la même chose que lorsqu'ils le faisaient. Je ressens des picotements à l'intérieur quand je t'embrasse. Ma poitrine se serre, mais dans le bon sens du terme. Je veux vivre, Talon.

Il tourna la tête et l'embrassa sur le front avant de la serrer fort dans ses bras.

— On avance ensemble, la rassura-t-il.

Ils restèrent silencieux un moment avant qu'elle ne demande :

— Talon ?

Elle sentit l'amusement dans sa voix lorsqu'il lui répondit :

— Oui ?

— Tu étais sérieux tout à l'heure ? Tu m'appartiens vraiment ?

— J'étais très sérieux.

— Je n'ai jamais eu le droit de posséder quoi que ce soit avant, songea-t-elle à voix haute. Je vais prendre bien soin de toi pour que tu aies toujours envie de m'appartenir.

Elle entendit son souffle devenir erratique, mais elle n'osa pas le regarder.

— Moi aussi je vais bien prendre soin de toi.

Cela ressemblait à une promesse qu'Heather laissa imprégner son âme.

— Dors bien, chérie. À partir d'aujourd'hui, on va faire au jour le jour.

— Est-ce que je peux aller voir Bristol et son nouveau chaton demain ? demanda-t-elle.

— Oui.

— Et tu voudras bien me couper un peu plus les cheveux ?

— Je pourrais t'amener à Un Cran Au-Dessus... ils sont probablement plus doués que moi pour couper les cheveux des femmes.

— Non. Je te fais confiance.

— OK, alors oui, on peut faire ça aussi.

— Je crois que j'aime bien ma longueur actuelle, mais peut-être un tout petit peu plus court.

— D'accord.

— Quand j'ai parlé à Finley, elle m'a dit qu'il y avait un autre chaton que Khloe nourrissait qui avait besoin d'une maison.

Un autre rire secoua le torse de Talon.

— Tu veux un chaton ?

— Peut-être ? dit-elle, même si c'était tout à fait le cas.

— OK. J'en parlerai à Rocky demain et je verrai s'il peut aller chercher ce qu'il faut pour qu'un chat soit à l'aise. Bac à litière, griffoir, nourriture, jouets, ce genre de choses.

Heather relève la tête.

— Vraiment ?

— Tu veux ce chaton ?

Elle fronça les sourcils. Elle lui avait déjà dit qu'elle le voulait.

— Oui.

— Alors j'en parlerai à Rocky demain.

Un sentiment de satisfaction envahit Heather. Cet homme était... elle ne savait pas. Tout ce qu'elle savait, c'est qu'elle ne s'était jamais sentie aussi bien entourée et aimée à ce point.

L'amour. Aimait-elle Talon ? L'aimait-il ? Elle n'était pas sûre de ce qu'était l'amour. Elle avait vécu sans aucune forme d'affection véritable pendant tellement longtemps. Tout ce qu'elle savait, c'est qu'elle se sentait en sécurité avec lui. Elle se sentait désirée. Jolie. Intelligente. Comme si elle comptait.

Alors qu'elle était allongée contre lui, elle réalisa que lorsqu'elle était avec les amis de Talon, elle éprouvait les mêmes sensations, donc ce n'était pas parce que Talon était le seul homme qui avait été gentil avec elle qu'elle ressentait quelque chose pour lui. Non, elle ressentait juste toutes ces choses plus intensément avec lui. Elle ne pouvait pas s'imaginer embrasser ou faire l'amour avec quelqu'un d'autre. Cette pensée la fit frissonner de peur.

— Ça va ? demanda Talon d'un ton endormi en la sentant trembler contre lui.

— Je suis contente que tu m'aies trouvée, chuchota-t-elle.

— Je n'aurais jamais arrêté de te chercher, dit-il.

Peu de temps après, sa respiration devint régulière et son bras autour d'elle se détendit. Il s'était endormi avec Heather allongée contre lui. Il s'était laissé aller à la vulnérabilité avec elle... comme s'il lui appartenait vraiment.

— Le mien, dit-elle dans un murmure à peine audible.

Elle s'endormit avec un sourire sur le visage et la certitude au plus profond de son cœur que malgré tout ce qu'elle avait traversé, elle avait quand même trouvé la personne avec laquelle elle était censée être.

* * *

Cypress Goodson lut l'article en ligne d'un air renfrogné. Il *savait* que cette salope s'était cachée pour le fuir ! Tout le monde lui avait assuré qu'elle avait dû avoir un accident de chasse et qu'elle était morte. Ils ne pouvaient pas imaginer qu'une femme ose désobéir à l'un des hommes de La Communauté, et encore moins au chef de leur groupe. Pas après la façon dont ils les avaient éduquées.

Mais au fond de lui, Cypress savait que Sunset n'était pas loin.

Son père avait fait de son mieux pour la rendre plus obéissante, encore et encore, mais rien qu'en la regardant dans les yeux Cypress avait su qu'Arrow avait échoué. Il avait lu le mécontentement dans son regard.

Elle était arrivée trop tard au sein de La Communauté. Tout le monde avait retenu la leçon avec elle. Il avait fallu beaucoup trop de temps pour lui faire oublier son ancienne vie et l'acclimater à son nouveau rôle. C'est pourquoi ils avaient cessé d'accepter des enfants de l'âge de Sunset. Désormais, ils n'acceptaient que les enfants de quatre ans ou moins. Ils étaient plus faciles à manipuler. À éduquer.

Malgré son côté sauvage, Cypress avait *toujours* convoité

Sunset. Après que son père n'eut pas réussi à la dompter, Cypress avait été ravi de pouvoir tenter sa chance suite à sa mort. Il avait immédiatement déclaré que Sunset était sa femme... et avait fait tout son possible pour prouver qu'il ne tolérerait pas son insubordination comme son père l'avait fait.

Et pourtant, cette salope s'était *cachée* !

Il n'avait pas eu d'autre choix que de la laisser là-bas lorsqu'il avait été temps de partir pour la Floride... mais maintenant qu'il savait qu'elle était en vie ? Maintenant que le monde entier savait à quel point elle lui avait désobéi et qu'il n'avait pas pu la contrôler, il était déterminé à la ramener au bercail.

Il la garderait dans la tente des punitions pour une année entière et il ne lui rendrait visite que pour lui prouver à qui elle appartenait... et peut-être lui apporter de la nourriture une fois par jour, si elle était sage.

Le temps qu'elle soit libérée, elle serait devenue la parfaite épouse de La Communauté.

Le déménagement en Floride avait été difficile pour Cypress. Il avait l'habitude de diriger, et maintenant il devait codiriger deux communautés nouvellement réunies. Le déménagement lui avait toutefois *permis* de prendre six nouvelles épouses, ce qui était une bonne chose, car il s'était lassé de ses anciennes. Ils continuaient également à développer La Communauté, ce qui était passionnant. Au cours de l'année écoulée, ils avaient accueilli trois nouvelles filles, âgées de six mois à trois ans. Il avait déjà fait de la petite de trois ans l'une de ses futures épouses et sa formation se passait bien.

Il y avait aussi deux nouveaux garçons, qui deviendraient un jour des membres respectables de La Communauté et choisiraient leurs propres épouses. Ils apprenaient déjà que les filles étaient inférieures aux hommes, et se montraient très prometteurs.

Maintenant, c'était au tour de Cypress de fournir une autre future épouse à leur groupe. Les membres s'étaient relayés pour acquérir de nouvelles recrues. Trois des femmes de

Floride étaient enceintes, ce qui était une bonne chose, car peu d'enfants étaient nés dans La Communauté en Virginie. Cypress savait que ces salopes faisaient quelque chose pour éviter d'enfanter, mais depuis qu'elles avaient déménagé en Floride, cela s'était arrêté. En attendant, ils avaient besoin de maintenir leur nombre, et toute cette histoire de grossesse prenait beaucoup trop de temps... c'est pourquoi il se dirigeait vers le nord.

Cypress savait exactement où il se rendrait. Il avait des affaires à régler en Virginie. Il trouverait une petite fille, puis il irait chercher sa femme volage.

Sunset regretterait de l'avoir défié. Elle l'implorerait de lui pardonner avant qu'il n'en ait fini avec elle. Il la ramènerait à l'endroit où il avait fait d'elle sa femme pour la première fois et réaffirmerait sa domination. Il pourrait faire d'une pierre deux coups en montrant à la nouvelle enfant quels seraient ses futurs devoirs, tout en mettant Sunset au pas.

Elle l'avait mis dans l'embarras devant La Communauté. Pour cela, elle devait payer.

Aucune femme ne disait non à Cypress. Jamais.

CHAPITRE QUINZE

La semaine suivante se déroula sans incident majeur entre Heather et la presse. Ils étaient toujours en ville, campant sur place et désireux d'obtenir la moindre information. Mais les habitants de Fallport se serraient les coudes. Ils répandaient de fausses rumeurs sur les endroits où elle pouvait se trouver pour inciter les journalistes à quitter leurs places de parking dans le centre. Puis, ces places étaient ensuite occupées par les habitants qui y laissaient leurs voitures pour que les journalistes soient obligés de se garer ailleurs. Les propriétaires des commerces refusaient de servir les journalistes et allaient même jusqu'à les faire sortir de leur magasin.

Tout le monde sauf Whip Johansen, le propriétaire de La Cave, mais comme personne n'avait de respect pour lui et que les gens qui fréquentaient la salle de billard n'avaient aucune interaction avec Heather, personne n'était très surpris.

Grâce à tout cela, Heather put continuer de se rendre à la bibliothèque avec Tony, Tal et elle avait même pu prendre quelques repas au Sunny Side Up. Elle avait longuement parlé avec Henry Grogan concernant l'époque où ses parents vivaient encore en ville et elle s'était arrêtée à L'Amour des Livres avant de ramener un sac de courses rempli de bouquins.

Les meubles qu'il lui avait achetés restaient inutilisés dans sa chambre d'amis. Il avait eu l'intention de lui offrir son propre espace en pensant qu'elle l'apprécierait après tout ce qu'elle avait vécu, mais elle n'y avait même pas passé une nuit.

Même s'il ne s'en plaignait pas.

S'endormir avec Heather dans ses bras était merveilleux. Il n'avait jamais aussi bien dormi. Les cauchemars qui le tourmentaient depuis si longtemps avaient pratiquement disparu. Le seul problème, c'était que plus il passait du temps avec elle, plus il avait envie d'elle. D'elle toute *entière*. Cela lui avait presque brisé le cœur lorsqu'elle lui avait avoué qu'elle n'avait jamais connu de baiser ou de câlin. Il avait eu envie de tuer les connards abusifs qui l'avaient kidnappée de la façon la plus douloureuse possible.

Mais il comptait sur Simon et le FBI pour faire de leur mieux afin de retrouver Cypress et ses disciples en Floride. Normalement, ça n'aurait pas dû être si difficile de retrouver un groupe d'hommes et de femmes aussi large que cette foutue secte, mais cela s'avérait bien plus compliqué que ce qu'il avait imaginé.

En attendant, il restait autant de temps que possible avec Heather. Et chaque jour qui passait, elle semblait s'épanouir de plus en plus. Rencontrer de nouvelles personnes l'intimidait toujours un peu, mais inévitablement, au bout d'une dizaine de minutes, elle se détendait et gagnait le cœur de tous ceux qu'elle rencontrait.

Elle était résiliente, gentille et avait une personnalité désarmante qui attirait les gens. Les habitants de la ville qui avaient été si enthousiastes à son retour respectaient désormais sa vie privée, ne posaient pas de questions indiscrètes et la traitaient comme l'une des leurs.

Et comme il fallait s'y attendre, les vieux souvenirs d'Heather commençaient à refaire surface.

Un jour, alors qu'ils faisaient les courses au Magasin Général de Grogan, une dame plus âgée se tenait au milieu de l'une des allées. Heather s'était arrêtée net et l'avait regardée avec de grands yeux écarquillés. Il s'était avéré que cette dame avait été son institutrice l'année où elle avait disparu. Les deux femmes avaient pleuré en réalisant qui était l'autre.

Aujourd'hui, ils retrouvaient Khloe chez eux pour qu'elle puisse leur apporter le dernier chaton pour lequel elle avait essayé de trouver un foyer. Rocky leur avait fourni tout ce dont un chaton pourrait avoir besoin ou envie. L'appartement de Tal était jonché de jouets pour chat. Il y avait aussi un arbre à chat, quarante boîtes de nourriture dans son garde-manger, un grand sac de croquettes et trois bacs à litière.

Tout cela lui paraissait exagéré, mais comme tout ce qu'apportait Rocky faisait sourire Heather, Tal s'en fichait. Il était prêt à remplir son appartement d'objets pour chat tant que ça la rendait heureuse.

— À quelle heure Khloe a dit qu'elle arrivait ? demanda Heather, interrompant les pensées de Tal.

— Il lui sourit.

— Vers 13 heures.

— Est-ce qu'on ne devrait pas lui préparer quelque chose à manger ?

— Détends-toi, chérie. Elle ne s'attend pas à ce qu'on la nourrisse. Elle profite juste de sa pause pour venir ici.

— Et si elle ne m'aime pas ?

— Khloe ? Elle t'aime déjà, dit Tal, perplexe.

— Non, je parle du chaton, dit Heather en fronçant les sourcils.

— Il va t'adorer, la rassura-t-il.

— J'ai toujours voulu avoir un animal. Mais nous n'avions pas le droit, dit Heather en regardant au loin.

Même si Tal ne supportait pas d'entendre parler de toutes les différentes façons dont elle avait été maltraitée, la psychologue qu'elle consultait en ligne lui avait expliqué que parler de sa captivité était important pour son rétablissement... à condition que ce soit à son propre rythme et qu'elle ne soit pas forcée à le faire. Tal ne voulait pas qu'elle ait honte de parler de ces vingt dernières années.

— Je n'imagine pas quelqu'un de plus apte que toi pour être propriétaire d'un animal de compagnie, dit-il sincèrement.

Heureusement, son regard lointain s'estompa lorsqu'elle se tourna vers lui.

— Tu as plus d'amour à donner que n'importe qui d'autre. Tu absorbes l'affection comme une éponge et tu la rends fois dix. Peu importe qu'il s'agisse d'animaux, d'enfants ou de personnes rencontrées dans la rue.

— C'est une mauvaise chose ? demanda-t-elle doucement.

Tal ne pouvait plus rester éloigné d'elle. C'était physiquement impossible pour lui de garder ses distances. Lorsqu'elle était près de lui, il ressentait le besoin profond de la toucher. Il s'approcha et enroula les bras autour de sa taille. Elle plaça immédiatement ses mains sur son torse et se blottit contre lui, le faisant soupirer de plaisir.

— Pas du tout, dit-il. Je pense que tu as été privée d'amour, d'amitié et de contact humain pendant tellement longtemps qu'aujourd'hui tu te rattrapes. Et comme tu n'as pu le rendre à personne, désormais tu le fais à tour de bras. Je ne sais pas comment tu peux être aussi gentille après ce que tu as vécu... et pourtant tu l'es.

— Je ne suis pas gentille. L'autre jour j'ai ri quand ce journaliste a trébuché et est tombé sur le trottoir pendant qu'il essayait de nous prendre en photo.

Tal secoua la tête.

— Il le méritait, dit-il fermement. Sois toi-même Heather. Ne te soucie pas de la façon dont tu devrais agir. Je pense justement que c'est ça qui est si génial chez toi. Parce que tu n'as aucun préjugé sur rien, tu es plus spontanée. Plus ouverte. Tu n'as pas passé ces vingt dernières années à être influencée par les réseaux sociaux et à être jugée par des millions d'inconnus... et c'est ce qui fait que tu es plus authentique.

— Naïve tu veux dire, marmonna-t-elle sans croiser son regard.

— Il n'y a rien de mal à ça, lui dit Tal. J'adore la façon dont tout est si nouveau pour toi. Quand tu écarquilles les yeux lorsque tu goûtes l'une des incroyables créations de Finley. L'excitation que tu éprouves devant chaque nouveau livre de la bibliothèque. La façon dont tout est une occasion pour toi d'apprendre quelque chose de nouveau.

— J'aimerais être quelqu'un dont tu es fier. Pas quelqu'un à qui il faut constamment apprendre des choses... comme l'utilisation d'un micro-ondes.

— Mais je *suis* fier de toi, dit-il immédiatement. Tu es incroyable, chérie. Tu pourrais être amère et brisée, mais au lieu de ça, tu gardes la tête haute et tu vis de nouvelles expériences. C'est un miracle. *Tu* es un miracle.

Réalisant qu'il avait assez parlé, Tal baissa la tête. Heather pencha immédiatement la sienne et le retrouva à mi-chemin. Le fait de s'embrasser n'avait jamais été quelque chose auquel Tal avait beaucoup réfléchi. C'était juste quelque chose qu'il fallait faire avant de passer « aux choses sérieuses ». Mais après passé cette dernière semaine à embrasser Heather dès qu'il en avait l'occasion, il avait changé d'avis. Embrasser Heather était incroyablement intime. Pour lui, cela avait beaucoup plus d'importance que le sexe avec d'autres femmes.

Dès qu'ils commencèrent à s'embrasser, Heather se mit à l'explorer avec ses mains. C'était une torture de sentir ses mains sur lui, mais il avait envie qu'elle découvre. Qu'elle se sente à l'aise avec lui.

Elle glissa les doigts sous son haut et remonta. Elle était fascinée par ses tétons et évidemment, ses doigts les caressèrent les effleurant et les pinçant. Comme d'habitude, ils se durcirent à son contact et son sexe aussi.

Chaque fois qu'il embrassait Heather, il devait lutter pour garder le contrôle. Dès qu'elle le touchait, il avait envie de plus. Tal écarta ses lèvres des siennes avec difficulté. Même s'il avait très envie de l'embrasser pendant des heures, il savait que Khloe serait là d'une minute à l'autre. Et la dernière chose dont il avait envie, c'était d'avoir une érection lorsqu'elle serait là.

Heather lui sourit tandis que ses pouces caressaient doucement ses tétons.

— J'adore te toucher.

— Et j'aime que tu me touches, dit-il, se remémorant la nuit précédente lorsqu'elle l'avait finalement convaincu de la laisser toucher son sexe sans son caleçon.

Il avait failli exploser lorsque sa main chaude s'était enroulée autour de lui. Il n'avait pas mis longtemps à jouir, et la façon dont elle s'était léché les lèvres et l'avait regardé n'avait fait que renforcer son orgasme.

Le fait qu'*il* ait joui – deux fois maintenant – et elle non, le dérangeait, mais ils en avaient parlé et elle avait avoué qu'elle était toujours nerveuse en ce qui concernait le sexe, ce qui ne surprenait absolument pas Tal. Il était plus qu'heureux de la prendre dans ses bras et de lui donner tout le temps dont elle avait besoin pour guérir.

Ce n'était qu'une question de temps avant qu'ils ne fassent l'amour, et même si Tal était nerveux à l'idée de lui rappeler de mauvais souvenirs, il avait hâte de faire d'elle la sienne. Ou plutôt, qu'Heather le fasse *sien* ?

Le petit sourire qui se dessina sur son visage lui fit réaliser qu'elle se remémorait également la nuit précédente. Elle l'avait aidé à se nettoyer et avait passé pas mal de temps à explorer son sexe avec ses mains et ses yeux, expliquant qu'elle n'avait jamais vu un pénis de près auparavant. Après avoir entendu cela, Tal ne pouvait pas nier son besoin de satisfaire sa curiosité... même si cela l'avait à nouveau *excité*.

Il ne savait pas s'il allait trop vite ou non. Il n'avait pas envie de nuire à son rétablissement. Peut-être qu'il était encore trop tôt pour qu'elle vive avec lui et ait des relations sexuelles. S'il avait senti la moindre hésitation de sa part, il aurait déjà freiné des quatre fers. Mais lui laisser le contrôle sur leur intimité physique lui donnait visiblement confiance. Elle semblait avoir désormais moins peur de cet acte qui avait été très froid, sans émotion et douloureux par le passé.

Des coups contre la porte brisèrent la bulle d'intimité dans laquelle ils se trouvaient.

— Elle est là ! dit Heather avec excitation, un grand sourire aux lèvres.

Tal la regarda s'éloigner et courir vers la porte. Il prit une grande inspiration, priant pour que son érection s'estompe avant que Khloe ne le voie. Il préféra rester derrière le comptoir de la cuisine au cas où.

Le temps qu'Heather entre dans la pièce attenante à la cuisine, elle tenait déjà un chaton noir dans ses bras. Tal l'entendait ronronner de là où il était.

— Je ne lui ai pas encore donné de nom je me suis dit que j'allais te laisser faire. Je suis tellement soulagée que tu aies voulu la prendre. Elle était seule derrière la bibliothèque sans ses frères et sœurs. Mais Bristol et Lilly ne pouvaient en prendre qu'un chacun et je ne peux pas avoir d'animaux là où je vis.

Tal perçut la douleur dans la voix de Khloe et détourna son attention d'Heather et du chaton pour l'examiner.

— C'est la plus sociable de la portée, c'est pour ça que je me suis dit qu'elle serait plus à même d'être un chat d'intérieur. Les deux autres étaient trop heureux de jouer et de chasser les souris, les insectes et autres animaux, mais cette petite voulait simplement se blottir contre moi quand je venais les nourrir. Elle est aussi un peu difficile, alors il vaut mieux garder un œil sur elle et si jamais elle ne mange pas, vous allez devoir être créatifs. Essayez de mélanger les croquettes avec différentes marques et saveurs de pâtées. Bristol m'a dit que Rocky lui avait apporté ce que j'avais l'habitude de lui donner, mais j'ai remarqué qu'elle se lasse avec le temps et finit par s'en désintéresser au bout d'un moment. Ah, et elle s'appuie beaucoup sur sa patte arrière droite. Je l'ai examinée et ça ne m'a pas l'air sérieux, mais si jamais ça s'empire et qu'elle ne s'appuie plus dessus, allez la faire examiner. Elle est à jour dans ses vaccins, mais il faudra lui faire des piqûres de rappel à partir d'un an.

Les explications de Khloe sur les chatons dont elle s'occupait étaient plus approfondies que Tal ne l'aurait cru. Il supposait que puisqu'elle s'occupait d'eux depuis des semaines, ce n'était peut-être pas trop inhabituel... mais il avait quand même l'impression qu'elle était bien mieux informée sur la santé des félins que quelqu'un qui avait simplement nourri un groupe d'animaux errants.

— Je l'ai emmenée chez un vétérinaire à Christianburg. Je sais que ce n'est pas idéal d'aller tout là-bas, mais le docteur Ziegler est vraiment nul. Même si je *haïssais* un animal, je ne l'emmènerai pas le voir.

Heather caressait la tête du chaton et regardait Khloe en hochant la tête face à tout ce qu'elle disait.

Tal était conscient que Khloe n'appréciait pas le vétérinaire en ville, mais en entendant son ton véhément il se demanda ce que le vieil homme avait fait exactement pour provoquer une telle colère.

— Tu vas être une super maman chat, dit Khloe a Heather. Je vois que vous avez déjà beaucoup d'affaires pour chat, c'est super. Je vous suggère de la poser et de la laisser découvrir les lieux. Montrez-lui où est sa litière, jouez un peu avec elle, puis laissez-la faire la sieste. C'est une journée excitante pour elle et je suis sûre qu'elle sera bientôt fatiguée.

— Merci de me l'avoir confiée. Vraiment, dit Heather.

— Non, merci à *toi* de bien vouloir la prendre. Il faut que j'y aille. Ma pause est terminée et Raiden va être furieux si je mets trop de temps à rentrer.

— J'en doute, dit Tal, sortant enfin de derrière le comptoir.

Il enroula un bras autour d'Heather et l'attira contre lui tandis qu'elle continuait de caresser le petit chaton.

— D'après ce que j'ai entendu, tu l'as énormément aidé. Tu te portes toujours volontaire pour travailler à l'étage, tu fais la lecture aux enfants qui viennent, et tu es l'une des rares personnes que Duke semble aimer en dehors de Raid.

Khloe sourit.

— Duke est génial. C'est tellement un limier typique. Il adore manger, il bave, il aime beaucoup dormir et quand il est l'heure de se mettre au travail, il peut pister une odeur sur des kilomètres et des kilomètres.

Tal comprit soudain. Khloe adorait les animaux. Plus qu'elle n'aimait les gens.

Raiden et elle se ressemblaient plus qu'il ne l'avait cru.

— Bref, si vous avez des questions, n'hésitez pas à m'appeler ou m'écrire. Attends, est-ce que Tal t'a déjà acheté un téléphone ?

Heather acquiesça.

— Même si je ne suis pas encore très douée pour m'en servir.

— C'est pas grave. Tal pourra me contacter si tu as besoin de quoi que ce soit. Mais sérieux, si tu as la moindre question, je serai ravie d'y répondre.

— Merci beaucoup, dit à nouveau Heather.

Khloe lui sourit.

— De rien. Et il faut que je le dise... je suis très heureuse que tu sois ici avec nous et que tu ne vives plus seule dans les bois.

— Moi aussi, dit simplement Heather.

Les deux femmes échangèrent un sourire, puis Khloe se retourna pour marcher jusqu'à la porte.

— J'y vais. À plus !

Tal entendit la porte de l'appartement se refermer, mais il était focalisé sur Heather et le chaton.

Elle regardait fixement l'animal et il voyait bien qu'elle était déjà complètement amoureuse de la petite créature dans ses bras.

— Qu'est-ce que tu penses de « Bottines » comme prénom ?

Elle a des petites taches blanches sur chaque pied, on dirait presque qu'elle porte des chaussures.

— Je trouve ça parfait.

Elle tourna les yeux vers lui.

— Je suis heureuse, dit-elle simplement. Je ne crois pas avoir été heureuse une seule fois au cours des vingt dernières années. Et désormais, j'ai un homme, des chaussures et des vêtements que je peux choisir moi-même, un endroit chaud où dormir, un lit tout moelleux, de la nourriture que je ne suis pas obligée de tuer, des amis et maintenant un animal domestique ! Et s'il y a un an, quand je me cachais dans les bois pour fuir Cypress, tu m'avais dit que j'en serais là aujourd'hui, je t'aurais ri au nez. Merci d'être venu me chercher, Talon.

Son cœur fondit. S'il ne l'avait pas aimée avant, il ne faisait aucun doute qu'il était désormais follement et complètement amoureux d'elle. Elle était tellement reconnaissante pour des choses que la plupart des gens prenaient pour acquises. Elle avait vécu l'enfer mais parvenait toujours à voir le positif. Il ferait tout son possible pour qu'elle reste aussi joyeuse.

— C'est normal, dit-il d'une voix brisée.

Mais elle ne sembla pas remarquer qu'il était submergé par les émotions. Elle baissa les yeux vers le chaton et dit :

— Coucou Bottines. Tu es à la maison maintenant. Tu es en sécurité. Tu peux nous faire confiance à Talon et moi et nous ne te ferons jamais de mal. Et si je te montrais ton nouveau chez-toi ?

Tal resta là, prenant de grandes inspirations et essayant de reprendre le contrôle sur ses émotions tandis qu'Heather commençait à marcher dans son appartement, montrant chaque recoin à Bottines. Le fait de l'entendre dire ces mots qu'il lui avait répétés à maintes reprises pour rassurer le chaton le toucha plus que prévu. Il n'avait pas été sûr qu'elle puisse à nouveau faire confiance à quelqu'un. Mais en la voyant sourire et roucouler avec le petit chaton, complètement détendue et à l'aise dans son espace, il poussa un soupir de soulagement.

Elle allait s'en sortir. Ses kidnappeurs avaient fait de leur mieux pour la changer. Pour la transformer en jouet sexuel, en esclave soumise, irréfléchie et inculte qu'ils pouvaient plier à leur volonté. Mais ils avaient échoué de façon spectaculaire. Il lui avait fallu vingt ans pour leur échapper, mais elle y était parvenue.

Il espérait pouvoir être ne serait-ce que la moitié de l'homme qu'elle méritait. Il ferait tout ce qu'il fallait pour être digne d'elle, et il la protégerait et prendrait soin d'elle, autant que possible. C'était pour *cela* qu'il avait passé toutes ces années dans l'armée. Pour pouvoir empêcher le mal de mettre à nouveau la main sur sa femme.

— Oh ! Je crois qu'elle aime bien ! s'exclama Heather. Viens voir, Talon. Elle grimpe sur l'arbre à chat !

Avec un sourire aux lèvres, Tal rejoignit Heather qui observait le chaton avec un air émerveillé. Il se fichait que ses amis se moquent de lui ou pensent qu'il lui mangeait dans la main. Car c'était vrai. Et il était cent pour cent à l'aise avec ça. Il était à elle. Tout simplement.

* * *

Le soir suivant, Heather était assise à côté de Tony sur le canapé de Talon et faisait de son mieux pour être attentive et suivre l'histoire qu'il lisait à voix haute grâce au livre qu'il avait apporté. Elle n'avait pas quitté l'appartement depuis que Khloe était venue déposer Bottines, mais elle s'en fichait. Elle était follement amoureuse du chaton et hier soir, lorsqu'elle s'était endormie sur ses genoux, Heather avait éclaté en sanglots tellement elle était heureuse.

Elle avait bien vu que Talon n'était pas ravi qu'elle ait envie que le chaton dorme avec eux dans le lit, mais il n'avait pas dit non. Il était tellement gentil avec elle. Personne ne l'avait jamais aussi bien traitée. Il ne la prenait pas de haut. Il l'écoutait lorsqu'elle parlait, comme si ses opinions et ses pensées comptaient. C'était exaltant et elle ne pensait pas pouvoir l'abandonner un jour.

Elle aimait Talon.

Elle avait eu quelques séances en ligne avec une thérapeute et l'avait avoué à celle-ci. La docteure lui avait posé tout un tas de questions sur ce qu'elle ressentait, assez pour qu'Heather se demande si la psychologue doutait de ses sentiments envers Talon et si elle n'était pas simplement reconnaissante pour son aide, et bouleversée parce qu'il était le premier homme à lui témoigner de l'affection.

Mais Heather savait que ce n'était pas vrai. Elle était reconnaissante pour son aide, certes... tout comme elle l'était pour *Simon* et pourtant, elle ne ressentait pas les mêmes choses pour lui que pour Talon.

Heather n'était pas bête. Tous les hommes n'étaient pas comme Cypress et ceux de La Communauté. Elle ne se contentait pas de Talon par *dépit*. Pas le moins du monde. Elle avait bien vu comment ses amis traitaient leurs femmes. Exactement comme Talon la traitait elle. Elle avait rencontré d'autres hommes célibataires à Fallport, mais aucun d'eux ne faisait battre son cœur plus vite ou ne lui donnait la chair de poule quand ils la regardaient. Et elle ne pouvait pas s'imaginer embrasser ou toucher l'un d'entre eux.

Heather savait ce qu'elle ressentait. Talon était à elle. Il l'avait dit lui-même. Elle ne l'abandonnerait pas... enfin, à moins qu'il ne réalise qu'il ne l'aimât pas en retour.

Cette pensée était tellement douloureuse qu'elle la repoussa au fin fond de son esprit et fit de son mieux pour se concentrer sur l'instant présent – y compris sur leur invité.

Elsie avait demandé si ça ne posait pas de problème que Tony passe la nuit chez eux. Zeke et elle voulaient prendre leur soirée pour passer du temps ensemble. Talon lui avait demandé si cela la dérangeait que Tony dorme chez eux et évidemment, elle avait dit que non.

Heather adorait passer du temps avec le petit garçon. Il

était tellement différent des enfants qu'elle avait connus au sein de La Communauté. Il était curieux et posait un milliard de questions et était très respectueux envers elle. Et ça, c'était nouveau. Elle avait l'habitude que tous les hommes lui donnent des ordres, soient condescendants et se considèrent généralement meilleurs que les autres. Peu importe que l'homme ait six ou soixante ans.

En tant que femme, elle devait faire tout ce qu'on lui demandait, quel que soit l'âge de l'homme.

Tony se rendait encore à la bibliothèque tous les jours après l'école, et Heather aimait s'asseoir avec lui pendant qu'il faisait ses devoirs. Elle apprenait par procuration à travers lui, et c'était excitant et amusant. Bien sûr, Tony ne pensait pas que les devoirs étaient amusants, alors il était reconnaissant de l'aide qu'elle lui apportait.

Ils lisaient souvent ensemble une fois les devoirs terminés, jusqu'à ce qu'il soit temps pour lui de rentrer. Même depuis le peu de temps qu'elle était à Fallport, Heather avait l'impression que ses capacités de lecture s'étaient considérablement améliorées.

— Heather ? demanda Tony et elle cligna des yeux, réalisant qu'elle n'avait pas prêté attention à ce qu'il lisait.

Cherchant Bottines dans la pièce, elle vit que le chaton était endormi sur l'arbre à chat sous un rayon de soleil qui traversait la fenêtre. Elle entendait Talon dans la cuisine qui préparait le dîner.

Il lui avait fallu beaucoup de temps pour s'habituer au fait que Talon insiste souvent pour être celui qui nettoyait et cuisinait, la laissant lire ou faire des exercices de mathématiques ou désormais, jouer avec Bottines. Ça ne semblait absolument pas le déranger de faire ce que les membres de La Communauté appelaient un « travail de femme ».

— Heather ? demanda à nouveau Tony et elle se força à prêter attention au petit garçon à côté d'elle.

— Oui ?

— Tu aimais vivre dans les bois ?

Heather entendit que tous les bruits dans la cuisine cessèrent. Comme si Talon écoutait leur conversation et était prêt à intervenir s'il trouvait que Tony posait une question qui pourrait la contrarier. Il le faisait tout le temps et Heather appréciait beaucoup. Plusieurs fois, lorsqu'ils avaient été en ville, il l'avait empêchée de répondre à une question potentiellement offensante de la part de quelqu'un.

Comme la fois où l'une des femmes réputées pour les ragots lui avait demandé comment elle avait fait pour ne jamais tomber enceinte.

— Oui et non, lui répondit-elle avec honnêteté.

Il fronça les sourcils.

— Comment ça peut être les deux à la fois ? Moi, j'adore le camping et tout ce qui est en rapport avec ça. Si je pouvais vivre dans une tente dans les bois, je le ferais *carrément*. Mais il faut que j'aille à l'école et ma mère n'aime pas les insectes et se sentir sale. Donc ça ne fonctionnerait pas. Quand je serai grand par contre, je vivrai dans une tente, c'est sûr.

Heather sourit face à son enthousiasme et sa naïveté.

— Eh bien, j'adore la nature et quand je me réveillais avec le gazouillis des oiseaux, c'était toujours le meilleur moment de ma journée. Et voir les autres animaux s'occuper de leurs affaires et vaquer à leurs occupations c'était génial aussi.

— Tu as vu Bigfoot ? demanda Tony, les yeux écarquillés. Je veux dire, tu es restée là-bas longtemps. Zeke a dit que tu avais vécu dans une grotte pendant un *an* ! Tu l'as forcément vu.

— C'est quoi Bigfoot ? demanda Heather tout en sachant très bien de quoi le petit garçon parlait, mais elle était curieuse de voir comme il décrirait la créature légendaire.

Lilly lui avait raconté comment elle était venue à Fallport pour tourner une émission de télévision sur la recherche du fameux yéti. Heather se souvenait avoir vu des gens avec des caméras, braillant dans les bois tous les soirs. Cela expliquait aussi l'augmentation du nombre de randonneurs dans les

Appalaches, et pourquoi elle avait vu Talon et ses amis plus souvent au cours des six derniers mois qu'au cours des années précédentes.

— Tu ne sais pas qui est Bigfoot ? demanda Tony, surpris. Il est incroyable ! C'est comme un singe, mais humain. Il est grand, il fait plus de deux mètres quarante, ce qui est bien plus que Raiden ! Et il est poilu avec des pieds *énormes* ! Il grogne et gronde et se cache pour ne pas que les gens le voient.

— Oh. Tu parles de Darryl ?

Tony avait reculé d'excitation jusqu'à l'extrémité du canapé et la regardait désormais d'un air perplexe.

— Tu connais son prénom ?! demanda-t-il.

Heather gloussa et décida de dire la vérité au pauvre gamin.

— Je te taquine, Tony. J'ai vu une publicité à la télévision où une femme parlait à un Bigfoot et quand elle lui a dit que c'était comme ça que les gens l'appelaient il lui a répondu : « mais non, je m'appelle Darryl ! »

Tony la regarda en fronçant les sourcils, puis tourna la tête vers la cuisine.

— Tal, t'as déjà vu cette publicité ?

— Oui, bonhomme. Tu veux que je la retrouve sur Internet pour te la montrer ?

— Oui !

Heather avait oublié que la plupart des choses qu'elle voyait à la télévision pouvaient être revues sur le téléphone de Talon. Elle regarda Tony courir vers la cuisine pour voir la publicité que Talon avait retrouvée avec un petit sourire.

Après quoi, le garçon se mit à rire et courut rejoindre Heather. S'il y avait bien une chose qui n'était pas différente entre les garçons de La Communauté et Tony, c'était qu'ils marchaient rarement. Ils étaient toujours pleins d'énergie, courant à droite et à gauche.

— C'est rigolo, lui dit Tony avec un immense sourire. Mais tu n'as vraiment pas vu Bigfoot ?

Heather haussa les épaules.

— Non, désolée. J'ai vu des biches, des écureuils, des ratons laveurs, des opossums, des chauves-souris, des moufettes, des dindes, des souris, des piverts, des lapins, des serpents, des faucons, des tamias, des renards, des porcs-épics... et même un ours noir de temps en temps.

— Waouh, vraiment ?

— Oui, vraiment.

— J'aimerais bien voir un ours, dit Tony avec regret.

— Je suis sûre qu'un jour tu en verras un, lui dit Heather.

— Tout ça a l'air génial, mais tu as aussi dit que tu n'aimais *pas* vivre dans les bois, dit Tony. Pourquoi ?

— Eh bien... je me sentais seule, lui dit Heather avec franchise. J'étais toute seule et je n'avais personne à qui parler.

Tony y réfléchit un instant, puis acquiesça.

— Oui, ma mère me manquerait. Et mes amis. Et tous les gars.

— Et l'hiver il faisait très froid. Je n'avais pas un bon lit moelleux comme maintenant. Je ne pouvais pas prendre de douche ou de bain avant que les températures n'augmentent.

Tony fronça le nez.

— Ça ne me manquerait pas de ne pas pouvoir prendre de bain.

Heather s'esclaffa.

— Je puais, lui chuchota-t-elle. Ce n'était pas bien.

Tony ne parut pas convaincu et Heather comprit que sentir mauvais n'était pas vraiment un critère de dissuasion pour un petit garçon. Elle continua.

— Je devais trouver et préparer tous mes repas. Et quand je ne parvenais pas à attraper un poisson, un lapin ou autre chose, j'avais faim.

— Tu n'avais pas d'encas ? demanda Tony.

— Non.

— Moi j'apporterais des encas, dit-il d'un ton confiant.

Heather sourit.

— Et j'imagine que tu n'avais pas de télé, hein ? Ni de téléphone ? demanda Tony.

— Non. Rien de tout ça. Je n'avais même pas de livres, dit Heather.

— Ah oui, ça, c'est nul, acquiesça-t-il en baissant les yeux vers le livre qu'il avait mis sur le côté. Peut-être qu'au lieu de vivre dans les bois, je pourrais simplement faire des petits séjours en camping, dit-il au bout d'une minute. Mais par contre, j'amènerais des snacks et un livre. Oh et un sac de couchage bien chaud. Et peut-être que je laisserais Zeke venir avec moi pour pouvoir parler à quelqu'un.

— C'est un très bon plan, dit Heather.

— Tu sais, il y a des gens qui travaillent tout le temps dans la forêt, dit Talon en se joignant à eux et en s'appuyant sur le dossier du canapé.

— Oui, comme toi et Zeke et les autres. Vous cherchez des gens perdus.

— Eh bien, oui, mais il existe aussi des métiers à temps plein où les gens sont payés pour être dans les bois, dit-il au garçon.

— C'est vrai ?

— Oui, oui. Comme les pompiers, les gardes forestiers, les bûcherons, les gardes-chasse, et même certains chercheurs qui étudient les animaux dans leur habitat naturel.

— Cool, souffla Tony. Je veux bien faire l'un de ces métiers.

— Alors tu dois t'assurer de bien étudier afin d'être assez instruit pour en décrocher un.

— Oui je le ferai ! dit-il avant de se tourner à nouveau vers Heather. Tu veux que je lise encore ou je peux aller jouer avec Bottines ?

Elle lui sourit.

— Je pense que Bottines adorerait jouer avec toi.

Elle n'en était pas certaine, car le chaton avait l'air très bien là où il était. Mais même si Bottines n'avait été qu'avec eux une seule fois, Heather avait déjà appris à quel point il était important de la fatiguer avant qu'ils n'aillent se coucher, sinon, elle se retrouvait avec un chaton sur le visage tandis qu'elle essayait de dormir. Ou pire, ce serait le cas de Talon. Et même s'il était évident qu'il aimait bien la petite créature, elle n'avait pas envie de tenter le diable.

Après le dîner – qui était délicieux ; Talon leur avait préparé des cheeseburgers et des pommes de terre rissolées – Tony expliquait que Silas, Otto et Art se disputaient pour savoir qui était en avance sur qui pour leurs parties d'échecs.

— Des échecs ? demanda Heather.

— Oui, ils ne font que ça. Ils restent assis là-bas, ils jouent aux échecs et ils se racontent des ragots, dit Tony d'un ton joyeux. L'hiver, ils ont un petit chauffage d'appoint pour ne pas mourir de froid. Ils restent assis dehors, peu importe les températures. Même s'ils ont tendance à rester plus longtemps au Sunny Side Up pour les repas quand il fait trop chaud ou trop froid.

Heather sourit. Elle sentit le regard de Talon sur elle. Il était assis à côté d'elle sur le canapé et avait ramené ses jambes sur ses genoux. Elle était à l'aise, bien au chaud et contente.

— Les échecs se jouent sur un échiquier avec des cases blanches et noires. Il y a des rois et des reines et ils ont chacun leurs propres règles sur la façon dont ils peuvent se déplacer sur l'échiquier, expliqua Tony. Je préfère les dames, mais Zeke essaie de m'apprendre à jouer aux échecs.

Heather déglutit avec difficulté et avoua quelque chose qu'elle n'aurait jamais osé dire auparavant.

— Je crois que je sais jouer.

— Ah bon ? demanda Talon en inclinant légèrement la tête sur le côté.

— Seuls les hommes et les garçons avaient le droit de jouer aux échecs au sein de La Communauté. Mais je les ai observés. Je n'ai jamais vraiment joué aux échecs, mais je crois que je sais comment faire.

— Pourquoi c'étaient seulement les garçons qui avaient le droit de jouer ? demanda Tony.

Heather se tourna pour le regarder. Il était assis par terre devant le canapé, en train de regarder la télévision, mais il avait tourné la tête pour l'observer après avoir posé sa question.

Elle haussa les épaules.

— Parce que c'étaient les règles.

Talon continua de répondre à sa question.

— Parce qu'elle était obligée de vivre avec des hommes qui ne respectent pas les femmes et qui ne comprennent pas à quel point elles sont incroyables et qu'elles sont tout aussi intelligentes, voire plus intelligentes, que les hommes. Parce que c'étaient des crétins abusifs. Ils étaient obligés d'opprimer les femmes pour se sentir mieux dans leur peau.

Heather déglutit à nouveau avec difficulté. Il n'avait pas tort, mais ça lui faisait quand même bizarre qu'il dise tout cela à Tony.

Le petit garçon hocha simplement la tête d'un air solennel.

— Heureusement que maintenant elle est là avec nous, hein ?

— Oui, Tony. Heureusement.

Talon serra la jambe d'Heather et elle ne put s'empêcher de fermer les yeux et d'être reconnaissante d'être là où elle était. Et que Talon soit à elle.

— Ça va ? demanda-t-il doucement quelques minutes plus tard, après que l'attention de Tony se fut à nouveau portée sur la télévision.

Elle acquiesça.

Talon la fixa un long moment avant de hocher la tête.

— Peut-être que je devrais t'emmener au bureau de poste et te laisser pratiquer tes talents de joueuse d'échecs avec Art et les autres.

Heather secoua la tête.

— Oh non, je suis sûre qu'ils sont tellement plus doués que moi. Je n'ai même jamais joué auparavant.

— Peu importe. Tu vas peut-être leur botter les fesses et les bousculer un peu, rétorqua Talon. Mais ce ne serait pas une très bonne idée que tu sois à découvert comme ça. Même si certains journalistes ont quitté la ville, il en reste beaucoup qui ne pourront pas résister à l'envie de prendre des photos ou essayer d'obtenir une déclaration de ta part. J'en parlerai à Sandra et je lui demanderai si on peut installer une table lorsqu'ils viendront déjeuner.

C'était l'une des nombreuses choses qu'Heather adorait chez Talon. Il faisait toujours attention à elle. Il voulait la protéger et lui faire vivre des expériences qu'elle n'avait jamais connues avant. Elle lui sourit.

Un peu plus tard, tandis qu'elle se tenait devant la chambre d'amis, elle observa Talon border Tony dans le lit tout neuf. La chambre paraissait un peu vide avec ce simple lit et cette commode, mais elle avait les yeux rivés sur son homme et le petit garçon. Ça aussi c'était une nouvelle expérience. Dans La Communauté, les garçons dormaient tous dans la même tente et il n'était pas question de les « border » ou de faire preuve de la moindre tendresse avec eux.

Talon s'assit au bord du matelas et parla calmement à Tony.

— Tu as passé une bonne journée ?

— Oui. Bottines est trop mignonne. Et les hamburgers étaient trop bons. Tu penses vraiment que je pourrais trouver un travail dans la forêt ? J'adore le camping.

— J'en suis sûr.

— Tu reviendras camper avec moi ?

— Bien sûr. Mais on peut peut-être attendre qu'il fasse un peu plus chaud ? proposa Talon.

Tony soupira, mais acquiesça.

— Qu'est-ce qu'on mange demain pour le petit déjeuner ? Est-ce qu'on pourra aller au Bec Sucré et prendre des petits pains à la cannelle ?

Talon se mit à rire.

— Bien sûr, bonhomme.

— Tal ?

— Oui ?

— En fait je ne pense pas que je voudrais vivre tout le temps dans les bois. Ma mère me manquerait trop. Et Zeke aussi. Et toi.

— C'est pas grave, tu n'es pas obligé d'y aller.

— Tu crois qu'Heather était triste de vivre là-bas toute seule ?

Talon prit une grande inspiration. Il savait qu'elle écoutait près de la porte, mais il n'hésita pas à répondre au petit garçon.

— Oui, je pense. Mais parfois, on fait certaines choses non pas parce qu'on en a envie, mais parce qu'on n'a pas le choix.

— Comme quand je suis rentré à Fallport en voiture alors que je savais que je risquais d'avoir de gros ennuis.

— Exactement.

Heather avait déjà entendu cette histoire et comment le père biologique de Tony avait prévu de kidnapper le garçon, de le tuer pour obtenir de l'argent et comment Tony avait volé sa voiture et roulé jusqu'en ville pour obtenir de l'aide. Cela l'avait impressionnée et lui avait brisé le cœur à la fois.

— Parfois, dans la vie, on rencontre des gens qu'on trouve extraordinaires. Des gens qui ont survécu à des choses qu'aucune personne ne devrait avoir à subir et qui pourtant, restent gentils et aimants.

— Comme Anne Frank. Je veux dire, elle est morte, mais j'ai le sentiment qu'elle aurait été une super adulte, dit Tony.

Sa classe étudiait la Seconde Guerre mondiale et l'Holocauste, et Tony était fasciné par la jeune fille et ce qu'elle avait vécu. Heather était tout aussi intriguée, car elle ne se souvenait d'aucune des leçons d'histoire qu'elle avait apprises avant d'être enlevée.

— C'est ce que je pense aussi, acquiesça Talon. Heather fait aussi partie de ces gens-là, bonhomme. Elle a été très maltraitée par ceux avec lesquels elle vivait et pourtant, elle est toujours aussi extraordinaire.

— Est-ce qu'elle s'est vraiment fait enlever quand elle avait mon âge ? demanda Tony.

— J'en ai bien peur, oui.

— Et elle n'a plus de parents, c'est ça ?

— Non. Ils sont morts.

— Ben... au moins elle nous a nous, hein ?

— Oui, dit Talon.

— Elle est jolie. J'aime bien ses cheveux, dit Tony.

— Moi aussi.

— Et elle est très intelligente. Quand je l'ai rencontrée pour la première fois, elle ne connaissait pas beaucoup de mots. Mais aujourd'hui elle en connaît des tonnes !

— Elle apprend vite.

— Il faudrait qu'elle reste, dit Tony avec détermination. Tu devrais l'épouser. Zeke a ma mère et tes amis ont tous une petite copine ou des épouses. Mais toi non. Elle pourrait rester ici avec toi et vous pourriez vous marier.

— Tu crois ? demanda Tal.

Heather avait l'impression que ses joues étaient rouge vif, mais elle ne pouvait pas se résoudre à s'éloigner de la porte.

— Oui. C'est soit toi, soit monsieur Smith de l'école. Mais il est vieux et il fait de drôles de bruits quand il éternue. Alors je pense que c'est toi qui devrais l'épouser.

Talon s'esclaffa.

— Je prendrai ta recommandation en considération.

— Ça veut dire que tu vas le faire ? demanda Tony.

— Ça veut dire qu'il est tard et qu'il faut que tu ailles dormir. Je ne veux pas que ta mère et Zeke croient qu'on t'a laissé rester debout après l'heure du coucher, dit Talon.

— Non, c'est pas ce que ça veut dire, se plaignit Tony. Mais OK.

Talon se pencha en avant et embrassa Tony sur le front.

— Dors bien, bonhomme.

— Merci. Talon ?

— Oui ?

— Je suis content que tu l'aies trouvée et que tu l'aies ramenée ici.

— Moi aussi, Tony. Moi aussi.

Sur ce, Talon se leva et Heather s'éloigna pour ne pas que Tony la voie.

— Dors bien. Si tu as besoin de quoi que ce soit, Heather et moi sommes à l'autre bout du couloir.

— Je sais. Ça ira. Si je me réveille avant vous, je lirai. C'est ce que maman me fait faire.

— Ça me paraît bien. Je t'aime.

— Je t'aime aussi Talon. Bonne nuit.

Puis Talon quitta la pièce et ferma presque complètement la porte, ne laissant qu'un petit espace.

— Ça va ? chuchota-t-il.

Heather acquiesça.

— C'est un gamin curieux, dit-il en chuchotant toujours.

— Ses questions ne me dérangent pas, dit-elle avec honnêteté.

— Tant mieux.

Durant une seconde, elle redouta qu'il n'évoque la dernière question de Tony. Mais il demanda simplement :

— Tu veux regarder encore un peu la télévision ou tu veux aller au lit ? On peut lire si tu n'es pas trop fatiguée.

— Au lit, dit-elle, sans même devoir y réfléchir.

Même si la télévision était intéressante, elle était parfois oppressante. Elle aimait le silence de la nuit et ne pas être bombardée de mots, de musique et de gens qui essayaient de vendre des choses à travers toutes ces publicités.

— Ça me va. Vas-y, tu peux aller te préparer à aller dormir, je vais aller chercher Bottines.

Souriant, Heather acquiesça.

Le temps qu'elle ait fini de se brosser les dents et de se changer, Talon était déjà au lit avec Bottines. Le chaton s'était installé à sa place habituelle, sur l'oreiller d'Heather. Comme elle s'endormait toujours avec la tête sur l'épaule de Talon, elle n'en avait pas vraiment besoin. Elle caressa Bottines et l'écouta ronronner pendant que Talon allait à son tour dans la salle de bains. Une fois sorti, il éteignit la lumière et se glissa sous les couvertures, sur le côté. Il attira immédiatement Heather dans ses bras et soupira de satisfaction lorsqu'elle s'installa contre lui.

— Je croyais qu'on allait lire ? dit-elle.

— On peut si tu veux. Je voulais juste te serrer dans mes bras avant.

Elle ne pouvait qu'approuver.

Elle avait envie de l'embrasser un peu plus, mais elle se sentit soudain trop fatiguée pour bouger. Même si elle appréciait la présence de Tony, son énergie constante était un peu fatigante. Il posait sans cesse des questions et avait besoin d'être diverti. Et Heather adorait ça, mais elle n'avait pas l'habitude de cette stimulation constante.

— Et pour info, dit Talon au bout d'un moment, je trouve que la suggestion de Tony était excellente.

Heather se figea tandis qu'il continuait de parler.

— Moi aussi je pense que tu devrais rester. Et je semble être une meilleure option que ce pauvre monsieur Smith qui a un drôle d'éternuement.

— Je ne t'ai jamais entendu éternuer, dit Heather.

Il se mit à rire et elle sentit le son vibrer contre elle.

— C'est vrai. Mais tu es déjà là, alors autant rester. Mais quoi qu'il en soit, je ne te mets pas de pression. Si tu décides que tu as besoin de ton propre espace, je t'aiderai à trouver un logement correct. Si tu veux fréquenter d'autres personnes, je ferai de mon mieux pour m'effacer, même si j'en détesterai chaque seconde. Plus personne ne te contrôlera jamais, Heather. Je m'en assurerai. Mais sache que... j'aime t'avoir ici. Je ne veux pas que tu partes et je ne veux certainement pas que tu embrasses quelqu'un d'autre. Mais si c'est ce dont tu as besoin, ou ce dont tu as envie, je te soutiendrai à cent pour cent.

— Je n'ai pas envie de partir et je n'ai pas envie d'embrasser quelqu'un d'autre, dit-elle doucement.

— Tant mieux.

Le soulagement dans sa voix était évident.

— Demain, je parlerai à Art et Sandra pour voir si on ne peut pas organiser cette partie d'échecs pour toi. Tu veux venir avec moi chercher des petits pains à la cannelle au Bec Sucré demain ? Ou tu préfères rester ici avec Tony ?

— Je préfère rester.

— OK. Tu sais que ça ira pour Bottines si tu la laisses seule dans l'appartement, hein ? demanda-t-il en riant légèrement.

— Oui oui, dit-elle, sans être sûre d'être convaincante.

— Dors bien, chérie. *Moi* je vais bien dormir en tout cas. Je suis claqué. Tony est une vraie boule d'énergie.

— Claqué ? demanda-t-elle.

— Pardon, c'est du jargon britannique. Ça veut dire que je suis fatigué. Épuisé.

— J'aime bien les mots que tu utilises, lui dit-elle. Et moi aussi je suis claquée.

— Tu en voudras un, un jour ? D'enfant ? demanda-t-il.

Heather se raidit contre lui. Elle n'y avait pas beaucoup pensé. Lorsqu'elle vivait au sein de La Communauté, elle avait fait tout son possible pour ne pas tomber enceinte. Elle ne voulait pas avoir une fille qui puisse être traitée comme elle et les autres femmes et l'idée que son fils soit élevé dans la haine ou qu'il traite les autres femmes et filles comme des moins que rien, lui faisait horreur.

Mais maintenant qu'elle était libre ? Qu'elle ne vivait plus dans une grotte dans la forêt ? Après avoir rencontré Talon et avoir vu à quel point il était gentil avec elle, avec Bottines, avec Tony...

L'idée d'avoir un bébé ne semblait plus si effrayante.

— Peu importe, dit-il en voyant qu'elle ne répondait pas immédiatement. Il est encore trop tôt pour que je te pose la question.

— Je crois que oui, lâcha Heather. Mais je ne connais rien à la maternité.

— Pff, n'importe quoi, dit Talon. Tu serais une mère incroyable.

Il n'en dit pas plus, mais maintenant qu'il lui avait posé la question, Heather ne pouvait pas s'empêcher d'y penser.

Il tourna la tête et l'embrassa sur la tempe avant de soupirer et de fermer les yeux. Cette nuit-là, Heather rêva d'une petite fille rousse qui lui tendait les bras et l'appelait maman. Et à ses côtés, Talon les regardait toutes les deux avec tellement d'amour qu'Heather eut l'impression que son cœur allait exploser.

CHAPITRE SEIZE

La partie d'échecs ne put pas avoir lieu le lendemain, mais Heather s'en fichait. Tal voyait bien qu'elle était contente de rester dans l'appartement avec Bottines. Il parvint enfin à la convaincre de quitter la maison trois jours plus *tard* pour retrouver Lilly et Ethan. Lilly avait été autorisée à reprendre ses activités et ils se retrouvèrent tous chez Bristol pour un déjeuner bruyant et chaotique.

Et trois jours après cela, Talon put enfin emmener Heather au Sunny Side Up, avec Art et ses amis et pour tester ses talents de joueuse d'échecs.

Les premières parties furent difficiles, mais une fois qu'elle eut compris comment chaque pièce se déplaçait, Heather devint une adversaire redoutable. Elle avait manifestement été très attentive lorsque les hommes de La Communauté jouaient aux échecs et avec son intuition, tout cela l'aidait beaucoup. Elle ne gagna aucune partie, mais ne passa pas loin de la victoire au dernier tour. Même Art semblait impressionné.

Alors qu'ils déjeunaient tardivement et qu'Heather se délectait de ses succès aux échecs, le téléphone de Talon sonna.

En voyant qu'il s'agissait de Simon, il répondit, espérant

que le chef de la police aurait plus d'informations concernant les kidnappeurs d'Heather.

— Opal Williams sera là demain matin. Je me suis dit que vous pourriez échanger ici, au poste de police.

Le cœur de Talon rata un battement. C'était tellement inattendu ! Certes, il avait suggéré à Simon de contacter Opal pour qu'elle l'interviewe, mais il n'avait pas du tout envisagé que cela se produise réellement.

— Hors de question, pas là-bas, dit-il immédiatement.

Son esprit tourna à plein régime tandis qu'il essayait de trouver un cadre approprié pour l'entretien.

— Bon, tu as jusqu'à demain pour trouver un meilleur endroit et y emmener Heather. Je suis sûr que le personnel d'Opal l'aidera avec le maquillage et compagnie.

— Ça aurait été sympa de me prévenir, dit Talon avec une frustration évidente.

— Je te préviens là. Je viens juste de l'apprendre. Aux dernières nouvelles, c'était en cours. Apparemment, Opal a eu un imprévu dans son emploi du temps, et c'est le seul moment où elle peut venir. Je me suis dit que tu aimerais que ce soit fait le plus tôt possible.

Il n'avait pas tort.

— Très bien. Je te rappelle bientôt.

— Ça va le faire, lui dit Simon d'un ton étonnamment doux.

— J'espère bien, rétorqua Talon avant de raccrocher.

— Quoi ? Qu'est-ce qui ne va pas ? demanda Heather.

Content qu'ils aient presque fini de manger, il se leva et lui tendit la main.

Heather la prit sans hésiter et l'aida à se lever. Il salua Sandra et la remercia pour le repas, puis il conduisit Heather à l'extérieur. Il faisait frais, mais pas trop. Après le blizzard monstre et le temps extrêmement glacial qui l'avait accompagné, les températures s'étaient stabilisées et étaient plus normales pour cette période de l'année.

— Talon ? demanda-t-elle alors qu'il la raccompagnait jusqu'à son 4x4.

En regardant autour de lui, Tal ne vit aucun journaliste et en fut soulagé. Beaucoup avaient abandonné, retournant d'où ils venaient. Mais quelques-uns rôdaient encore, et de temps en temps, un nouveau venu arrivait en ville dans l'espoir d'obtenir un scoop.

Après l'avoir fait monter dans son SUV et s'être installé au volant, Tal prit une grande inspiration et se tourna vers elle.

— Qu'est-ce qui ne va pas ? Tu me fais peur, dit Heather.

Merde. Ça n'était pas son intention.

— Je suis désolé. Je réfléchis juste. C'était Simon.

— Il a retrouvé La Communauté ? demanda Heather.

— Non. Enfin, je ne lui ai pas demandé. Il m'appelait pour me dire qu'Opal était en chemin pour Fallport. Elle sera là demain matin.

Heather cligna des yeux de surprise.

— Ah bon ?

— Oui.

— OK.

— OK ? questionna-t-il.

Heather haussa les épaules.

— Oui. Tu as dit que c'était la personne à qui je ferais mieux de raconter mon histoire, pour que tout le monde finisse par m'oublier. Je suis prête à le faire.

Elle ne cessait jamais de le surprendre et de l'impressionner.

— Tu es contrarié, ajouta-t-elle en fronçant les sourcils. Tu penses que je ne devrais pas le faire ?

— Ce n'est pas ça. C'est juste que… tu t'en sors si bien ces derniers temps. La thérapeute dit que tu t'adaptes très bien. La dernière chose dont j'ai envie, c'est que tu racontes tout et que tu aies l'impression de revenir en arrière.

— Je crois que j'ai *envie* d'en parler, dit Heather. Peut-être que si quelqu'un entend parler de mon histoire, il remarquera plus facilement si des gens comme Arrow et Cypress se sont installés dans sa ville. Mes parents n'ont pas pu vivre assez longtemps pour savoir ce qu'il m'est arrivé, pour voir que je suis saine et sauve... mais si je passe à la télé et que je parle de mon expérience, cela pourrait donner à *d'autres* parents l'espoir que leurs enfants kidnappés sont toujours en vie quelque part. Comme l'a dit Simon. Je ne vais pas te mentir, je suis nerveuse, mais tu seras là, n'est-ce pas ?

— Bien sûr. Je ne te laisserai jamais faire ça toute seule.

— Alors ça ira, dit-elle fermement.

Tal fut à nouveau impressionné.

— Je suis vraiment admiratif, dit-il. Tu es tellement forte, c'est incroyable.

— Ce n'est pas que je suis forte, dit Heather. Je suis *en colère*. Arrow et La Communauté m'ont volé tellement de choses. Il m'a fallu vingt ans, mais j'ai réussi à me libérer. Et il y en a tant d'autres qui n'ont pas eu cette chance. On a parlé de ces enfants qui débarquaient comme ça au campement... mais d'où ils venaient ? Où sont *leurs* parents ? J'espère qu'en prenant la parole, ça aidera la police à localiser Cypress et que tous ces enfants pourront retrouver leurs familles.

Tal se pencha et passa doucement la main autour de sa nuque. Il l'attira plus près et l'embrassa doucement sur le front.

— Je l'espère aussi, dit-il doucement.

Ils restèrent ainsi un long moment avant qu'il ne prenne une profonde inspiration et ne relâche sa nuque.

— Il faut qu'on trouve un endroit où faire ça. Peut-être que les filles peuvent t'aider à trouver une tenue confortable. Il faut que j'appelle les gars et que je leur dise ce qu'il se passe. Merde, j'étais censé travailler demain. Je déteste demander à Harvey un autre jour de congé, mais on ne peut pas faire autrement. Je devrais...

Il s'arrêta de parler lorsqu'Heather posa une main sur son bras.

— Ça va aller, dit-elle.

Prenant une grande inspiration, Tal acquiesça. Elle avait raison. Ça allait bien se passer. Et il nota à quel point c'était ironique que ce soit Heather qui *le* rassure cette fois-ci. Il lui fit un sourire et démarra le moteur.

* * *

Le lendemain matin, Heather était nerveuse. Elle ne connaissait pas cette fameuse Opal, mais hier soir, Talon lui avait montré l'une de ses interviews en ligne afin qu'elle puisse voir ce qu'il allait probablement se passer lorsqu'elle s'assiérait avec cette présentatrice extrêmement connue. Sur les vidéos qu'elle avait regardées, Opal interviewait un prince du pays de Talon et sa toute nouvelle épouse. Ils vivaient désormais aux États-Unis et il y avait apparemment beaucoup de controverse à ce sujet. Après avoir regardé l'émission en entier, Heather s'était sentie mieux. Opal avait posé des questions difficiles, mais elle n'avait pas été grossière et elle avait semblé... gentille.

Talon s'était arrangé pour que l'interview ait lieu à la maison d'hôte du manoir de Chestnut Street. C'était Lilly qui l'avait suggéré. Elle avait logé là-bas lorsqu'elle était arrivée à Fallport pour la première fois en tant que caméraman pour l'émission sur Bigfoot et s'était rapprochée de la propriétaire, Whitney Crawford. Apparemment, Brock, Raid et Drew avaient passé l'après-midi à la chambre d'hôte la veille pour transformer la salle à manger en studio improvisé. Ils avaient aidé Whitney à débarrasser les meubles, à nettoyer et avaient fait de leur mieux pour l'aider à recevoir chez elle des vedettes de la télévision.

Heather et Talon étaient arrivés à la chambre d'hôte vers 6 heures 30 ce matin. Elle avait rencontré la productrice et cette dernière avait passé en revue certaines des questions qu'Opal allait lui poser. Heather appréciait de pouvoir se préparer aux sujets les plus difficiles qu'elle pourrait aborder.

Ensuite, on l'avait emmenée dans l'une des chambres

d'amis, où une femme s'était occupée de la coiffer et une autre de la maquiller. Heather n'avait jamais porté de rouge à lèvres auparavant et après que la dame avait terminé, elle avait eu l'impression que son visage était lourd et étrange.

Et maintenant, c'était l'heure. Il était temps de rencontrer Opal. Il était temps de raconter son histoire au monde entier.

— Tu peux encore annuler, lui dit doucement Talon en frottant son pouce d'avant en arrière contre le dos de sa main.

Il ne l'avait pas quittée une seule minute. Lorsqu'elle s'était sentie dépassée par toute cette attention, Talon avait été là pour l'aider à surmonter cette épreuve.

— Non, je veux le faire, dit-elle d'un ton moins ferme que ce qu'elle aurait voulu.

Talon les conduisit à l'écart de l'agitation et s'appuya contre un mur, tournant Heather de façon à ce qu'elle soit dos à la pièce. Lorsqu'il posa ses mains de part et d'autre de son visage et lui fit relever la tête, elle ne vit plus que lui.

— Tu vas être géniale, lui dit-il doucement. Quand les spectateurs vont te voir, il leur suffira d'un regard pour avoir envie de traquer personnellement Cypress et tous ceux qui ont osé te faire du mal.

Heather agrippa fermement sa chemise sur les côtés.

— Tu es magnifique. Mais il faut que tu saches que… le maquillage, les vêtements et ta coiffure c'est très bien… mais tu m'as attiré dès la première fois que je t'ai vue dans cette grotte. Tes cheveux étaient emmêlés, tu avais de la terre sur le visage et tu portais les vêtements que je t'avais donnés et qui étaient trop grands. Je n'étais pas attiré par toi pour ton physique mais pour ta mentalité de guerrière. Tu aurais pu abandonner il y a bien longtemps. Accepter les circonstances. Tu aurais pu laisser tomber. Mais tu ne l'as pas fait. Tu as continué de te battre, même quand tu étais blessée. Même quand tout semblait sans espoir. C'est elle la Heather dont je suis tombé amoureux. Vas-y et sois toi-même. N'aie pas peur de dire la vérité. Tu es en sécurité ici. Tu es protégée.

— Je peux te faire confiance et tu ne me feras pas de mal, chuchota Heather.

Combien de fois avait-elle répété ces mots elle-même ? Plus qu'elle ne pouvait les compter. Ils avaient été sa bouée de sauvetage. Et même lorsqu'elle ne lui avait pas fait entièrement confiance, elle s'était accrochée à sa promesse.

— Ces mots sont tout aussi vrais aujourd'hui que lorsque je les ai prononcés pour la première fois, lui jura-t-il.

— Tu es tombé amoureux de moi ? demanda-t-elle doucement, réalisant ce qu'il venait de dire.

— Oui.

Un mot. Simple et direct.

Elle lui sourit.

— Moi aussi je crois que je suis en train de tomber amoureuse de toi, avoua-t-elle.

Ses lèvres s'étirèrent en un sourire et elle perçut à nouveau cette fossette à travers sa barbe bien taillée.

— C'est l'heure. Tu gères.

Heather acquiesça et ferma les yeux lorsque Talon pencha la tête. Il l'embrassa si doucement et même si elle aimait la sensation de ses lèvres sur les siennes... elle réalisa soudain que ce n'était plus suffisant. Elle le voulait tout entier. Il lui avait déjà appris tellement de choses en matière de sexe et d'intimité, qu'elle était prête à ce qu'il lui montre tout.

— Heather ? dit une voix mélodieuse derrière elle.

Elle se retourna, sentant la main de Talon dans le bas de son dos, et vit une femme sublime à la peau sombre derrière eux. Elle la reconnut grâce à l'émission qu'elle avait vue la veille.

— Bonjour, dit-elle timidement.

— Je suis Opal Williams, dit la femme en lui tendant la main. Je suis ravie de te rencontrer.

— Moi aussi, dit Heather.

— Je suis tellement contente que tu sois saine et sauve.

— Moi aussi, acquiesça-t-elle.

Opal eut un petit sourire.

— Je pense que nous allons avoir une bonne discussion. Parfois, les gens sont tellement bouleversés par le fait de me rencontrer qu'ils se crispent. Ils ne trouvent rien à dire.

Heather haussa les épaules.

— Je sais que vous êtes célèbre, mais je n'ai pas eu le droit de regarder la télévision pendant au moins vingt ans, alors pour moi... vous êtes juste quelqu'un d'autre.

Le sourire d'Opal s'élargit.

— C'est vrai, acquiesça-t-elle.

— Et Talon ne voulait pas me laisser participer à quelque chose qui aurait pu me faire passer pour une idiote ni me laisser parler à quelqu'un qui aurait pu me faire du mal et c'est pour ça que j'ai accepté de m'adresser à vous. Ça et parce que j'ai envie que tout revienne à la normale, ici. J'ai envie d'aller au Bec Sucré sans avoir à m'inquiéter que quelqu'un ne surgisse de derrière une voiture avec une caméra. Ou de pouvoir aller au Sunny Side Up sans que personne ne me pose des questions en hurlant à l'autre bout de la salle. Tout le monde dit que si je vous laisse me poser des questions, je pourrai redevenir cette bonne vieille Heather Brown ennuyeuse.

— Je ne pense pas que tu puisses un jour être ennuyeuse, dit Opal.

Puis, elle se retourna et fit signe à quelqu'un derrière elle. Une autre femme s'approcha.

— Et pour que tu ne sois pas prise au dépourvu durant notre interview, je te présente Lilac Lee.

Heather hocha poliment la tête en direction de l'autre fille.

— Elle a été kidnappée lorsqu'elle avait vingt et un ans et retenue captive pendant onze ans.

Heather inspira brusquement et observa la fille devant elle avec de grands yeux. Elle était plus âgée qu'Heather, mais elle paraissait en bonne santé. Et heureuse. Elle avait des tatouages sur les bras et la poitrine qui ressortaient de l'encolure en V de la robe qu'elle portait. Elle avait les cheveux courts et foncés, proches de la teinte auburn d'Heather. Elle avait également un piercing à la lèvre et un autre au sourcil. Heather n'avait jamais vu quelqu'un comme elle.

— Salut, dit Lilac en lui tendant la main.

Heather la serra et se lécha nerveusement les lèvres. Cette femme semblait si... normale.

Elle connaissait un peu son histoire et même si elle avait été enlevée lorsqu'elle était déjà adulte, elle avait autant souffert dans cette maison où elle avait été retenue prisonnière, si ce n'est même plus, qu'Heather.

— Si tu es d'accord, j'aimerais beaucoup parler avec toi lorsque l'interview sera terminée.

Heather hocha immédiatement la tête. Elle avait tellement de questions à lui poser !

Opal et Lilac tournèrent toutes les deux les talons et Talon se pencha vers elle. Elle sentit sa barbe se frotter contre sa joue avant qu'il ne chuchote :

— Je ne savais pas qu'elle serait là. Ça va ?

Heather acquiesça et se tourna vers lui. Elle appréciait énormément son soutien. Elle se souvenait que Lilly lui avait dit que Talon était fait pour prendre soin d'une femme et elle était tellement reconnaissante d'être l'heureuse élue.

La productrice lui fit signe de s'avancer et de s'asseoir sur le petit canapé devant les nombreuses lumières qui y avaient été installées. Talon l'embrassa sur la tempe, puis elle leva fièrement le menton et se dirigea vers le canapé.

Trois heures plus tard, Heather était mentalement et émotionnellement épuisée. Elle était plus fatiguée qu'elle ne l'avait été après avoir chassé pendant plusieurs jours. C'était étrange, car ces temps-là lui semblaient si lointains, alors qu'en réalité, cela ne faisait même pas un mois qu'elle avait quitté cette grotte dans les bois.

Opal lui avait posé des questions difficiles, mais en voyant Talon, debout derrière les lumières et les caméras, sa présence inébranlable lui avait donné le courage de répondre à toutes les questions avec sincérité. Ça n'avait pas été facile, mais une fois que ça s'était terminé, elle s'était sentie... plus légère. Comme si le fait de partager son expérience et tout ce qu'elle avait vécu – ce qu'elle avait ressenti lorsqu'elle était attachée dans la tente des punitions, lorsqu'on avait décrété qu'elle était une épouse sans son consentement, cette décision terrifiante qu'elle avait dû prendre en se cachant dans la forêt lorsque La Communauté avait déménagé... et pourquoi elle n'avait pas essayé de s'enfuir plus tôt – était bel et bien terminé.

Une fois les lumières éteintes et les caméras arrêtées, Opal s'approcha d'Heather et lui demanda :

— Je peux te faire un câlin ?

Heather acquiesça et ferma les yeux lorsque les bras de la femme plus âgée se refermèrent autour d'elle. Elle sentait une sorte de parfum onéreux et ses cheveux chatouillaient la joue d'Heather, mais à part celle de Talon, cette étreinte était l'une des meilleures qu'elle ait jamais reçues. Elle s'était complètement ouverte. Elle avait partagé des choses qu'elle n'avait jamais dites à personne, pas même à Talon. Et pourtant, Opal la respectait toujours. Elle l'appréciait encore. C'était une sensation grisante.

Opal s'écarta, posa les mains sur les épaules d'Heather et la fixa un long moment avant de hocher fermement la tête.

— Tout ira bien désormais.

Puis elle prit congé et se dirigea vers la porte, la productrice à ses côtés tout au long du chemin.

En se retournant, Heather cligna des yeux, surprise. Derrière Talon se tenaient Lilly et Ethan. Et tous les autres aussi. Elsie, Zeke, Bristol, Rocky, Caryn, Drew, Finley, Brock, et même Khloe et Raid étaient là. Duke dormait profondément sur le sol, inconscient de toute l'agitation autour de lui.

Les larmes lui montèrent aux yeux.

— Mais... vous êtes tous venus ? balbutia-t-elle.

— Évidemment ! s'exclama Caryn en s'avançant vers elle avant de la serrer fort contre elle.

— Tu pensais qu'on ne viendrait pas ? Les amis se serrent toujours les coudes, lui dit doucement Finley.

— Et puis, c'est *Opal* quand même ! dit Elsie avec excitation.

Tout le monde éclata de rire.

— Ne pleure pas, lui ordonna Lilly. Si tu commences, on va tous se mettre à sangloter.

Il était difficile de s'habituer à tant de soutien après avoir été seule pendant si longtemps. Elle n'en voulait plus aux autres femmes de La Communauté de s'être comportées de la sorte. Elles avaient toutes été conditionnées pour ne pas parler entre elles et ne pas se faire d'amies. Elles avaient bien trop peur de ce qu'il risquait de leur arriver si elles se rapprochaient de quelqu'un.

Elles avaient toutes survécu comme elles le pouvaient.

Un mouvement à sa gauche attira son attention et elle vit que Lilac l'observait avec un petit sourire.

— Vous voulez bien me laisser une minute ? demanda Heather qui ne voulait pas les offenser si elle s'en allait parler à Lilac.

— Bien sûr. Prends tout le temps qu'il te faut, lui dit Bristol. Whitney nous a préparé un déjeuner tardif, mais il faut qu'on attende que toutes les caméras et lumières soient rangées avant de pouvoir ramener la table pour manger.

— Heather ?

Elle leva les yeux vers Talon tout en sachant très bien ce qu'il voulait savoir sans qu'il n'ait besoin de le dire.

— Je vais bien. Je veux lui parler une minute.

— OK. Si tu as besoin de moi, je suis juste là.

— Je sais.

Et c'était vrai. Talon était son pilier.

Elle était nerveuse à l'idée de parler à l'autre femme, mais elle prit une grande inspiration et s'avança.

— Salut, dit-elle en s'approchant.

— Salut, toi, dit Lilac avec un sourire chaleureux.

Heather avait du mal à s'habituer au piercing qu'elle avait à la lèvre, mais elle était tellement gentille qu'elle l'oublia rapidement.

— Je suis désolée pour ce qu'il t'est arrivé, dit-elle.

— Et moi aussi je suis désolée pour ce qu'il *t'est* arrivé, rétorqua Lilac. Mais après avoir écouté ton histoire et en voyant tout le soutien dont tu bénéficies... je pense que tu vas t'en sortir.

Ses paroles positives lui firent du bien.

— Je... est-ce que je peux te demander quelque chose ?

— Tu peux me demander ce que tu veux, lui dit Lilac.

— Je ne connaissais pas beaucoup ton histoire avant aujourd'hui. Jusqu'à ce qu'Opal en parle. Elle a dit que tu t'étais mariée ?

Lilac acquiesça.

— Oui. Je l'ai rencontré par l'intermédiaire de mes amis et nous nous sommes mariés trois ans après que j'ai été sauvée.

— C'est génial.

Lilac pencha la tête sur le côté et sourit légèrement.

— Qu'est-ce que tu veux *vraiment* savoir ? demanda-t-elle gentiment.

— Je... comment tu as su... après ce qui t'est arrivé... tu étais nerveuse ?

Heather savait qu'elle s'emmêlait les pinceaux, mais elle ne savait pas comment employer les bons mots.

— Oui et non, répondit Lilac. J'étais nerveuse parce que je l'aimais bien et que je voulais qu'il m'aime bien en retour. J'avais peur qu'il ne puisse pas faire abstraction de ce qu'il m'était arrivé. Que je sois toujours la pauvre fille qui avait été kidnappée et retenue en otage pendant plus de dix ans. Mais je me sentais *bien* à ses côtés. Je me sentais en sécurité. Il ne m'a jamais fait sentir différente. Pour lui... j'étais juste Lilac.

Plus elle parlait, plus Heather se détendait. C'était exactement ce qu'elle ressentait lorsqu'elle était avec Talon.

— Est-ce que c'était dur de... Vous couchez ensemble ? lâcha-t-elle avant de regretter immédiatement sa question.

— Oui, dit-elle avec un sourire. Et ça n'a pas du tout été difficile de tomber amoureuse de lui. Ce que m'a fait le connard qui m'a kidnappée n'avait rien à voir avec ce que je ressentais en faisant l'amour avec mon mari... enfin, mon petit ami à l'époque. C'était le jour et la nuit. Je ne vais pas dire que c'était toujours facile et que je ne passe jamais de mauvaise journée lorsque les souvenirs me submergent, mais ça ne m'arrive jamais lorsque je suis avec mon mari. J'ai fait le choix de ne pas être une victime. De ne pas le laisser gâcher le reste de ma vie. Je suis une survivante, et je suis plus forte avec mon mari. Nous avons adopté un petit garçon et ma famille est ce qui me permet de continuer à vivre. Si tu te demandes si c'est mal ou bizarre d'être attirée par le beau gosse qui ne t'a pas quittée des yeux depuis trois heures... ce n'est pas le cas. Vis ta vie, Heather. Aime. Rigole. Ne laisse pas ces connards t'empêcher de tomber amoureuse, d'avoir des enfants... d'aller de l'avant.

Ses mots libérèrent Heather comme jamais. Elle aimait Talon. Ce n'était pas trop *tôt,* mais elle craignait d'être jugée. Qu'il soit anormal de *vouloir* être avec un homme après ce qu'il lui était arrivé. Entendre que Lilac était heureuse et vivait une vie normale, en étant désormais mariée, après les horribles abus qu'elle avait subis... la faisait se sentir beaucoup mieux.

Les deux femmes se serrèrent longuement et chaleureusement dans les bras.

— Est-ce que tu veux rester manger avec nous ? demanda Heather.

— Non, merci. Je vais rentrer chez moi. Mon fils a une fête d'anniversaire demain, pas la sienne, mais celle d'un ami et il faut qu'on lui achète un cadeau. Et puis mon mari me manque beaucoup.

Heather comprenait.

— OK. Je suis très contente de t'avoir rencontrée.

— Pareil. Tu fais désormais partie d'un club très sélect, dit

Lilac d'un ton solennel. Personne n'a envie de faire partie de ce club, mais c'est comme ça. Si tu as besoin de quoi que ce soit, je veux dire vraiment *quoi que ce soit...* de parler, pleurer, de te défouler sur l'injustice de la vie... tu me le dis. Tu n'es pas seule. Nous sommes nombreuses à avoir été kidnappées et retenues en otage pendant des mois ou des années et à avoir survécu pour en parler. Quand tu seras prête, je pourrai te mettre en relation avec d'autres femmes comme nous.

— Je... je crois que ça me plairait, dit Heather.

— Tant mieux. Prends soin de toi... et n'aie pas peur de *vivre.*

Sur ce, Lilac lui sourit et suivit un homme qui portait un énorme projecteur hors de la pièce. Avant même qu'Heather ne puisse se tourner vers ses amis, Talon était là. Il la regarda longuement avant de sourire.

— Tu as l'air... apaisée.

— C'est le cas, acquiesça-t-elle. Mais j'ai faim.

— Alors, allons te nourrir, dit-il simplement.

Le soulagement qu'Heather lut dans ses yeux lui fit réaliser à quel point il avait été stressé pour son interview. Il s'était inquiété pour elle et ça se voyait.

Comment avait-elle pu être aussi chanceuse que cet homme la trouve ? Mais elle était reconnaissante. Désormais, il était à elle... il l'avait dit. Et elle avait envie de lui montrer à quel point il comptait pour elle. Mais d'abord, elle voulait profiter de la présence de ses amis.

Et vivre... comme le lui avait suggéré Lilac.

Mais Heather n'était pas dupe. Elle savait bien que dès que son interview serait diffusée, elle devrait faire face à un nouvel afflux de personnes qui voudraient lui parler, l'interviewer... tout comme lorsqu'on avait appris qu'elle avait été retrouvée après toutes ces années. Mais elle était assez certaine que les citoyens de Fallport la soutiendraient et la protégeraient, comme ils l'avaient fait jusqu'à présent.

Si elle devait rester à l'intérieur pendant un certain temps, qu'il en soit ainsi. Elle pouvait gérer. Whitney Crawford lui avait même proposé de lui donner des cours particuliers, ce qu'Heather avait vraiment envie d'accepter. Il y avait tant de choses qu'elle voulait apprendre. Elle voulait que Talon soit fier d'elle, mais surtout, elle avait envie d'apprendre ce que tous les autres adultes prenaient pour acquis.

Contente de la tournure que prenaient les choses, Heather se pencha vers Talon tandis qu'il la serrait par la taille. Il se pencha à son tour et l'embrassa, puis partit aider le reste des gars à déplacer la grande table jusque dans la pièce pour qu'ils puissent manger.

* * *

Quatre jours plus tard, l'émission spéciale d'Opal fut diffusée.

Cypress Goodson était assis dans une chambre d'hôtel d'une petite ville de Caroline du Nord, réfléchissant à la façon dont il allait acquérir sa future femme, qu'il avait repérée aujourd'hui dans un centre d'éducation préscolaire et qu'il avait suivie jusque chez elle.

C'était à une heure de grande écoute et il se retrouva soudain nez à nez avec Sunset qui racontait son expérience au sein de La Communauté. Elle était en train de dévoiler tous leurs secrets sur une chaîne nationale. La fureur lui fit trembler les mains tandis qu'il saisissait la télécommande pour augmenter le son. La première chose qu'il remarqua en la voyant sur l'écran était qu'elle s'était coupé les cheveux.

Sunset savait *très bien* que cela allait à l'encontre des règles. Et que les femmes ne devaient *jamais* se couper les cheveux et pourtant, elle était là, face au monde entier avec la moitié de sa superbe chevelure en moins. Il se remémora les fois où il s'était masturbé à travers les mèches épaisses et comment son sperme imprégnait encore ses cheveux quelques heures plus tard, faisant d'elle sa propriété.

Elle *paierait* pour l'avoir défié.

Il sentit la haine couler dans ses veines tandis que Sunset se plaignait de la façon dont elle avait été traitée. Elle parla de la tente des punitions, des enfants qui débarquaient sur le camp sans prévenir, du nombre d'épouses qu'avait chaque homme.

Cypress savait sans l'ombre d'un doute que sa vie venait de changer. Il ne serait pas surpris si La Communauté en Floride était perquisitionnée et dissoute en une semaine.

Ce n'était pas par pur hasard s'il n'était pas là-bas avec les autres actuellement – il était destiné à persévérer. À venir acquérir et éduquer la première de ses nombreuses nouvelles épouses.

En repensant à la petite fille aux cheveux roux qu'il avait aperçue aujourd'hui, il sourit. Elle était parfaite... encore une petite fille parmi de nombreux enfants placés en famille d'accueil dans des maisons surpeuplées et délabrées. Elle ne manquerait à personne. On pouvait se passer d'elle, comme de tous les enfants qu'il avait recueillis au fil du temps.

Sunset avait été la première qu'ils avaient enlevée... et la plus difficile à dresser. De nombreux coups et le temps passé dans la tente des punitions avaient fini par la rendre plus obéissante. Mais elle n'avait jamais été totalement soumise.

Elle posait toujours des questions, malgré les conséquences, même lorsque Cypress était plus violent avec elle qu'Arrow ne l'avait jamais été.

Après Sunset, ils s'étaient contentés d'enlever des petites filles en bas âge ou des bébés. Des enfants qui ne se souviendraient pas de leur vie avant La Communauté. Il fallait plus de temps afin qu'elles vieillissent assez pour pouvoir être revendiquées comme épouses, mais ils ne pouvaient pas faire autrement.

Désormais, Cypress était seul et il le savait. Il ne pouvait pas retourner en Floride, pas avec toutes les informations que Sunset avait divulguées dans son interview.

Peu importe. Il enlèverait la fille qu'il avait repérée aujourd'hui et repartirait de zéro.

De plus, il allait retourner à Fallport... assez longtemps pour rappeler à Sunset que c'était toujours *lui* qui commandait. Qu'elle ne serait jamais libre. Et pour qu'elle se soumette à nouveau à lui. Et quel meilleur endroit que là où tout avait commencé pour l'obliger à accepter qu'elle lui appartiendrait toujours ?

Plus il pensait à son plan, plus il était obsédé. C'était risqué, certes, mais il éviterait de parler à quiconque en ville. Il porterait un déguisement pour être certain de ne pas être reconnu. Il retournerait là où La Communauté avait prospéré toutes ces années, là où son père lui avait enseigné que les hommes étaient intrinsèquement supérieurs aux femmes dans tous les domaines.

Personne ne s'attendrait à ce qu'il soit assez fou pour revenir, pas avec tous ces projecteurs braqués sur lui à Fallport. Mais il n'y resterait pas longtemps...

Juste assez pour débuter l'éducation de sa nouvelle Sunset et montrer à cette salope à la télé qu'elle n'était rien d'autre qu'une merde.

Elle l'avait toujours été et le serait toujours.

Satisfait de ses plans, Cypress sourit. Il n'entendait même plus ce que Sunset disait à la télévision. Au lieu de ça, il pensa au plaisir qu'il éprouverait en voyant sa future épouse recroquevillée sur le plancher de sa voiture. Comment elle ferait tout ce qu'il lui demanderait de faire, dès qu'il le lui demanderait. Elle apprendrait. Elles apprendraient toutes. Et celle qui n'avait pas appris ?

Elle mourrait, regrettant de ne pas être rentrée dans le rang comme les autres.

Aucune femme ne disait non à Cypress Goodson.

Sunset Meadowblossom n'avait pas le droit à une vie heureuse. Elle l'avait défié, s'était cachée pour le fuir et maintenant, elle aurait tout aussi bien pu lui cracher au visage. Ce genre d'insolence était intolérable. Une fois qu'il lui aurait montré qui était le patron, et une fois qu'elle se serait excusée et lui aurait juré d'être loyale, il la tuerait. Une bonne fois pour toutes.

Puis lui et sa nouvelle Sunset Meadowblossom vivraient heureux pour toujours, loin de Fallport en Virginie. Il irait peut-être dans l'Idaho. Ou le Dakota du Nord. Ou le Montana. Où les gens se faisaient rares. Il resterait loin des villes. Il rassemblerait assez d'épouses pour le servir et pour qu'il puisse vivre une vie confortable.

Cypress éteignit la télé et la lumière à côté du lit. Il entendit deux personnes coucher ensemble dans la chambre d'à côté, les bruits forts l'excitant. Sa main glissa plus bas tandis qu'il s'imaginait comment cette connasse le supplierait pour qu'il lui pardonne. Qu'il l'épargne. Mais en fin de compte, elle paierait les conséquences. Pour avoir osé lui dire non. À lui ou tout *autre* homme.

CHAPITRE DIX-SEPT

Cela faisait sept jours que l'interview d'Heather avait été diffusée, et chaque jour qui passait, elle semblait sortir un peu plus de sa coquille. Tal avait eu peur que l'interview ne la fasse régresser. Qu'elle soit traumatisée. Mais au contraire, elle semblait plus heureuse et plus légère que jamais.

Nous étions à la fin du mois de février et même si une vague de froid traversait la région, apportant un peu de neige au passage, Heather était un vrai soleil, diffusant dans sa vie une chaleur que Tal n'avait jamais connue.

L'équipe de recherche et de sauvetage n'avait pas été trop sollicitée, ce qui lui allait très bien. Il ne doutait pas une seconde que ceux qui traquaient Bigfoot reviendraient en force au printemps, mais pour le moment, il se contentait de travailler chez le barbier le matin et de s'occuper d'Heather l'après-midi.

Avant que sa journée de travail ne commence, Tal déposa Heather chez Whitney où elle passait ses matinées pour apprendre tout ce qu'on aurait dû lui enseigner à l'école. Sa capacité de lecture s'améliorait à une vitesse stupéfiante. Elle étudiait actuellement l'histoire et apprenait tout de la Guerre Civile à ce qui s'était passé à Pompéi.

Les après-midi, Heather voyait ses nouvelles amies. Elle passait parfois la journée avec Finley à la boulangerie et le lendemain elle voyait Bristol pendant que celle-ci fabriquait un autre vitrail. Lilly était retournée travailler et Heather l'assistait de temps en temps lorsqu'elle partait prendre des photos de l'équipe de softball au lycée de Fallport.

Elle avait même accompagné Caryn à l'une de ses réunions avec les jeunes pompiers, ce qui amenait Tal à s'asseoir sur le canapé à côté d'elle le soir pendant qu'elle enchaînait les vidéos sur la lutte des incendies.

Une autre après-midi, Heather avait suivi Elsie pendant qu'elle travaillait au On the Rocks. Le soir même, elle avait avoué ne pas avoir apprécié de rester debout toute la journée, mais qu'elle avait *aimé* rencontrer autant de gens.

Oui, son Heather était comme une fleur qui s'épanouissait après avoir été privée de soleil pendant trop longtemps. Tout était fascinant et intéressant à ses yeux et presque tous ceux qu'elle rencontrait étaient respectueux. Seules quelques personnes avaient tenté d'en savoir davantage sur ce qu'elle avait vécu, mais ils avaient toujours été rembarrés par ceux qui se trouvaient non loin.

Tal était tellement fier d'elle. Parfois, tard le soir, lorsqu'elle était allongée dans ses bras, elle lui avouait qu'elle avait peur. Qu'elle s'inquiétait pour le futur et se demandait si elle serait capable de trouver un emploi puisqu'elle n'avait même pas de diplôme d'études secondaires. Ou ses souvenirs refaisaient parfois surface et l'oppressaient. Tout ce que Tal pouvait faire, c'était la serrer dans ses bras. Lui dire à quel point il était fier d'elle. Lui rappeler qu'elle s'était fait des amis et qu'elle pouvait faire tout ce qu'elle voulait. Qu'elle était libre.

Ils s'endormaient dans les bras l'un de l'autre tous les soirs et se réveillaient dans les couvertures qu'elle avait fini par repousser et Tal qui la touchait toujours d'une manière ou d'une autre, la main dans son dos, sa jambe autour de la sienne ou le nez dans ses cheveux.

Aujourd'hui, ils avaient eu tous les deux une journée bien chargée. L'équipe avait été sollicitée pour la recherche d'un garçon trisomique de douze ans qui avait disparu. Il s'était éloigné de sa maison et il avait fallu une demi-heure pour que quelqu'un le remarque. Raid et Duke avaient pris la tête des recherches et, heureusement, il n'avait fallu qu'une heure pour retrouver le garçon. Il avait froid et était effrayé, mais il allait bien. Le chien d'un voisin l'avait suivi lorsqu'il avait quitté la maison, et ils avaient été découverts à l'intérieur d'un hangar, à quatre maisons de chez lui, blottis l'un contre l'autre.

La disparition de l'enfant avait rappelé de mauvais souvenirs à Heather, et elle avait été affolée jusqu'à ce que le garçon soit retrouvé. Elle était restée avec Elsie et Khloe au bar jusqu'à ce qu'elles apprennent que l'enfant était bien sain et sauf... et avait retrouvé ses parents. Réalisant que se terrer dans leur appartement n'était pas la meilleure chose pour elle, Tal l'avait ensuite emmenée voir Art, Silas et Otto qui avaient réussi à la distraire avec plusieurs parties d'échecs.

Après ça, elle avait aidé Finley à préparer un gâteau pour des clients qui fêtaient leurs cinquante ans de mariage. Khloe était venue à l'appartement pour rendre visite à Bottines, puis était restée pour dîner.

Plus Tal côtoyait cette femme piquante, plus il se rendait compte qu'elle n'était pas si froide que cela... mais qu'elle cachait probablement quelque chose. Elle était plutôt sympathique mais dès qu'on lui posait des questions sur son passé, d'où elle venait, ce qu'elle faisait avant de venir à Fallport, elle se fermait et changeait de sujet.

Elle était un vrai mystère et Tal ne pouvait pas s'empêcher d'être intrigué et de se faire du souci pour elle à la fois. Mais il était déjà bien occupé avec Heather et devait s'assurer qu'elle continuait à s'épanouir dans son nouveau monde. Il nota d'en parler à Raiden. Il travaillait avec elle tous les jours et Khloe semblait très attachée à Duke. Raid était le mieux placé pour en apprendre plus sur les secrets que Khloe cachait.

Après le départ de Khloe, Heather et lui se détendirent sur le canapé. Heather avait un livre ouvert sur les genoux, mais ne lisait pas. Elle avait l'esprit ailleurs et Tal ne put s'empêcher de s'inquiéter.

— Tu te sens bien après ce qu'il s'est passé aujourd'hui ? Après avoir appris que le garçon avait disparu ?

Elle se retourna pour le regarder et Tal put lire la surprise dans son regard.

— Oui, je suis contente qu'il aille bien.

— Moi aussi. Alors, si tu ne penses pas à ça... qu'est-ce qui te préoccupe ?

Elle referma son livre et se tourna pour lui faire face.

— Je ne suis pas inquiète... je suis nerveuse.

— À propos de quoi ? Tu n'as pas à être nerveuse avec moi, chérie. Tu sais que je ne te ferai jamais de mal et que tu peux dire ou faire tout ce que tu veux avec moi.

— Hier soir c'était...

Elle se tut.

Le sexe de Tal se durcit immédiatement et il serra les dents, essayant de contrôler les réactions de son corps.

Hier soir, lorsqu'ils s'étaient couchés, elle l'avait supplié de la laisser le toucher à nouveau. Il ne pouvait rien lui refuser, alors il avait enlevé son caleçon et l'avait laissée... jouer. Il ne savait pas quel autre mot utiliser. Elle l'avait embrassé jusqu'à ce que la tête lui tourne, puis l'avait pris dans sa main chaude et l'avait masturbé jusqu'à ce qu'il jouisse sur son ventre et sur ses doigts.

La plupart du temps, il s'arrangeait pour que les choses s'arrêtent là... mais hier soir, elle avait voulu qu'il *la* touche aussi. Tal avait été à la fois nerveux *et* excité. Cela faisait long-temps qu'il mourait d'envie de lui donner autant de plaisir qu'elle lui en avait donné.

Au début, tout s'était bien passé. Très bien, même. Il avait caressé et léché ses tétons, s'occupant des deux. Mais dès qu'il avait commencé à glisser une main dans sa culotte, elle s'était raidie.

Tal avait beau vouloir lui montrer à quel point il l'aimait, qu'il n'était pas comme ces connards qui avaient abusé d'elle, il ne pouvait pas prendre le risque de freiner sa guérison. Sinon, son humeur joyeuse finirait par se ternir.

Ils avaient été tous les deux déçus, mais Tal l'avait rassurée à maintes reprises en lui assurant qu'elle faisait des progrès. Qu'il attendrait aussi longtemps qu'il le faudrait pour qu'elle soit à l'aise avec lui.

Heather se lécha les lèvres et croisa son regard en terminant sa phrase.

— C'était frustrant.

Tal aurait aimé faire plus pour elle. Il aurait voulu effacer la douleur qu'elle avait expérimentée. Mais la seule chose qu'il pouvait faire, c'était la rassurer sans cesse en lui affirmant qu'il n'était pas comme les hommes qu'elle avait connus par le passé.

Heather continua.

— Lilac est mariée. Je me suis aussi renseignée sur les autres. Elizabeth Smart est mariée et a plusieurs enfants. Elles sont heureuses et en couple. Elles ont réussi à aller de l'avant. Je veux faire pareil.

Tal ne s'était jamais autant senti en dehors de sa zone de confort. Il était un vrai dur à cuire et avait affronté les ennemis les plus mortels. Et pourtant, actuellement, il tremblait presque dans ses bottes.

— Toi *aussi* tu vas de l'avant, dit-il au bout d'un moment.

— Je n'en ai pas l'impression, lui dit-elle. Honnêtement, je n'ai pas peur de toi, continua-t-elle. Tu ne me feras pas de mal. Hier soir, j'étais prête. La sensation de ta main... *en bas*... ça m'a surprise. Mais je n'avais pas peur de toi. Puis, tu t'es arrêté. J'ai envie de savoir ce que ça fait que d'avoir un orgasme.

— Chérie, je...

Elle secoua la tête d'un air têtu.

— Je t'aime, Talon. Je veux coucher avec toi. Je n'ai pas peur. Tu m'as laissée prendre le contrôle et je ne savais pas que le sexe pouvait être aussi excitant. Mais je sais que je rate encore quelque chose. J'en ai parlé à Lilly et elle m'a décrit ce qu'elle ressentait quand elle couchait avec Ethan. Elle m'a dit que c'était incroyable. Qu'il lui donne l'impression de voler. Moi aussi je veux ressentir ça.

Plus elle parlait, plus le sexe de Tal durcissait, jusqu'à ce qu'il puisse le sentir palpiter dans son pantalon.

— Combien de fois t'ai-je dit que je ne te ferai pas de mal ? demanda-t-il.

Elle fronça les sourcils.

— Je ne sais pas. Trop de fois pour que je puisse les compter.

— OK, mais si je vais trop vite, je *risque* de te faire du mal. Je n'en aurais pas l'intention, mais ça pourrait arriver quand même. Et si c'était le cas, je ne me le pardonnerais jamais.

— Et tu crois qu'en couchant avec moi tu vas me faire du mal ? demanda-t-elle en fronçant les sourcils.

— Ça pourrait te rappeler de mauvais souvenirs. Et c'est la dernière chose dont j'ai envie.

— Est-ce que tu vas m'obliger à porter une robe pour la soulever et me pénétrer sans t'assurer que ça ne me fasse pas mal ?

— Quoi ?! Non ! s'exclama Tal.

— Est-ce que tu vas me forcer à me mettre à quatre pattes et me prendre... par-derrière ?

— Absolument pas, putain, dit Tal d'une voix grave.

— Alors comment est-ce que le fait d'être avec toi pourrait me rappeler de mauvais souvenirs ? Talon, tu n'as rien à voir avec les autres hommes. *Rien.* Aucun d'eux ne m'a jamais laissée les toucher comme tu le fais. Aucun d'eux ne m'a jamais laissée être au-dessus. Aucun d'eux ne m'a jamais embrassée. Quand je suis avec toi, c'est la dernière chose à laquelle je pense. Tout ce que je sens, c'est ton odeur. Tout ce que je vois, c'est toi. Tout ce que je sens, c'est tes mains sur moi. Tes lèvres sur les miennes.

Tal la regarda un instant... et réalisa que même s'il croyait faire le bon choix en allant lentement, en la laissant le toucher sans la pression d'être touchée en retour, ce n'était manifestement plus ce dont elle avait besoin.

Il avait été égoïste et il avait honte de ses actes. Il avait obtenu du plaisir, mais ne lui en avait donné aucun en retour. Mais l'idée de la toucher et qu'elle soit hésitante ou mal à l'aise, le terrifiait encore, malgré ce qu'elle affirmait.

— Tu es vraiment sûre ? demanda-t-il.

— Oui.

— Si je fais *quoi que ce soit* qui t'effraie ou te rappelle de mauvais souvenirs, tu dois me promettre de me le dire.

— OK.

— Je suis sérieux Heather. Promets-le-moi. Tout de suite.

— Je te promets de te le dire si je ressens quelque chose de désagréable.

Tal sentait qu'il respirait bien trop fort. Son sexe palpitait au rythme de son cœur. Il n'avait qu'une envie, c'était de s'enfoncer en elle, mais il devait y aller doucement et s'assurer qu'elle expérimente d'abord du plaisir. S'assurer qu'elle était cent pour cent avec lui à chaque étape. Même si elle avait été horriblement maltraitée, c'était comme si elle était vierge, puisqu'elle n'avait jamais su à quel point faire l'amour pouvait être intime et tendre – et il se jura mentalement de faire de sa première fois quelque chose de romantique et mémorable.

Il se leva et prit immédiatement la main de celle qui avait conquis son cœur dès la première fois qu'il l'avait vue. Sans un mot, il avança jusqu'à sa chambre.

Non, *leur* chambre.

Une fois à côté du lit, il se tourna vers Heather et vit un immense sourire sur son visage. Elle paraissait impatiente. Excitée. Et non pas inquiète ou apeurée. Il se détendit alors un peu.

— Est-ce que tu as besoin d'aller au petit coin ? demanda-t-il.

— Au quoi ?

— Pardon, moi et mon vocabulaire. Je voulais dire les toilettes.

Elle secoua la tête.

Sans hésitation, il enleva son haut. Puis baissa son jogging, enlevant son caleçon en même temps.

Il se tint devant elle, nu comme un ver. Son sexe rebondit légèrement et lorsque le regard d'Heather parcourut son corps avant de se focaliser sur celui-ci, quelques gouttes annonciatrices roulèrent paresseusement le long de son membre.

Sachant qu'il était proche de perdre le contrôle, Tal repoussa les couvertures et grimpa sur le lit. Il s'allongea, mit les bras au-dessus de sa tête et regarda Heather.

— Je suis tout à toi, dit-il d'une voix rauque.

Elle sourit et commença à se déshabiller. Tal ne la quitta pas du regard. Elle l'avait déjà vu nu auparavant, mais il ne l'avait jamais forcée à se dévêtir. Elle hésita une seconde avant d'enlever le grand tee-shirt qu'elle portait pour dormir, mais il vit la détermination dans ses yeux bien avant qu'elle n'agrippe l'ourlet et ne le tire vers le haut.

Tal n'avait pas oublié d'éteindre la lumière. Il l'avait volontairement laissée allumée. Il était assez égoïste pour vouloir la voir. Tout entière. Pour voir son visage lorsqu'elle jouirait pour la première fois. Pour voir ses yeux s'écarquiller lorsqu'il la pénètrerait. Il était un sacré gourmand et il voulait tout avoir.

Il la dévora du regard tandis qu'elle se tenait à côté du lit. Ses boucles auburn entre ses jambes le firent saliver. Il avait envie de la goûter, de passer ses doigts à travers le poil doux jusqu'à ce qu'il trouve son clitoris. Ses seins étaient parfaitement proportionnés, avec des tétons roses qui, alors qu'il les observait, se durcirent sous son regard.

Elle avait également des taches de rousseur. Pas beaucoup,

mais il avait le sentiment que lorsqu'elle prenait le soleil, elles se multiplieraient comme un champ de pissenlits.

Elle avait pris un peu de poids depuis qu'elle avait quitté la forêt et son ventre s'était arrondi, ses hanches étaient plantureuses et ses cuisses se touchaient tandis qu'elle se tenait là. Une mèche de cheveux s'enroulait autour de l'un de ses seins, comme pour l'inviter à le sucer.

Chaque muscle de son corps se raidit et il lui fallut tout son sang-froid pour ne pas bondir hors du lit, l'attraper et lui faire l'amour.

— Talon ? murmura-t-elle d'un ton hésitant.

Ce qui était inacceptable. Elle ne devait pas ressentir la moindre inquiétude avec lui.

— Tu es magnifique, dit-il doucement. Tu es tellement parfaite, je n'arrive même pas à exprimer à quel point je te désire.

Son sexe tressaillit contre son ventre et le mouvement attira le regard d'Heather. D'autres gouttes annonciatrices s'écoulèrent.

— Tu vois, ça ? Je pense que je pourrais jouir rien qu'en te regardant.

Ses yeux écarquillés de surprise se focalisèrent à nouveau sur lui.

— Est-ce que je peux... j'ai envie...

— Oui, dit-il sans avoir besoin qu'elle termine sa phrase. Touche-moi. Fais-moi tien, chérie.

Elle avança lentement vers lui. Elle leva un genou et grimpa sur le matelas à côté de lui. Elle s'assit sur ses talons et observa son corps allongé devant elle.

— C'est toi qui as le contrôle, lui dit-il. Tout ce que tu veux est à toi.

— Tout ? demanda-t-elle.

Tal acquiesça.

— J'ai envie que tu me touches, dit-elle sans aucune hésitation. Je veux sentir tes mains sur moi. Que tu me montres comment c'est censé être. Je comprends pourquoi tu ne m'as pas touchée jusqu'à présent... et j'apprécie. Je ne pense pas que j'étais totalement prête. Mais maintenant, oui. Je veux que tu me fasses jouir. Ensuite, j'ai envie de te sentir en moi.

— Putain, marmonna Tal avant de baisser lentement les bras. Chevauche-moi, gronda-t-il.

Pendant une seconde, il se demanda s'il ne paraissait pas trop autoritaire, si elle risquait de ne pas apprécier la façon dont il lui donnait des ordres. Puis, un petit sourire se forma sur son visage et elle leva une jambe jusqu'à ce qu'elle soit à califourchon sur ses cuisses.

— Viens ici, dit-il en lui tenant doucement les hanches et en la tirant vers l'avant.

Il sentit les poils de son pubis frôler son sexe pendant qu'elle bougeait, et il lutta pour ne pas jouir. Il plaça une main dans son dos et la poussa à se pencher sur lui. Ses seins pendaient, se balançant doucement au rythme de ses mouvements. Il lui sourit et leva la tête, puis prit l'un de ses tétons dans sa bouche et l'aspira... avec force.

— Oh ! s'exclama-t-elle.

Elle se figea avant de se cambrer et de se plaquer contre lui.

Tal soupira de satisfaction. Tour à tour, il dévora ses mamelons. D'abord celui de droite, puis le gauche. Elle gémit tout bas et il la sentit se tortiller sur lui. Elle se tenait au-dessus de lui, les paumes à plat sur le matelas, à côté de sa tête.

Il aimait prendre le contrôle durant le sexe. Et même si elle était au-dessus, c'était lui qui la dirigeait. Il sourit avant de continuer à aspirer l'un de ses tétons. Tal effleura ses fesses de son autre main. Il devait reconnaître qu'il aimait bien qu'elle soit au-dessus. Il avait les deux mains libres et n'avait pas à s'inquiéter de l'écraser sous lui.

Tal sentit son excitation tandis qu'il promenait ses mains le long de son corps. Heather avait commencé à se balancer doucement d'avant en arrière sur lui et il sentit sa moiteur se répandre sur son ventre. Il saliva.

— Remonte vers moi, chérie.

— Hein ? demanda-t-elle, ouvrant les yeux et le regardant.

Elle paraissait hébétée. Perdue dans le plaisir qu'il lui procurait.

Tal était toujours aussi dur. Il était toujours aussi excité. Mais faire plaisir à Heather était bien plus excitant et érotique qu'il ne l'avait jamais imaginé. Bien qu'il se soit toujours assuré que les femmes avec lesquelles il partageait son lit étaient satisfaites, il s'était surtout concentré sur la finalité... à savoir, le sexe. Alors qu'avec Heather, il voulait absolument s'assurer qu'elle prenait du plaisir. Tal voulait qu'*elle* jouisse. Il voulait la regarder avoir un orgasme. Honnêtement il se fichait de savoir s'il allait la pénétrer ce soir.

Entendre les petits sons qu'elle émettait tandis qu'elle découvrait sa sexualité était un rêve devenu réalité.

Tal posa les mains sur ses hanches et la poussa à se glisser plus haut.

— Chevauche mon visage, dit-il.

— Talon, je ne crois pas que...

— Fais-moi confiance, je ne vais pas te faire de mal.

Au début, lorsqu'il avait prononcé ces mots, c'était pour la calmer. Pour la rassurer. Désormais, ils étaient comme de vieux amis. Lorsqu'il les disait à voix haute, en réalité il lui disait à quel point il l'aimait. Qu'il passerait le reste de sa vie à s'assurer qu'elle soit satisfaite et heureuse.

Heather déglutit avec difficulté mais posa lentement un genou de chaque côté de sa tête. En regardant son corps, Tal gémit. Elle était si belle, il était vraiment l'homme le plus chanceux du monde. Il se déplaça sous elle, plaçant l'oreiller sous sa tête pour lui offrir la hauteur supplémentaire dont il avait besoin, puis il traça ses lèvres trempées du doigt, devant son visage.

— Talon ?

— J'en rêve depuis plus longtemps que je ne veux bien l'admettre, dit-il. Tu sens merveilleusement bon. Tu es tellement mouillée. Ça va être tellement bon, chérie.

Puis il leva la tête et lécha sa fente.

Elle sursauta au-dessus de lui et laissa échapper un adorable petit cri.

Tal posa une main sur le bas de son dos et l'autre saisit sa cuisse avec force. Il ferma les yeux et commença à montrer à sa femme les joies du sexe oral.

Au début, elle parut choquée et perplexe, mais lentement, elle finit par se détendre, ondulant sur lui, traquant sa langue. Tal sourit en lui donnant du plaisir. Elle était extrêmement sensuelle... et très excitée. Il pouvait sentir sa moiteur sur son visage, recouvrant sa barbe. Il ne sentait que son parfum musqué, et plus il léchait et suçait, plus elle était mouillée.

Déplaçant la main qui tenait sa cuisse, Tal utilisa ses doigts pour jouer avec sa fente tandis qu'il se concentrait sur son clitoris.

— Talon, je...

Elle ne termina pas sa phrase lorsqu'il enfonça son index en elle.

L'angle n'était pas terrible et il avait du mal à la stimuler comme il le voulait, mais il sentit ses muscles internes se crisper contre son doigt à plusieurs reprises et il réalisa que pour le moment, ça suffisait.

Il baissa la tête et la regarda avec admiration. Son sexe ne cessait plus de couler et il sentait les gouttes sur son ventre. Il aurait pu simplement jouir comme ça, sans aucune stimulation. En la voyant étalée sur son visage, son doigt profondément enfoncé en elle et sa moiteur dégoulinant sur sa main... il était plus que satisfait.

— Tu es prête à jouir, chérie ? demanda-t-il.

— Je ne sais pas, souffla-t-elle. C'est... c'est beaucoup !

— Oui, mais je te promets que ton premier orgasme va te bouleverser.

Baissant les yeux, Heather croisant son regard avec courage.

— Je te fais confiance.

Pour ne pas jouir à ce moment-là, Tal saisit la base de son sexe. Gagner sa confiance avait été l'expérience la plus gratifiante de sa vie. Il refusait de la décevoir.

— Ferme les yeux et ressens les sensations, lui dit-il doucement.

Elle s'exécuta immédiatement et Tal leva la tête pour lécher à nouveau son clitoris avant d'enrouler ses lèvres autour et d'utiliser sa langue pour effleurer ses terminaisons nerveuses avec force et rapidité.

Il garda son doigt profondément enfoncé en elle, adorant la sensation de ses muscles qui se crispaient autour de lui. Tout ce à quoi il pouvait penser c'était ce qu'il ressentirait lorsqu'elle serrerait son sexe en jouissant.

Sa mâchoire et sa langue commençaient à fatiguer, mais il ne ralentit pas le rythme et continua de s'occuper de son clitoris. Ses cuisses se mirent à trembler et il se servit de sa main libre pour la maintenir au-dessus de lui. Il garda les yeux ouverts, observant son corps tandis qu'elle approchait de l'extase.

* * *

Heather n'avait jamais ressenti ça auparavant. C'était bouleversant et effrayant, mais elle n'avait jamais expérimenté autant de plaisir non plus. Son cœur battait à tout rompre et tous ses muscles étaient tendus. Elle avait l'impression qu'elle allait bientôt exploser.

Elle ne savait absolument pas que cela faisait partie des choses que les hommes faisaient aux femmes. Lilly n'en avait *pas* parlé. Mais il était évident que Talon ne trouvait pas cela étrange ou inhabituel, alors elle s'était laissé faire. Sa langue entre ses jambes était une sensation totalement étrangère, mais tellement agréable. Et lorsqu'il avait inséré un doigt en elle, elle s'était crispée un instant, se remémorant la douleur des autres fois, mais elle n'avait pas ressenti la moindre souffrance lorsqu'il l'avait pénétrée.

Elle était tellement mouillée. Une fois de plus, elle ne savait pas si c'était normal ou non, mais comme Talon léchait avidement les fluides qu'elle laissait échapper, elle supposait que cela ne lui posait aucun problème. Et sa moiteur lui permettait d'introduire son doigt en elle sans douleur.

Ces nouvelles sensations et expériences arrivaient plus vite qu'elle ne pouvait les assimiler. Pendant un instant, ce qu'elle ressentit lui fit peur. C'était trop. Trop intense. Puis, elle baissa les yeux et croisa le regard de Talon. Il l'observait tandis que sa langue s'agitait contre un point très sensible entre ses jambes.

L'assurance et l'amour qu'elle vit dans son regard transformèrent la peur en impatience. Il ne laisserait rien lui arriver. Tandis qu'elle le regardait dans les yeux, elle sentit le plaisir l'envahir et la sensation la plus incroyable la traversa de toute part. Chaque muscle se raidit et elle ressentit ce que Lilly lui avait décrit : elle eut l'impression de voler.

Elle agrippa ses cheveux tandis qu'il continuait de l'aspirer et elle se servit de son autre main pour s'appuyer contre le matelas. Heather n'aurait pas pu dire combien de temps elle trembla dans ses bras. Les mouvements de Talon entre ses jambes s'atténuèrent jusqu'à ce qu'il se contente de la caresser. Il garda les yeux rivés sur elle tout le long. C'était intime et puissant... elle ne s'était jamais sentie aussi proche d'un autre être humain.

Talon retira son doigt et la choqua en le mettant immédiatement dans sa bouche pour le lécher.

— Délicieux, lui dit-il.

Puis, il l'attrapa par la taille et l'aida lentement à redescendre pour qu'elle s'allonge sur son torse. Elle sentit l'humidité sur son ventre et son pénis était dur entre eux. Mais il n'insista pas pour qu'elle le touche. Il ne roula pas sur elle pour la pénétrer. Il se contenta de caresser les cheveux dans son dos.

Lorsque sa respiration redevint normale, Heather leva la tête.

— C'était...

Elle ne savait pas ce que c'était, elle avait du mal à trouver les mots justes.

— Magnifique, dit Talon, terminant la phrase pour elle. Te voir avoir un orgasme pour la première fois était un cadeau extraordinaire. Je n'ai jamais rien vu d'aussi beau de toute ma vie.

— Est-ce que tu... tu n'as pas...

Elle avait plus de mal à en parler qu'elle ne l'aurait cru.

— Chut, murmura-t-il. Rien ne presse.

Heather comprit alors que Talon se comporterait avec élégance. Il n'allait pas la pénétrer car il ne voulait pas lui faire de mal. Elle l'avait vu jouir par le passé lorsqu'elle l'avait caressé avec sa main et il avait visiblement apprécié. Mais le souvenir de son doigt en elle était encore très frais. Ça lui avait fait du bien. *Il* lui avait fait du bien. Elle voulait plus.

Se redressant, Heather s'apprêta à glisser sur le côté et s'allonger sur le dos pour qu'il puisse la pénétrer avec son pénis.

— Où est-ce que tu vas ? demanda-t-il, l'arrêtant en posant la main sur sa hanche.

— Je te veux en moi, dit-elle tout en sachant qu'elle rougissait, mais essayant de l'ignorer. Donc je me mets sur le dos pour que tu puisses toi aussi avoir du plaisir.

Il la regarda un long moment, comme s'il essayait de comprendre à quoi elle pensait.

— Je vais bien. J'ai adoré ça... et ça ne m'a pas fait mal. Je veux plus, avoua-t-elle.

— Tu es sûre ? demanda-t-il.

Son besoin constant d'être rassurée aurait pu l'agacer si elle ne savait pas qu'il faisait tout son possible pour la protéger. Pour prendre soin d'elle. Si ça avait été un autre homme en face d'elle, il n'en aurait rien eu à faire de savoir comment elle allait. Les hommes de La Communauté disaient toujours que les mâles avaient des besoins et qu'on ne pouvait pas les ignorer. Mais désormais, elle savait que tout ce qu'ils disaient n'était que des mensonges qui servaient leurs propres intérêts. Pourtant, la preuve du désir de Talon palpitait contre son ventre.

L'envie de lui donner du plaisir était plus forte que ses mauvais souvenirs lorsqu'elle se remémorait ce que c'était que d'être intime avec un homme.

— Je suis sûre, dit-elle aussi fermement que possible.

— D'accord, mais tu n'as pas besoin de te mettre sur le dos.

Heather fronça les sourcils. Ah bon ?

— Assieds-toi, lui dit Talon.

Elle s'exécuta et ne put s'empêcher de baisser les yeux. Le pénis de Talon était long et dur. Bien plus gros que ceux d'Arrow et Cypress. Le bout était presque violet et était mouillé et brillant à cause de son excitation.

— Merde, dit-il au bout d'un moment.

Surprise, Heather détourna le regard et leva les yeux vers lui.

— Qu'est-ce qui ne va pas ?

— Je n'ai pas de préservatif... je ne m'attendais pas à ça.

— Un quoi ?

Talon soupira et pinça les lèvres.

Elle perçut de la frustration et de la colère dans ses yeux, mais elle n'avait pas peur. Il n'était pas énervé contre *elle*, mais contre la raison de son ignorance.

— Un préservatif. Les hommes les portent sur leur sexe pour retenir leur éjaculation et empêcher une femme de tomber enceinte.

Heather le regarda en écarquillant les yeux.

— Ah bon ?

— Oui. Mais je n'en ai pas.

Elle déglutit avec difficulté.

— Ce n'est pas une période où je peux tomber enceinte, lui dit-elle.

— Comment tu le sais ?

C'était assez gênant, mais elle supposa que ce n'était pas aussi embarrassant que d'être assise sur son visage pendant qu'il la léchait entre les jambes.

— J'ai toujours compté les jours... pour savoir quand utiliser la dentelle de la Reine Anne.

Talon ferma les yeux pendant un moment et laissa échapper un long soupir. Puis il les ouvrit à nouveau et tendit le bras vers son visage. Il lui caressa doucement la joue.

— Les préservatifs permettent également de prévenir les maladies sexuellement transmissibles. Mais je n'en ai pas... ça fait des années que je n'ai pas couché avec une femme.

Chaque jour, Heather apprenait de nouvelles choses sur le monde, mais elle ne pouvait pas dire qu'elle appréciait ce qu'elle venait tout juste d'apprendre. Elle se souvint que certaines femmes de La Communauté avaient des irritations entre les jambes et que c'était parfois très douloureux. Elle se demanda s'il s'agissait d'une des maladies dont Talon parlait. Voulant le rassurer, elle lui dit :

— Moi non plus je n'ai pas couché avec quelqu'un depuis un an.

Il lui fit un sourire triste.

— Je sais.

Aucun d'eux ne parla, puis elle lui demanda d'une voix calme :

— Du coup, tu ne veux pas coucher avec moi ? Parce que tu n'as pas ces préservatifs ?

— Il n'y a rien que je ne désire plus que de te *faire l'amour*. Je veux sentir chaque centimètre de ton sexe chaud et humide sur moi. Mais je ne peux pas te garantir que je ne te mettrai pas enceinte.

— Ce n'est pas la période, répéta-t-elle. Je te le promets.

Prenant une grande inspiration, Talon hocha la tête.

— Je suis bien trop faible pour te résister, dit-il. J'achèterai des préservatifs demain. Touche-moi, chérie. Prépare-moi à t'accueillir.

Baissant les yeux, Heather vit que son pénis n'était pas aussi dur qu'auparavant.

Elle s'en voulait d'avoir ralenti les choses pendant qu'ils parlaient. Mais elle avait hâte de le sentir à nouveau.

Reculant pour se positionner au-dessus de ses cuisses, elle tendit la main et agrippa son sexe comme elle savait qu'il aimait. Elle le sentit immédiatement se raidir dans sa main. C'était une sensation étrange, mais aussi puissante.

Se servant de la moiteur qu'il avait laissé couler plus tôt, elle remonta sa main d'avant en arrière s'émerveillant de la façon dont elle pouvait sentir son sang pomper à travers sa peau.

— OK, ça suffit. Si tu continues, ce sera fini avant même d'avoir commencé, dit-il. Tiens la base, voilà, juste comme ça, maintenant... redresse-toi et guide-moi en toi.

Heather cligna des yeux de surprise. Elle comprenait désormais comment c'était censé fonctionner. Une excitation grisante la traversa. Elle n'aurait pas à être sous lui. Il ne l'écraserait pas. Ne transpirerait pas sur elle. Lentement, elle se positionna au-dessus de lui. Il était immobile sous elle et ne chercha pas à saisir ses hanches pour la forcer à descendre.

Le bout de son pénis effleura ce point sensible en elle alors qu'elle essayait de comprendre comment faire et elle sursauta.

— Oh oui, dit-il en expirant longuement. Mets-moi dedans, chérie. Doucement et fermement. Prends ton temps. Oh, *putain*... c'est tellement bon.

Se sentant puissante et aux commandes, Heather était encore hésitante lorsqu'elle introduit son pénis en elle. Auparavant, ça lui avait toujours fait mal. Mais étonnamment, elle ne ressentit aucune douleur, malgré la largeur de Talon. Elle ressentit un simple pincement désagréable, mais tandis qu'elle s'abaissait sur lui, elle fut surtout émerveillée.

Talon serrait tellement les dents qu'elle vit les muscles de sa mâchoire se contracter.

— Putain, Heather... tu es... parfaite.

Une fois qu'il fut entièrement en elle, elle s'assit sur lui avec un petit sourire. Elle avait réussi ! Elle était en train de faire l'amour avec Talon et elle n'avait pas mal ! Puis, elle fronça les sourcils. C'était agréable, mais pas aussi excitant que lorsqu'elle avait joui un peu plus tôt. Est-ce qu'elle s'y prenait mal ?

— Ça va ? demanda Talon.

Heather acquiesça.

— Tu penses que tu es prête à te mettre en mouvement ?

Mouvement ? Oh ! *Voilà* ce qui était différent. Mais elle n'était pas sûre de savoir comment bouger puisqu'elle était au sommet.

— Lève-toi, puis redescends, lui dit doucement Talon.

La sueur perlait sur son front, mais il ne l'avait toujours pas attrapée. Il contrôlait ses émotions et cela lui donna confiance en elle. Elle se releva et son pénis glissa presque hors de son corps avant de se baisser à nouveau.

— Oh ! s'exclama-t-elle. C'était agréable.

— Pour moi aussi. Recommence, lui dit Talon.

Elle ne mit pas longtemps à prendre le rythme. Elle se hissa de bas en haut sur le pénis de Talon de plus en plus vite. C'était agréable, mais elle était toujours déçue de ne pas ressentir la même excitation que tout à l'heure et ses cuisses commençaient à fatiguer.

Alors qu'elle commençait à se dire que ça n'allait pas fonctionner, Talon la prit par la taille et la porta tandis qu'elle montait et descendait.

— C'est mieux ? demanda-t-il.

— Oh, oui, dit-elle.

Une fois qu'elle eut retrouvé un bon rythme, il remonta l'une de ses mains et pinça son téton. Elle tressaillit et gémit. Elle sentit comme des étincelles qui partaient de son mamelon et descendaient entre ses jambes tandis qu'il recommençait.

— Ça te plaît, dit Talon.

Ce n'était pas une question.

Elle accéléra le rythme. Le bruit de leurs peaux se heurtant l'une contre l'autre résonnait fort dans la pièce, mais Heather l'ignora.

Talon joua avec ses tétons pendant qu'elle le chevauchait et elle ne put s'empêcher d'être déçue lorsqu'il baissa à nouveau la main. Mais au lieu de l'attraper par la taille, il commença à toucher ce point sensible entre ses jambes.

Elle s'interrompit en sursautant face à sa caresse.

— Continue de me chevaucher, ordonna Talon. Aussi fort que tu le souhaites. Fais ce qui te fait du bien, chérie.

Alors Heather ferma les yeux et ondula sur Talon tandis que la sensation excitante qu'elle avait ressentie un peu plus tôt revenait. Essayant de ne pas se dire qu'elle devait avoir l'air ridicule, elle apprécia seulement les sensations agréables qui coulaient dans ses veines. Elle ne se rendit pas compte qu'elle avait cessé de bouger et s'était contentée de s'asseoir fermement sur Talon, poussant son bassin vers l'avant et vers sa main alors qu'il continuait de caresser cette zone. L'orgasme arriva plus rapidement cette fois-ci et n'était plus aussi effrayant, maintenant qu'elle savait à quoi s'attendre.

Elle trembla de toute part alors que le plaisir la submergeait.

Elle entendit vaguement Talon s'excuser avant qu'il ne saisisse ses hanches. Mais au lieu de l'aider à monter et descendre, il la tint simplement au-dessus de lui tout en se mettant en mouvement. Il souleva ses fesses à maintes reprises alors qu'il enfonçait son pénis en elle d'avant en arrière. Mais une fois de plus, ce ne fut pas douloureux, au contraire, la stimulation de ses parties féminines déjà sensibles était incroyable.

Puis il gémit, la fit à nouveau retomber sur lui et se mit à trembler.

Une tache rouge se forma sur son torse et Heather réalisa qu'il avait pris son propre plaisir au plus profond d'elle. Elle fut satisfaite de le voir si submergé.

Se sentant engourdie, elle se laissa retomber sur lui et il la prit immédiatement dans ses bras, la serrant contre lui. Son cœur battait fort et leurs corps étaient couverts de sueur. Il était toujours en elle, ce qui était encore une nouveauté pour elle. Elle devait reconnaître que ça lui plaisait. Non... elle *adorait* ça. Elle adorait se sentir si proche de lui.

— Bon sang, Heather, dit Talon au bout d'un moment.

Elle gloussa.

— Je ne t'ai pas fait mal ou peur quand j'ai pris le contrôle, j'espère ? demanda-t-il.

Heather secoua la tête contre lui. Elle avait les paupières lourdes et cela lui paraissait impossible de les garder ouvertes.

— Non, ça m'a plu. Est-ce qu'on peut recommencer ?

Il s'esclaffa sous elle et elle sentit son pénis glisser hors de son corps. Elle fronça les sourcils et dit :

— J'aime quand ton pénis est en moi.

Il se mit de nouveau à rire et la déplaça pour qu'elle soit allongée contre lui, la tête posée sur les épaules. Il avait toujours un bras dans son dos et elle avait enroulé la jambe autour de sa cuisse.

— Première leçon, c'est une queue ou une verge, pas un pénis.

Heather leva la tête.

— Tu n'appelles pas ça un pénis ?

Il lui sourit et repoussa une mèche de ses cheveux sur son front.

— Techniquement, c'est bien un pénis, mais c'est plus sexy de dire queue. Les petits garçons ont des pénis et les hommes des queues.

Heather acquiesça en reposant sa tête sur son épaule.

— OK. Et tu as raison... queue ça sonne plus viril. Talon ?

— Oui, chérie ?

— Je n'ai pas envie de te contrarier et je sais que tu n'aimes pas que j'en parle... mais là, ça n'a *rien* à voir avec ce que j'ai expérimenté par le passé. C'était... j'aime avoir des orgasmes. Et c'était tellement agréable de te sentir en moi.

Il ne se crispa pas sous elle, comme elle le craignait.

— J'en suis très content. Et sache aussi que... je n'ai jamais expérimenté ça par le passé non plus.

Ses mots vinrent remplir tous les espaces vides de son âme, des failles dont elle n'avait même pas eu conscience. Visiblement, Talon avait plus d'expérience qu'elle, mais le fait de l'entendre dire qu'être avec elle était spécial... ça la touchait beaucoup.

— Je t'aime Heather. Mais je ne te mets aucune pression. Je sais que c'est ta première relation après tout ce que tu as vécu et j'irai aussi doucement que tu le souhaiteras. Je devrais probablement te laisser partir, te laisser expérimenter la vie pour que tu saches réellement ce que tu veux... mais après ce soir... je ne le pourrai pas. Par contre, je peux te promettre de ne jamais te retenir. Peu importe ce que tu veux faire, je ferai de mon mieux pour te l'offrir.

— Moi aussi je t'aime, dit Heather en se blottissant un peu plus contre lui. Tout ce dont j'ai besoin, c'est que tu sois là pour moi. Que tu m'expliques ce que je ne comprends pas. Que tu m'aimes.

— C'est fait, dit Talon avec satisfaction. Les gens te diront sans doute que nous sommes allés trop vite. Qu'il faut que tu expérimentes plus de choses avant de te poser avec quelqu'un, après tout ce que tu as vécu, mais...

— Si c'est le cas, je leur dirai de se mêler de leurs affaires, dit Heather, sans le laisser terminer sa phrase. Je suis peut-être naïve, mais je sais reconnaître un homme bien quand j'en vois un.

Talon resserra son bras autour d'elle et soupira.

— Je t'aime.

— Moi aussi je t'aime.

Ils s'endormirent comme ça, blottis l'un contre l'autre. Et comme d'habitude, quelques minutes plus tard, Heather roula sur le côté, repoussa les couvertures et Talon tendit la main pour la placer contre son dos... maintenant ce lien entre eux.

CHAPITRE DIX-HUIT

Cypress regarda la petite Sunset et sourit. Il n'avait eu aucun mal à kidnapper la petite fille. D'après ses estimations, elle avait environ quatre ans. Elle était un peu plus âgée que ce qu'il aurait voulu, mais ça ferait l'affaire. Elle était descendue du bus spécial devant sa maison et comme toutes les fois où il l'avait espionnée, personne n'était sorti de la maison pour venir l'accueillir.

Dès que le bus s'était éloigné assez loin, Cypress l'avait attrapée.

Elle était assise sur le plancher de la voiture, devant le siège passager, les yeux bandés, un casque sur les oreilles, un bâillon sur la bouche et les mains liées par une corde attachée au fond du siège. Son père lui avait appris que la privation sensorielle était le moyen le plus rapide de faire plier une fille ou une femme. Comme à chaque fois, il avait raison.

Il avait informé la petite fille qu'elle s'appelait désormais Sunset Meadowblossom et qu'elle lui appartenait, qu'elle allait être sage, gentille et silencieuse, sinon, elle en paierait le prix. Elle avait pleuré, crié et supplié qu'on la laisse partir, mais après quatre jours sur la route, elle avait enfin compris quelle était sa place. Elle était roulée en boule, vêtue de cette robe marron que toutes les femmes de la Communauté portaient, silencieuse comme une souris.

Cypress sourit et reporta son attention sur la route. La première partie de son plan était terminée... il lui fallait maintenant terminer la seconde. Ensuite, il pourrait aller vers l'ouest avec sa future épouse et trouver un nouvel endroit où tout recommencer. Il trouverait des hommes partageant les mêmes idées que lui et commencerait une nouvelle Communauté.

Il passa devant un panneau qui l'informait qu'il venait de franchir la frontière de la Virginie et son rythme cardiaque s'accéléra. Bientôt, il verrait Sunset... cette salope qui se faisait désormais appeler Heather Brown. Il s'assurerait qu'elle comprenne bien qu'elle n'était rien. Qu'elle regrette de s'être cachée pour le fuir.

Lui. Son mari, son chef, son supérieur.

Arrow avait été trop laxiste avec elle. Et Cypress aussi l'avait été. Visiblement.

Il avait hâte de lire la peur dans ses yeux lorsqu'elle le verrait.

Il avait hâte de la voir se soumettre à lui une dernière fois.

Ensuite, il la tuerait, laisserait son corps pourrir dans cette précieuse forêt qu'elle semblait préférer à lui et vivrait sa vie comme il le devait.

CHAPITRE DIX-NEUF

Tal avait gardé un œil sur Heather toute la semaine. Il craignait encore d'être allé trop vite. Que le fait qu'ils aient eu une relation intime freine ses progrès. Mais il n'avait pas à s'inquiéter. Tout comme lorsqu'elle avait partagé son histoire avec le reste du pays, leur intimité l'avait rendue encore plus confiante et extravertie. Il n'avait jamais été aussi soulagé.

Elle passait ses journées à faire ce qu'elle voulait. Elle passait toujours du temps avec Whitney les matins, apprenant tout ce qu'elle avait manqué après avoir quitté l'école suite à son kidnapping et voyait ses amies les après-midi. Et son petit cercle s'était rapidement élargi. Tous ceux qu'elle croisait avaient envie de se lier d'amitié avec cette femme qui avait été si maltraitée et privée de vingt ans de sa vie.

Elle passait ses nuits et ses soirées avec Talon. Il se livrait et lui racontait des choses sur son travail dans l'armée qu'il n'avait jamais dites à personne auparavant. Elle ne le jugeait jamais pour les choix qu'il avait dû faire ou les vies qu'il avait prises. Elle lui parlait également de son séjour dans la secte. Même si Tal détestait en apprendre plus sur l'enfer qu'elle avait vécu, il l'écoutait volontiers.

Elle avait même participé à une recherche avec l'équipe. Un

couple était parti en randonnée et n'était pas revenu. Heureusement, ils avaient laissé un mot indiquant où ils allaient et quand ils devraient être de retour. Comme ils n'étaient toujours pas revenus quelques heures plus tard, leurs amis avaient appelé la police. Les recherches avaient été rapides, car Duke avait tout de suite repéré l'odeur du couple.

Raid et Duke, Tal et Heather et Drew et Caryn avaient été les premiers à participer à la recherche, pendant que les autres restaient en retrait pour prendre la relève si besoin. Il était évident qu'Heather était dans son élément dans la forêt. Elle avait marché juste derrière Raiden tandis qu'il suivait le limier et leur avait donné des indications sur l'endroit où se trouvait sans doute le couple... et il s'était avéré que son intuition avait été bonne.

Voir Heather s'épanouir était à la fois inspirant et une leçon d'humilité. Tal passait par des phases où il était tellement en colère contre ce qui lui était arrivé qu'il avait l'impression qu'il allait exploser. On ne pouvait pas savoir tout le bien qu'elle aurait pu faire si on ne lui avait pas volé vingt ans de sa vie. Mais désormais, elle rattrapait le temps perdu et Tal n'aurait pas pu être plus fier.

L'instituteur de Tony avait demandé si Heather accepterait de venir à l'école pour parler à la classe de la sécurité et du fait qu'il était important d'être toujours conscient de son environnement. Talon n'était pas certain que ce soit une bonne idée, mais Heather avait accepté sans hésitation.

Il l'avait emmenée à l'école et l'avait observée durant son discours... et il avait été une fois de plus impressionné par sa résilience. Elle ne se crispait pas lorsque les enfants posaient des questions qui étaient limites offensantes. Elle ne les effrayait pas avec des histoires d'inconnus tapis dans l'ombre pour les kidnapper. Elle était honnête, mais positive et ferme en disant aux enfants de faire confiance à leur instinct. D'être prudents. Et de ne jamais abandonner s'ils se retrouvaient dans une situation effrayante.

— Je suis tellement fier de toi, lui dit-il plus tard dans la soirée.

Ils avaient dîné et étaient désormais blottis sur le canapé pour se détendre avant d'aller se coucher.

— Moi aussi je suis fière de moi, dit-elle un peu timidement. On m'a dit tellement de fois que je n'étais qu'une ordure, que je n'étais pas importante, que j'ai fini par le croire. Mais cette année passée dans les bois m'a fait comprendre que j'étais capable de beaucoup de choses. Que je n'étais pas stupide. Que je n'avais pas besoin d'un homme pour survivre. Et maintenant que je suis libre. Que je suis ici avec toi et tes amis…

— *Nos* amis, la corrigea-t-il fermement.

— Oui, pardon, nos amis, rectifia-t-elle. Et après avoir échangé avec Lilac et en lisant les expériences d'autres femmes qui ont été capturées… j'ai réalisé que j'avais beaucoup à apporter aux autres. Je ne travaillerai jamais dans l'astronomie et ne comprendrai peut-être jamais l'algèbre, mais ce que j'ai dit aujourd'hui à ces enfants… je crois que ça a fait son petit bout de chemin. Je le voyais bien. Si mon histoire peut aider, ne serait-ce qu'un enfant, à surmonter un drame qu'il a vécu, tout ce que j'ai enduré en valait la peine.

— Tu sais, Lilac gagne sa vie en faisant des conférences dans tout le pays. Elizabeth Smart aussi. Tu pourrais toujours faire quelque chose de similaire.

Heather écarquilla les yeux.

— C'est vrai ?

— Oui. Et le point positif, c'est que tu pourrais voyager… et en apprendre plus sur le monde sans te limiter à ce coin de la Virginie.

Elle fronça alors les sourcils.

— Mais j'aime bien Fallport.

— Moi aussi. Je ne dis pas que tu devrais déménager, mais tu pourrais voyager dans des endroits où tu ne serais pas forcément allée.

— Tu viendrais avec moi ?

Le cœur de Talon rata un battement.

— Si tu en as envie, oui.

— J'en ai envie. Mais je ne sais pas comment m'engager là-dedans.

— On pourra en parler à Lilac. Et Elizabeth. Leur demander leur avis. Je suis sûr qu'elles seront prêtes à t'aider.

— Talon ?

— Oui, chérie ?

— J'ai tellement de chance.

Talon ne put que la regarder avec émerveillement. Elle n'avait jamais cessé de le surprendre. Il secoua la tête.

— Tu as vécu l'enfer pendant deux décennies. Tu as eu de la chance de survivre, certes, mais tu n'as pas eu de chance en vivant tout ça.

— Mais c'est ce qui m'a guidée jusqu'à toi, dit-elle doucement. Je ne sais pas où je serais aujourd'hui si je n'avais pas expérimenté ce que j'ai vécu. J'aurais peut-être déménagé. J'aurais peut-être rencontré quelqu'un d'autre et je me serais mariée. Ou alors tu aurais détesté la personne que je serais devenue si tu m'avais rencontrée en arrivant ici. Je sais qu'il y a beaucoup de choses dans le monde que je ne comprends pas, mais tu es là pour me les apprendre. Pour me protéger. Pour m'aider à m'en sortir. Si tu n'avais pas été là... je sais que je ne m'en serais pas sortie aussi bien qu'aujourd'hui. Grâce à toi, je trouve ça plus facile de prendre des risques. Quand j'ai peur de quelque chose, je sais que tu es juste là, prêt à me rattraper si j'échoue. C'est juste que... j'ai l'impression d'être la fille la plus chanceuse au monde parce que je t'ai à mes côtés.

Tal sentit sa gorge se serrer. Il déglutit avec difficulté. Cette femme le tuait. Il était tout à elle.

Et elle était à lui.

Les femmes n'étaient pas censées vouloir qu'on s'occupe d'elles et les hommes n'étaient pas censés vouloir prendre soin de quelqu'un ou revendiquer une personne. De nos jours, il était plus acceptable d'être indépendant. Talon ne savait pas comment il avait pu trouver la femme idéale pour lui. Tout ce qu'il savait, c'était qu'il ferait tout son possible pour la garder.

— C'est moi qui suis chanceux, dit-il enfin.

— D'accord, on est *tous les deux* chanceux, concéda-t-elle en souriant. Et maintenant qu'on a mis ça au clair... j'ai discuté avec Caryn aujourd'hui et elle m'a parlé d'une position sexuelle qui s'appelle le G-Whiz où je mets mes pieds sur tes épaules pendant que tu t'agenouilles devant moi et...

Tal ne lui laissa pas le temps de continuer ses explications. Il se leva, lui prit la main et se dirigea vers leur chambre. Elle laissa échapper un gloussement qui le fit sourire alors même que sa verge palpitait. Maintenant qu'elle avait expérimenté ce que faire l'amour était *censé* être, plutôt que les abus qu'elle avait subis, elle était impatiente d'explorer plein de choses.

Tal était à la fois gêné et reconnaissant que ses amis fassent tout leur possible pour l'instruire.

Ils étaient tous les deux allés voir le docteur Snow la semaine dernière et il lui avait fait passer plusieurs tests avant de la déclarer en bonne santé et de lui poser un stérilet. Ils avaient de nouveau parlé d'enfants, et Tal était impatient de fonder une famille avec elle, mais il voulait aussi qu'elle vive un peu d'abord. Elle avait été privée de son enfance et de la plus grande partie de sa vie d'adulte. Il ne voulait pas la pousser à avoir des enfants avant qu'elle ne soit prête.

Même si cela avait été amusant de lui apprendre à utiliser des préservatifs, Tal avait été soulagé de pouvoir coucher avec elle en étant entièrement nu une fois de plus. Il n'avait jamais rien ressenti d'aussi agréable que d'être en elle sans rien entre eux.

Dès qu'ils furent près du lit, Heather lui sourit et attrapa l'ourlet de sa chemise.

Cette femme était tout pour lui et Tal ne cesserait jamais d'être reconnaissant qu'elle fasse partie de sa vie.

* * *

Heather sourit en quittant le manoir de Chestnut Street. Aujourd'hui, elles étudiaient les sciences avec Whitney, ce qu'elle préférait largement aux maths. Tout ce qu'elle apprenait était tellement fascinant.

Au lieu d'appeler Talon pour qu'il vienne la chercher, elle lui avait dit qu'elle marcherait jusqu'à la place et le retrouverait au Sunny Side Up pour le déjeuner. C'était une belle journée, il ne faisait pas trop froid et Heather s'était dit qu'un peu d'exercice ne lui ferait pas de mal. Elle avait pris un peu de poids depuis qu'elle avait quitté la forêt et même si Talon semblait adorer ses courbes, elle n'avait pas forcément envie de prendre trop d'embonpoint.

Mais elle ne pouvait pas résister aux petits pains à la cannelle de Finley. Ni à aucune autre nourriture qu'on lui avait fait découvrir. Après avoir mangé de la viande et du poisson fumé et des feuilles en guise de salade pendant des années, ses papilles gustatives n'étaient pas très stimulées. Ce nouveau monde d'épices et de nourriture savoureuse faisait partie des plus grandes joies de sa nouvelle vie.

Elle souriait en marchant, pensant à toutes les choses qu'elle avait envie de raconter à Khloe à propos de Bottines et de son état de santé. Ce matin, alors que les choses entre Talon et elle commençaient à devenir intéressantes, le chaton avait sauté sur le lit et avait enfoncé ses petites griffes dans la cheville de Talon, lui faisant savoir sans ambiguïté qu'elle était prête pour son petit déjeuner. Il ne s'était pas fâché pour autant, il avait simplement grimacé, s'était penché, avait enlevé le chaton de sa jambe et l'avait déposé dans les bras d'Heather. Il l'avait embrassée et lui avait dit de prendre son temps pour se lever, qu'il préparerait le petit déjeuner.

Il la gâtait et ne semblait jamais s'en lasser.

Elle l'aimait tellement.

Perdue dans ses souvenirs, se remémorant à quel point sa vie était extraordinaire et combien elle était reconnaissante d'être en vie et d'avoir autant d'amis, Heather sursauta lorsqu'une voiture se gara à côté d'elle sur la route.

Elle sourit en tournant la tête, s'attendant à voir quelqu'un qu'elle connaissait. La plupart du temps, lorsqu'elle essayait de faire un peu d'exercice, l'un des gars de l'équipe de recherche ou leurs femmes s'arrêtaient et lui proposaient de la raccompagner.

Son sourire s'effaça immédiatement lorsqu'elle vit qui se trouvait derrière le volant.

Ce n'était autre que Cypress Goodson.

Elle s'apprêta à partir en courant... et s'arrêta soudain lorsqu'il lui dit :

— Tu n'as pas envie de rencontrer la nouvelle Sunset Meadowblossom ?

Des frissons lui parcoururent l'échine et Heather se retourna lentement. Beaucoup de femmes de La Communauté portaient le même nom. Cela compliquait beaucoup les choses mais les hommes ne semblaient pas s'en préoccuper ou le remarquer. Elle en avait parlé à Talon et il lui avait dit que c'était un autre moyen de déshumaniser les femmes. Et elle était totalement d'accord.

Elle avait envie de s'enfuir et d'aller chercher Talon. Il la protégerait, elle en était certaine. Elle avait envie de dire à Simon où se trouvait Cypress pour qu'il puisse l'arrêter. Mais ses mots la figèrent dans son élan. Elle frissonna devant son sourire diabolique alors qu'elle faisait face au cauchemar de son passé.

— Vas-y... regarde par la fenêtre. Tu vois ? Elle est tellement jolie... une rousse, comme toi... mais différente, parce qu'elle, elle va apprendre à obéir comme une femme doit le faire.

Le cœur d'Heather faillit se briser lorsqu'elle s'approcha juste assez pour regarder par la fenêtre du côté passager avant de la voiture. Une petite fille était assise sur le plancher, recroquevillée, les mains attachées, le regard perdu dans le vide. Elle avait les cheveux ébouriffés et des traces de larmes visibles sur ses petites joues.

Elle était vêtue également de cette horrible robe marron que La Communauté forçait toutes les femmes et les petites filles à porter. Le simple fait de la voir lui fit remonter d'horribles souvenirs.

Cypress se mit à rire.

— Elle est tellement sage. Elle n'a pas fait un seul bruit depuis ces derniers jours. Elle apprend vite... bien plus vite que toi à l'époque, dit-il avant de baisser la voix. Monte dans la voiture, Sunset.

Le simple fait d'entendre son ancien prénom fit remonter la bile dans sa gorge.

— Non, dit-elle aussi fermement que possible.

Cypress se pencha vers la fenêtre côté passager.

— Monte. *Tout de suite*. Sinon, la petite Sunset sera punie à ta place. Tu te souviens de la tente des punitions, n'est-ce pas ? Je vais l'attacher, lui bander les yeux, la bâillonner, lui boucher les oreilles et la battre jusqu'à ce que son dos ne soit plus que de la bouillie ensanglantée. Puis je la laisserai là pendant une semaine et je ne viendrai la voir qu'une fois par semaine pour lui donner de l'eau et lui expliquer qu'elle est ici à cause de *toi*.

D'autres souvenirs menacèrent de la submerger. Le temps qu'elle avait passé dans la tente des punitions avait été insupportable. Plus qu'effrayant.

Mais au lieu d'avoir peur de Cypress, la colère monta rapidement en elle.

En regardant cette petite fille sur le plancher de la voiture, elle prit la seule décision possible. Elle ne savait pas si c'était la bonne ou non et Talon serait probablement furieux contre elle, mais il était hors de question qu'elle laissa la petite entre les mains de Cypress. Elle ne savait pas où il comptait les emmener ensuite, mais elle protègerait l'enfant au péril de sa vie s'il le fallait.

Une conversation qu'elle avait eue avec Talon lui revint en

mémoire tandis qu'elle tirait la poignée de la portière. Elle lui avait dit que rien ne pourrait la faire retourner avec Cypress si elle le croisait à nouveau. Elle n'avait pas menti à l'époque... mais elle n'avait pas envisagé de quoi il serait capable pour la forcer à obéir.

Cependant, Cypress était loin de se douter qu'elle était une personne complètement différente de celle qu'il avait connue. Elle n'était plus Sunset Meadowblossom. Elle était Heather Brown. Elle avait une vie, des amis et des projets pour son avenir. Et puis, elle avait Talon.

Il ne faisait aucun doute pour Heather que lorsqu'elle ne se présenterait pas à leur lieu de rendez-vous, Talon se mettrait immédiatement à sa recherche. Retrouver des personnes disparues faisait partie de ses compétences. Plusieurs voitures étaient passées pendant qu'elle parlait avec Cypress. L'un d'entre eux signalerait ce qu'il avait vu et avec qui elle était. Ce n'était qu'une question de temps avant que Talon ne la retrouve.

Heather avait survécu à des années d'abus de la part de cet homme diabolique, elle pouvait bien survivre une heure de plus. Deux. Trois. Elle accepterait tout ce qu'il voulait lui infliger... tant que cela signifiait que la précieuse petite fille qui était manifestement morte de peur serait épargnée.

Elle s'assit sur le siège avant, prenant soin de ne pas marcher sur la fillette ou de la bousculer, et ferma la portière.

Cypress ne dit pas un mot, se contenta de sourire, d'enclencher la vitesse et de reprendre la route. Il se dirigea vers l'ouest de la ville... vers l'endroit où vivait la Communauté.

Heather savait qu'elle aurait dû avoir peur. Qu'elle aurait dû s'inquiéter de là où Cypress l'emmenait et de ce qu'il allait faire. Mais au lieu de ça, elle se sentait... concentrée.

L'amour de Talon, son soutien et sa protection l'avaient complètement changée. Elle avait entendu suffisamment d'histoires sur son passé de soldat et avait compris que bien souvent, il avait réussi ce qu'il avait entrepris parce qu'il avait été patient.

Il avait attendu le bon moment pour agir. C'était ce qu'elle ferait aussi.

Cypress était arrogant et il pensait déjà avoir gagné.

Eh bien, il allait vite découvrir qu'Heather Brown était plus forte que Sunset Meadowblossom ne l'avait jamais été. Il n'allait pas s'en tirer avec un deuxième kidnapping. La petite fille avait besoin d'elle et lorsque Cypress agirait... Heather serait prête.

CHAPITRE VINGT

Tal regarda sa montre pour la énième fois. Heather était en retard. Whitney l'avait appelé pour le prévenir qu'elle était partie. Mais elle n'était toujours pas arrivée. Se rappelant très bien ce qui était arrivé à Bristol l'an dernier, Tal n'hésita pas à sonner l'alarme.

Il appela d'abord Simon, puis Ethan, qui avait accepté de prévenir tout le monde. Puis il avait immédiatement roulé jusqu'au manoir de Chestnut Street. Il parla brièvement avec Whitney qui lui confirma l'heure à laquelle Heather était partie et la direction qu'elle avait prise, et Tal commença à marcher dans ce sens, cherchant le moindre signe qui puisse indiquer où elle se trouvait ou ce qui aurait pu lui arriver.

Raiden le rejoignit en quelques minutes avec Duke à ses côtés. Le limier retrouva immédiatement l'odeur d'Heather et s'élança sur le trottoir. Il ne parcourut que deux pâtés de maisons avant de commencer à tourner en rond, le nez en l'air. Raid et Tal comprirent tous les deux ce que cela signifiait. Elle était montée dans une voiture.

La question c'était de savoir si elle était montée volontairement ou non.

Si quelqu'un qu'elle connaissait lui avait proposé de la

raccompagner, elle se serait présentée au restaurant pour déjeuner avec lui bien plus rapidement que si elle avait marché. Mais ça n'avait pas été le cas.

— Elle m'a juré qu'elle ne partirait jamais avec lui, dit Tal avec une peur évidente.

— On ne sait pas s'il s'agit de Cypress ou de quelqu'un de la secte, dit Raid, faisant de son mieux pour calmer son ami.

— C'est lui, rétorqua Tal.

— Ça pourrait être quelqu'un qui a vu son interview et qui est devenu obsédé. Quelqu'un qui a les mêmes opinions sur les femmes que ces connards qui l'ont élevée dans la secte, suggéra Raid.

Mais Tal secoua la tête. Il n'en était pas convaincu. Il se creusa les méninges, essayant de trouver une raison pour laquelle Heather partirait avec un homme qui lui avait infligé tant de douleur. Tandis qu'il essayait de comprendre, la voiture de Simon s'arrêta à côté d'eux.

— Qu'est-ce que Duke a trouvé ? demanda-t-il.

— Il a suivi sa trace jusqu'ici, après elle disparaît, dit simplement Raid.

Tal fit abstraction de leur conversation et regarda dans le vide, essayant de comprendre à quoi Heather avait bien pu penser. Il ferma les yeux un instant, l'imaginant marcher dans la rue. Une voiture qui s'arrête, quelqu'un qui baisse la vitre pour lui parler... et elle serait simplement montée ? Pourquoi ?

Était-ce vraiment Cypress ? Ou peut-être quelqu'un d'autre issu de cette foutue secte dans laquelle elle avait grandi ? Un inconnu ? Il supposait que l'identité de la personne importait peu à ce stade, en revanche, elle était bien montée dans un véhicule. Il ne pensait pas que quelqu'un l'avait attrapée et forcée à monter dans la voiture, sinon, on l'aurait remarqué. Elle aurait hurlé.

Alors... pourquoi ?

Tal fronça les sourcils lorsque Simon l'appela.

Il leva la main, empêchant le chef de la police de lui dire

quoi que ce soit de plus, tandis qu'il fronçait les sourcils en repensant à tout ce qu'il savait sur Heather. Elle lui avait promis qu'elle ne repartirait jamais avec Cypress. Elle semblait avoir été catégorique sur le fait qu'elle ne voulait plus jamais entendre parler de lui. Qu'aurait-il pu faire pour l'inciter à monter ?

Au fond, Tal *savait* qu'il s'agissait de Cypress. Toute la publicité faite autour de l'enlèvement et du retour d'Heather l'avait attiré en ville, comme ils le craignaient, parce qu'il voulait qu'elle revienne. Elle n'avait pas été tendre lorsqu'elle avait parlé de sa vie au sein de la secte à la télévision. Elle avait été particulièrement dure envers Cypress et son défunt père. Il était probable qu'il soit revenu se venger.

Tal écarquilla soudain les yeux alors qu'une pensée horrible lui traversait l'esprit.

Il se tourna vers Raid et Simon.

— Il a enlevé un autre enfant.

Les deux hommes le regardèrent d'un air perplexe.

— On n'en sait rien, commença Simon, mais Tal secoua la tête.

— C'est la seule explication plausible. Heather m'a juré qu'elle ne retournerait jamais avec Cypress. Réfléchissez... même lorsqu'elle avait une peur bleue de Fallport, de tout ce qui se trouvait en dehors du monde qu'elle connaissait, elle l'a quand même défié en se cachant dans la forêt quand ils étaient prêts à partir. Au fond, elle *savait* que si elle quittait cet endroit, elle perdrait son seul lien avec les gens qui la connaissaient. Avec sa maison. Et une fois qu'elle a réalisé ce qu'il se passait réellement au sein de la secte, elle a été horrifiée. Et surtout, elle ne supportait pas que des petites filles plus jeunes qu'elle aient été enlevées pour devenir les futures épouses des hommes dans le groupe. Je pense que Cypress est revenu pour elle. Pour se venger. Il a passé toute sa vie avec des femmes soumises. Il croit probablement qu'il est supérieur à toutes les femmes. Comment pensez-vous qu'il s'est senti lorsqu'il a réalisé qu'elle avait été plus maligne que lui ? Probablement outré et encore plus déterminé à lui montrer qu'elle n'avait pas gagné. Et quelle est la meilleure façon de le faire ?

— En kidnappant une enfant et en l'amenant ici, répondit Raid d'un air sinistre.

— Exactement. Je sais, au plus profond de moi, que la *seule* raison qui pourrait la convaincre de monter dans sa voiture, ce serait que Cypress menace une enfant, dit Tal.

— Alors où les emmènerait-il ? demanda Simon.

— Là où tout a commencé ? devina Raid.

— Je suis d'accord, dit Tal.

— Putain. Il n'y a rien là-bas. Toutes les tentes ont été enlevées, les sanitaires rebouchés et même les carcasses de véhicules ont été remorquées pour être emportées à la casse, expliqua Simon.

— Je ne pense pas qu'il compte rester. Il veut probablement montrer à Heather qu'il est toujours plus fort qu'elle. Qu'il a toujours le contrôle. Et ce campement est ce qu'elle redoute le plus, dit Raid.

C'est là que le bruit d'une voiture qui accélérait retentit dans la rue. En se retournant, Tal vit la Subaru d'Ethan rouler vers eux. Derrière lui se trouvait le pick-up de Zeke et la Jeep de Drew. Les trois véhicules s'arrêtèrent en crissant et les cinq autres membres de l'équipe de recherche et de sauvetage en sortirent.

— Le rapport ! aboya Ethan.

— On pense que Cypress a enlevé Heather pour l'emmener à l'ancien campement, résuma Raid. Duke a suivi son odeur jusqu'ici, puis plus rien.

— OK, dit Ethan. Allons-y.

— Merde. D'accord. Tal, tu pars avec moi, dit rapidement Simon. Tous les autres, restez *derrière moi*. La dernière chose dont j'ai besoin, c'est que vous me fassiez le coup des forces spéciales.

Tal ne discuta pas, d'autant plus que Simon prenait les

devants. Mais en réalité, le chef de la police avait effectivement besoin qu'ils se servent de leur entraînement au sein des forces spéciales. Il n'avait pas le temps de demander à ses adjoints d'abandonner ce qu'ils étaient en train de faire pour le rejoindre. Chaque seconde comptait alors que la vie d'Heather était en danger, car c'était le cas. Cypress ne prendrait jamais le risque de rester longtemps à Fallport.

Tal savait que dès que ses amis arriveraient, ils se mettraient en mode combat. Ils prendraient position autour du camp pour s'assurer que Cypress ne s'enfuie pas dans les bois quand tout basculerait. Ils étaient tous en mode soldats professionnels... leurs femmes avaient déjà vécu trop d'horreurs. L'idée que le diable touche à nouveau Heather après ce qu'elle avait subi, lui était insupportable.

Chaque kilomètre parcouru en direction de la secte lui parut durer une éternité. Tal pria pour qu'ils aient raison, sinon, ils perdaient beaucoup de temps pour rien. Et il ne voulait même pas *penser* à ce qui allait arriver à Heather, cela risquait de le bouleverser et il ne pourrait pas l'aider quand elle en aurait le plus besoin.

Accroche-toi, chérie. Encore un peu.

Le temps que Cypress s'engage dans la longue allée qui menait à La Communauté, Heather avait fait abstraction de tout, sauf de l'homme assis à côté d'elle. Elle gardait les yeux rivés sur ses genoux, comme prévu. Elle ne voulait pas que Cypress réalise qu'elle n'était pas ce qu'elle prétendait être... une femme soumise, effrayée et docile.

— Je ne peux pas dire que le temps que tu as passé loin de nous t'ait fait du bien, dit Cypress en arrivant au campement, stoppant la voiture. Regarde-toi, tu portes un pantalon, des chaussures... et tu as coupé tes beaux cheveux. Tsss. Tu sais que rien de tout ça n'est autorisé. Tu vas devoir être punie. Sévèrement.

Auparavant, ces mots auraient pu la faire grimacer. Elle se serait confondue en excuses et aurait fait tout son possible pour réduire son séjour dans la tente des punitions. Mais désormais, tout ce qu'ils faisaient c'était de la mettre encore plus en colère.

Elle ravala sa fureur... la canalisa. Elle observa la tête baissée de l'enfant à ses pieds. La petite fille n'avait pas bougé. Elle restait autant immobile que possible, comme si elle essayait d'être invisible.

Les souvenirs de l'époque où elle avait fait la même chose, par instinct de survie, menaçaient de replonger Heather dans le passé. Mais elle préféra se remémorer un souvenir de ce matin... assise sur le lit avec Talon tandis qu'ils jouaient avec Bottines. Buvant du thé ensemble pendant qu'ils regardaient la télé. Son expression adorable lorsqu'elle lui faisait l'amour.

Repenser à l'homme qu'elle aimait la calmait davantage. Cela l'aidait à être encore plus concentrée.

— Tu m'appartiens, continua Cypress. Tu m'as toujours appartenu et tu m'appartiendras toujours.

Il avait tort. Elle ne lui appartenait pas. Même pas en rêve.

Elle était à Talon... tout comme il était à elle.

— Enlève tes chaussures, dit Cypress en se penchant en avant et en sortant un couteau à lame dentelée d'un étui situé dans le bas de son dos. Tu sais que tu n'as pas le droit de les porter.

Elle avait envie de tout lâcher, de lui hurler dessus, de lui dire qu'il n'était qu'un vieil homme pathétique et tordu qui s'en prenait aux enfants, mais Heather prit une grande inspiration avant de se pencher pour défaire ses bottes. Elle devait gagner du temps. Pour le moment, Cypress avait le dessus avec ce couteau. Sauf que dès qu'il baisserait sa garde, elle serait prête à passer à l'action. Sa vie, son avenir et celui de l'enfant à ses pieds dépendaient d'elle. Elle devait faire croire à son ravisseur qu'elle était soumise.

Heather eut envie de rassurer la petite fille. Elle avait envie de lui dire de tenir bon, que les secours étaient en chemin. Mais elle ne le pouvait pas, pas si elle voulait que Cypress baisse sa garde. Elle enleva ses chaussures et ses chaussettes et les laissa par terre, derrière la petite fille.

— Sors, ordonna Cypress. Et ne tente rien sinon je m'en prendrai à *elle*, l'avertit-il en désignant la petite avec son couteau.

La rancœur faillit lui faire perdre le contrôle, mais elle parvint à acquiescer et saisit la poignée de la portière. Elle posa les pieds sur le sol et frissonna immédiatement.

Elle avait oublié à quel point le sol pouvait être froid lorsque l'on marchait sans chaussures. Mais elle contrôla sa réaction involontaire autant qu'elle le put. Elle ne voulait pas offrir à Cypress la satisfaction de savoir qu'elle était mal à l'aise. Elle referma la portière, ne voulant pas que la fille entende ou voie ce qu'il allait se passer ensuite. Se forçant à rester immobile en regardant le sol, Heather vit les pieds de Cypress apparaître dans son champ de vision. Il attrapa fermement son bras, l'arrachant presque et la tira vers la seule tente isolée au milieu de ce qui était auparavant une Communauté animée.

— Tu la reconnais ? demanda Cypress en la tirant plus près.

Il ne lui laissa pas le temps de répondre, ce qui n'était pas inhabituel. Tous les hommes de La Communauté avaient tendance à répondre à leurs propres questions... comme si les femmes n'étaient pas capables de penser par elles-mêmes.

— C'est la tente des punitions. Je l'ai prise avec moi en quittant la Floride, car j'anticipais déjà de te ramener à la maison. Mais mes plans ont changé, à cause de ton interview à la télé, cracha-t-il. Tu as passé pas mal de temps dans cette tente, n'est-ce pas ? Je me suis dit qu'il s'agirait d'un endroit approprié pour renouer avec ma femme. Et ensuite, je t'infligerai une courte séance de punitions, comme au bon vieux temps... avant de te tuer et de partir pour commencer ma nouvelle vie avec ma future épouse.

Cette fois-ci, il lui fut presque impossible de repousser les souvenirs qui l'assaillaient. L'odeur de la toile, à mesure qu'ils approchaient, menaçait de la mettre à genoux. Elle *haïssait* cette tente. Bizarrement, elle n'avait pas la même odeur que les autres. Peut-être à cause de toutes les souffrances qui avaient eu lieu à l'intérieur. Tout ce qu'elle savait, c'était qu'il était hors de question qu'elle laisse Cypress l'attacher, lui bander les yeux, la bâillonner et lui boucher les oreilles pendant qu'il la violerait avant de la battre avec sa ceinture. Elle n'était pas prête à mourir. Pas alors qu'elle commençait à peine à vivre.

Cypress repoussa l'ouverture et elle lutta de toutes ses forces pour entrer calmement à l'intérieur. Elle vit les cordes qu'il avait déjà préparées pour l'attacher. Il y avait une couverture sur le sol, visiblement là où il comptait coucher avec elle.

L'adrénaline coula dans ses veines. Elle avait envie de fuir. De tout lâcher. Mais Cypress tenait toujours le couteau. Elle devait attendre le bon moment. Il allait forcément devoir le reposer pour l'attacher. Pour coucher avec elle.

Dès l'instant où il le ferait, elle agirait.

— Je ne suis pas surpris que tu te souviennes si bien de ton éducation, dit-il avec un rictus. Tu n'es rien sans La Communauté. Tu n'es pas capable de penser par toi-même, tu n'as jamais pu le faire. Enlève-moi ce pantalon ignoble. Tout de suite ! ordonna-t-il.

La dernière chose dont elle avait envie, c'était de se déshabiller. Mais elle se retourna pour lui faire face et défit le bouton de son pantalon cargo. Puis elle s'assit sur la couverture, s'appuya sur ses mains et écarta les jambes. Par expérience, elle savait ce que Cypress attendait d'elle. C'était la position qu'il exigeait d'elle la plupart du temps lorsqu'il voulait exercer ses droits de mari. Elle portait encore le pantalon qu'il détestait, mais elle ne pouvait pas se résoudre à l'enlever.

S'il voulait qu'elle l'enlève, il allait devoir le faire lui-même.

Observant à travers ses cils baissés, Heather attendit nerveusement. Elle ne savait pas jusqu'où irait la situation avant qu'il ne baisse sa garde. Elle retint son souffle tandis que les secondes s'écoulaient...

À son grand soulagement, il se mit à genoux et se rapprocha.

— Très bien. Je vais l'enlever moi-même. Je vais prendre plaisir à te punir pour avoir osé me défier.

Puis ce qu'elle attendait arriva.

Il reposa le couteau sur le sol, à côté de lui tandis qu'il commençait à défaire son propre pantalon.

Heather n'hésita pas. Elle plongea vers l'arme.

Cypress ne s'y attendait pas et avait cru qu'il contrôlait parfaitement la situation, comme toujours. Jamais aucune des femmes qu'il avait agressées ne s'était défendue.

Saisissant fermement le couteau, Heather l'enfonça dans ses tripes, pile là où elle savait qu'il ferait le plus de dégâts.

Elle retira la lame et se leva d'un bond, se ruant hors de la tente et prenant sa première grande inspiration depuis qu'elle avait été forcée d'y entrer. L'attaque en elle-même n'avait duré que quelques secondes. Elle se retourna immédiatement et attendit que Cypress la suive.

Et il le fit, quittant la tente presque immédiatement. Il chancelait légèrement, ce qui fit sourire Heather.

— Ça fait mal, hein ? demanda-t-elle, la tête haute, croisant directement son regard.

Il allait détester cette attitude, ce qui était d'autant plus satisfaisant.

— Salope ! gronda-t-il. Tu vas souffrir putain !

Elle était prête lorsqu'il chargea, tenant bon jusqu'au dernier moment avant de l'esquiver...

Et d'enfoncer à nouveau le couteau dans son dos au passage.

Le cri de douleur et de colère qui lui échappa lui rappela celui d'un ours blessé.

Heather eut la nausée, mais elle ne pouvait pas encore s'ar- rêter. Pas tant qu'il n'était pas à terre.

Avant même qu'il ne puisse se retourner pour la poursuivre à nouveau, Heather plongea en avant et le poignarda dans le bas du dos, vers le flanc.

Il tomba à genoux.

S'empressant de terminer ce qu'elle avait commencé, Heather enfonça à nouveau la lame dentelée dans son corps, cette fois-ci à l'arrière de sa cuisse, s'assurant qu'il ne puisse plus courir... ni marcher.

Alors qu'il tombait dans la poussière, hurlant de douleur et de colère, Heather recula enfin d'un pas. Elle avait l'impression d'observer la scène d'en haut. Elle était détachée et n'éprouvait aucune émotion... à part une légère satisfaction. Elle avait désormais le dessus. Cypress ne pourrait pas lui faire de mal, ni à la petite fille qui était probablement morte de peur dans la voiture.

— Espèce de *connasse* ! cracha Cypress en lui jetant un regard noir, plein de haine.

Heather baissa les yeux vers lui avec mépris.

— Tes mots ne peuvent pas me blesser, lui dit-elle.

— Peut-être pas, mais quand je t'attraperai, tu souffriras comme tu n'as jamais souffert auparavant, fulmina-t-il.

Elle s'esclaffa. D'un rire franc. Puis elle secoua la tête.

— Tu ne lèveras plus jamais la main sur moi, sur cette petite fille ou sur quiconque. Tu m'as bien éduquée, Cypress. Je n'ai peut-être pas totalement apprécié la vie d'épouse au sein de La Communauté, mais par contre, j'ai appris à me servir d'un couteau pour abattre ma proie.

Cypress se raidit lorsqu'il comprit ce qu'elle était en train de lui dire.

— Qu'est-ce que tu m'as appris déjà ? Ah, oui... qu'il était toujours préférable de blesser sa proie au niveau des tripes, car la perforation de l'intestin propage l'infection à une vitesse stupéfiante. Cela affaiblit l'animal et le rend moins menaçant.

Et une blessure au niveau des reins ? Oui, c'est la garantie d'une mort lente et douloureuse. Je me souviens exactement de ce que tu m'as dit, Cypress... pourquoi les tuer rapidement ? C'est toujours bon de faire comprendre à un animal qui est aux commandes et qu'il n'est rien d'autre que du carburant pour les plus puissants et intelligents. J'ai toujours trouvé cela cruel. Pourquoi tirer dans le ventre d'un animal alors qu'une balle dans la tête ou dans le cœur aurait pu être rapide et indolore ? Mais évidemment, tu ne m'as jamais donné de fusil pour partir à la chasse, n'est-ce pas ? Non, tu m'as seulement autorisée à prendre un couteau. J'ai appris à être très rapide avec une lame. Contrairement à *toi,* quand je piégeais un animal, je le tuais vite. Mais comme je voulais que tu saches que je t'écoutais, je t'ai fait *exactement* ce que tu m'as appris.

— Oh, merde..., dit Cypress en roulant lentement sur le dos. J'ai besoin d'aide ! Va chercher de l'aide !

Heather ne prit même pas la peine de répondre. Elle avait été très précise avec le couteau. Actuellement, il se vidait intérieurement de son sang. Elle n'éprouvait aucun regret.

Tournant les talons, elle se dirigea vers la tente qui renfermait de terribles souvenirs. Se servant du couteau ensanglanté, elle fendit la toile de haut en bas. Elle déchira la tente et continua de la découper en morceaux.

C'était cathartique. Et elle ne voulait également pas offrir à Cypress un endroit où s'abriter. Il faisait froid et bientôt, il ferait nuit. Il mourrait de froid s'il ne se vidait pas de son sang avant.

Cypress alternait entre la menace et les supplications. Elle l'ignora.

Il avait bêtement laissé ses clés sur le contact et elle ouvrit la porte côté conducteur avant de soupirer. Elle aurait voulu partir d'ici en voiture. Elle en mourait d'envie. Mais elle ne savait pas conduire. Talon avait proposé de lui apprendre, mais ils ne s'en étaient pas encore occupés.

Alors qu'elle restait là, regardant à l'intérieur de la voiture et essayant de décider quoi faire, Cypress continuait de crier, gémir et de les menacer la petite fille et elle. En voyant l'enfant grimacer, Heather prit sa décision. Elle ne regrettait pas ce qu'elle avait fait à Cypress, mais elle n'était pas enthousiaste non plus. Elle avait tué un homme ; même s'il n'était pas encore mort, il le *serait* dans quelques heures. Et elle n'avait surtout pas envie que la petite fasse des cauchemars après l'avoir vu mourir.

Elle empocha les clés de la voiture, puis se dirigea vers le côté passager. Elle s'assit sur le siège et attrapa ses chaussettes et ses bottes. Tout en les remettant, elle parla doucement à la fillette.

— Tout va bien. Tu es en sécurité maintenant. Tu peux me faire confiance et je ne te ferai pas de mal. On va aller faire une petite excursion dans la forêt. Mais ne t'inquiète pas, on va dans un endroit que je connais bien. Un endroit où Cypress ne nous retrouvera jamais. Il ne pourra pas nous suivre, de toute façon, mais je n'aime pas le son de sa voix. Talon va venir nous chercher. Je n'en doute pas. Il saura où nous sommes. Bientôt, on sera à la maison et je te présenterai mon chaton. Elle s'appelle Bottines. Elle est noire avec de la fourrure blanche autour des pattes. Je sais que tu as probablement froid. Je suis désolée. Je vais aller vérifier dans le coffre si tes vrais vêtements s'y trouvent.

Heather savait qu'elle n'arrêtait pas de parler mais elle continuait à prononcer des paroles calmes et douces. Lorsqu'elle saisit les mains de la jeune fille, celle-ci s'écarta.

Heather s'arrêta et lui dit :

— Je ne te ferai pas de mal. Je vais simplement couper cette corde autour de tes mains, puis on s'en ira. D'accord ?

Elle attendit patiemment et fut récompensée lorsque la petite hocha très légèrement le menton.

— C'est bien, la félicita Heather. Tu es très courageuse. Et forte. Je suis fière de toi. Accroche-toi encore un peu et ne bouge pas.

Elle coupa la corde qui retenait la fillette en otage et retira rapidement l'excédent autour de ses petits poignets.

— Voilà, c'est mieux. Tu penses que tu peux te lever ? Tu as faim ? Il y a de la nourriture là où on va. On remplira notre estomac et quand Talon nous ramènera à la maison, on pourra manger quelque chose de meilleur encore. Tu peux me faire confiance, je ne vais pas te faire de mal.

À la grande surprise d'Heather, la petite fille leva la tête et la regarda un instant avec ses beaux yeux vert noisette, puis leva les bras en l'air.

Son cœur gonfla dans sa poitrine lorsqu'elle vit la confiance et le courage dont la petite faisait preuve et Heather la prit contre elle. Immédiatement, elle enroula les bras autour de son cou avec une force surprenante. Elle passa les jambes autour de sa taille et elle s'accrocha à elle comme si elle n'allait jamais la lâcher.

Passant une main sous ses fesses, Heather se leva et se retourna pour que la petite ne puisse pas voir Cypress allongé par terre. Elle ouvrit le coffre et fronça les sourcils lorsqu'elle vit qu'il n'y avait rien d'autre que des toiles. Le refermant, elle refusa de penser que le précieux paquet qu'elle tenait dans ses bras avait été à deux doigts de vivre la même vie qu'Heather. Le désir de vengeance de Cypress l'avait fait courir à sa perte et elle n'avait jamais été aussi soulagée qu'il soit si prévisible. Il aurait pu disparaître avec ce précieux paquet. Il aurait pu tuer Heather sans crier gare. Mais au lieu de ça, il avait été tellement persuadé de sa supériorité sur elle qu'il avait commis une erreur fatale.

Heather retourna vers la portière côté passager qu'elle avait laissé ouverte et s'agenouilla devant. Elle posa la fille sur le siège, après avoir doucement rompu son étreinte, et enleva le pull qu'elle avait mis ce matin après sa douche avec Talon. Il avait plutôt fait bon un peu plus tôt lorsqu'elle avait envisagé de marcher jusqu'en ville. Heather risquait d'avoir froid sans, mais la petite en avait davantage besoin. Elle avait envie de lui enlever cette robe marron que Cypress l'avait obligée à porter, mais décida de la laisser.

— Lève les bras, ma chérie. Super. Comme ça tu auras plus chaud. Talon t'apportera des chaussures dès qu'il le pourra. Et des chaussettes chaudes aussi. Voilà, c'est mieux comme ça, non ?

La fillette la fixa du regard sans lui répondre.

— Tu peux me parler, tu sais. Je te le promets. Je ne te ferai pas de mal. Tu peux parler, pleurer, sourire et rire. Le méchant monsieur ne pourra plus jamais te faire de mal. Je te le jure. Comment tu t'appelles ?

— Sunset, murmura la fillette.

Heather grimaça.

— Non, ton vrai prénom. Celui par lequel t'appellent ta maman et ton papa. Le méchant monsieur a aussi essayé de changer mon prénom, mais ça n'a pas marché. Je m'appelle Heather. Heather Brown.

La petite ne répondit pas et la regarda simplement d'un air effrayé.

— C'est pas grave. Tu pourras me le dire plus tard, quand tu seras plus à l'aise. Pour le moment, je te propose qu'on parte d'ici, d'accord ?

La petite acquiesça doucement et Heather la prit à nouveau dans ses bras. Et comme un peu plus tôt, la fillette s'accrocha à elle comme si Heather était la seule chose qui la séparait d'une mort certaine.

Elle appuya sur le bouton de verrouillage, puis claqua la portière. Le bruit retentit à travers les arbres.

— Où est-ce que tu vas ?! Tu ne peux pas me laisser ici ! Reviens ! Tout de suite ! Je te parle, Sunset. Reviens ici. Laisse-moi au moins récupérer mes clés ! Je vais geler sinon !

Heather ignora les supplications de Cypress et partit dans la forêt.

* * *

Tal avait les yeux rivés sur la route à l'avant de la voiture de Simon alors qu'ils se dirigeaient vers l'endroit où la secte avait vécu. Ils n'avaient croisé aucune voiture, ce qui était à la fois un soulagement et effrayant. Si Cypress était toujours dans les bois avec Heather, il n'avait pas envie d'imaginer ce qu'elle subissait actuellement. Mais d'un côté, s'ils croisaient Cypress en train de fuir la zone et qu'Heather n'était pas avec lui, Tal saurait que c'était parce qu'il avait tué la seule femme que Talon ait jamais aimée.

Repoussant l'idée qu'Heather puisse être morte, Tal s'agrippa au tableau de bord alors que Simon s'engageait enfin sur le chemin de terre qui menait à l'ancienne secte, freinant à peine. La voiture s'enfonça dans quelques nids-de-poule et Tal grimaça. Simon était probablement en train de démolir tout le châssis de sa voiture de la façon dont il conduisait, mais Tal n'avait jamais été aussi reconnaissant.

De la poussière flottait autour de la voiture lorsque Simon appuya enfin sur le frein à quelques mètres du campement, s'arrêtant brusquement. Tal avait ouvert la portière avant même que les pneus n'arrêtent de tourner. Il ne voyait rien à travers la poussière et il toussa lorsque les particules de terre se logèrent dans ses poumons.

Tal entendit les voitures de ses amis arriver à pleine vitesse derrière eux, mais il n'attendit pas. Il n'avait pas de plan. Il n'avait pas d'autre but que de retrouver Heather et de tuer le salaud qui l'avait enlevée.

Plus loin dans la clairière, Tal vit une berline blanche à quatre portes garée juste à l'entrée du camp. Alors qu'il venait de comprendre, il aperçut un tas de tissus qui ressemblait à de la toile déchiquetée de l'autre côté du camp, entre quelques arbres.

Puis il entendit un gémissement pitoyable provenant de quelque part entre la toile et la berline.

Le cœur battant dans la gorge, Tal accéléra le pas.

— Bon sang, Talon, attends-moi ! ordonna Simon derrière lui.

Mais Tal ne l'attendait pas. Si c'était Heather qui était en train de gémir, il fallait qu'il la rejoigne.

Il avait déjà fait plusieurs pas dans le campement, la poussière des quatre véhicules qui venaient d'arriver suivant le vent.

Le gémissement provenait d'une personne, mais il ne s'agissait pas d'Heather.

Un homme était allongé sur le dos, dans une mare de sang. Son visage était d'un gris cendré et son regard vide était tourné vers les arbres qui se balançaient au-dessus de sa tête.

— Putain de merde ! s'exclama Ethan en s'approchant.

— C'est Cypress ? demanda Zeke.

— Je suppose, dit Talon.

— Qu'est-ce qui lui est arrivé ? demanda Brock.

— Des signes d'Heather ? ajouta Raid.

Il avait laissé Duke dans la voiture et le limier n'était pas content. Tout le monde l'entendait aboyer avec tristesse.

— Dispersez-vous. Essayez de retrouver ses traces, ordonna Drew.

Simon arriva derrière Talon et ils baissèrent les yeux vers l'homme visiblement mourant. Talon lutta pour ne pas prendre l'arme de Simon et tirer une balle dans la tête de ce salaud. Il était figé par l'indécision. Il avait besoin de savoir qu'Heather allait bien, mais il devait aussi s'assurer que ce connard ne touche plus jamais sa femme.

— Aidez-moi, gémit l'homme.

Il avait la tête tournée vers eux et il tendit la main, ses doigts s'ouvrant et se refermant.

Talon s'accroupit sur la pointe des pieds, loin de l'homme et ricana.

— T'aider ? Tu plaisantes j'espère ? Tu as violé et maltraité des femmes pendant des *années* ! Qui était là pour les *aider* ? Toi ? Ton père ? Non. *Personne* ne les a aidées. En ce qui me concerne, tu as eu exactement ce que tu méritais de la part d'Heather. Une mort lente et douloureuse. J'espère que tu pourriras en enfer.

— Il n'a pas l'air en forme, dit Simon comme s'il faisait la conversation.

Son ton complètement détendu était si surprenant que Talon se retourna pour le regarder.

Le chef croisa son regard.

— Tu te demandes probablement pourquoi je ne fais rien. Pourquoi je ne le signale pas et ne demande pas à faire venir une ambulance.

Effectivement, Tal se posait la question, mais il haussa simplement des épaules.

— Après avoir appris ce qu'Heather a subi, je ne suis pas très enclin à l'aider. Et puis, on dirait bien qu'il est foutu... je ne suis pas sûr qu'on puisse le sauver.

Tal reporta son attention sur Cypress et vit qu'il regardait dans le vide, vers le ciel. Simon avait raison. Il était déjà mort. Bon débarras.

Il se leva et tourna le dos au type. Il hocha la tête vers Simon, retrouvant beaucoup de respect pour le chef de la police.

— Elle n'est pas là, dit Rocky en trottinant vers Tal et Simon. On a regardé partout. Le tas de tissus c'est une tente déchirée en lambeaux. Il y a quelques traces de pas, mais elle n'est pas ici.

— Et la voiture ? demanda Simon.

— Ethan est entré par effraction, elle est vide. Il n'y a rien dans le coffre non plus.

— Il n'y a pas d'autres empreintes de pas, dit Zeke en s'approchant. On dirait qu'il n'y avait que lui, dit-il en désignant l'homme derrière eux allongé sur le sol. Et Heather.

— Des traces de pieds nus autour de la tente, dit Brock. Mais il y a aussi des traces de bottes qui s'éloignent de la voiture et vont vers la forêt.

— Je vais aller chercher Duke, dit Raid en se dirigeant vers la voiture où il avait laissé son limier.

— Pas besoin, lui dit Tal.

Les sept hommes se tournèrent vers lui.

— Comment ça ? Il faut qu'on suive ses traces dans la forêt. Elle s'est probablement enfuie en courant, dit Simon.

Mais Tal secoua la tête.

— Je sais où elle va.

— À la grotte, dit Ethan.

— Exactement. Et elle a la petite avec elle.

— Il n'y a pas d'autres empreintes, lui rappela Zeke.

— Elle l'a probablement portée. Les femmes n'avaient pas le droit de porter de chaussures au sein de La Communauté, alors Cypress a dû les enlever à la petite.

— Il y avait une corde sur le plancher du siège passager. Elle a été coupée avec une lame, dit Drew. L'enfant était probablement attachée pendant que Cypress conduisait.

— La grotte est loin d'ici ? Est-ce que ce sera plus facile de la ramener par ici ou au départ du sentier où tu t'étais garé quand tu l'avais trouvée pour la première fois ? demanda Simon.

Tal était pressé de partir. Pressé de retrouver Heather.

— Je ne veux pas qu'elle revienne ici. Je ne veux plus jamais qu'elle revoie cet endroit, dit-il d'une voix basse et bourrue.

— OK, alors Rocky et moi on ira avec Tal, décida Ethan. Zeke, toi et Drew vous allez au départ du sentier et vous commencez à marcher, vous pourrez nous retrouver sur le chemin du retour.

— Brock, si tu veux bien rester avec moi en tant que témoin, je vais bientôt signaler ce qu'on a découvert ici, dit Simon.

Tout le monde acquiesça.

— Il reste moi, donc, dit Raid. Je vais ramener Duke en ville et rallier les troupes... autrement dit vos femmes. Elles voudront être là pour Heather quand vous la ramènerez à la maison.

Tal était presque bouleversé par le soutien de ses amis. Lorsqu'il avait pris la décision de quitter le service militaire et de s'installer aux États-Unis, il n'avait eu aucune idée de ce qui l'attendait. Il pensait passer quelques années ici, puis retourner au Royaume-Uni. Mais il avait trouvé les meilleurs amis qu'un homme puisse espérer... et l'amour de sa vie.

La reconnaissance qu'il éprouva pour ses amis lui obstrua la gorge et sa poitrine se serra, mais Tal prit une grande inspiration et prit la direction de la forêt. Il était tellement fier d'Heather. Il ne savait pas vraiment ce qu'il s'était passé ici, mais il pouvait l'imaginer. Elle avait fait ce qu'elle pouvait pour les protéger, elle et la petite, car il était certain qu'une enfant était avec elle. Elle ne courait pas et n'avait pas l'intention de fuir Cypress... au lieu de ça, elle se rendait là où elle était sûre à cent pour cent qu'il pourrait la retrouver... contrairement à son ravisseur.

Sa Heather était intelligente et il était l'homme le plus chanceux du monde.

— Viens, on va ramener ta femme à la maison, dit Ethan en tapotant Tal dans le dos.

Sans aucune hésitation, il partit en direction de son avenir.

CHAPITRE VINGT ET UN

Le trajet jusqu'à la grotte fut long mais sans incident. Heather connaissait ces bois comme sa poche. Elle avait quasiment passé toute sa vie ici. C'était durant la chasse qu'elle se sentait le plus libre. Elle n'était pas obligée de faire attention à ce qu'elle faisait ou à ce qu'elle disait... même si elle se contentait de parler toute seule en se promenant dans la forêt.

La petite fille ne relâcha jamais son emprise autour du cou d'Heather tandis qu'elles marchaient. Elle continua de lui parler pendant qu'elle se dirigeait vers la grotte.

— Talon va bientôt nous rejoindre. Il comprendra ce qu'il s'est passé et où je suis partie et il viendra. Il est très protecteur. C'est très agréable qu'il veille sur moi. Je pense qu'il te plaira. Et que nos amis aussi te plairont. Ce sera peut-être un peu déroutant au début, c'était le cas pour moi, mais ce sont des gens tellement bien. Finley est enceinte et elle rayonne. Et attends de goûter ses cookies et ses petits pains à la cannelle ! Ils sont tellement bons. Ils fondent en bouche.

Elle continua de raconter comment étaient ses amies à la petite fille dans ses bras. Une fois qu'elle eut terminé de vanter les mérites des filles, elle se mit à décrire leurs hommes.

— N'aie pas peur quand tu les rencontreras. Ils sont tous

grands et musclés et peuvent être assez intimidants, mais, ils ne te feront pas de mal. Tu peux leur faire confiance. Ce sont de gros nounours... qui se dressent sur le chemin de tous ceux qui veulent être méchants mais qui peuvent être câlins et chaleureux quand tu as besoin d'eux.

Elle en faisait un peu trop, mais Heather s'en moquait. La petite était très jeune – elle ne connaissait pas exactement son âge – et avait besoin d'être rassurée.

— Et le reste des habitants en ville sont très gentils aussi. Art, Otto, Silas, Tony, Whitney, le vieux Grogan, Harvey, Rory, Sandra... même Davis. Il sent un peu fort, mais il a un grand cœur.

Elle commençait à manquer de sujets de conversation, et juste au moment où Heather reprenait sa respiration pour mentionner à nouveau Bottines, la petite fille dans ses bras prit enfin la parole.

— Marissa.

Heather sourit. Elle avait chuchoté et n'avait rien ajouté de plus, mais c'était un grand pas en avant.

— Marissa. C'est un très beau prénom. Comme toi. Bien mieux que celui que le méchant monsieur voulait utiliser.

— On a les mêmes cheveux, dit Marissa au bout d'un moment.

— C'est vrai, acquiesça Heather avec un sourire.

Bizarrement, elle était actuellement très heureuse. Ses bras tremblaient sous le poids inaccoutumé de Marissa, et elle était un peu secouée maintenant que l'adrénaline qui l'avait aidée à affronter Cypress s'estompait. Mais elle était enfin libérée de son passé. Certes, il y avait encore des hommes qui vivaient au sein de La Communauté qui pourraient venir s'en prendre à elle, mais Heather en doutait beaucoup.

En revanche, elle s'inquiétait de ce que Talon risquait de dire lorsqu'il apprendrait qu'elle était montée dans la voiture de Cypress après avoir promis qu'elle ne le ferait pas. Mais elle espérait qu'une fois qu'il aurait rencontré Marissa et compris ce qui était en jeu, il lui pardonnerait.

Marissa n'ajouta pas grand-chose de plus tandis qu'elles marchaient, mais elle finit par lever la tête et regarder autour d'elle alors qu'elles s'approchaient de la grotte. Heather s'avança avec prudence. Elle n'avait surtout pas envie de surprendre un ours ou un autre animal qui aurait pu élire domicile dans sa grotte pour l'hiver. Mais elle ne vit aucun signe de vie sauvage.

En voyant l'endroit où elle avait passé une année entière, Heather sourit à nouveau. Elle ne voulait plus jamais vivre ici, mais le fait de le revoir lui rappelait de bons souvenirs. C'était ici qu'elle avait goûté à la liberté pour la première fois. Elle avait pu survivre seule et c'était extraordinaire.

Et puis c'était aussi là qu'elle avait rencontré Talon.

Dans la grotte, elle se pencha en avant et déposa Marissa par terre. Le pull qu'elle avait enfilé sur sa tête descendait jusqu'à ses pieds. Il était immense sur elle et elle ne put s'empêcher de sourire à nouveau. La première chose qu'elle fit fut d'aller chercher le tas de provisions que Talon et elle avaient laissé au cas où. Elle sortit les pantoufles en fourrure de lapin qu'elle avait portées autrefois. En les regardant, elle eut un goût doux-amer dans la bouche.

Elle s'assit par terre et Marissa s'approcha et s'installa sur ses genoux sans hésiter. Heather récupéra l'un des couteaux qui avaient été laissés dans la grotte et coupa rapidement la fourrure pour que les chaussures de fortune s'adaptent aux pieds de Marissa.

Puis elle étendit la toile pour qu'elles n'aient pas à s'asseoir sur la terre.

Après avoir demandé à Marissa de ne pas bouger, elle rassembla du petit bois et quelques bûches sèches avant de faire un petit feu à l'aide du silex laissé sur place. Elle sortit une petite marmite et l'un des repas lyophilisés. Il restait même de l'eau dans le seau. Elle n'était pas fraîche, mais Heather ne pensait pas que cela dérangerait Marissa.

Elle estima qu'au moment où elles terminèrent de manger ce devait être la fin de l'après-midi et elle n'avait aucune idée du temps qu'elle allait passer dans les bois avec Marissa. Mais Heather n'était pas inquiète. Talon serait bientôt là. Le ventre plein, Marissa ferma les yeux et sa tête se mit à dodeliner. Heather la serra contre elle en s'appuyant contre la paroi de la cave. Elle observa la lumière du jour qui déclinait et soupira.

Elle était en sécurité, et Marissa aussi, Cypress était mort ou mourant et même si elle avait été terrorisée, Heather était fière de la façon dont elle avait géré les choses. Elle n'avait pas paniqué. Elle ne s'était pas laissé contrôler par Cypress. C'était ce qui l'avait inquiétée. Qu'un homme lui ordonne de faire quelque chose et qu'elle redevienne comme avant, sans réfléchir, seulement parce que c'était ainsi qu'elle avait été élevée.

Mais grâce à Talon, à son soutien et à son amour, elle avait pu surmonter sa panique et non seulement se sauver elle-même, mais aussi sauver cette précieuse enfant sur ses genoux. Elle embrassa Marissa sur le front et chuchota :

— Tu es en sécurité. Tu peux nous faire confiance, à Talon et moi, et on ne te fera pas de mal.

Ces mots avaient été son mantra et même si en les entendant simplement elle n'avait pas tout de suite fait confiance à Talon, son assurance avait fini par s'infiltrer au plus profond de son âme. Elle voulait que Marissa ressente la même chose. Elle avait traversé une terrible épreuve, mais avec un peu de chance, si elle entendait ces mots assez souvent, elle pourrait à nouveau apprendre à faire confiance.

Heather ne savait pas combien de temps s'était écoulé, mais le soleil était presque couché lorsqu'elle entendit soudain des pas.

Elle ne paniqua pas. Ce n'était pas Cypress, elle s'était assurée qu'il ne soit pas capable de les suivre. Et puis il ne savait pas où se trouvait sa grotte. Seule une personne le savait.

Elle ne put s'empêcher de sourire lorsqu'elle vit le faisceau puissant d'une lampe de poche à travers les arbres. Heather resta où elle était, laissant Talon venir à elle.

Lorsqu'il apparut à l'entrée de la grotte, Heather sourit un peu plus, même si sa lumière l'aveuglait presque. Elle l'entendit jurer, puis il fut là, à ses côtés, devant elle, prenant son visage dans ses grandes mains.

— Je savais que tu viendrais, lui dit-elle.

Il n'était pas seul. Heather sentit quelqu'un derrière lui mais elle ne détacha pas son regard du sien pour voir de qui il s'agissait.

— Je viendrai toujours te chercher, dit-il en l'embrassant.

Ce ne fut pas un baiser chaste, mais profond et passionné et bien trop court.

— Ça va ? demanda-t-il doucement, pour ne pas réveiller la petite fille dans ses bras.

Heather acquiesça alors que Marissa s'agitait. Elle ouvrit les yeux et regarda Talon avec peur.

— Marissa, je te présente Talon. Je t'ai parlé de lui sur le trajet, dit doucement Heather. Il est venu nous ramener à la maison.

— Je peux lui faire confiance et il ne me fera pas de mal, dit Marissa d'une voix hésitante.

— Effectivement, tu peux me faire confiance et je ne te ferai pas de mal, acquiesça Talon.

Il regarda Heather et elle vit les larmes qui brillaient dans ses yeux.

— Je t'aime.

— Moi aussi je t'aime.

Puis il l'aida à se relever et la guida hors de la grotte. Rocky et Ethan se mirent au travail pour remettre la grotte dans l'état où elle l'avait trouvée. Ils éteignirent le feu, emballèrent le matériel qu'elle avait utilisé, puis ils se dirigèrent tous les cinq lentement et prudemment vers la maison.

* * *

Lorsqu'ils arrivèrent à Fallport, Simon n'était pas le seul à les attendre à l'appartement de Talon. Tout le monde était là. Presque vingt personnes remplissaient chaque recoin de l'espace. Marissa était effrayée et bouleversée et même si Heather appréciait le soutien de tout le monde, elle avait juste besoin d'être seule avec Talon.

Elle était partie dans leur chambre peu de temps après leur arrivée et avait enlevé l'horrible robe marron que Cypress avait forcé Marissa à porter, puis lui avait enfilé un autre des énormes sweat-shirts de Talon sur sa tête. La petite fille semblait apprécier être emmitouflée dans ce pull immense… soit ça, soit c'était l'odeur de Talon qui imprégnait le tissu qui la réconfortait. Heather supposa que c'était un peu des deux.

Talon semblait savoir exactement ce dont elle avait besoin. Lorsque Marissa et elle étaient retournées au salon, il avait poussé tout le monde vers la sortie en un clin d'œil, sauf Simon qui refusait de bouger.

Marissa avait autorisé Talon à la porter à travers les bois, mais dès qu'ils étaient arrivés à la voiture, la petite fille s'était à nouveau réfugiée sur les genoux d'Heather et avait refusé de la lâcher. Ethan avait appelé Simon pendant le trajet et lui avait donné autant d'informations que possible sur la petite, afin qu'il puisse commencer à chercher ses parents.

Une fois que tout le monde eut quitté l'appartement, après avoir promis d'apporter des vêtements, de la nourriture et des jouets pour Marissa le lendemain, Simon n'hésita pas à prendre la parole.

— Pour le moment, nous n'avons pas encore trouvé l'endroit d'où il l'a enlevée, dit Simon en désignant Marissa. Ça pourrait être n'importe où, d'ici à la Floride.

— Est-ce qu'elle devra être placée en famille d'accueil jusqu'à ce qu'on retrouve sa famille ? demanda Talon.

Il se tenait à côté d'Heather de façon protectrice, une main autour de sa taille et l'autre dans le dos de Marissa.

— Techniquement, oui. Mais j'ai déjà effectué une demande en urgence pour que vous soyez autorisés à la garder pour le moment... si vous êtes d'accord.

— On est d'accord, dit immédiatement Heather.

Elle sentit Talon la serrer par la taille tandis qu'il acquiesçait.

— Très bien. Et comme nous ne sommes que tous les trois... on va en profiter pour parler de ce qu'il s'est passé, et après on n'en parlera plus jamais, dit Simon.

Heather se crispa, sachant très bien de quoi il voulait discuter.

— Raconte-moi ce qu'il s'est passé, dit doucement Simon.

Baissant les yeux, Heather vit que Marissa s'était endormie. Elle s'en réjouit, car elle ne voulait pas que la petite fille l'entende. De la manière la plus concise possible, Heather décrivit les événements de la journée. Comment elle avait prévu de courir dans la direction opposée lorsqu'elle avait vu Cypress au volant, mais qu'ensuite elle avait aperçu Marissa, que Cypress avait menacée, et qu'elle n'avait pas pu se résoudre à laisser l'enfant seule avec lui. Lorsqu'elle dut raconter qu'elle l'avait poignardé, sa voix vacilla pour la première fois. Elle prit une grande inspiration avant de reprendre.

— Je savais où le frapper, là où ça ferait le plus de dégâts sans le tuer. Pas tout de suite en tout cas. Les intestins, les reins... sa jambe pour qu'il ne puisse pas marcher. J'ai détruit la tente pour qu'il ne puisse pas s'y abriter, j'ai verrouillé les portières de sa voiture et emporté les clés avec moi. Il était mort lorsque vous êtes arrivés ?

— Pas encore, dit Simon. Mais ça n'a pas pris longtemps.

Heather savait qu'elle aurait dû se sentir coupable d'avoir ôté la vie, mais Cypress Goodson avait déjà tellement volé la sienne.

— C'était de la légitime défense, dit Simon avec fermeté.

Même si j'avais appelé une ambulance avant ton arrivée, ça n'aurait rien changé. Tu n'as pas à t'inquiéter de quoi que ce soit, Heather. Avec ton passé... ce qu'il s'est passé était de la légitime défense. Point.

— Simon, je...

Mais le chef de la police ne la laissa pas terminer sa phrase.

— J'ai pris ses empreintes digitales avant que le médecin légiste ne le transporte. Je les ai envoyées et j'ai obtenu un résultat avant même d'arriver en ville. Son vrai nom c'est Alfred Winterbone.

— Est-ce qu'il a... est-ce qu'il a été kidnappé par Arrow quand il était enfant ? Est-ce qu'on lui a lavé le cerveau ?

Simon secoua la tête.

— Non. C'était un voyeur, quelqu'un qui prenait son pied en espionnant les femmes et les jeunes filles à travers les fenêtres. Il s'est fait prendre et a été renvoyé de son université alors qu'il était en première année. C'est ainsi que ses empreintes ont été enregistrées dans notre base de données. Et c'est apparemment à ce moment-là qu'il a rejoint La Communauté.

— Ce n'était pas le fils biologique d'Arrow ? demanda Talon.

— J'imagine que non. Mais comme nous n'avons pas d'ADN à comparer, je n'en suis pas sûr.

Heather ferma les yeux. Toute sa vie n'avait été qu'un mensonge. Même l'identité de son dernier ravisseur. Elle était abasourdie et la tristesse menaça de l'envahir. Puis, Marissa bougea contre son épaule. Et elle sentit que Talon la serrait par la taille...

Aujourd'hui, elle était vraiment libre. Cypress, ou quel que soit son vrai prénom, ne l'embêterait plus. Elle n'irait pas en prison pour l'avoir tué, et elle avait retrouvé l'homme qu'elle aimait.

— Tu es libre, dit Simon, faisant écho à ses propres pensées. À partir de maintenant, je m'assurerai que tu aies une vie heureuse. Si tu as besoin de quoi que ce soit, je ferai tout ce que je peux pour que tu l'obtiennes.

— Pardon, Simon, mais ça, c'est mon travail, dit Talon.

Surprise par son grognement, Heather leva les yeux vers lui. Talon croisa immédiatement son regard et se radoucit. Elle lui sourit puis se tourna vers Simon.

— Il est à moi et je ne le rendrai pas, lâcha-t-elle.

Les lèvres de Simon s'étirèrent en un sourire.

— C'est un homme chanceux.

— C'est vrai, acquiesça Talon. On a terminé ? Il faut que je mette les filles au lit. La journée a été longue… et j'ai comme l'impression que demain nous allons être occupés à divertir nos amis.

— Et probablement la moitié de la ville aussi, dit Simon en riant.

Puis il les salua d'un signe de tête et prit la direction de la porte. Il se retourna avant de l'ouvrir et dit :

— Je vous tiendrai au courant pour Marissa.

L'idée de devoir dire au revoir au précieux petit paquet dans ses bras lui donna envie de pleurer, mais Heather acquiesça quand même. Elle devait probablement avoir des parents qui étaient morts d'inquiétude, se demandant ce qui était arrivé à leur petite fille. Peut-être qu'ils l'autoriseraient à rester en contact avec elle une fois qu'elle serait rentrée chez elle.

Même si cela la rendait triste de savoir que Marissa faisait désormais partie du club dont Lilac avait parlé… le club de ceux qui s'étaient fait kidnapper.

Talon s'avança jusqu'à la porte et vérifia qu'elle était bien fermée après que le chef de la police fut parti, puis il guida Heather jusqu'à leur chambre. Il n'était pas question que Marissa dorme ailleurs qu'à côté d'eux ce soir. Après avoir pris la douche la plus rapide de sa vie, Heather retourna dans la chambre pour voir Talon allongé sur le côté, la tête appuyée sur une main, regardant Marissa qui était endormie.

Tandis qu'Heather grimpait sur le lit, de l'autre côté, Talon roula sur le côté et se leva.

— Je reviens.

Puis, ce fut au tour d'Heather de regarder Marissa. Elle était si innocente, si vulnérable. En repensant à la façon dont la petite avait failli se retrouver sous la coupe de Cypress, Heather se mit à pleurer, perdue dans les pensées de son propre passé.

Elle sursauta lorsque le matelas se creusa sous le poids de Talon.

— Rapproche-toi, ordonna-t-il doucement.

Heather se rapprocha de Marissa et Talon se glissa sous les couvertures derrière elle. Il passa un bras autour de sa taille et l'attira contre lui. Elle fut enveloppée par sa chaleur. Son réconfort. Il soupira derrière elle et elle ferma les yeux.

— J'ai eu tellement peur quand tu n'es pas venue, dit-il doucement. Duke a retrouvé ta piste jusqu'à l'endroit où tu es montée dans la voiture et j'ai paniqué. Je ne savais absolument pas par où commencer pour te chercher.

— Je sais que je t'ai dit que je ne repartirais jamais avec lui, mais je n'avais pas le choix.

— Je sais, dit Talon. Tu as vu Marissa et tu n'as pas pu te résoudre à la laisser avec lui.

Heather hocha la tête. Cet homme la connaissait mieux que quiconque... et ce serait toujours le cas.

— Une fois que je l'ai compris, j'ai su exactement où il t'emmenait. Là où il avait perdu son contrôle sur toi. Il voulait réaffirmer sa domination... mais ça n'a pas marché.

— Non, ça n'a pas marché, acquiesça Heather.

— Je suis fier de toi. Tellement fier, dit Talon. Arrow, Cypress et tous les autres hommes de cette foutue secte ont essayé de te rendre dépendante des hommes pour tout. Ils ont essayé de te priver de la moindre once d'indépendance. Ils ont essayé de t'empêcher de faire des choix concernant ta vie et ton corps. Mais finalement... tu t'es libérée. Et en plus, tu as affronté tes démons, littéralement, et tu les as vaincus toute seule. Sans l'aide d'un homme. Tu es une guerrière et je suis tellement fier d'être à toi.

Les yeux d'Heather se remplirent de larmes. Des larmes de joie.

— Je sais qu'il est difficile pour toi de penser au mariage de façon positive, mais j'aimerais que tu y penses quand même. Je veux t'appartenir légalement. Je veux porter ta bague, pour que tout le monde sache à qui appartient mon cœur.

Cet homme aurait pu la demander en mariage de bien des façons, mais il l'avait fait d'une manière qu'elle n'oublierait jamais. En soulignant l'emprise qu'elle avait sur *lui*, il avait effacé toute réticence de sa part.

Tournant la tête, Heather dit :

— Oui.

Talon parut choqué.

— Oui ?

Heather acquiesça.

— Je peux te faire confiance et tu ne me feras pas de mal. Alors... oui. Et je veux t'appartenir aussi. Je sais que tu n'essaieras pas de me posséder comme le faisaient les hommes au sein de La Communauté.

— Oh, non, certainement pas, dit Talon. Je t'aime. Tellement. Tu n'imagines même pas.

— *Si*, j'imagine très bien, rétorqua-t-elle. Parce que je t'aime tout autant.

Talon pencha la tête et leurs lèvres se retrouvèrent pour un baiser. Elle grimaça lorsque les muscles de son cou protestèrent et elle écarta ses lèvres des siennes avec réticence avant de poser la tête sur le bras qu'il avait placé sous elle lorsqu'il l'avait attirée plus près.

— Elle ressemble à la petite fille que je t'imagine avoir *été*, dit doucement Talon. Elle a des cheveux roux et ses yeux sont de la même teinte bleu-vert que les tiens.

— Je suis sûre que c'est pour ça qu'il l'a choisie, dit Heather.

Les bras de Talon se resserrèrent autour de sa taille et il caressa ses cheveux près de son oreille du bout du nez.

— Et s'ils ne retrouvent pas ses parents ? chuchota Heather.

— Eh bien, on verra si on peut la garder, dit simplement Talon.

Heather leva la tête pour le regarder à nouveau.

— Vraiment ?

— Oui, vraiment. On n'arrêtera jamais de chercher ses parents. Je n'imagine pas ce que c'est que d'avoir un enfant qui disparaît sans jamais savoir ce qui lui est arrivé. Mais on pourra être ses parents adoptifs aussi longtemps qu'elle aura besoin d'un foyer.

Heather eut un grand sourire.

— Je t'aime tellement !

Talon leva la main et écarta les cheveux de son visage, souriant en retour.

Heather se retourna et soupira de contentement. Et tout à coup, elle se sentit épuisée. La fatigue de la journée avait fini par la rattraper et elle se détendit enfin pour la première fois.

Alors qu'elle s'allongeait contre lui, Talon se contenta de la serrer plus fort.

— Dors, chérie. Je veillerai sur vous deux.

Et avec ces mots qui résonnaient dans sa tête, Heather sombra dans un sommeil profond, sans mauvais rêve et heureuse dans les bras de l'homme qu'elle aimait.

ÉPILOGUE

Pour la première fois depuis trois semaines, Heather avait l'impression de pouvoir enfin respirer avec facilité. Elle avait eu rendez-vous avec Simon, le FBI, les services de protection de l'enfance de deux États différents et elle avait même accepté de donner d'autres interviews. Elle avait été à nouveau propulsée sur le devant de la scène maintenant qu'on l'avait kidnappée pour la deuxième fois. Talon insistait sur le fait que, même si elle était montée volontairement dans cette voiture, elle l'avait fait à cause de la menace qui planait sur Marissa... donc, techniquement, elle avait été *kidnappée*.

Il était finalement avéré que les parents biologiques de Marissa n'étaient plus là et que cela faisait un an qu'elle était en famille d'accueil lorsqu'elle avait été enlevée. Et la situation n'était pas idéale. Ses tuteurs n'avaient signalé sa disparition que vingt-quatre heures après sa disparition. Ils ne l'avaient simplement pas remarqué. Entre tous les autres enfants dont ils devaient s'occuper et le fait qu'ils étaient tous les deux saouls la plupart du temps, ils ne s'étaient absolument pas rendu compte que Marissa n'était pas rentrée de l'école comme d'habitude.

À cause de ça et d'autres violations que les services de

protection de l'enfance avaient constatées dans la maison, Heather et Talon avaient reçu l'autorisation d'urgence d'être des parents d'accueil temporaires. Le fait qu'ils aient déjà aménagé une chambre pour elle les avait également aidés.

L'autre chose importante qui s'était produite... c'était qu'Heather avait demandé à *Talon* de *l'épouser*. Évidemment, il lui avait déjà dit qu'il voulait être son mari. Mais lorsqu'elle s'était rendu compte que les services sociaux traînaient les pieds pour approuver leur statut de famille d'accueil permanente parce que Talon était aux États-Unis avec un visa de travail, et qu'elle avait appris qu'en l'épousant, il obtiendrait la citoyenneté, elle l'avait pratiquement traîné à la mairie.

Ils s'étaient mariés. Ça n'avait rien à voir avec la cérémonie de Bristol et Rocky, mais c'était quand même un rêve devenu réalité pour Heather. Tous leurs amis avaient été présents en tant que témoins et Caryn leur avait organisé une fête par la suite. Heather ne se souvenait pas avoir déjà été aussi heureuse. Être l'épouse de Talon n'avait rien à voir avec ce à quoi elle s'était habituée en vivant dans La Communauté, mais elle savait déjà que ce ne serait pas le cas. Premièrement, ce mariage était *légal*. Deuxièmement, c'était sa décision.

Et troisièmement... Talon et elle s'aimaient.

À chaque fois qu'elle apercevait l'alliance au doigt de Talon, elle ne pouvait pas s'empêcher de sourire. Il était à elle. Et pas de manière abusive et tordue comme lorsque Cypress affirmait qu'elle et les femmes de La Communauté leur appartenaient. Non, d'une manière aimante et respectueuse.

Lorsqu'ils avaient décidé de se marier pour la première fois, Talon lui avait expliqué comment fonctionnait le principe des noms de famille. Comment la femme prenait souvent le nom de famille de l'homme. Mais il l'avait rapidement rassurée sur le fait qu'il se fichait qu'elle prenne son patronyme, Ross, ou non. Après y avoir bien réfléchi pendant plusieurs jours, Heather avait pris la décision de prendre son nom.

Lilac avait d'ailleurs influencé sa décision. La jeune femme avait totalement changé son nom de naissance après ce qui lui était arrivé. L'ancien lui rappelait son épreuve et les gens reconnaissaient son nom de famille à chaque fois qu'elle se présentait, ce qui l'empêchait d'aller de l'avant.

Alors, Heather Brown devint officiellement Heather Ross. Et elle n'aurait pas pu être plus heureuse.

Elle était actuellement assise sous le porche de Bristol avec les autres filles tandis que les gars divertissaient Tony et Marissa. Le fils d'Elsie était tombé amoureux de Marissa dès l'instant où il l'avait vue.

Il était devenu son petit protecteur et Marissa avait lentement commencé à sortir de sa coquille.

Elle voyait un psychologue pour enfants, mais d'après le docteur Snow, la petite progressait autant grâce à l'amour qu'elle recevait depuis qu'elle vivait avec Talon et Heather. Elle avait un toit au-dessus de sa tête, le ventre plein, et deux adultes qui la couvraient d'affection. Elle se sentait enfin en sécurité.

— Elle est incroyable, dit doucement Lilly à côté d'Heather.

Les gars lançaient une grosse balle en plastique, et Marissa était au milieu d'eux, riant à chaque fois qu'elle la faisait tomber... ce qui était souvent le cas.

Tony restait à côté d'elle, essayant de lui donner des conseils sur la meilleure façon d'attraper et de lancer la balle et les hommes avaient tous le sourire aux lèvres tandis qu'ils jouaient avec les enfants.

— C'est vrai, acquiesça Heather.

Parfois, les mauvais souvenirs provoqués par Cypress submergeaient la petite, et lorsque c'était le cas, elles se mettaient au lit ou se faufilaient sous une couverture sur le canapé et restaient blotties l'une contre l'autre. Heather rassurait Marissa en lui disant qu'elle était en sécurité et aimée et que personne ne lui ferait de mal. Les mots étaient devenus son mantra tout comme pour Marissa.

— Tal est si gentil avec elle, dit Bristol. En le regardant faire, on dirait qu'il a déjà été père une dizaine de fois.

Heather comprit ce qu'elle voulait dire. Il semblait savoir exactement ce qu'il fallait faire et dire pour que Marissa se détende, rie et soit tout simplement une enfant. Bien sûr, le soir, quand ils étaient seuls au lit, il avouait ne pas avoir la moindre idée de ce qu'il faisait.

— C'est quoi le plan sur le long terme avec elle, alors ? demanda Caryn. Je veux dire, vous allez l'adopter ?

Heather acquiesça et observa son mari et la petite dans le jardin.

— On en a envie, dit-elle doucement. Mais on est à la merci du système.

— C'est n'importe quoi ! s'exclama Caryn sans faire trop de bruit. Sérieusement. Regardez-la. Elle est bien plus heureuse que dans cette putain de famille d'accueil. Ils n'ont même pas remarqué qu'elle n'était pas rentrée de l'école. Comment c'est *possible* ?

— Tu as parlé à Nissi ? demanda Elsie. Elle m'a tellement aidée quand mon ex se comportait comme un connard... enfin même avant qu'il ne devienne un vrai salaud en essayant de nous tuer Tony et moi pour toucher l'assurance-vie, je veux dire.

— Pas encore, avoua Heather.

— Fais-le. Bientôt, dit fermement Lilly. Je pense qu'il n'y a aucune chance que le système refuse à Heather Brown – je veux dire, Heather *Ross*, d'adopter l'enfant qu'elle a sauvé de l'enfer qu'*elle* a vécu, des mains des mêmes kidnappeurs. Tu es actuellement l'une des femmes les plus connues au monde et probablement la plus gentille personne qui existe.

Tout le monde gloussa et acquiesça immédiatement.

— Mais... ce n'est pas très éthique, protesta Heather. De me servir de ce qu'il m'est arrivé comme ça.

— Tu as envie de l'abandonner ? demanda Elsie en dési-gnant Marissa qui riait de façon incontrôlable alors que Raiden tombait dramatiquement et volontairement par terre après avoir reçu la balle en plein visage.

Duke trotta immédiatement vers lui, quittant son coin dans l'herbe pour aller baver sur son maître, ce qui fit encore plus rire Marissa.

— Non, dit fermement Heather.

— Alors, autant tirer quelque chose de positif de ta notoriété, dit Finley.

— Au lieu de ces groupes de personnes qui viennent à Fallport pour te dévisager, dit Lilly en levant les yeux au ciel. Sérieux, c'est pire que les touristes qui partent à la recherche de Bigfoot.

— Ils partiront bientôt, l'apaisa Bristol. Continue de les ignorer.

Heather était d'accord avec son amie. Bristol savait ce que signifiait être une célébrité puisqu'elle en était *une*. Elle avait été surprise de découvrir que son amie si terre à terre et simple avait en réalité plus d'argent qu'Heather pourrait en dépenser au cours de plusieurs existences. Mais elle avait des raisons d'être célèbre puisqu'elle était une artiste de renom, mais elle ignorait les gens qui voulaient seulement être son amie à cause de son travail.

— Ça faisait longtemps qu'on n'avait pas été tous réunis comme ça et maintenant qu'on sait que Talon et Heather vont demander à adopter Marissa – et qu'ils vont y arriver – je crois que tout ça mérite un toast !

Sur ce, Caryn sortit une flasque de la pochette latérale du pantalon cargo qu'elle portait.

Tout le monde s'esclaffa, sauf Heather. Elle était perplexe.

Finley lui expliqua :

— Caryn est amie avec Clyde Thomas, qui est le fournisseur de liqueur de Fallport.

Comme Heather ne comprenait toujours pas, Lilly ajouta :

— La liqueur c'est de l'alcool. De l'alcool très *fort*. Et Clyde fait la meilleure liqueur du coin. Notre préférée c'est celle au goût pomme caramel. Ça a exactement le même goût que la tarte.

— OK les filles, je n'ai pas de gobelets, donc on va devoir échanger nos salives. Prenez une gorgée et faites passer, ordonna Caryn avant de porter la flasque à sa bouche.

Elle but une gorgée, s'essuya les lèvres du dos de la main, puis tendit la flasque à Bristol.

Lorsque la bouteille arriva jusqu'à Finley, elle la fit passer sans en boire une goutte puisqu'elle était enceinte. Lilly prit une grande gorgée, toussa, puis sourit à Heather en la lui passant.

N'étant pas sûre d'aimer l'alcool, mais ne voulant pas se dégonfler, Heather prit prudemment une gorgée.

Les arômes explosèrent sur sa langue et elle ne put s'empêcher de tousser un peu tandis que la boisson forte descendait dans sa gorge. Mais elle sourit et dit :

— C'est très bon en fait !

Avant de prendre une autre gorgée, plus importante.

Tout le monde s'esclaffa et applaudit tandis qu'elle donnait la bouteille à Elsie – qui la rendit immédiatement à Caryn sans la boire.

— Attends, t'as pas bu, protesta Caryn.

Elsie haussa les épaules, puis rougit.

— Je n'en ai pas vraiment envie aujourd'hui.

Lilly se tourna vers elle en plissant les yeux.

— Attends… *pourquoi* ?

— Comme ça, c'est tout. Mais vous pouvez prendre une autre gorgée.

Lilly se pencha en avant et lui demanda à voix basse.

— T'es enceinte ?

Elle ne le nia pas immédiatement.

Lilly se rassit.

— Oui, t'es enceinte ! Pourquoi tu n'as rien dit ?

Tout le monde commença à féliciter Elsie… mais lorsque

les larmes lui montèrent aux yeux, elles la regardèrent avec inquiétude.

— Tu n'es pas contente ? Pourtant de nous toutes tu étais celle qui voulait le plus des enfants, dit Bristol sans comprendre.

— *Si*, je suis contente, protesta Elsie. C'est juste que... je ne voulais pas te faire de la peine, dit-elle en regardant Lilly.

L'autre femme prit une grande inspiration alors que ses yeux se remplissaient de larmes à leur tour.

— C'est... je ne sais pas si je devrais te prendre dans mes bras ou te gifler.

Heather se crispa. Elle avait déjà été témoin de beaucoup trop de querelles entre femmes au sein de La Communauté. Même si elles étaient soumises en présence des hommes, entre elles, elles pouvaient être très méchantes.

— Ça me touche que tu t'inquiètes pour moi, mais ça m'énerve que tu ne te réjouisses pas pour ta grossesse. Ma fausse couche ne devrait pas t'empêcher d'être folle de joie pour ton propre bébé, lui dit Lilly.

— C'est juste que je suis toujours triste à cause de ce qu'il t'es arrivé. Ça ne me paraissait pas correct de vouloir célébrer tout ça si peu de temps après que tu as perdu ton bébé, dit Elsie en reniflant.

— OK, c'est une bonne chose qu'on en parle alors, dit Lilly en essuyant ses larmes. Ce qu'il m'est arrivé est *horrible*. C'était dévastateur. Je pleurerai le bébé que nous n'avons jamais pu tenir dans nos bras ni même voir pour le restant de mes jours. Mais Ethan et moi ne baissons pas les bras. Les docteurs disent qu'il y a de fortes chances que je tombe à nouveau enceinte. Alors, on attend un peu, mais on va certainement réessayer... et pour info, je vais m'éclater pendant tout le processus.

Tout le monde gloussa.

— Mais en attendant, ça ne veut pas dire que je veux que vous cachiez votre enthousiasme pour le bébé de Finley ou que vous gardiez la grossesse d'Elsie secrète. J'ai envie d'être heureuse *avec* vous et *pour* vous. Est-ce que je suis triste que l'enfant de Finley et le mien ne grandissent pas comme des jumeaux ? Oui. Mais ça ne veut pas dire que je n'ai pas hâte que l'enfant de Finley soit comme une sorte de grand frère ou de grande sœur pour mon enfant à l'avenir. Je veux dire, regardez Tony et Marissa, dit Lilly en désignant le jardin. Pourquoi est-ce que je ne voudrais pas ça pour mon enfant ?

Heather sentit les larmes lui monter aux yeux à son tour. À la fois de tristesse à cause du deuil de Lilly, mais aussi à cause de son optimisme qui était magnifique.

— Alors finis les secrets de bébé. Est-ce qu'il y en a une autre qui veut partager une nouvelle qu'elle m'a cachée ? demanda Lilly.

— Ne me regarde pas comme ça. Je te jure que je ne suis pas partie me marier en cachette, dit Caryn en riant tout en essuyant les larmes sur ses joues.

— Je vais avoir des quadruplés, dit Finley d'un ton pince-sans-rire.

Tout le monde la regarda un moment – avant d'éclater de rire lorsqu'elle sourit enfin, prouvant qu'elle plaisantait.

Lilly sourit à tout le monde, puis leva son verre de thé glacé.

— Aux meilleures amies que j'ai jamais eues. Je ne pense pas que j'aurais survécu à ce qu'il s'est passé sans chacune d'entre vous. Merci.

Heather eut de nouveau les larmes aux yeux, mais sourit et leva son propre gobelet avec les autres. Caryn fit à nouveau circuler la flasque de liqueur et lorsque Talon et le reste des hommes montèrent les escaliers — puisque Tony et Marissa s'étaient enfin lassés de lancer le ballon — elles étaient toutes un peu éméchées... à l'exception de Finley et Elsie, bien sûr.

— Ça va ? lui demanda Talon en posant les mains sur les accoudoirs du fauteuil sur lequel elle était assise et en se penchant en avant.

— Super, dit-elle avec un grand sourire.

— Tu es saoule ?

— Non.

Talon sourit un peu plus et il pencha la tête.

— On n'a pas encore fait l'amour en état d'ébriété, dit-il seulement pour elle.

— C'est mieux que le sexe normal ? demanda Heather dont la voix n'était pas aussi basse que la sienne.

Elle entendit Caryn rire à côté d'elle avant que celle-ci ne propose :

— Vous voulez que Drew et moi on emmène Marissa à la caserne pour qu'elle voie les camions ?

— Oui, dit Talon avant même qu'Heather ne puisse ouvrir la bouche.

Il lui prit la main et l'aida à se lever.

— Tu pourras la ramener à la maison quand vous aurez terminé ? Dans disons... une heure ? Ou deux ?

Caryn lui fit un grand sourire.

— Bien sûr.

— Super. Merci.

Puis Talon passa un bras autour de la taille d'Heather et la poussa vers les escaliers.

— Attends ! s'exclama Heather.

Mais elle avait déjà des fourmis entre les cuisses.

— Je veux leur dire au revoir.

Talon la retourna sans la lâcher pour qu'elle puisse voir les autres filles. Elles lui souriaient toutes, leurs hommes à leurs côtés. Raiden avait emmené Tony et Marissa à l'intérieur pour manger un bout et Duke n'était pas bien loin, espérant avoir lui aussi droit à un petit snack.

— Au revoir ! dit Heather en leur faisant un signe désuet de la main.

— Salut ! répondirent-ils tous à l'unisson.

Les gars avaient désormais eux aussi le sourire aux lèvres et ils les saluèrent tous d'un signe du menton. C'était tellement alpha... et si sexy qu'Heather lutta pour ne pas sauter immédiatement sur son homme.

Talon la retourna une fois de plus et se dirigea vers son SUV. Il l'installa sur le siège passager, puis trotta jusqu'au côté conducteur. Comme Fallport n'était pas une ville très grande, ils se garèrent sur le parking de leur résidence en quelques minutes.

Talon la traîna jusqu'à la porte d'entrée puis au bout du couloir. Heather se laissa retomber sur le lit et lui sourit. Elle avait la tête qui tournait de façon agréable et elle avait l'impression de flotter.

— Elsie est enceinte, l'informa-t-elle.

— Je sais.

Heather fronça les sourcils.

— Ah bon ?

— Oui. Zeke me l'a dit l'autre jour.

— Pfff, dit-elle d'un air renfrogné.

— Tu as d'autres grandes annonces à me faire avant que je ne fasse l'amour à ma femme ? demanda-t-il.

— Elsie a dit qu'on devait parler à Nissi pour adopter Marissa et qu'on n'aura probablement aucun mal à le faire vu ce qu'il m'est arrivé.

Les yeux de Talon brillaient.

— On s'en occupe demain.

— C'est vrai ? Tu es sûr ?

— Tu veux adopter Marissa ? demanda-t-il.

Heather acquiesça.

— Oui.

— Alors, oui, je suis sûr.

Elle aimait tellement cet homme.

— Et si je te disais que je voulais adopter vingt autres chats, quatorze chiens, une chèvre et avoir douze enfants ?

— Alors je te dirais qu'il faudrait que j'augmente mes heures de travail, qu'on achète une plus grosse maison et que je te mette enceinte le plus vite possible pour qu'on puisse avoir ces douze enfants.

Elle écarquilla les yeux.

— Tu *veux* douze enfants ? demanda-t-elle.

Talon rejeta la tête en arrière et s'esclaffa.

Elle adorait le voir heureux. Si désinhibé.

Il souriait toujours avec cette fossette qu'elle aimait tant, bien visible derrière sa barbe.

— Je t'aime, dit-il, souriant toujours. Tu penses qu'un jour tu voudras avoir d'autres enfants avec moi ? Je veux dire autres que Marissa ?

— Oui.

Son sourire s'effaça et il croisa son regard.

— Quoi ? murmura-t-elle.

— Je ne sais pas comment j'ai pu être aussi chanceux. Tu as vécu un enfer et pourtant tu es toujours aussi ouverte, aussi confiante et prête à vivre ta vie. C'est magnifique.

— C'est grâce à toi. La première chose que tu m'as dite, c'est que je pouvais te faire confiance et que tu ne me ferais pas de mal. Ces mots résonnent tous les jours dans mon esprit. Si je suis aussi forte pour tout affronter, c'est parce que je peux me reposer sur toi. Te faire confiance. T'aimer.

— Je serai toujours là pour toi, dit Talon. Est-ce qu'il y a encore autre chose que tu aimerais aborder avant qu'on ne se mette tout nus ? La paix dans le monde ? Guérir le cancer ? Reboucher le trou dans la couche d'ozone ?

— Il y a un trou dans la couche d'ozone ? demanda Heather très sérieusement.

Mais elle ne put se retenir longtemps et finit par éclater de rire.

— Je vais prendre ça pour un non, alors.

Talon enleva ses vêtements en un temps record et Heather fit de son mieux pour le suivre, mais l'alcool dans ses veines la rendit maladroite et le temps qu'elle soit aussi nue que Talon, il était déjà sous elle et elle chevauchait ses cuisses.

— Est-ce que tu vas me laisser être en dessous un jour ? lâcha-t-elle.

Talon l'étudia.

— Ça ne te gênerait pas que je sois au-dessus ?

— Toi ? Non. Je te fais confiance. Tu ne me feras pas de mal. Quelqu'un d'autre... j'en doute, dit-elle en haussant les épaules.

Elle lut l'excitation dans ses yeux brillants. Sa queue s'agrandit, même si elle ne l'avait pas encore touché.

— Alors la réponse est oui... pas tout de suite. Je veux d'abord voir ma femme ivre prendre son mari.

Le désir envahit Heather et elle sourit, se rapprochant pour que son sexe soit entre leurs deux corps. Baissant les yeux, elle vit quelques gouttes annonciatrices sur le bout plaqué contre son ventre. Elle était trempée, même s'il ne l'avait pas encore touchée. Le simple fait d'être avec Talon, de voir à quel point il avait envie d'elle suffisait à son corps pour se préparer immédiatement à l'accueillir.

Baissant la main, elle saisit son sexe et s'agenouilla. Alors qu'elle se baissait vers l'homme qu'elle aimait, Heather ferma les yeux... et elle remercia sa bonne étoile pour cette nouvelle vie.

* * *

Khloe était assise à son bureau dans la bibliothèque et regardait dans le vide. Fronçant les sourcils, elle tentait de comprendre pourquoi son plan avait échoué. Elle n'était censée rester à Fallport que quelques mois, pendant que son avocat rassemblait toutes les preuves contre Alan Mather... l'homme qui avait essayé de la tuer après qu'elle n'eut pas réussi à sauver son précieux chien coonhound. C'était son avocat qui lui avait suggéré de faire profil bas – en gros de se cacher – pendant que l'affaire était en cours.

Elle était rentrée chez elle pour le procès, et bien qu'Alan ait été reconnu coupable de tentative de meurtre, de cruauté envers les animaux et de harcèlement, sa peine avait été bien trop légère pour la tranquillité d'esprit de Khloe. Sept ans. Sachant qu'il sortirait probablement dans trois ou quatre ans.

Ça ne suffisait pas. Cet homme lui avait pourri la vie. Elle avait perdu sa clinique vétérinaire, sa santé, ses amis... et lui s'était à peine fait taper sur les doigts.

La jambe de Khloe palpita alors qu'elle était simplement assise et ne faisait rien. C'était injuste.

Son emménagement à Fallport était censé être temporaire. Elle avait fait de son mieux pour rester déconnectée, pour ne se rapprocher de personne... mais il lui avait été impossible de garder ses distances avec Lilly, Elsie, Bristol, Caryn, Finley et maintenant Heather.

Elles l'avaient toutes acceptée, malgré son côté grincheux, et avaient fait de leur mieux pour l'inclure dans toutes leurs histoires.

L'autre jour, Khloe avait décidé de ne *pas* rejoindre ses amies chez Bristol. Tout le monde y était allé, y compris Raiden. Mais il fallait qu'elle prenne de la distance. Elle quitterait bientôt Fallport.

Alan avait fait de sa vie un enfer chez elle et elle ne doutait pas que, même s'il était derrière les barreaux, il ferait tout son possible pour continuer. Il la *détestait*. Pour quelque chose sur lequel elle n'avait eu aucun contrôle. Alan ne l'avait pas perçu comme tel et il s'était donné pour mission de lui faire payer ce qu'il estimait être de la négligence.

Mais même si elle avait inventé une excuse bidon pour ne pas aller chez Bristol, elle avait quand même appris que Lilly avait été contrariée que ses amies n'osent pas lui dire la vérité, ne voulant pas la blesser à cause de la grossesse d'Elsie. Elle avait aussi appris qu'Heather et Talon espéraient adopter Marissa et elle était certaine qu'ils y parviendraient et seraient des parents formidables.

Après avoir vu comment Heather se comportait avec le chaton qu'elle avait adopté, Khloe savait qu'elle avait un instinct maternel.

Soupirant, elle ferma les yeux. Oui, il était temps de partir. Si Alan commençait à s'en prendre à ses amies, elle ne se le pardonnerait jamais. Elles avaient déjà toutes vécu leur propre enfer et ce ne serait pas juste de leur ramener ses propres problèmes.

Au fond, Khloe avait le sentiment qu'ils seraient tous extrêmement furieux s'ils apprenaient ce qui lui était arrivé et pourquoi elle avait essayé de garder ses distances avec tout le monde.

Surtout Raiden.

Elle soupira à nouveau. Raiden Walker était...

Qu'était-il ? Au début, il avait simplement été son patron mais au fur et à mesure qu'elle apprenait à le connaître, elle se rendait compte qu'il était un vrai paradoxe. Un ancien officier de la marine, un passionné de livres, une vraie guimauve lorsqu'il était question de son chien. Il était têtu, loyal et complètement inconscient de son propre charme. Il pensait qu'il était le paria de son équipe de recherche et de sauvetage... le rouquin à l'air bizarre... alors que c'était tout le contraire.

Khloe avait toujours eu un faible pour les intellos. Pour les gars qui s'asseyaient et observaient, puis résolvaient l'affaire à eux seuls. Pour les hommes qui ne se vantaient pas de leurs exploits ou de leur apparence.

Pour les types comme Raiden.

À l'extérieur, il était rustique, distant... comme *elle* depuis qu'elle avait emménagé à Fallport. Mais elle connaissait le vrai Raiden. Celui qui parlait à son chien. Celui qui aimait les yeux tristes de Duke et qui lui donnait toujours des friandises en plus. L'homme qui s'assurait d'en prendre soin après une longue recherche avant même de se faire du souci pour lui-même. Il se faisait également du souci pour ses amis, pour les habitués de la bibliothèque...

Elle craquait complètement pour son patron – ce qui avait été la *goutte* d'eau qui avait fait déborder le vase.

Il fallait qu'elle s'en aille. Avant qu'il ne l'apprenne et ne la rejette. Avant qu'Alan n'apprenne à quel point Raiden était important pour elle. Avant que la vie de Duke ne soit en danger. Et Khloe ne doutait pas une seule seconde que le limier serait sa première cible.

Il prendrait beaucoup de plaisir à lui faire du mal à travers le chien.

Un bruit étrange interrompit les pensées déprimantes de Khloe. Elle se retourna pour regarder le limier qui avait été dans ses pensées... et fronça les sourcils en l'observant. Il s'était levé, avait fait les cent pas, puis s'était recouché sur le lit pour chien qu'elle avait acheté pour lui et gardé dans son bureau. Mais dès qu'il s'était allongé, il s'était remis debout.

Il haletait et bavait plus que d'habitude.

Se redressant sur sa chaise, Khloe observa le chien un long moment – puis bondit si rapidement que sa chaise tomba par terre derrière elle. Elle dépassa le limier qui faisait toujours les cent pas et sortit par la porte.

Elle pointa le bout de son nez dans le bureau de Raiden. Il sursauta lorsqu'elle l'interpella, mais elle ne pouvait pas culpabiliser de l'avoir effrayé.

— Appelle le docteur Snow et Simon ! ordonna-t-elle, avant de tourner les talons pour retourner vers son bureau.

Sa jambe lui faisait mal, mais elle l'ignora.

Elle s'avança jusqu'à Duke qui gémit à son approche.

— Je sais mon chien. On va te soigner.

— Qu'est-ce qu'il se passe ? Qu'est-ce qui ne va pas ? demanda Raiden avec empressement en apparaissant dans l'embrasure de la porte.

— Duke est ballonné, lâcha Khloe en prenant une grande inspiration et en s'accroupissant pour passer les bras autour du poitrail de Duke et ses jambes arrière avant de se lever, soulevant le chien.

Il n'était pas léger et faisait probablement quarante-cinq kilos, mais Khloe avait l'adrénaline de son côté. Elle ne sentit même pas la douleur vive qui lui traversa la jambe.

Duke avait besoin de soins médicaux. Tout de suite.

— Putain ! jura Raiden.

Visiblement, il connaissait les dangers des ballonnements pour les chiens à large poitrail. Quand leur estomac se tordait et coupait l'apport sanguin, ils pouvaient littéralement mourir si on ne les opérait pas.

— Il faut qu'on appelle le docteur Ziegler ! dit-il.

— Il n'est pas en ville, marmonna Khloe en titubant vers la porte avec Duke dans ses bras. Et puis, il ferait foirer l'opération, c'est sûr.

— Pourquoi tu veux que j'appelle le docteur Snow et Simon ? Qu'est-ce qu'ils vont faire ?

— Simon va m'aider à pénétrer dans la clinique de Ziegler et le docteur va m'assister.

— Hein ? dit Raid en la regardant d'un air choqué tandis qu'ils s'avançaient vers la porte arrière de la bibliothèque.

— Bouge tes fesses, Raid, je suis sérieuse ! Duke est dans un état critique là, il a besoin d'être opéré tout de suite !

Khloe fut reconnaissante que Raid ne discute pas davantage. Elle l'entendit parler à quelqu'un tandis qu'il passait la main sous son bras, l'aidant à porter le limier jusqu'à sa vieille Honda Accord. Elle posa doucement Duke sur le siège arrière, puis prit quelques secondes précieuses pour se pencher et embrasser son museau en lui disant que tout irait bien, avant de claquer la porte et de se mettre derrière le volant.

Raid sauta dans la voiture avant qu'elle ne se rue hors du parking qui se trouvait derrière la bibliothèque sur la place. Il se tourna vers elle, le visage blême, l'air torturé tandis qu'il se faisait du souci pour son chien...

Puis il lui demanda :

— Mais t'es qui Khloe, en fait ?

Elle ne lui répondit pas. Elle n'était pas sûre qu'il apprécie sa réponse, de toute façon. Comme à chaque fois, ses plans tombaient à l'eau. Si elle révélait qui elle était – du moins, qui elle avait été dans son ancienne vie – ça allait tout changer.

Mais sauver le compagnon et meilleur ami de Raiden était plus important que ses secrets.

Elle ferait face aux conséquences de ses actes après avoir sauvé Duke.

Et elle était certaine que Duke vivrait... elle n'avait pas été élue meilleure vétérinaire de l'État deux années de suite pour rien. Elle allait devoir répondre à beaucoup de questions et blesser beaucoup de monde à cause de tout ce qu'elle avait caché à ses amis, mais elle paierait ce prix avec joie si cela signifiait qu'elle pouvait utiliser son expertise pour sauver une vie.

Khloe sentait le regard de Raid sur elle, mais elle n'osait pas le lui rendre. Elle garda les yeux rivés sur la route. Elle ne supporterait pas de lire la suspicion, la trahison ou la peur dans ses yeux. Il avait le droit de lui en vouloir, mais pour le moment, elle devait se préparer à opérer.

Même si l'un des secrets de Khloe vient d'être dévoilé, d'autres révélations suivront. Les choses sont sur le point de se gâter pour elle et Raiden... découvrez comment ils surmontent leur passé et se tournent vers l'avenir dans le dernier livre de la série *Sauvetage à Eagle Point*, *Un Sauveteur pour Khloe* !

NOTES

Chapitre Sept

1. Biscuit rond et dodus roulé dans le sucre et la cannelle
2. En anglais, « Good son » signifie bon fils.

DU MÊME AUTEUR

<u>Autres livres de Susan Stoker</u>

<u>Sauvetage à Eagle Point</u>

Un sauveteur pour Lilly

Un sauveteur pour Elsie

Un sauveteur pour Bristol

Un sauveteur pour Caryn

Un sauveteur pour Finley

Un sauveteur pour Heather

Un sauveteur pour Khloe

<u>Le Refuge</u>

Un soutien pour Alaska

Un soutien pour Henley

Un soutien pour Reese

Un soutien pour Cora

Un soutien pour Lara (6 Feb)

Un soutien pour Maisy

Un soutien pour Ryleigh

<u>Silverstone</u>

Pour la confiance de Skylar

Pour la confiance de Taylor

Pour la confiance de Molly

Pour la confiance de Cassidy (1 Mars 2024)

<u>Delta Force Deux</u>

Un refuge pour Gillian

Un refuge pour Kinley

Un refuge pour Aspen

Un refuge pour Jayme

Un refuge pour Riley

Un refuge pour Devyn

Un refuge pour Ember

Un refuge pour Sierra

Hawaï : Soldats d'élite

Un paradis pour Élodie

Un paradis pour Lexie

Un paradis pour Kenna

Un paradis pour Monica

Un paradis pour Carly

Un paradis pour Ashlyn

Un paradis pour Jodelle

Mercenaires Rebelles

Un Défenseur pour Allye

Un Défenseur pour Chloé

Un Défenseur pour Morgan

Un Défenseur pour Harlow

Un Défenseur pour Everly

Un Défenseur pour Zara

Un Défenseur pour Raven

Ace Sécurité

Au Secours de Grace

Au Secours d'Alexis

Au Secours de Bailey

Au Secours de Felicity

Au Secours de Sarah

Forces Très Spéciales Series

Un Protecteur Pour Caroline

Un Protecteur Pour Alabama

Un Protecteur Pour Fiona

Un Mari Pour Caroline

Un Protecteur Pour Summer

Un Protecteur Pour Cheyenne

Un Protecteur Pour Jessyka

Un Protecteur Pour Julie

Un Protecteur Pour Melody

Un Protecteur pour l'avenir

Un Protecteur Pour Les Enfants de Alabama

Un Protecteur Pour Kiera

Un Protecteur Pour Dakota

Forces Très Spéciales : L'Héritage

Un Sanctuaire pour Caite

Un Sanctuaire pour Brenae

Un Sanctuaire pour Sidney

Un Sanctuaire pour Piper

Un Sanctuaire pour Zoey

Un Sanctuaire pour Avery

Un Sanctuaire pour Kalee

Un Sanctuaire pour Jane

Delta Force Heroes Series

Un héros pour Rayne

Un héros pour Emily

Un héros pour Harley

Un mari pour Emily

Un héros pour Kassie

Un héros pour Bryn

Un héros pour Casey

Un héros pour Wendy

Un héros pour Mary

Un héros pour Macie

Un héros pour Sadie

Un héros pour Annie

Autre

Un moment suspendu : Recueil de nouvelles

AUDIO

Un paradis pour Élodie

À PROPOS DE L'AUTEUR

Susan Stoker est une auteure de best-sellers aux classements du New York Times, de USA Today et du Wall Street Journal. Elle a notamment écrit les séries Badge of Honor: Texas Heroes, SEAL of Protection et Delta Force Heroes. Mariée à un sous-officier de l'armée américaine à la retraite, Susan a vécu dans tous les États-Unis, du Missouri jusqu'en Californie en passant par le Colorado, et elle habite actuellement sous le vaste ciel du Tennessee. Fervente adepte des fins heureuses, Susan aime écrire des romans où les sentiments laissent place au grand amour.

http://www.StokerAces.com

 facebook.com/authorsusanstoker

 twitter.com/Susan_Stoker

 instagram.com/authorsusanstoker

 goodreads.com/SusanStoker